권영민 교수의 문학 콘서트

권영민 교수의

문학 콘서트

한국 근현대 예술가들의 삶과 문학으로 배우는

인간다운 삶의 가치

해냄

이 책은 지난 몇 년 동안 〈권영민의 문학 콘서트〉라는 이름으로 이루어졌던 대중적인 문학 강연의 내용을 일부 추려 놓은 것이다. 〈권영민의 문학 콘서트〉는 내가 서울대학교를 퇴직한 2012년 봄부터 시작한 새로운 프로젝트라고 할 수 있다.

나는 30년이 훨씬 넘는 긴 세월을 살아온 대학 연구실을 나오면서 나 자신이 대학을 퇴직한다는 사실 자체가 제대로 실감나지 않을 정도로 긴장해 있었다. 그때 내 연구실로 찾아온 것이 《동아일보》 기자였다. 혼자서 연구실의 책을 정리하고 있던 나에게 기자는 대학 강단을 떠나게 된 소회를 듣고 싶다면서 인터뷰를 요청했다. 나는 하던 일을 멈추고 그 신문기자와 커피를 한 잔씩 나누어 마시면서 마주 앉았다. 기자는 내게 먼저 정년 후에 무얼 하겠느냐고 물었다. 나는 기자의 질문에 금방 답을 하지는 못했다. 하지만 내가 평생 연구해 온 문학에 관한 이야기를 대중 독자들에게 좀 더 가까이 다가가 이야기할 수 있는 기회를 만들고 싶다고 했다. 기자가 다시 그 방법을 구체적으로 설명해 달라고 했다. 나는 잠시 머뭇거리다가 '문학 콘서트'라고 말할 수 있는 대중 강연 같은 것도 좋다고 했다. 기자는 그런 생각이라면 이 연구실에서가 아니라 아예 밖으로 나가서 인터뷰를 하자면서 나를 끌었다.

우리는 택시를 타고 광화문 거리까지 나왔다. 그리고 세종대왕 동상 앞에 서서 이야기를 나누었다. 내가 기자에게 들려준 이야기는 나의 퇴임 소감보다는 한창 화제가 되고 있던 인문학의 위기 상황에 관한 것이었다. 나는 이런 어려운 상황을 후배와 제자 들에게 남겨 두고 강단을 떠나게 된 것이 마음 아프다고 했다. 그러면서 대부분의 인문학자들이 인문학의 위기 운운하면서도 연구실에 앉아 연구자들만을 위한 연구에 몰두해 왔음을 솔직하게 인정했다. 나는 때늦은 반성이긴 하지만 이제 자유롭게 대중과 소통하기 위해 그들 곁으로 가까이 다가가겠다고 말했다.

나는 인터뷰를 하는 동안 몇 차례나 그 젊은 기자에게 어느 시대이건 문학이 사회문화적 담론의 중심에 늘 자리했었음을 상기시켰다. 이제는 물질적인 것에만 매달리는 사람들의 욕망 때문에 정신적 가치의 영역이 삶의 주변부로 밀려나게 되었다는 점도 지적했다. 그리고 인문학적 상상력이나 창의적 사고방식이 요청되는 이유가 바로 이 같은 현실 때문임을 설명했다. 나는 문학뿐만 아니라 인간다운 삶의 가치 등을 모색하는 다양한 형식의 대화가 우리 사회에 필요하다는 점을 강조하였다. 그 기자는 내 말을 끝까지 잘 들어 주었고, 나의 계획이 꼭 실천에 옮겨질 수 있길 바란다면서 그 인터뷰를 마무리했다.

나는 이 인터뷰가 인연이 되어 《동아일보》에 〈권영민의 그때 그곳〉이라는 아주 이색적인 탐방기를 연재하게 되었다. 신문의 독자들과 함께 지상을 통해 기억의 공간을 더듬으면서 인간의 삶과 문학의 의미를 다시 생각해 보는 내용이었다. 그리고 아주 자유롭게 독자 대중에게 다가가서 문학과 인간에 대해 이야기할 수 있는 기회도 갖게 되었다. 경기문화재단은 나의 뜻을 받아들여 경기도의 몇몇 도시와 전국 각지를 순회하는 공개 강연을 〈권영민의 문학 콘서트〉라는 이름으로 후원해 주었고, 한국문화예술위원회의 주선으로 대학로에서 동일한 방식의 문학 강연을 연속으로 열기도 하였다. 이 강연 내용은 한국방송통신대학의 고정 채널로 널리 방영되었다. 그리고 EBS에서는 〈인문학 특강〉이라는 이름으로 나의 문학 강연을 여러 차례 방송하기도 했다. 이와 같은 대중 강연을 통해 나는 문학에 대한 보다 진지한 대화를 여전히 필요로 하고 있는 사람들이 의외로 많다는 사실을 깨달았다. 그리고 대학을 퇴임한 후에 내가 선택한 과제가 의미 있는 실천으로 이어지고 있다는 사실에 스스로 자부심을 가지게 되었다.

이 작은 책을 묶으면서 나는 문학에 관한 이야기를 독자들과 다시 나눌 수 있는 기회를 더 많이 가져야 한다고 다짐하고 있다. 문학의 여

러 가지 문제들을 독자들과 함께 생각해 볼 수 있는 새로운 토론의 장
이 앞으로도 계속 이어지길 기대한다. 〈권영민의 문학 콘서트〉라는 이
름으로 이루어진 대중 강연에 관심을 보내 주셨던 모든 분들께 다시
감사를 드리면서 이 책을 엮어 준 해냄출판사에 고마움을 표한다.

2017년 3월
권영민

차례

2부

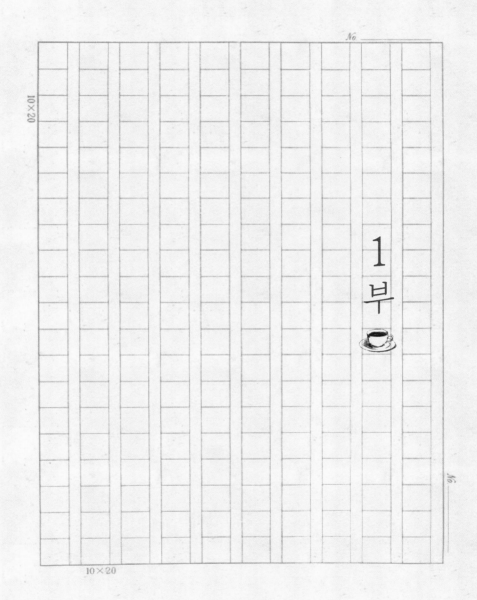

1부

윤동주의 숨겨진 시 노트

 윤동주와 시집 『하늘과 바람과 별과 시』

윤동주(1917~1945)의 시집 『하늘과 바람과 별과 시』는 1948년 정음사(正音社)에서 그 초판본이 간행되었다. 윤동주는 1917년 북만주 땅에서 태어나 거기서 중학을 마치고 서울 연희전문학교를 스물다섯에 졸업하였지만, 문단에 이름을 올린 시인은 아니었다. 혼자 습작처럼 써 놓은 시들을 친구들과 돌려 읽을 정도로 순수한 문학청년이었다. 그가 일본 유학길에 올라 교토의 도시샤[同志社] 대학에서 영문학을 공부하기 시작했을 때에도, 이 순결의 문학청년이 가슴에 안고 있던 뜨거운 목소리를 제대로 알아본 사람이 많지 않았다. 그러나 그가 독립운동 혐의로 일경에게 체포되어 2년형을 받고 후쿠오카[福岡] 형무소에 수감되고, 해방을 눈앞에 둔 1945년 2월 참혹하게 옥중에서 세상을 떠난 뒤에야 윤동주가 운명의 시인임을 사람들은 비로소 알아차리게 되었다. 어둠의 시대에 새벽을 노래한 그의 시가 비극의 식민지 체험 막바지에 우리 민족의 마지막 자존심처럼 빛나고 있었던 것이다.

윤동주는 연희전문학교 문과 졸업(1941)을 기념하여 『하늘과 바람과 별과 시』의 출판을 계획했었다. 그는 자신의 시를 원고지에 정리하여 '하늘과 바람과 별과 시'라는 제목을 붙였고, 그 원고를 손수 제본하여 모두 세 벌의 노트를 만들었다. 하지만 시집 『하늘과 바람과 별과 시』의 출간은 일제의 식민지 지배 상황 속에서 시국이 허락하지 않았다. 태평양전쟁이 시작되고 있었을 뿐만 아니라 일본의 한국어 말살 정책으로 우리말로 된 책자 발간을 금지했기 때문이다. 그는 자신이 만든 원고본 중의 한 벌을 함께 하숙하면서 친하게 지냈던 연희전문 후배 정병욱에게 건넸다. 그리고 1942년 일본 유학길에 올랐다. 그러나 그것이 그의 마지막 길이었다.

시집 『하늘과 바람과 별과 시』는 윤동주의 죽음이 세상에 알려진 뒤 그 원고본을 소중하게 보관하고 있던 정병욱의 주선으로 유족들의 뜻을 따라 빛을 보게 되었다. 이 시집이 발간되면서 비로소 윤동주는 시인이 되었다. 참혹한 죽음을 당한 뒤에야 그는 빛나는 시인으로 살아난 것이다. 『하늘과 바람과 별과 시』에는 「서시(序詩)」를 포함하여 31편의 시가 3부로 나뉘어 수록되어 있다. 제1부 '하늘과 바람과 별과 시'에는 「자화상」, 「소년」, 「눈 오는 지도(地圖)」, 「또 다른 고향」, 「별 헤는 밤」 등 18편, 제2부 '흰 그림자'에는 「흰 그림자」, 「사랑스런 추억」, 「쉽게 씌어진 시」 등 5편, 제3부 '밤'에는 「밤」, 「유언」, 「참회록」 등 7편

『하늘과 바람과 별과 시』 초판본과 증보판.

이 각각 실려 있다. 이 시편들은 고향 상실에서 비롯된 그리움의 정서, 동심과 인간애의 지향, 전원적인 심상, 부정적 현실 인식과 비극적 세계관, 속죄양 의식과 저항 의식 등을 보여 준다. 이러한 시 세계는 순수한 시인이었던 윤동주의 면모를 잘 드러내며, 지금까지도 많은 이들의 공감을 사고 있다.

이 시집에 도시샤대학의 선배였던 시인 정지용은 이렇게 적었다.

노자(老子) 오천언(五千言)에 '허기심(虛其心) 실기복(實其腹) 약기지(弱其志) 강기골(强其骨)'이라는 구가 있다. 청년 윤동주는 의지가 약하였을 것이다. 그렇기에 서정시에 우수한 것이겠고, 그러나 뼈가 강하였던 것이리라. 그렇기에 일적(日賊)에게 살을 내던지고 뼈를 차지한 것이 아니었던가? 무시무시한 고독에서 죽었구나! 29세가 되도록 시도 발표하여 본 적도 없이! 일제 시대에 날뛰던 부일문사(附日文士) 놈들의 글이 다시 보아 침을 뱉을 것뿐이나, 무명(無名) 윤동주가 부끄럽지 않고 슬프고 아름답기 한(限)이 없는 시를 남기지 않았나?

시와 시인은 원래 이러한 것이다.

—정지용, 『하늘과 바람과 별과 시』 서문 중에서

 정병욱과의 우정

윤동주가 연희전문학교를 졸업하면서 자신의 시집 『하늘과 바람과 별과 시』의 원고본을 선물했던 정병욱은 연희전문 문과의 두 해 후배였다. 정병욱은 1940년 봄 동래고보를 마치고 연희전문 문과를 택했다. 하동 태생의 숫된 경상도 청년에게 서울은 모든 것이 낯설었다. 그런데 학교에서 선배 윤동주를 만나면서 새로운 서울 생활에 빠르게 적응했다. 윤동주는 멀리 북간도 용정 땅에서 서울로 유학을 온 처지였다. 정병욱이 일간지 학생란에 투고한 글을 보고 윤동주가 먼저 그를 찾았다. 윤동주는 정병욱의 글재주를 칭찬했다. 두 사람은 글을 통해 가까워졌고, 정병욱은 연희전문 기숙사 생활부터 학교 공부까지 윤동주의 도움으로 낯선 서울 생활에 적응해 갔다. 윤동주와 정병욱은 이듬해 봄 학교 기숙사를 나와 종로 누상동에 하숙을 정했다. 해방 직후 활동했던 소설가 김송의 집이었다. 두 사람은 같은 방에서 함께 지냈다.

연희전문학교 재학 시절의 윤동주와 정병욱.

윤동주는 늘 시작(詩作)에 열중했다. 그는 자신이 쓴 시의 원고를 정병욱에게 보여 주었다. 윤동주의 대표작으로 꼽히는 「또 다른 고향」, 「별 헤는 밤」, 「참회록」, 「간(肝)」 등은 모두 이 하숙방에서 쓴 것들이었다. 그의 시 「별 헤는 밤」은 당초에 "딴은 밤을 새워 우는 벌레는 / 부끄러운 이름을 슬퍼하는 까닭입니다"를 마지막 연으로 맺어져 있었다. 초고를 읽어 본 정병욱은 결말이 좀 허전한 느낌이 든다고 자신의 소감을 이야기했다. 윤동주는 후배가 들려주는 말을 가벼이 넘기지 않았다. 그는 이 시를 다시 다듬어 마지막 연을 하나 덧붙였다. 그렇게 하여 이 시를 다음과 같이 완성했다.

계절(季節)이 지나가는 하늘에는
가을로 가득 차 있습니다.

나는 아무 걱정도 없이
가을 속의 별들을 다 헤일 듯합니다.

가슴속에 하나둘 새겨지는 별을
이제 다 못 헤는 것은
쉬이 아침이 오는 까닭이요,
내일(來日) 밤이 남은 까닭이요,
아직 나의 청춘(靑春)이 다하지 않은 까닭입니다.

별 하나에 추억(追憶)과
별 하나에 사랑과
별 하나에 쓸쓸함과
별 하나에 동경(憧憬)과
별 하나에 시(詩)와
별 하나에 어머니, 어머니,

어머님, 나는 별 하나에 아름다운 말 한마디씩 불러봅니다. 소학교
(小學校) 때 책상(冊床)을 같이 했던 아이들의 이름과, 패(佩), 경(鏡), 옥
(玉) 이런 이국소녀(異國少女)들의 이름과 벌써 애기 어머니 된 계집애
들의 이름과, 가난한 이웃사람들의 이름과, 비둘기, 강아지, 토끼, 노새,
노루, '프랜시스 잠', '라이너 마리아 릴케' 이런 시인(詩人)의 이름을 불
러봅니다.

이네들은 너무나 멀리 있습니다.
별이 아슬히 멀듯이,

어머님,
그리고 당신은 멀리 북간도(北間島)에 계십니다.

나는 무엇인지 그리워
이 많은 별빛이 내린 언덕 위에
내 이름자를 써보고,
흙으로 덮어버리었습니다.

딴은, 밤을 새워 우는 벌레는
부끄러운 이름을 슬퍼하는 까닭입니다.

그러나 겨울이 지나고 나의 별에도 봄이 오면
무덤 위에 파란 잔디가 피어나듯이
내 이름자 묻힌 언덕 위에도
자랑처럼 풀이 무성할 게외다.

—「별 헤는 밤」 전문

　　윤동주는 새로 고친 작품을 정병욱에게 보이면서 끝부분이 허전하다는 지적을 듣고 새로 한 연을 덧붙였다고 말했다. 정병욱은 후배의 이야기를 가볍게 여기지 않고 이를 따라 자기 시를 고쳐 쓴 선배 윤동주의 태도에 마음속 깊이 존경의 뜻을 표했다. 두 사람의 대화는 언제나 문학과 예술에서 시작되어 윤동주가 쓴 시에 관한 이야기로 이어졌다. 정병욱은 독실한 기독교 신자였던 윤동주를 따라 일요일이면 함께 교회당을 찾고 종교적인 생활에 빠져들기도 했다. 둘은 충무로 거리의 책방을 함께 둘러보기도 했고, 음악다방에 들렀다가 영화관을 찾기도 했다.

당시 윤동주는 연희전문을 졸업한 뒤에 일본으로 유학하여 학업을 계속할 준비를 하고 있었다. 그는 연희전문 졸업을 앞두고 그 기념으로 자신이 평소에 써 두었던 시들을 정리하여 한 권의 시집을 펴낼 계획도 세웠다. 그러나 시집의 출간은 불가능한 일이었다. 1940년부터 일제는 한국어 말살 정책을 강압적으로 시행하면서 이미 한국어 신문 잡지의 발행을 금지시켰고 한국어로 된 서적의 출판은 허가하지 않았다. 윤동주는 자신의 시를 자필로 정리하여 '하늘과 바람과 별과 시'라는 제목을 붙였고, 맨 앞에 「서시(序詩)」를 써넣었다.

죽는 날까지 하늘을 우러러
한점 부끄럼이 없기를,
잎새에 이는 바람에도
나는 괴로워했다.
별을 노래하는 마음으로
모든 죽어가는 것을 사랑해야지
그리고 나한테 주어진 길을
걸어가야겠다.

오늘 밤에도 별이 바람에 스치운다.

—「서시」 전문

윤동주는 원고를 손수 제본하여 모두 세 벌의 노트를 만들었다. 그 중의 한 벌에는 '정병욱 형 앞에 윤동주 정(呈)'이라고 썼다. 그리고 그 것을 후배 정병욱에게 건넸다. 다른 한 벌은 연희전문 문과 교수였던 이양하 선생께 드렸고 나머지 한 벌의 원고를 자신이 지닌 채 1942년 일본으로 떠났다.

윤동주가 일본으로 떠난 후 정병욱도 연희전문에서 학업을 계속 이어갈 수 없었다. 일제에 의해 강제로 학병에 징발되었기 때문이다. 정병욱은 학병으로 끌려가면서 자신의 책과 쓰던 노트들을 윤동주의 시집 원고와 함께 고향집 어머니에게 맡겼다. 소중한 것이니 잘 간수해야 한다고 어머니에게 말했지만, 그는 자신이 살아 돌아와 그것들을 다시 펼쳐 볼 수 있을지 확신할 수가 없었다. 그런데 학병으로 전선에 투입되었던 그는 전선에서 파편을 맞아 허리에 큰 부상을 당한 채 겨우 목숨을 건졌다. 그는 곧바로 후송되었고 부상당한 몸으로 고향으로 돌아왔다. 1945년 해방이 찾아왔다. 정병욱은 해방과 함께 서울로 올라와 경성대학(서울대학교) 국어국문학과에 편입하였다. 일제 때 끝내지 못한 학업을 계속하기 위해서였다. 격랑의 세월 속에서 일본으로 유학을 떠난 윤동주와는 소식이 끊겼다.

정병욱은 해방이 된 뒤에야 서울에서 윤동주의 죽음에 관한 소식을 들었다. 북간도 용정에서 해방과 함께 귀국한 윤동주의 가족을 통해서였다. 윤동주는 1943년 7월 교토의 도시샤대학에서 고종사촌 송

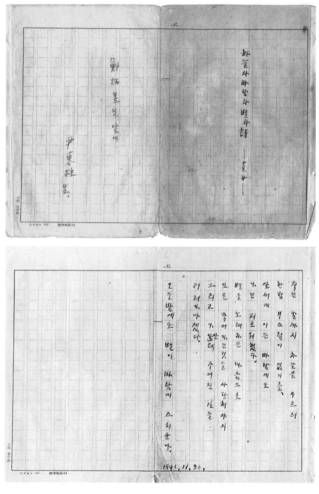

『하늘과 바람과 별과 시』 육필 원고(윤동주기념사업회 소장본).

1948년 정음사 발간 유고시집에 실린 윤동주 사진
(국립중앙도서관 소장본).

몽규 등과 일본 경찰에 체포되었는데, 1945년 2월 후쿠오카 감옥에서 악형으로 세상을 떠났다는 것이었다. 그는 윤동주가 일본 후쿠오카 감옥에서 죽었다는 사실이 믿어지지 않았다. 윤동주와 함께 보냈던 연희전문 시절이 못내 서러웠다. 정병욱은 북받치는 슬픔을 참을 수 없었다. 윤동주의 아름다운 시정신을 꺾어 놓은 일본의 폭압에 치를 떨었다. 그리고 윤동주가 자신에게 건네주고 간 시집 원고를 떠올렸다. '하늘과 바람과 별과 시'라는 제목을 붙였던 그 원고였다.

　정병욱은 고향의 어머니를 찾았다. 해방 후 어수선한 서울을 떠나 오랜만에 내려온 귀향길이었다. 정병욱의 부모가 살고 있던 집은 섬진 강 하구의 망덕 포구에 자리하고 있었다. 정병욱의 부친은 고향에서 면장을 지내다가 이곳에서 양조장을 운영하면서 향리의 청년 교육에 앞장서고 있었다. 정병욱은 집에 들어서자 바로 어머니에게 전에 맡겼던 책과 노트를 어디에 두었는지 물었다. 어머니는 잘 간수했으니 걱정 말라고 하였다. 그러고는 일본 순사의 눈을 피해 양조장 큰 독 안에 감추었다가 해방이 되면서 장롱 속에 보관했던 책과 노트를 꺼내 왔다. 명주 보자기로 정성스럽게 싸 놓은 책과 노트를 받아 든 정병욱은 그 가운데 끼어 있는 윤동주의 시 원고가 너무도 반가웠다.

정병욱은 윤동주가 남긴 시작 원고를 가슴에 품고 서울로 올라왔다. 그는 곧바로 이 원고를 윤동주의 가족들에게 보였고 윤동주가 남긴 시 작품들을 두루 조사하여 시집 발간 작업을 서둘렀다. 1948년 1월 윤동주의 3주기를 앞두고 시집 『하늘과 바람과 별과 시』를 정음사에서 출간했다.

 죽은 뒤에 시인으로 살아난 윤동주

시인 윤동주는 1917년 중국 북간도 명동촌에서 태어난다. 명동촌에서 소학교를 다녔고, 1932년에 용정의 은진중학에 입학한다. 그는 한때 평양의 숭실중학교로 전학하여 수학했던 적도 있지만, 신사 참배 거부 사건으로 숭실중학교가 폐교당하자 다시 용정으로 돌아와 광명학원 중학부를 졸업한다. 윤동주는 1936년을 전후하여 그의 시적 재능을 발휘하면서, 연길에서 간행되는 《가톨릭소년》이라는 잡지에 동요, 동시를 발표하기 시작한다. 그가 용정을 떠나 연희전문학교에 입학한 것이 1938년이다. 윤동주는 1941년 연희전문을 졸업하고, 1942년 일본의 릿쿄[立教] 대학에 입학했지만, 가을에 도시샤대학 영문과로

일본 유학 중에 귀국한 윤동주(뒷줄 오른쪽)와 송몽규(앞줄 가운데).

전학한다. 도시샤대학에 재학 중이던 1943년 그는 고종사촌인 송몽규와 귀국하다가 독립운동 혐의로 일본 경찰에 체포된다. 그리고 2년 형을 선고받고 후쿠오카 형무소에서 복역하다가 1945년 2월 16일 옥사한다.

윤동주는 중학 시절부터 글쓰기에 남다른 관심을 가졌다. 그의 시작 활동은 연희전문학교 재학 중에도 꾸준히 이루어졌다. 하지만 그는 당대 문단에 자신의 이름을 올리지 못하였다. 그 이유는 일제의 강압적인 한국어 말살 정책 때문이었다. 그는 시를 쓰고 있었지만 그 시를 발표할 수 없었다. 그는 자신의 작품들을 그대로 감추어 놓고는 일본 유학길에 올랐다. 이국의 땅에서도 그는 시를 쓰는 일에 매달렸다. 어둠 속에서 이루어진 그의 시는 그가 세상을 떠나고 조국에 해방이 찾아온 뒤에야 세상에 알려졌다. 암흑의 시대를 지키는 외로운 별빛으로 그의 시가 홀로 빛나고 있었던 것이다.

윤동주의 시는 순결한 동심(童心) 지향적 세계와 함께 실향 의식을 강하게 드러낸다. 그리고 그의 많은 작품에는 어두운 현실 속에서 떳떳하게 살아가지 못하는 자기 자신에 대한 비판적 성찰이 여러 가지 방법으로 형상화되고 있다. 특히 그의 작품에서는 식민지 상황에 대한 불안 의식과 함께 끝없는 자기 성찰이 특이한 긴장을 드러낸다. 그의 시가 내적으로는 자아에 대한 성찰과 외적으로는 식민지 현실에 대한 비판을 통합적으로 형상화하고 있다는 평가를 받는 것은 이 때문이다. 윤동주의 시가 저항시 범주에 속할 수 있느냐에 대해서 다소의 반론이 없지는 않지만, 일제 말기 어둠의 현실을 바라보는 비판적 태도와 함께 자기 내면으로부터 비롯되고 있는 반성적 언어를 통해 왜곡된 현실을 극복하고자 하는 시적 의지를 구현하고 있다는 것은 부인할 수 없는 사실이다.

그런데 그의 시는 시적 정서와 상상력이 언제나 개인적인 내면 의식을 기반으로 이루어지고 있다는 점을 주목할 필요가 있다. 물론 시적 주체로서의 서정적 자아는 시적 대상으로서의 식민지 현실과의 관계 양상에 따라서 그 존재 의미가 규정될 수 있다. 현실에서의 자아 인식의 문제는 문학 속에서의 주체 정립이라는 과제와 직결된다. 그런데 일제 식민지 시대에 제기된 개인의 자각과 인식 문제는 한국의 역사적인 상황과 현실에 근거한 것이라기보다는, 서구적인 문화의 충격에 의해 이루어진 반성적 자의식에서 비롯된 경우가 많다. 한국의 근대적 선각자로 내세워지고 있는 상당수의 문인들이 식민지 현실 속에서 보여 준 패배주의적인 현실 인식은 바로 이러한 문제와도 연관되어 있다. 그러나 식민지 시대의 문학과 그 역사적 조건에 대한 반성을 전제할 경우, 시인 윤동주의 위상은 매우 특이한 의미를 지니게 된다.

윤동주 시에서 삶의 현실은 대개 시적 주체의 존재 자체가 부정될 수밖에 없는 비극적인 상황으로 그려지고 있다. 민족과 국가라는 절대 개념이 부정되는 식민지 현실은 왜곡된 역사이며 불모의 땅이다. 그의 시는 바로 이 같은 현실에 대한 도전이며 비판적 저항이라고 할 수 있다. 이 시인의 시의 세계가 정신적인 자기 확립의 단계에 들어설 무렵에 이루어진 다음의 시는 이러한 사실을 분명하게 입증해 준다.

창밖에 밤비가 속살거려
육첩방은 남의 나라,

시인이란 슬픈 천명인 줄 알면서도
한 줄 시를 적어볼까.

땀내와 사랑내 포근히 품긴
보내주신 학비 봉투를 받아

대학 노―트를 끼고
늙은 교수의 강의 들으러 간다.

생각해 보면 어린 때 동무를

하나, 둘, 죄다 잃어버리고

나는 무얼 바라
나는 다만, 홀로 침전하는 것일까?

인생은 살기 어렵다는데
시가 이렇게 쉽게 씌어지는 것은
부끄러운 일이다.

육첩방은 남의 나라,
창밖에 밤비가 속살거리는데,

등불을 밝혀 어둠을 조금 내몰고,
시대처럼 올 아침을 기다리는 최후의 나,

나는 나에게 작은 손을 내밀어
눈물과 위안으로 잡는 최초의 악수.

—「쉽게 씌어진 시」 전문

   앞의 「쉽게 씌어진 시」에서 우선적으로 관심의 대상이 되는 것은 '육첩방은 남의 나라'로 요약되고 있는 현실의 인식 문제이다. 이러한 상황적 인식이 선행되고 있기 때문에 서정적 자아는 '시인이란 슬픈 천명'을 감수할 수밖에 없다. 하지만 이 시에서 주체의 존재가 가장 아프게 부딪히고 있는 명제는 '육첩방은 남의 나라'도 아니요 '시인이란 슬픈 천명'도 아니다. 오히려 이 두 개의 명제를 전제하면서 '시가 이렇게 쉽게 쓰이는 것은 부끄러운 일'임을 깨닫는 순간이다. 시를 쓰는 일을 통해서만이 자신의 존재를 확인할 수 있는 시인이 시를 쓰는 것 자체를 '부끄러운 일'로 인식하게 되는 것은 결국 외적인 상황과 자기 존재가 함께 요구하는 삶의 총체적인 인식이 불가능하다는 것을 알았기 때문이다. 그러므로 '등불을 밝혀 어둠을 조금 내몰고 시대처럼 올 아침을 기다리는 최후의 나'에서 우리가 느낄 수 있는 것은 그 고고한 정신만이 아니다. 오히려 시대의 고통을 자기 내면에 끌어들여 놓고 그것을 고뇌하는 자기 인식의 비극성이 더욱 절실한 느낌으로 다가오고 있는 것이다.

윤동주의 시에서 주체의 자기 인식은 언제나 '부끄러움'으로 표출되고 있다. 그가 보여 주고 있는 자기 성찰은 그것이 실천적인 행동 의지로 외현화하지는 않았지만 자신의 삶을 끊임없이 뒤돌아보는 비판적 반성을 통해 현실의 문제에 접근할 수 있는 가능성을 보여 준다.

파란 녹이 낀 구리 거울 속에
내 얼굴이 남아 있는 것은
어느 왕조의 유물이기에
이다지도 욕될까.

나는 나의 참회의 글을 한 줄에 줄이자.
─만 이십사 년 일 개월을

무슨 기쁨을 바라 살아왔던가.

내일이나 모레나 그 어느 즐거운 날에
나는 또 한 줄의 참회록을 써야 한다.
―그때 그 젊은 나이에
　왜 그런 부끄런 고백을 했던가.

밤이면 밤마다 나의 거울을
손바닥으로 발바닥으로 닦아보자

그러면 어느 운석 밑으로 홀로 걸어가는
슬픈 사람의 뒷모양이
거울 속에 나타나온다.

―「참회록(懺悔錄)」 전문

　　이 시에서 민족의 역사와 그 역사에 연관되어 있는 자아의 의미는
내면을 향한 질문의 형식으로 제기된다. 그리고 자신의 삶에 대한 비
판과 함께 민족의 역사를 돌아보고 있는 시인에게 앞으로 다가올 미
래는 '내일이나 모레나 그 어느 즐거운 날'로 상정되고 있다. 이러한 전
제는 물론 자기 의지와 신념에 근거한 것이므로 시적 주체와 민족의
역사가 함께할 수 있기 위해서는 끊임없는 자기 존재의 확인이 필요하
다. 하지만 거울을 닦는 행위로 구체화되고 있는 자기 성찰의 과정에
서 확인할 수 있는 것은 '슬픈 사람의 뒷모습'일 뿐이다.

이와 같이 윤동주의 시에서 시적 주체로서의 서정적 자아가 보여주고 있는 자기 성찰은 자기 내면에의 몰입, 순수한 자기 내면화로 귀착되고 있다. 고통의 현실이 그 고통의 아픔만큼 더욱 깊이 의식의 내면에 자리 잡고 있으며 괴로운 역사가 그 무게만큼 의식의 내면을 억누른다. 이처럼 철저한 자기화의 논리 때문에 그는 자신이 내세우고 있는 신념과 그 실천적 의지 사이에 조그마한 간격도 인정하지 않는다. 자신에게 부여하고 있는 도덕적 준엄성을 고수하기 위해 그가 고통스러운 삶에 대처할 수 있는 하나의 방법으로´내세우고 있는 것이 순수 의지이다.

그렇지만 윤동주의 시의 세계는 그의 불행한 죽음으로 인하여 자기 의지의 확인 과정에서 더 이상의 진전을 보이지는 못한다. 그러나 그의 시들은 시대적인 고뇌를 시적으로 형상화하는 데에 성공하고 있으며 현실의 괴로움과 삶의 어려움을 철저하게 내면화하여 그 시적 긴장을 지탱하고 있음은 물론이다. 그리고 바로 이 점이 시인 윤동주의 시인다움을 말해 주는 특징이라고 할 수 있다.

한 가지 첨언하는 것이 좋겠다. 정병욱은 한국 최고의 고전시학 연구자가 되어 서울대학교에서 가르쳤다. 그는 대학교수가 된 뒤 자신의 이름 앞에 '백영(白影)'이라는 호를 붙였다. 윤동주가 노래한 시 구절 속의 '흰 그림자'를 그대로 따왔다. 이것은 고결한 시정신을 따르고자 하는 후배 정병욱의 아름다운 뜻을 드러낸다. 두 사람의 우정이 아니었다면 시집 『하늘과 바람과 별과 시』는 세상의 빛을 보지 못했을 것이다. 그리고 이 시집의 원고를 아들의 말대로 고이 간직했던 정병욱의 모친의 자상함도 여기 함께 빛나고 있는 것이 아닌가?

이제 어리석게도 모든 것을 깨달은 다음
오래 마음 깊은 속에
괴로워하던 수많은 나를
하나, 둘 제 고장으로 돌려보내면
거리 모퉁이 어둠 속으로
소리 없이 사라지는 흰 그림자.

흰 그림자들
연연히 사랑하던 흰 그림자들.

—「흰 그림자」 부분

섬진강 하구의 망덕 포구에 서면 멀리 하늘처럼 열린 남해 바다가 보인다. 해마다 봄이면 매화꽃이 지리산 자락에서 섬진강 변까지 흐드러지게 피어나고 그 향기가 강물에 실려 이곳 망덕 포구로 밀려온다. 윤동주의 시집 『하늘과 바람과 별과 시』의 원고가 숨겨져 있었던 낡은 양조장의 정확한 주소는 전라남도 광양시 진월면 망덕리 23번지이다. 이곳이 식민지 시대 암흑기를 넘기며 윤동주의 시집 『하늘과 바람과 별과 시』의 원고를 감춰 두었던 집이라는 사실을 아는 이가 많지 않다. 국문학자 정병욱 교수가 청년 시절을 보냈던 이 집을 둘러보면 섬진강 가에서 매화 향기 속에 윤동주를 다시 만날 수 있다.

조지훈과 박목월의 나그네

 『청록집』의 탄생

『청록집(靑鹿集)』은 1946년 해방 1주년을 맞아 젊은 시인 조지훈, 박목월, 박두진이 함께 펴낸 3인 공동 시집이다. 광복의 열정을 실감 있게 보여 주고 있는 『청록집』은 을유문화사에서 발간했다. 문단의 좌우 대립과 함께 '정치시(政治詩)'에 대한 요구가 격렬했던 해방 공간에서 세 시인이 합동으로 처음 만들어 낸 이 작은 시집은 경이로움 그 자체였다고 할 수 있다. 당시 민족 문단을 주도했던 조선청년문학가협회는 이 시집을 해방 1주년을 맞는 기념 출판물로 내세우기도 했다.

『청록집』은 전체 114면으로 편집된 작은 시집인데 특별한 서문이나 발문이 없다. 박목월, 조지훈, 박두진은 정지용의 추천을 받아 잡

1946년 을유문화사에서 발간한
『청록집』 초판본.

지《문장(文章)》을 통해 시인으로 등장했지만 일제의 한국어 말살 정책으로 잡지가 폐간되면서 더 이상 작품을 발표할 수가 없었다. 이들이 등단작과 함께 이후 발표하지 못한 채 써 두었던 시들을 모아 시집으로 엮은 것이 바로 『청록집』이다. 박목월 편에는 「임」, 「윤사월(閏四月)」, 「청노루」, 「나그네」 등 15편이 실렸고, 조지훈 편에는 「고풍의상(古風衣裳)」, 「승무(僧舞)」, 「완화삼(玩花衫)」 등 12편이 수록되어 있다. 박두진 편에는 「묘지송(墓地頌)」, 「도봉(道峰)」, 「설악부(雪岳賦)」 등 12편이 있다. 모두 39편의 시가 수록되어 있다. '청록집'이라는 시집의 제목은 박목월의 시 「청노루」에서 따온 것으로 알려져 있다.

『청록집』은 해방 시단에서 되찾은 모국어의 감각과 기법을 통해 한국시의 새로운 가능성을 제시했던 하나의 기념비적 성과에 해당한다. 이 시집을 통해 제시되었던 시정신의 지향은 이들을 따르는 수많은 시

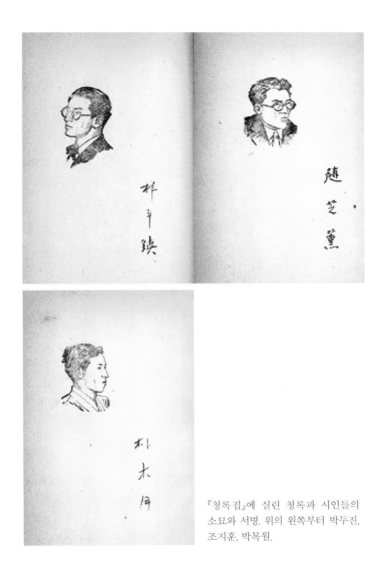

『청록집』에 실린 청록파 시인들의
소묘와 서명. 위의 왼쪽부터 박두진,
조지훈, 박목월.

인들에 의해 다양한 상상력으로 발전하고 있다. 시가 민족의 삶 가운데 끊임없이 생성되는 영혼의 노래이며, 그 자체의 언어와 형식도 시의 정신에 따라 스스로 갱신해 나아가게 된다는 사실은 『청록집』을 통해 쉽게 확인할 수 있다. 그러므로 이 시집의 발간 이후 우리는 시인 조지훈, 박목월, 박두진에게 '청록파'라는 명칭을 별도로 부여하고 있다.

 지훈과 목월의 만남

청년 시인 조지훈(1920~1968)이 박목월(1915~1978)을 처음 만난 것은 경주 부근의 건천역에서였다. 이 두 사람의 만남이 시집 『청록집』의 씨앗이 되었다는 것을 기억하는 사람은 그리 많지 않다. 한국의 시단이 소중하게 여겨야 할 두 시인의 만남은 시를 사랑하는 모든 사람들에게도 마음 뿌듯한 감격적인 장면에 해당한다.

건천역은 요즘 하루 네 차례 동대구와 포항을 오가는 무궁화호 열차가 지나간다. 그러나 중앙선의 지선을 달리는 전동 열차의 승차권을 들고 이 역에 내리는 손님은 거의 없다. 기다랗게 뻗은 플랫폼에는 이정표만이 덩그렇게 서 있다. 조지훈은 1942년 이른 봄날 이곳 건천역에 처음 내려섰다. 박목월을 만날 수 있다는 기쁨이 그의 가슴을 벅차게 했다. 지훈은 1939년 잡지《문장》을 통해 시단에 나온 청년 시인이었지만 더 이상 시를 발표할 수 없었다. 일본의 한국어 말살 정책으로 모든 신문과 잡지들이 폐간당했기 때문이다. 그는 혜화전문학교를 졸업한 후 곧바로 오대산 월정사로 들어갔다. 그곳 불교강원의 외전(外典) 강사로 일하면서 고독과 절망의 한 해를 울분 속에 보내야 했다. 1941년 겨울 일본의 진주만 공격 소식을 듣고 그는 서울 길에 올랐다. 세상일이 흉흉하여 절간에 들어박혀 있을 수가 없었다.

지훈이 1년 만에 찾은 서울 문단은 빈사 상태였다. 젊은 문인들은 다들 어디론가 숨어들었고 몇몇은 일본 말로 글을 쓰면서 문단인 행세를 하고 있었다. 그는 강제 폐간당한 《문장》을 대신하여 《국민문학(國民文學)》이라는 친일 잡지가 서점에 꽂혀 있는 것을 보고 치를 떨어야 했다. 지훈은 그 겨울을 서울에서 지내면서 조선어학회의 『조선어큰사전』 편집을 도왔다. 하지만 적막한 문단의 어느 구석에 박혀 있는지 알 수 없는 자기 또래의 문인들이 늘 궁금했다. 그는 비슷한 시기에 《문장》의 추천을 받았던 박목월의 주소를 알아냈다. 박목월을 추천하면서 시인 정지용은 '북에 소월(素月)이 있었거니 남에 목월이 날 만하다'라고 했었다. 그는 목월에게 긴 편지를 띄웠다. 얼마 뒤에 뜻밖에도 짧지만 정겨운 목월의 답신이 날아왔다. 지훈은 시인 박목월을 만나야겠다는 생각에 곧장 목월에게 전보를 보내고는 경주 여행을 서둘렀다.

조지훈은 뒷날 박목월의 시집 『산도화』(1955)의 발문에서 당시를 이렇게 회고하였다.

내가 목월을 처음 만난 것은 1942년 이른 봄이었다. 그 전해 가을에 나는 절간에서 일본의 진주만 공격의 소식을 들었고 《문장》 폐간호를 받았다. 그해 겨울 과음한 탓으로 빈사의 몸으로 서울로 와서 이른바

《국민문학》이 발간된 것을 보았고 몇 달을 누워 있다가 이듬해 봄에 조
선어학회의 『큰사전』 편찬을 돕고 있을 때였다. 일본서 돌아오는 초면
의 시인이 하나 화동에 있는 조선어학회를 찾아와서 오는 길에 목월을
만나고 왔다는 말을 전했었다. 그때까지 경주를 못 보았을 뿐 아니라
겸하여 목월도 만나고 싶고 해서 나는 그 이튿날 목월에게 편지를 썼
다. 무슨 말을 썼는지 지금은 모르지만 매우 긴 편지였다는 것만을 기
억하고 있다. 얼마 뒤에 목월에게서 답장이 왔었다. 그 짧으면서도 면면
한 정회가 서려 있는 편지는 다음과 같았다. '경주박물관에는 지금 노
오란 산수유 꽃이 한창입니다. 늘 외롭게 가서 보곤 하던 싸느란 옥적
(玉笛)을 마음속에 그리던 임과 함께 볼 수 있는 감격을 지금부터 기다
리겠습니다. (……)' 이 짧은 글을 받고 나는 이내 전보를 쳤었다.

― 조지훈, 『산도화』 발문 중에서

　조지훈이 경주로 내려오던 날 아침부터 하늘에서는 봄비가 분분하
게 흩뿌렸다. 목월은 지훈을 만난다는 사실에 가슴이 벅차 전날 밤 제
대로 잠을 이루지 못했다. 그는 일찌감치 건천역으로 나가 지훈을 기
다렸다. 대구 계성학교를 졸업한 뒤 고향으로 돌아와 금융조합 서기로
일하고 있던 그는 자신이 시인이라는 사실 자체가 오히려 부끄러웠다.
시를 쓴댔자 그것을 발표할 길이 없었다. 모든 잡지와 신문이 폐간당
한 터라서 그는 중앙문단에서 제대로 이름조차 알리지 못한 채 시골
생활에 빠져 있었다. 그가 경주에서 가끔 만났던 문인은 당시 소설가
로 이름이 나 있던 김동리였다. 고향으로 내려와 은거하고 있던 김동
리는 갓 시인이 된 박목월과 문학에 관한 이야기를 나눌 수 있는 유일

한 문우였다. 그런데 낯모르는 시인 조지훈에게서 편지가 왔다. 박목월은 이 장면을 다음과 같이 그렸다.

경주에 있는 나에게 하루는 편지가 왔다. 봄바람에 날리는 버들가지처럼 멋이 있으면서 단아한 지훈의 필체로 넉 장 정도의 긴 편지였다. 시인다운 우아한 사연의 그 편지를 6·25사변 때 잃어버린 것이 내게는 두고두고 한이었다. 내가 회답을 보낸 얼마 후 그는 나를 찾아 경주로 왔다. 긴 머리가 밤물결처럼 출렁거리던 그의 첫인상은 시인이기보다는 귀공자 같았다. 티 없이 희고 맑은 이마, 그 서글서글한 눈. 나는 서울에서 온 시우를 맞아 그날 밤을 뜬눈으로 새웠다.

—박목월, 「시인의 잠적—지훈을 애도하며」 중에서

그날 해 질 무렵 건천역에 기차가 들어섰다. 박목월은 한 번도 만난 적이 없는 지훈이 자신을 제대로 알아볼 수 있을까를 걱정하며, 전날 밤 한지에 '박목월'이라고 자기 이름을 써 두었다. 그리고 역으로 나가면서 그 종이를 챙겼다. 그는 역 앞에서 자기 이름을 쓴 한지를 깃대처럼 쳐들고는 지훈을 기다리고 있었다. 큰 보퉁이를 머리에 이고 있는 시골 아낙네 서넛과 촌로 두엇이 플랫폼에 내렸다. 그리고 맨 마지막으로 지훈이 천천히 기차에서 내려섰다. 목월은 자신이 들고 서 있던 깃대를 흔들 필요도 없이 단박에 시인 조지훈을 알아챘다. 긴 머리를 날리면서 기차에서 내린 지훈은 저녁 무렵 설핏한 기운 속에서도 훤칠한 키에 수려한 면모가 돋보였다. 두 사람은 서로 얼싸안았다. 그렇게 이곳 건천역에서 둘은 처음 만났다.

시에 대한 사랑 혹은 시인의 우정

암흑의 시대를 절망 속에서 살아가던 젊은 두 시인은 폐허의 고도 경주의 여사(旅舍)에서 거의 매일 뜬눈으로 밤을 새웠다. 문학 이야기로 시작하여 둘의 대화는 시대를 거슬러 올라갔다. 조지훈은 시인으로서의 존재를 이렇게 따뜻하게 지키고자 하는 목월이 고마웠다. 그리고 무엇보다도 그가 혼자서 열심히 시를 써 두고 있는 것이 미더웠다. 박목월은 자신의 시를 드러낼 문단도 없고 자신의 시에 박수를 보내 줄 독자도 한 사람 없는 시골에서 그저 시를 쓰고 있었다. 비록 발표할 수는 없었지만 그의 시는 자신의 심경을 그대로 드러낼 수 있는 유일한 안식처였다.

밭을 갈아 콩을 심고
밭을 갈아 콩을 심고
꾸륵꾸륵 비둘기야

白楊잘라 집을 지어
초가삼간 집을 지어
꾸륵꾸륵 비둘기야

—「밭을 갈아」 부분

이렇게 이어지는 「밭을 갈아」라는 시를 목월은 지훈에게 보여 주었다. 그리고 조용히 시구를 읊조리기도 했다. 그 시상의 단조로움에도 불구하고 민요적 가락을 살려 내면서 향토의 정서를 그 바탕에 깔고 있는 이 시에서 지훈은 목월의 소박한 삶과 꿈을 읽어 낼 수 있었다. 목월의 시를 펼쳐 본 후 한동안 눈을 감고 있던 지훈이 혼잣말처럼 중얼거렸다. "목월, 시를 쓴들 뭣하지!" 목월도 지훈의 표정에 그만 할 말을 잊었다. 조지훈은 목월을 쳐다보면서 서울 문단의 어지러운 형편을 설명해 주었다. 두 사람은 서로 손을 맞잡고 시대의 아픔을 탓했다.

두 시인이 석굴암을 찾던 날은 대숲 사이로 복사꽃이 발갛게 고개를 드러냈지만 진눈깨비가 뿌렸다. 불국사 소나무 그늘 아래서 찬 술에 취하여 떨고 있는 지훈을 목월은 외투로 감싸 주었다. 둘은 왕릉 사이로 난 오솔길을 걸으며 계림의 솔밭 아래 바람 소리를 모았다. 지훈은 그렇게 일주일 가까이 경주를 떠나지 못하고 목월과 함께했다.

조지훈은 목월과의 헤어짐을 안타까워하면서 「낙화(落花)」라는 시를 썼다. 그리고 이것으로 목월의 우정에 고마움을 표했다.

꽃이 지기로소니
바람을 탓하랴.

주렴 밖에 성긴 별이
하나 둘 스러지고

귀촉도 우름 뒤에
머언 산이 닥아서다.

초ㅅ불을 꺼야 하리
꽃이 지는데

꽃 지는 그림자
뜰에 어리어

하이얀 미닫이가
우련 붉어라.

묻혀서 사는 이의
고운 마음을

아는 이 있을까
저허하노니

꽃이 지는 아침은
울고 싶어라.

—「낙화」 전문

"꽃이 지는 아침은 / 울고 싶어라"라고 노래하면서 지훈은 경주를
떠났다. 그리고 고향인 경상북도 영양에 들렀다가는 서울을 거쳐 다
시 오대산 월정사로 들어갔다.

지훈은 경주를 떠나온 후에도 목월과의 만남과 그 감회를 잊을 수

가 없었다. 그 뒤에 둘은 자주 서신으로 교유했다. 당시 조지훈이 목월에게 편지와 함께 써 보냈던 시 가운데 「완화삼(玩花衫)」이라는 작품에는 '목월에게'라는 부제까지 붙였다. 시를 벗 삼아 어둠을 살아가는 순수하고도 고운 마음결의 목월에 대한 사랑의 헌사(獻詞)였다.

차운 산 바위 우에 하늘은 멀어
산새가 구슬피 우름 운다.

구름 흘러가는
물길은 七百里

나그네 긴 소매 꽃잎에 젖어
술 익는 강마을의 저녁노을이여.

이 밤 자면 저 마을에
꽃은 지리라

다정하고 한 많음도 병이냥 하여
달빛 아래 고요히 흔들리며 가노니……

―「완화삼」 전문

박목월은 이 시를 받고 감격했다. 시대의 어둠을 훌훌히 떨치고 자신의 길을 찾아가는 지훈의 모습이 이 시 속에 오롯하게 자리하고 있었다. 목월은 지훈에 대한 화답의 시를 준비했다. 그는 전통적인 한시의 차운(次韻) 방식을 본떠 지훈의 시정을 좇았다. "구름 흘러가는 / 물길은 칠백리 // 나그네 긴 소매 꽃잎에 젖어 / 술 익는 강마을의 저녁노을이여"에서 느낄 수 있는 소탈하면서도 허정한 지훈 시의 기품을 어떻게 해서라도 다시 살려 내고 싶었다.

강나루 건너서
밀밭 길을

구름에 달 가듯이
가는 나그네

길은 외줄기
남도 삼백 리

술 익은 마을마다
타는 저녁놀

구름에 달 가듯이
가는 나그네
　　　　　　―「나그네: 술 익은 강마을의 저녁노을이여―지훈(芝薰)」 전문

　목월의 시 「나그네」는 절제의 미학을 최대한 살려 내고 있는 간결한

형식을 취하고 있다. 유장한 가락에 허무의 정서를 담아내고 있는 지훈과는 달리 목월은 압축된 언어에 세련된 감각을 살려 다시없는 절창을 만들었다. 건천역에서 이루어졌던 두 시인의 만남은 서로의 우정과 사랑과 시혼을 담아 이렇게 아름다운 열매를 맺었다. 이렇게 절실한 심운(心韻)의 화답을 그 뒤 어디서도 다시 찾아보기 어렵다.

지금 그곳 건천역 플랫폼에는 늦가을 햇살 사이로 고추잠자리들이 한가롭다. 조지훈의 근엄한 자태가 어린 곳. 박목월의 크고 부드러운 손길이 스쳤던 이 시골의 작은 역에서 두 시인의 만남을 기억해 주는 이는 그리 많지 않다.

하나의 후일담─청록파의 탄생

조지훈은 해방을 맞아 서울로 올라왔다. 그리고 경주를 떠나온 박목월과 재회했다. 두 사람 사이에 시인 박두진이 함께 끼었다. 일제 말기《문장》을 통해 등단한 세 사람은 시대의 아픔을 견디면서 썼던 시를 한데 모았다. 그리고 해방 1주년을 맞는 1946년 3인 합동 시집 『청록집』을 발간했다. 문단의 좌우 대립과 갈등이 격렬했던 해방 공간에서 『청록집』의 탄생은 한국 현대시의 새로운 출발을 의미하는 경이로운 첫걸음에 해당한다고 할 수 있다.

『청록집』은 각기 다른 시적 개성을 지닌 조지훈, 박목월, 박두진이라는 세 시인의 초기 시들을 묶은 것이지만, 한국 현대시에서 '자연의 발견'이라는 명제가 가장 적절하게 시적 형상성을 획득하고 있다는 평

대구 계성중학교에서 교편을 잡은 1931년 무렵의 박목월.

가를 받고 있다. 그리고 1930년대의 시와 해방 이후의 시를 잇는 서정
시의 계보와 그 맥락을 보여 주는 성과로 그 문학사적 의미가 규정되
고 있다. 실제로 이 시집에 수록된 시들은 해방 직후의 혼란 속에서
순수시의 전형으로 자리 잡고 있다. 물론 시적 대상으로서의 자연과
서정적 자아의 관계를 놓고 볼 때, 이들이 발견한 '자연'이라는 것에서
내면적 역동성을 찾아보기는 어렵다는 비판이 제기된 적도 있지만,
박목월의 언어 감각과 토착적 감성, 박두진의 시적 의지와 이데아 지
향, 그리고 조지훈의 고전적 시정신 등은 우리 시단에 폭넓은 영향을
미친 것이 사실이다.

　『청록집』의 시들이 보여 주고 있는 시적 정서가 현실 사회의 상황에
따라 새롭게 변화되는 양상은 세 시인의 활발한 창작 활동을 통해 잘
드러나고 있다.

『청록집 이후』(현암사, 1968)에 수록된, 조지훈의
자택에 모인 청록파 시인들 사진(왼쪽부터 박두
진, 박목월, 조지훈).

박두진은 『오도(午禱)』(1953)에서부터 『거미와 성좌』(1962), 『인간 밀
림』(1963), 『수석열전(水石列傳)』(1973) 등 수많은 시집을 내놓으면서
반복적인 율조와 절창의 언어를 통해 자기 의지를 표출하고 있다. 그
는 자연의 생명력을 노래하기도 하고, 자연을 통하여 인간의 의지를
노래하기도 한다.

박목월은 『산도화』를 비롯하여 『난(蘭)·기타』(1959)에서 『경상도 가
랑잎』(1968)에 이르기까지 고유의 정서와 리리시즘을 섬세한 감각으
로 재현하면서, 일상의 현실과 삶의 체험을 자신의 시의 세계로 끌어
들이고 있다. 그는 삶의 애환을 포괄하면서도 그 현실에 대응하는 적
극적인 자세를 내세우는 법이 없이, 천품의 가락을 노래하는 시인으
로 일상의 한가운데에 서게 된다.

조지훈은 『풀잎 단장』(1952) 이후 『조지훈 시선』(1956), 『역사 앞에

서』(1959) 등의 시집으로 시적 세계를 정립하고 있다. 고전적인 정신의 추구를 내세우면서 해방 직후의 혼란을 헤쳐 나온 조지훈은 절제와 균형과 조화의 시를 통해 자연을 노래하고 자기 인식에 몰두한다. 이러한 변화와 발전은 곧 한국 현대시의 역사를 그대로 말해 주고 있다.

구본웅이 그린
친구의 초상

 구본웅의 〈친구의 초상〉

　화가 구본웅(1906~1953)이 그린 〈친구의 초상〉은 지금 국립현대미술관에 보관되어 있다. 이 그림의 모델이 시인 이상(1910~1937)이라는 사실을 제대로 알고 있는 사람은 그리 많지 않다. 시인 이상의 얼굴에 담긴 음울을 그대로 내보이고 있는 서늘한 무표정의 화폭을 보면 가슴이 떨린다. 여기에 서린 숱한 언어의 질곡을 어떻게 설명할 수 있을까? 이상의 얼굴이되 이상만의 것이 아닌 고통. 이상의 눈동자이지만 그 속에 묻힌 숱한 음영들. 불행한 시대를 살았던 예술가 구본웅의 혼까지도 오롯이 이 한 폭의 그림 속에 담겨 있다는 것을 누가 부인하겠는가?

1935년 구본웅이 그린 이상의 초상화 〈친구의 초상〉
(국립현대미술관 소장).

　이 특이한 초상화를 자세히 들여다보면 캔버스 가득 어둠에 잠겨
있다. 화폭을 삼등분하여 한가운데 배치한 얼굴이 길어서 모딜리아니
처럼 처창하고 어둡기가 뭉크 같다. 유독 콧등이 날카롭고 빛난다. 위
쪽으로 치켜 올라간 검은 눈썹이 확연하다. 그러나 그 아래 눈동자에
는 까닭 모를 우수가 깃들어 있다. 머리에 쓴 모자만은 희극적이다. 언
제라도 벗어 던질 수 있다는 듯 삐툴하다. 그 검정의 실루엣에 캔버스
가 더욱 무겁다. 갸름한 얼굴의 윤곽이 콧날의 밝은 색조 때문에 더욱
초라하다. 모든 빛이 콧등에 던져진다. 그래서인지 망연한 눈빛이 사실
은 내면의 흔들림을 강하게 드러낸다. 지극히 정돈된 것처럼 보이지만
이 캔버스는 분명 흔들린다. 암청색의 배경이 움직인다. 어둠의 공간을

파고드는 담배 연기 때문일까? 입에 물고 있는 상아(象牙) 파이프. 일부러 꽂아 놓은 듯 눈사람의 입에 물린 솔방울 곰방대처럼 유난스럽게 길어 보인다. 하지만 이 파이프가 없다면 화폭의 하단이 허전하다. 하얗게 그리고 길게 드러나 보이는 상아 파이프는 치켜 올라간 눈썹과 각도를 맞추며 어둠과 빛의 긴장을 함께 살려 낸다. 그대로 둔다면 파이프에서 피어오르는 담배 연기가 캔버스를 가득 채울 듯하다.

이상은 자기 면영을 앞에 두고 "배고픈얼굴을본다. / 반드르르한머리카락밑에어째서배고픈얼굴은있느냐. / 저사내는어데서왔느냐. / 저사내는어데서왔느냐"(「얼굴」)라고 스스로 물었던 적이 있다. 빈상(貧相)의 표정을 거부하는 이 나르시시즘의 충동을 이해하기 위해 프로이트를 들먹일 필요는 없다. 그럴 때마다 이상은 거울의 단계에 독자들을 내버려 두고는 언어와 문자의 상징계로 넘어와 버리니까. 턱수염이 더부룩한 무표정한 입. 거기에 물린 하얀 상아 파이프. 이 불완전한 구도에 숨겨진 이야기 속에 시와 그림을 함께 꿈꿨던 이상의 고뇌가 담겨 있다.

구본웅이 이상을 모델 삼아 〈친구의 초상〉을 그린 1935년은 구본웅이 일본 유학을 끝내고 귀국하여 본격적인 작품 활동을 전개하고 있었던 때이다. 그런데 이 무렵 이상은 걷잡을 수 없는 혼동과 좌절에 빠져 있었다. 연작시 『오감도(烏瞰圖)』의 연재 중단은 이상을 깊은 절망 속으로 몰아넣었으며, '조선의 『악의 꽃』(보들레르)'을 만들겠다는 야심찬 기획도 속수무책으로 무너진다. 게다가 그가 애착을 가지고 시작했던 다방 '제비'도 경영이 어려워져서 문을 닫게 된다. 그리고 제비의 경영을 도맡았던 금홍과의 결별로 이어지면서 이상을 정신적 공황 상태로 몰아간다. 이때 이상 앞에 나타난 것이 바로 구본웅이다. 이상에게 있어서 구본웅이란 누구인가? 소학교 시절부터 함께 미술에 대한 꿈을 같이 나누었던 친구 구본웅은 이상에게 새 출발을 권유한다. 그는 이상을 위해 아버지가 운영하는 인쇄소 창문사에 일자리를 주선했고, 허망에 빠져 있던 이상을 현실의 한복판으로 다시 끌어올려 놓은 것이다. 그리고 그는 이상의 새 출발을 위해 이상을 모델로 역작 〈친구의 초상〉을 그리는 것이다.

구본웅의 그림 〈친구의 초상〉에서 가장 유별난 것은 이상이 그토록 부담스러워했던 수염도 아니고 초라한 빈상의 얼굴도 아니다. 얼굴의 길이만큼이나 길게 그려 놓은 상아 파이프, 바로 그것이다. 상아 파이프라니. 1930년대 모던 보이를 자청하던 청년 신사들에게는 금줄을 늘어뜨린 회중시계와 함께 상아 파이프가 필수적이다. 구본웅은 장난스럽게도 이상의 입에 상아 파이프를 물린다. 이 그림에서 상아 파이프는 불균형이다. 그러나 바로 그 불균형이 이 그림의 구도를 망치지 않는다. 오히려 굳어진 표정을 살아 움직이게 한다. 구본웅은 시인 이상의 입에 상아 파이프를 물림으로써, 그의 헛된 한숨을 멈추게 한다. 그리고 다시 다부지게 출발할 것을 명한다. 상아 파이프는 꼽추 화가 구본웅의 자존심을 보여 주는, 그리고 그것이 바로 이상 자신의 자존심을 부추기는 하나의 상징이 된다.

 영원한 천재 시인 이상

구본웅은 왜 이상을 위해 〈친구의 초상〉을 그렸을까? 이 질문에 답하기 위해서는 먼저 이상은 누구이며 이상이 남긴 문학은 어떤 것인가를 따져 보아야 한다. 이상의 문학에 대해서는 그가 남겨 놓은 문학 작품의 양보다 훨씬 많은 여러 가지 주석이 붙어 있다. 그의 생애에 대해서도 그가 살았던 짧은 삶보다 훨씬 이채로운 해설이 따라붙는다. 그는 희대의 천재가 되기도 하고, 전위적인 실험주의자가 되기도 한다. 그가 철저하게 19세기를 거부한 반전통주의자였다고 지목하는 사람도 있고, 그의 문학이 1920년대 이후 일본에서 일어났던 신감각파 시 운동의 영향권에 있었다고 평가 절하한 사람도 있다. 물론 그 어떤 경우에도 이상의 문학은 하나의 테두리 안에서 그 성격이 규정되는 것을 거부한다. 한국 현대 문학 연구가 학문적인 성격을 갖춘 이후 가장 많은 연구자들이 그의 곁을 떠나지 않고 있으며, 해마다 수많은 평문과 연구 논문이 이상 문학을 위해 발표되고 있는 이유가 바로 여기 있다. 그러나 더 문제가 되는 것은 이러한 관심과 새로운 접근에도 불구하고 이상 문학의 실체가 여전히 오리무중이라는 사실이다.

이상의 본명은 김해경이다. 1910년 서울에서 태어났으며, 신명학교를 졸업하고 동광학교(중학 과정)에 입학했으나 1922년 동광학교가 해체되면서 보성고보에 편입했다. 고유섭, 유진산, 이헌구, 임화 등과 동기였으며, 김기림, 김환태 등은 1년 후배였다. 1929년 경성고등공업학교 건축과를 수석으로 졸업한 후, 조선총독부 내무국 건축과의 기사로 특채되어 근무하였다. 일본인 건축 기술자들이 설립한 조선건축회의 정회원으로 가입한 후 1929년 12월 조선건축회 기관지《조선과 건축(朝鮮と建築)》표지 도안 현상 모집에 1등과 3등으로 당선되었다. 1930년 조선총독부 기관지《조선(朝鮮)》에 첫 장편소설「12월 12일」

을 연재하면서 문학적 재능을 선보였다. 1931년 조선미술전람회 서양화 부문에 〈자상(自像)〉이 입선했으며, 이해 《조선과 건축》에 일본어 시 「이상한 가역반응」 등을 비롯하여 일본어 연작시 「조감도」, 「3차각설계도」 등을 잇달아 발표했다. 1932년 《조선》에 단편소설 「지도의 암실」, 「휴업과 사정」을 발표했으며, 《조선과 건축》에는 일본어 연작시 「건축무한육면체」를 발표하였다.

이상이 당시 문단에 정식으로 소개된 것은 폐결핵으로 조선총독부 기사직을 사임한 후 1933년 종로에 다방 '제비'를 개업 운영하던 시기였다고 할 수 있다. 그는 《가톨릭청년》에 국문시 「꽃나무」, 「이런 시」 등을 처음 발표하였으며 박태원, 정지용, 이태준 등의 도움으로 1934년 《조선중앙일보》에 연작시 『오감도』를 연재하게 되었다. 그러나 이 특이한 작품은 그 실험적 기법과 난해성으로 인해 독자들의 거센 항의와 비판으로 연재가 중단되었다. 이상은 1935년 다방 제비의 운영을 마감하고 친구인 화가 구본웅의 도움으로 인쇄소 창문사에 취직했으며, 이태준, 정지용 등이 주도했던 문인 단체 '구인회'의 후반기 동인으로 참가하였다. 1936년 창문사에서 구인회 동인지 《시와 소설》을 편집하였고, 시 「지비(紙碑)」, 「가외가전」, 「위독」, 소설 「지주회시」, 「날개」, 「봉별기」, 「동해」 등을 발표하면서 평단의 주목을 받았다. 이해 여름에 그는 변동림과 정식으로 결혼했지만, 10월 말경에 혼자서 일본으로 건너가 동경에서 체류했다. 그의 사후에 공개된 소설 「종생기」, 「실화」 등과 수필 「권태」 등은 모두 동경에서 집필한 것이었다. 1937년 일경에 의해 불령선인(不逞鮮人)으로 검거되어 2월 12일부터 3월 16일까지 구금되었다가 병세 악화로 풀려나 동경대학 부속병원에 입원했으나 4월 17일 사망했다.

이상의 짧은 생애는 삶의 모든 가능성을 보여 주는 극적인 요소가 강하다. 그의 개인적인 행적과 문단 활동은 객관적으로 서술되기보다는 오히려 과장되거나 신비화되고 있다. 특히 그의 문단 진출 과정, 특이한 행적과 여성 편력, 결핵과 동경에서의 죽음 등은 모두 일종의 일화처럼 이야기되고 있을 뿐이다. 더구나 이상의 문학 텍스트 자체도 이러한 삶의 특징과 결부되어 잘못 해석되거나 왜곡·과장된 경우가 허다하다. 이상의 삶은 명확한 사실의 규명이 없이 어물쩍 넘어가면서 생겨난 모호성으로 인하여 더욱 신비화된다. 기왕의 연구자들이 그런 식으로 설명하지 않았다면 그대로 자명해졌을 문학 텍스트마저도 엉뚱한 설명이 더해지고 해석이 과장되면서 애매모호한 상태로 빠져들게 된 것이다. 실제로 이상 문학은 그 텍스트에 대한 깊이 있는 독해 작업도 없이 연구자나 평자의 자의적 해석에 이끌려 엉뚱한 의미로 과장되고 왜곡된 경우가 많이 있다. 그리고 모든 평가는 특이하게도 그의 천재성에 집중된다. 객관적으로 해석되지 않은 이 천재성으로 인하여 이상 문학은 더욱 미궁으로 빠져들게 된다.

이상이 만들어 낸 시와 소설을 보고 당대의 지식층 독자들이 보여 주었던 경악의 표정과 거기서 비롯된 파문은 적지 않다. 그러나 이것은 기실 당대 현실에 직접적인 반향을 불러일으키지는 못한다. 단지 문단 일각의 기행(奇行)이나 해프닝 정도로 끝난다. 그의 문학은 비록 그것이 가지는 전위성을 인정한다고 하더라도 맹목적이고도 상대주의적인 그리고 아이러니하면서도 자족적인 성격을 지닌다. 그의 예술적 재능과 문학적 상상력은 그 전위성을 이해하고 그 예리한 감수성을 인정한 몇몇 사람들의 지인들에게만 개방적인 것이었다고 할 수 있다. 그의 시에서 볼 수 있는 복합적인 시점, 기호적 표현의 모호성, 통사적 규범을 넘어서는 언어의 비문법적 결합으로 인한 의미 해체 등이 조작해 내는 기이한 긴장이 당대 현실에서 삶의 리얼리티의 감각을 어떻게 살려 내고 있는지를 알아차린 경우는 정지용이라든지 김기림, 박태원 등 일부의 문인에 지나지 않는다. 그러므로 선구적이라든지 실험적이라고 지적되는 예술적 창작 행위는 언제나 개인적이고 고립된 성격을 지닐 수밖에 없게 되었으며 항상 외로운 투쟁을 이어 갈 수밖에 없었던 것이다.

 이상의 시 「차8씨의 출발」

이상의 시 가운데에는 그 실체와 의미가 제대로 밝혀지지 못한 작품이 많다. 이상이 발표한 일본어 시의 경우는 광복 이후에 발굴된 자료 노트를 참고로 하여 한국어로 발표한 작품들과 정밀하게 대조할 필요가 있다. 그리고 이를 바탕으로 한 텍스트에 대한 해독과 그 내용에 대한 상세한 주석이 필요하다. 일차적인 작품 정리와 해석의 미비로 인하여 이상 문학 텍스트의 정본을 아직도 확정하지 못한 것이 적지 않다. 특히 이상 문학 연구 가운데 작품 해석의 자의성과 논리적 비약이 오히려 작품 자체의 난해성을 더욱 부추긴 사례도 흔히 볼 수 있다.

이상의 일본어 시 가운데 「차8씨의 출발(且8氏の出發)」이라는 작품이 있다. 1932년 7월《조선과 건축》에 발표된 이 시는 그 내용 자체에 대한 정확한 해독이 이루어지지 못한 상태에서 이른바 '섹스 시'로 널리 알려져 왔다. 이상의 대표적인 난해시의 하나로 지목되고 있는 이 작품은 그 제목의 기호적 형상이 드러내는 성적 표상이 화제가 되었다. 이 작품「且8氏の出發」에 표시되어 있는 '且8氏'가 무엇인가에 대한 기왕의 해석을 참조하면서 작품 전체를 다시 살펴볼 필요가 있다.

龜裂이生긴莊稼泥濘의地에한대의棍棒을꽂음。

한대는한대대로커짐。

樹木이盛함。

　　　　以上 꽂는것과盛하는것과의圓滿한融合을가르침。

砂漠에盛한한대의珊瑚나무곁에서돗과같은사람이산葬을當하는일을當하는일은없고 심심하게산葬하는것에依하여自殺한다。

滿月은飛行機보다新鮮하게空氣속을推進하는것의新鮮이란珊瑚나무의陰鬱한性質을더以上으로增大하는것의以前의것이다。

　　　　輪不輾地　　展開된地球儀를앞에두고서의設問一題。

棍棒은사람에게地面을떠나는아크로바티를가르치는데사람은解得하는것은不可能인가。

地球를掘鑿하라

　　同時에

生理作用이가져오는常識을抛棄하라

熱心으로疾走하고 또 熱心으로疾走하고 또 熱心으로疾走하고 또 熱心으로疾走하는 사람 은 熱心으로疾走하는 일들을停止한다。

沙漠보다도 靜謐한 絶望은 사람을불러세우는 無表情한 表情의 無智한 한대의 珊瑚나무의사람의 脖頸의 背方인 前方에 相對하는 自發的인 恐懼로부터이지만 사람의 絶望은 靜謐한것을 維持하는 性格이다。

地球를 掘鑿하라。

同時에

사람의 宿命的 發狂은 棍棒을 내어미는것이어라。 *

  * 事實且8氏는 自發的으로 發狂하였다。 그리하여어느듯 且8氏의 溫室에는 隱花植物이꽃을피워가지고있었다。 눈물에젖은 感光紙가 太陽에마주쳐서는히스므레하게 光을내었다。

—「차8씨의 출발」 전문

이 작품은 '且8氏'에 대한 해석에서부터 독자들의 관심을 끌고 있다. 대개는 '차(且.)'라는 한자와 '8'이라는 숫자가 남성 성기를 암시하는 기호로 확대 해석된 경우가 많기 때문이다. 특히 본문 속에 등장하는 '곤봉(棍棒)'이라는 말 자체도 남성의 상징으로 쉽게 읽어 버림으로써 작품 내용 전체를 자연스럽게 '섹스 시'로 이해하게 되었던 것이다.

이 섹스 시는 이상의 많은 시와 소설이 거의 성적 표상의 새 타이어를 도입하는 이상의 성교주의를 나타내고 있다. 차8은 말할 것도 없이 남근(男根)이며 장가이녕(莊稼泥濘)의 지(地)는 여기(女器)다. 그것이 은화식물(隱花植物)이 꽃을 피우고 젖은 감광지가 희미하게 비치는 성교 직후에 이르러 이 직유·직설의 시행은 설명적으로 끝난다. 이상의 가해자적 섹솔로지와 그의 절망의 수단이 되는 매저키즘은 표리를 이루면서 이상적(李箱的) 자아를 자독(自瀆)하고 있다.

—고은, 『이상 평전』 중에서

나는 이러한 독법이 갖는 문제점을 먼저 지적하고 싶다. 이 작품은 제목에 드러나 있는 '且8氏'를 어떻게 읽을 것인가 하는 문제에서부터 다시 논의를 시작해야 한다. '且'라는 한자는 '차'라고 읽기도 하고 '저'라고 읽기도 한다. 드물게는 '조'로 읽는 경우도 있다. 이 글자의 음을 '조'로 읽게 되면 '且8氏'는 '조팔씨'로 읽힌다. 그런데 이 발음만이 아니라 '且'라는 글자 자체의 모양도 문제가 된다. 이것이 남성의 성기와 유사한 모양을 기호적으로 형상화하고 있기 때문이다. '且'라는 글자와 '8'이라는 글자를 결합시켜 보면 남성의 성기와 흡사한 것이 사실이다. 이처럼 '且8氏'를 일종의 남성 성기의 기호적 표상(phallic symbol)으로 확대 해석하고 나면, 자연스럽게 시의 내용 전체를 '섹스 시'로 고정시켜 버리게 되는 것이다. 물론 '且8氏'를 남성의 성기를 표상하는 하나의 기호로 읽는 것은 가능한 일이다. 그리고 이러한 독법으로 인하여 이 시에 대한 관심이 증대되는 것도 사실이다. 하지만 이러한 독법은 시인 이상이 거의 의도적으로 유인하고자 했던 함정으로 독자를 몰아갈 수 있다. 이상의 뛰어난 해학이 그의 '글자놀이'에 숨겨진 의미를 그대로 넘겨 버리게 만들고 있기 때문이다.

나는 이 작품의 제목에 등장하는 '且8氏'를 남성 성기를 표상하는 하나의 기호로 읽기보다는 시인 이상이 즐겨 사용했던 '글자놀이'의 방식으로 다시 풀이하여 보아야 한다고 주장한다. 아라비아 숫자로 표시된 '8'을 한자로 고치면 '팔(八)' 자가 된다. 그리고 '차(且)' 자의 아

자신의 화실에서 당대의 시인, 화가, 비평가, 영화계 인사 등과 어울렸던 구본웅.

래에 '팔(八)'을 붙여 쓰면 그것이 바로 '具' 자로 바뀐다. 이 글자는 '구
(具)'라고 읽는다. 이 같은 과정을 순서를 바꾸어 설명해 보면 우선 '구
(具)'라는 한자를 파자(破字)의 방식으로 '차(且)' 자와 '팔(八)' 자로
분리시킨다. 다시 '팔(八)'이라는 글자를 아라비아 숫자인 '8'로 바꾼다
는 해석이 가능해진다. 이런 새로운 해석을 따른다면 결국 '且8氏'는
'남성의 성기'를 말한 것도 아니고, 입에 담기 어려운 'X팔 놈'이라는
욕설을 말한 것도 아님이 분명해진다. '구(具)'라는 한자를 '차(且)'와
'팔(8)'로 파자하여 놓은 것이기 때문이다.

이상의 시 「차8씨의 출발」의 제목을 「구씨(具氏)의 출발」이라고 바
꾸어 놓고 보자. 여기서 말하고 있는 '구씨'가 누구일까? 이상의 주변
인물 가운데 '구씨'는 소학교 시절부터 친구였던 화가 구본웅이 있다.

구본웅은 꼽추라는 육체적 불구를 극복하고 일본 유학 시절 〈제국미술전람회〉와 〈이과회(二科會) 미술전람회〉에 한국인으로서는 처음으로 입선한 경력을 가진 특이한 화가다. 구본웅이 1931년 유학을 마치고 귀국하게 되자 동아일보사는 구본웅을 초대하여 그의 첫 개인전을 개최했다. 당시 《동아일보》는 「洋畵家 具本雄 個人美術展覽會(양화가 구본웅 개인미술전람회)」라는 제목으로 이 불구의 천재 화가의 첫 개인전을 소개하면서 "서양화에 독특한 천분을 보여오는 구본웅 씨는 (……) 수년 전에 조선미술전람회에 조각을 출품하여 특선이 된 일이 있으며 최근에 와서는 제전(帝展), 이과전(二科展), 독립전(獨立展), 태평양전(太平洋展) 등에 출품하는 대로 다 입선이 되어 장래가 매우 촉망되는 화가이다"라고 대서특필한다(1931. 6. 11). 50점의 작품이 전시된 개인전은 대성황을 이루었고, 그는 '운명의 화가' 또는 '조선의 로트렉'으로 불리게 된다. 꼽추라는 불구의 육신을 극복하고 스스로 그 운명을 이겨 나간 구본웅. 그는 자기 운명의 시련을 이겨 낸 한 사람의 예술가로 돌아온 것이다.

이상은 친구 구본웅의 예술적 성취와 화가로서의 출발을 지켜보면서 「차8씨의 출발」을 친구를 위한 하나의 헌사로 발표한 것이 아닌가 생각된다. 이상은 구본웅의 예술적 정진을 축하하면서 그 집념의 인간 승리를 찬탄한다. 그리고 구본웅을 모델로, 화가 구본웅의 불굴의 초상을 시로 적게 된다. 꼽추라는 세인의 멸시, 자기 스스로 느껴야 하는 육체의 곤고함을 구본웅은 당당히 이겨 낸 것이다. 그리고 자기 신념대로 그가 꿈꾸던 캔버스를 화가라는 이름으로 지배하게 된 것이 아닌가? 이상은 구본웅의 빛나는 개인적 성취를 '곤봉의 변신, 하나의 산호 나무 되기'라고 노래한다. 그것이 바로 「차8씨의 출발」이라는 일본어 시이다. 나는 앞에서 「차8씨의 출발」의 '且8'이라는 글자를 '구(具)'라는 한자의 '파자' 형태로 읽었지만, 이 기호적 형상 자체만을 놓고 볼 때는 구본웅의 외양을 형상화하고 있다고 생각한다. 구본웅이 늘 쓰고 다녔던 높은 중산모(且)와 꼽추의 기형적인 형상(8)을 합쳐 놓은 것이 아닌가 생각되기 때문이다. 이런 식의 기호놀이는 이상과 구본웅이 '서로 농하는 사이'라고 말할 정도로 가까이 지냈기 때문에 가능한 일이다.

이 작품을 '섹스 시'로 이해하도록 만든 또 하나의 시어가 '곤봉'이다. 시의 첫 문장에서 '균열이 생긴 장가 이녕(莊稼泥濘)의 지(地)에 한 대의 곤봉을 꽂음'이라는 구절에 등장하는 '곤봉'을 대부분의 연구자들이 남성 상징으로 풀이해 왔다. 아마도 그 형태에서 남성의 성기를 연상했던 것이 아닌가 생각된다. 특히 '갈라진 거칠고 질퍽대는 땅'에 '곤봉'을 꽂는 행위를 성행위와 동일시했기 때문에 전체적인 문맥과는 상관없이 시 「차8씨의 출발」을 '섹스 시'로 규정했던 것이다. 그러나 나는 이와 전혀 다르게 이 말을 풀이하고 싶다. 가슴과 등이 함께 불룩 나온 꼽추 구본웅의 외양을 상상해 보라. '곤봉'은 구본웅의 불구의 육신을 그대로 표상한다고 말할 수 있는 것이다. 특히 '곤봉'이라는 말은 '구본웅'이라는 이름을 2음절로 줄여서 부른 것이기도 하다. '말장난' 의 귀재였던 이상의 언어적 유희가 연상(聯想) 기법의 묘미를 그대로 보여 준다. 그런데 이상의 말장난은 여기서 그치는 것이 아니다. 이상의 시적 상상력에 따르면 기형적 형상의 몽둥이를 갖고 있던 '곤봉(구본웅)'이 자라나 아름다운 '산호 나무'로 변한다. '곤봉'에서 '산호 나무'

가 되기—이것이 바로 「차8씨의 출발」이라는 시의 참 주제이다. 이 작품 속에서 여러 군데 등장하는 '산호 나무'는 한 사람의 화가로 성장한 예술가 구본웅을 상징하는 말이다. 그 예술의 정신까지도 산호 나무처럼 고귀하다는 의미를 드러내고자 함이 아닌가? 그런데 이 '산호 나무'라는 말도 역시 구본웅의 불구의 육신을 형상하고 있는 것이라면 어떤가? 마른 체구와 기형적인 곱사등이의 형상을 '산호 나무'의 모양에 빗대어 지칭한 것이라고 할 수 있지 않은가?

이제 작품의 텍스트로 들어가 보자. 이 시의 전반부는 구본웅이 미술 공부에 뜻을 두고 일본 유학을 결행하는 과정을 압축적으로 제시한다. 당시 서양 미술은 누구도 시도하지 못한 사회적으로 인정받기 어려운 영역이었지만, 구본웅은 자신이 택한 미술 영역에서 재능을 발휘하게 된다. 재력가인 그의 부친도 불구의 아들이 집념을 보이고 있는 미술 공부를 적극 지원한다. 이상은 구본웅의 미술 공부를 '이리저리 갈라진 황폐한 땅 그 진흙의 구덩이에 곤봉을 박는 일'이었다고 적고 있다. 서양 미술에 겨우 눈을 뜨기 시작한 당시의 상황으로 보아 이 무모한 도전은 참으로 험난한 앞날을 예고한다. 특히 육체적 불구를 어떻게 극복할 것인가? 하지만 구본웅은 자신의 재능을 능가하는 끈질긴 노력으로 그 무딘 '곤봉'에 싹을 틔우고 새로이 잎을 피우고 줄기가 자라게 한다. 그리고 그 줄기가 자라나 이제 하나의 '산호 나무'가된다. 그는 결코 좌절하지 않았으며 육체적 불구의 한계를 놓고 회한에 빠져든 적도 없다. 그런데 여기서 '균열이 생긴 장가 이녕의 지에 한 대의 곤봉을 꽂음'이라는 첫 문장은 서양화를 그리는 유화 물감에 그림붓을 꽂는 행위로도 읽힌다. 그림물감은 말라 버리면 쩍쩍 갈라지지만 묽게 만들어 붓으로 찍어 그림을 그린다. 물감을 찍는 그림붓의 모양이 마치 곤봉처럼 손잡이 부분이 둥글한 것도 주목해야 한다. 물론 여기서 사용한 '곤봉'이라는 말은 앞서 설명한 대로 '구본웅'이라는 이름자를 2음절로 줄여 쓴 것으로도 볼 수 있다. 그리고 그 '곤봉'의 형상 자체도 구본웅의 꼽추의 형상을 연상하게 만든다.

이 시의 중반부는 구본웅의 외모와 성격을 암시하기 위해 재미있는 비유와 패러디를 활용한다. 구본웅의 외양과 걸음걸이 모습을 해학적으로 표현하기 위해 『장자(莊子)』에서 인유(引喻)하고 있는 '윤부전지(輪不輾地)'라는 구절의 패러디 수법이 놀랍다. 이 구절은 그 의미 자체가 기하학적 관점에 맞닿아 있다는 점에서 더욱 흥미롭다. '윤부전지'는 수레바퀴와 그 바퀴가 굴러가는 땅의 관계를 설명한다. 수레바퀴는 땅 위를 굴러가는 것이 아니라 땅에 맞닿아 있는 것이다. 이것이 『장자』의 원문 '윤부전지'의 뜻이다. 이 대목이 포함되어 있는 원문을 살펴보자.

혜시(惠施)의 학설은 다방면에 걸쳐 그 저서가 다섯 수레에 쌓을 정도이며, 그의 도도 잡박하며, 그의 말도 이치에 맞지 않았다. 그는 사물의 뜻을 늘어 놓아 이렇게 말했다. "지극히 커서 밖에 테두리가 없는 것을 태일(太一)이라 하고, 지극히 작아서 속이 없는 것을 소일(小一)이라 한다. 일반적으로 두께가 없어 쌓을 수 없는 것도 소일의 입장에서 보면 그 크기가 천 리나 된다. 그러나 태일의 입장에서 보면 천지의 고저도 같게 보이고, 산과 연못도 모두 평편하게 보인다. 태양이 공중에 떠 있지만 동쪽에서 보면 서쪽으로 기울어 보이고, 서쪽에서 보면 동쪽으로 기울어 보인다. 만물이 살아 있는 것도 죽음의 세계에서 보면 죽어 있는 것이다. 대국적인 견지에서 보면 같은 것이라도, 그것을 구분해서 작은 단위로써 그 같기를 비교하면 각각 다르니, 이것을 소동이(小同異)라 한다. 만물은 상대적인 것도 보는 견지에 따라 같아질 수 있고, 같다고 생각되는 것도 생각하는 방법에 따라 모든 것이 각기 다르니, 이것을 대동이(大同異)라 한다. 남쪽은 끝이 없다고 하지만 북방과의 한계를 생각하면 거기에서 남방의 극한이 있다. 오늘 월나라로 떠났다고 하지만 시간상의 표준을 달리하면 어제 월나라에 도착했다고 할 수 있다. 죽 꿰어 있는 고리는 풀어 놓은 것이 아니라면 고리의 입장에서 보면 그 고리 하나하나가 공간을 차지하고 있으므로 풀려 있다고도 말할 수 있다. 나는 천하의 중심을 알고 있다. 그것은 연나라 북쪽이 될 수도 있고 월나라 남쪽이 될 수도 있다. 두루 만물을 사랑하면 천지도 일체가 된다." 혜시는 이런 논법을 전개하여 자기는 천하를 달관한 자라 하여 세상의 변자(辯子)들을 가르쳤으며 세상의 변자들도 서로 이런 것을 즐겼다. (……) "알에 털이 있다. (……) 닭은 발이 세 개다. (……) 초나라 서울 영(郢)에 천하가 있다. (……) 개가 양이 될 수 있다. (……) 말도 알이 있다. (……) 개구리도 꼬리가 있다. (……) 불은 뜨겁지 않다. (……) 산도 입이 있다. (……) 수레바퀴는 땅에 닿지 않는다. (……) 눈은 보지 못한다. 손가락이 닿지 않고 닿으면 떨어지지 않는다. (……) 거북이 뱀보다 길다. 곡척(曲尺)으로는 방형(方形)이 그려지지 않고 컴퍼스로도 원이 그려지지 않는다. (……) 구멍은 자루에 맞지 않는다. (……) 날아가는 새는 그림자가 움직이지 않는다. (……) 빨리 나는 화살에도 가지도 않고 멈추지도 않는 때가 있다. 구(狗)는 견(犬)이 아니다. (……) 누런 말 한 필과 검은 소 한 필을 합치면 셋이 된다. (……) 흰 개는 검다. (……) 외로운 망아지는 일찍이 어미가 없었다. 한 자의 채찍을 하루에 반씩 잘라가면 만 년이 되어도 다 없어지지 않는다." (……) 이런 설을 내세워 천하의 변론자들은 혜시에게 응답하며 일생 동안 끝이 없었다. 환단(桓團)이나 공손룡(公孫龍)은 이런 변론자의 무리로서 사람의 마음을 꾸미고 사람의 뜻을 어지럽힌다. 그러므로 사람의 입은 이겨도 사람의 마음은 이길 수가 없다. 이것이 변론가의 한계이다.

— 이석호 역,『장자』중에서

『장자』의「천하」편에 수록되어 있는 앞의 이야기는 장자 자신의 가까운 친구이기도 했던 전국 시대 송나라의 궤변가 혜시에 관한 글이다. 혜시는『혜자(惠子)』라는 책을 지었다고 하지만 지금은 전하지 않는다. 춘추 전국 시대 제자백가 가운데 논리학파로 손꼽는 '명가(名家)'의 한 사람이다. 혜시를 둘러싸고 전해지는 여러 가지 궤변들 가운데 이상이 인유하고 있는 '윤부전지'는 '수레바퀴가 땅 위를 굴러가지 않는다'라는 뜻을 가지는 말이다. 기하학에서는 원둘레의 한 점과 직선이 만나는 지점을 '접점(接點)'이라고 한다. 이러한 논리에 근거한다면, '원'과 '직선'의 관계는 '수레바퀴'와 '땅'의 관계와 마찬가지가 된다. 수레바퀴는 원이 직선과 접점의 상태로 맞닿아 있는 것처럼 땅 위를 굴러가는 것이 아니라 땅 위의 한 점과 맞닿아 있는 것이다. 결국 이 시에서 '윤부전지'는『장자』의 이야기와 상호 텍스트적 공간을 형성하면서 새로운 의미를 만들어 낸다. 수레바퀴는 땅 위를 구르지 않는다. 오직 한 점과 닿아 있을 뿐이다! 그런데 이 같은 패러디를 통해 이상이 노리고 있는 것이 무엇인가를 확인하기 위해서는 시의 제목 「차 8씨의 출발」에서 '구(具)씨'를 '且8씨'로 파자하여 놓은 부분에서부터 다시 유추하지 않으면 안 된다. 기형적인 꼽추였던 구본웅의 외모와 그 이상스런 걸음걸이를 상상해 보라. 커다란 중산모를 쓰고 걸어가는 구본웅의 모습. 가슴과 등이 안팎으로 솟아 나와 있는 그의 기형적인 모습을 머리에 그리면서 이상은 그의 성씨인 '구(具)' 자를 다시 파자하여 기호적으로 형상화한다. '차(且)'와 '8'이라는 글자를 그대로 결합시켜 놓으면, '차(且)'라는 한자 아래에 '8' 자가 바로 세워져 붙게 된다. 이때 '차(且)' 자는 수레의 위 부분의 형상을 드러내고 '8' 자는 바퀴에 해당하게 된다. 그런데 '차(且)' 자 아래에 '8' 자가 바로 서 있게 되면 수레바퀴가 땅 위로 굴러가는 모양을 이룰 수 없다. '8' 자가 옆으로 누워 있는 '∞' 모양이 되어야만 두 바퀴가 땅 위로 굴러가는 형태를 이루기 때문이다. 구본웅의 걸음걸이는 '차(且)' 자 아래에 '8'자가 서 있는 모양이 될 수밖에 없다. 그러므로 '수레바퀴는 땅에 구르지 않는다'라는 뜻에 해당하는 '윤부전지'가 되지 않으면 안 된다. 이 고도의 비유를 담고 있는 '말놀이', 거기 젖어 있는 유머 감각과 기지는 이상이 아니고서는 흉내조차 내기 어려운 일이다.

　이러한 특유의 패러디 방식은 바로 뒤의 "棍棒은사람에게地面을떠나는아크로바티를가르치는데사람은解得하는것은不可能인가"라는 구절로 이어지면서 더욱 구체적으로 구본웅이 걸어가는 모습을 묘사한다. 마치 '차(且)' 자 아래 '8' 자가 서 있는 모습이기 때문에 '地面을떠나는아크로바티를가르치는' 것처럼 재주를 부리는 것으로 설명되고 있다. 여기서 '지면을 떠나는 아크로바티'는 구본웅의 예술이 일상의 현실에서 벗어나 어떤 경지에 이르게 됨을 암시한다. 세속의 인간들과는 함께 땅을 딛지 않는다는 것—이것은 친구인 구본웅에게 이상이 말해 줄 수 있는 최대의 찬사에 다름 아니다. 이제 구본웅은 '곤봉'이 아니며, 스스로 '산호 나무'가 되어 그 존귀함을 자랑하는 예술가로 변신하게 되는 것이다.

「차8씨의 출발」의 후반부는 구본웅의 우습게 생긴 외양을 묘사하면서도 그 침착하고 담대한 성품을 빗대어 그려 낸다. 그리고 구본웅이 자기 예술에 더욱 정진하는 모습을 '지구를 천착하라'는 말로 그려 낸다. 여기에는 '한 우물을 파라'라는 속담의 뜻이 암시되어 있기도 하다. 구본웅은 그의 기형적인 외모에 대한 사람들의 경계심("珊瑚나무의사람의脖頸의背方인前方에相對하는自發的인恐懼")에도 불구하고, 여기에 절망하지 않고 자기 본연의 예술적 기질을 발휘하며 끈질기게 노력한다. 그리고 마치 '숙명적 발광'이라도 하듯 그렇게 스스로의 예술적 천재성을 드러낸다. 그 결과 그의 작업실(온실)에는 그가 그려 낸 아름다운 그림(은화식물)들이 쌓이게 되고 그것들이 점차 사람들의 관심을 끌며 세상에 알려진다.

이상의 시 「차8씨의 출발」은 그 텍스트 자체가 기지와 위트로 채워져 있다. 그리고 자신의 가장 친한 친구인 화가 구본웅에 대한 끝없는 사랑과 신뢰를 담고 있다. 텍스트에 드러나 있는 '글자놀이'의 회화적(戲畵的)인 속성에도 불구하고, 이 작품에서 이상은 화가인 구본웅의 예술적 감각에 대한 상찬과 함께 그 불구의 모습에 대한 연민의 정까지 깊이 있게 표현한다. 이것은 친구에 대한 사랑과 존경이 없이는 불가능하다.

이상과 구본웅의 우정

　이상과 구본웅은 함께 신명(新明)학교를 졸업(1921)한 것으로 알려져 있다. 구본웅이 이상보다 나이가 네 살이나 위였지만 꼽추라는 불구의 몸에 허약 체질이어서 소학교를 뒤늦게 다녔다는 것이다. 둘은 모두 그림 그리기에 취미가 있었고, 화가가 되는 것이 꿈이었다. 신명학교를 졸업한 후 이상이 보성고보를 다니는 동안 구본웅은 경신고보에서 미술에 빠져든다. 구본웅의 미술 공부는 경신고보를 졸업하면서 본격화한다. 그는 매주 토요일 YMCA에 있는 고려화회(高麗畵會)에 나가 그림 공부를 시작한다. 고려화회는 우리나라 최초의 서양화가인 춘곡(春谷) 고희동(高羲東)이 주관하던 모임으로 1919년에 발족한 후 점차 그 규모가 커지면서 1923년 고려미술회로 확대되었다. 구본웅은 1924년 고려미술회 〈제2회 회원전〉에 처음으로 작품 〈폐허〉를 출품한다. 그리고 여기서 자신의 그림에 대한 자신감을 얻게 된다. 그는 1925년부터 조각가 김복진(金復鎭)을 사사하면서 조각 분야로 그 관심을 넓혀나간다.

　구본웅이 그의 이름을 화단에 올린 것은 제6회 〈조선미전(朝鮮美展)〉 때이다. 1927년 5월에 열린 이 전시회에서 구본웅의 〈얼굴 습작(習作)〉이 조소 분야에서 유일한 조선인 특선작이 된다. 구본웅은 이를 계기로 도일 유학을 계획한다. 그리고 1928년 동경으로 건너가 가와바타[川端] 미술학교 양화부에 입학한다. 그러나 자유분방한 그는 미술 실기 교육만을 도제식으로 반복하는 이 학교의 교육에 염증을 느끼고는 다음 해 봄에 니혼[日本] 대학 예술전문부로 학교를 옮긴다.

그는 이 학교에서 정식으로 예술 이론에 학문적으로 접근하면서 서양 예술사와 미학의 원리를 깊이 있게 터득한다. 1929년 여름, 부친의 권유로 결혼한 그는 미술 공부를 계속한다. 당시 일본의 화단은 인상파의 영향에서 보다 강렬한 야수파(野獸派) 운동이 유행한다. 야수파는 극단적으로 단순화한 형태와 선명한 원색적 색조 그리고 대담하고 격정적 필촉으로 화면을 형성하는 특색을 지녔다. 그는 이 대담하고 거칠면서도 선명한 야수파의 기법에 매료된다. 구본웅은 1930년 가을, 일본 동경의 〈이과회 미술전람회〉에 입선한 후 귀국한다. 동아일보사에서는 1931년 일본에서 귀국한 구본웅을 초대하여 개인전을 개최한다. 이 개인전은 50점의 작품이 전시되어 성황을 이루었고, 그는 '운명의 화가' 또는 '조선의 로트렉'으로 불리게 된다. 꼽추라는 불구의 육신을 극복하고 스스로 그 운명을 이겨 나간 구본웅은 한 사람의 예술가로 성장하여 돌아왔던 것이다.

이상은 구본웅과 함께 화가에 대한 꿈을 키웠지만 후견인이었던 백부 김연필의 완고한 반대로 미술 공부를 계속할 수는 없었다. 백부는 생업에 실질적인 도움을 주지 못하는 미술을 반대하면서 일본인과 겨룰 수 있는 기술자가 되기를 원한다. 이상은 백부의 권유에 따라 경성고등공업학교 건축과에 입학하게 된다. 이상은 경성고등공업학교 입학과 함께 특별활동 부서에서 미술부에 가입하여 전공과 연계된 미술 실기를 혼자서 연마한다. 경성고공 학창 시절에 이상과 함께 건축과에서 공부했던 일본인 오스미야 지로[大隅彌次郞]는 원용석과의 대담(《문학사상》, 1981. 6)에서 이상이 건축과를 지망한 것이 그림을 그리기 위해서였음을 말한 적이 있다고 밝혔다. 경성고공 건축과 미술부

여자 한복을 입은 이상(앞줄 왼쪽에서 세 번째)과 졸업 동기들.

에서는 건축설계도를 그리기 위한 기초적인 화법을 별도로 공부하였
는데, 이상은 이곳에서 자기가 그리고 싶은 그림을 마음대로 그렸다는
것이다. 하지만 이상이 학창 시절에 그린 그림은 현재 남아 있는 것이
없다.

그런데 화가를 꿈꾸었던 이상의 경성고공 시절을 돌아볼 수 있는
귀중한 자료 하나가 있다. 그것은 현재 문학사상사 자료실에 보관 중
인 경성고등공업학교 졸업 기념 사진첩이다. 이 사진첩은 '추억의 가지
가지'라는 표제를 달고 있는데, 이 표지의 그림과 글씨는 모두 이상이
직접 도안한 것이다. 1929년도 경성고공 전체 졸업생 가운데 한국인
학생 16명이 힘을 모아 자비(自費)로 만든 것이라서 더욱 소중하게 느
껴진다. 이 사진첩을 만드는 데 필요한 모든 사진은 전문 사진관에서

경성고등공업학교 재학 당시 미술실에서.

촬영하였지만, 이 사진첩은 기성품 앨범을 사다가 거기에 사진을 붙여 만든 수제품이다. 이상은 사진첩의 표지 도안은 물론 사진의 배열, 주소록 작성 등을 모두 스스로 해결했다. 이 사진첩에는 이상의 사진이 몇 점 실려 있다. 그 가운데 재학 당시 미술부에서 활동하던 이상의 모습을 담은 사진 한 장이 이채롭다. 이상은 그림붓과 나이프를 왼손에 들고 있는데 흰 가운을 걸쳤다. 등 뒤로 데생을 위한 석고상들이 탁자에 놓여 있고, 이상의 바로 앞에는 이젤과 캔버스가 서 있다. 이 잘 짜인 구도의 사진 속에 서 있는 이상의 표정은 진지하다. 특별활동 부서에서 미술부를 택했던 그는 전공인 건축학보다 미술에 더 큰 관심을 가졌던 것이다. 누이동생 김옥희의 다음과 같은 글을 보면, 이상의 그림 솜씨가 남다른 재능이었음을 짐작할 수 있다.

　오빠는 또 어릴 때부터 그림을 매우 잘 그렸습니다. 무엇이든지 예사로 보아 넘기는 일이 없는 그는 밤을 새워 무엇인가를 골똘히 생각하고 그것을 종이에 옮겨 써 보고, 그려 보고 하는 것이 버릇처럼 되었더라고 합니다. 열 살 때인가 당시 '칼표'라는 담배가 있었는데, 그 껍질에 그려져 있는 도안을 어떻게나 잘 옮겨 그렸는지 오래도록 어머니가 간직해 두었다고 합니다. 보성고보 때 이미 유화를 그렸는데 어느 핸가는 〈풍경(風景)〉이라는 그림을 선전(鮮展)에 출품하여 입선된 일도 있었습니다. 고보를 나오자 그해에 경성고공 건축과에 입학한 것은 아마 큰아버지의 영향을 받은 것이 아닌가 생각됩니다. 오빠 나이 스무 살이 되던 1929년에 고공을 졸업하고 그해 4월에 총독부 내무국 건축과 기수로 근무하게 되었습니다. 학교를 갓 나온 정열과 그 당시 큰아버지의 직장이 또한 그곳이었기 때문에 처음은 일본인 과장들과도 그리 의가 틀리지 않게 일을 한 모양입니다만 오빠 성질에 봉급자 생활, 그것도 일본 사람들과의 사이가 원만하게 이루어졌을 리가 없었던 것은 당연합니다. 그러나 오빠로서는 큰아버지 체면을 생각해서라도 오래 견디지 않을 수가 없었을 것입니다. 그해 12월인가 《조선과 건축》의 표지도안현상(表紙圖案懸賞)에 1등과 3등으로 당선된 것으로만 보아도 그사이의 큰오빠의 의욕을 짐작할 수가 있습니다. 그 이듬해인 1931년부터 시작(詩作)을 발표하기 시작했고 또 그해에 오빠의 그림 〈초상화〉가 선전에 입선되었습니다.

— 김옥희, 「오빠 이상」, 《신동아》, 1964년 12월

이상이 직접 손으로 꾸민 경성고공 졸업기념 사진첩의 말미에는 1929년 경성고공 제7회 졸업생 가운데 조선인 학생 17명의 성명과 생년과 주소가 '우리들의 이름과 나희, 고향'이라는 제목 아래 나란히 적혀 있다. 그리고 그 주소록 바로 앞장에는 졸업생 17인 전원이 각자 자신이 소중하게 여기는 격언이나 남기고 싶은 말을 자기 필체로 적어 넣은 이른바 '사인(sign)' 지가 붙어 있다. 여기에 이상이 직접 써넣은 문구도 남아 있다. "보고도 모르는 것을 曝露식혀라! 그것은 發明보다도 發見! 거긔에도 努力은 必要하다 李箱"이라는 글이다. 도안체 글씨로 석 줄이나 차지하게 쓴 이 글귀의 끝에 '이상(李箱)'이라는 이름이 표시되어 있다. '이상'이라는 필명에 대해서는 조선총독부 기사 시절 공사장에서 어느 인부가 '이상—' 하고 부른 것을 존중하여 '이상'이라고 하도록 내버려 두었다는 이야기가 그동안 널리 퍼져 있었지만, 이 사진첩을 통해 '이상'이라는 필명이 이미 경성고공 시절부터 사용했던 것임을 확인할 수 있다.

그런데 '이상'이라는 필명의 유래에 대해서는 구본웅과 인척 관계에 있는 구광모가 근래 밝힌 다음과 같은 진술이 흥미롭다.

동광학교를 거쳐 1927년 3월에 보성고보를 졸업한 김해경은 현재의 서울대학교 공과대학 전신인 경성고등공업학교 건축과에 진학했다. 그의 졸업과 대학 입학을 축하하려고 구본웅은 김해경에게 사생상(寫生箱)을 선물했다. 그것은 구본웅의 숙부인 구자옥(具滋玉, 당시 '조선 중앙 YMCA' 총무)이 구본웅에게 준 선물이었다. 해경은 그간 너무도 가지고 싶던 것이 바로 사생상이었는데 이제야 비로소 자기도 제대로 그림

74

을 그리게 되었다고 감격했다. 그는 간절한 소원이던 사생상을 선물로 받은 감사의 표시로 자기 아호에 사생상의 '상자'를 의미하는 '상(箱)' 자를 넣겠다며 흥분했다.

—구광모, 「'友人像'과 '女人像'—구본웅 이상 나혜석의 우정과 예술」,

《신동아》, 2003년 2월

이 기록에서 주목되는 것은 이상의 경성고공 입학을 축하하기 위해 구본웅이 선물로 준비한 사생상에 관한 내용이다. 이상이 사생상을 선물로 받고는 자신의 이름에 사생상의 '상자'를 의미하는 '상(箱)' 자를 넣겠다며 흥분했다는 이야기는 사실일 가능성이 크다. 특히 이상이라는 필명을 경성고공 시절부터 이미 사용했다는 점과 견주어 볼 때, 이 필명의 유래를 말해 주는 가장 신뢰할 만한 내용이라고 할 수 있다. 여기서 '이(李)'라는 성씨도 사실 '성'을 표시하기 위한 것이 아니라 구본웅이 선물한 '사생상'을 만든 재목이 목질이 단단한 '오얏나무[李]'로 된 것임을 뜻하는 것이 아닌가 생각된다. 그 사생상이 바로 '오얏나무 상자'라는 뜻의 '이상(李箱)'이었을 가능성이 크기 때문이다. 이상이라는 필명이 그의 미술 공부와 연관되는 친구 구본웅의 사생상 선물에서 비롯되었다는 것은 의미심장하다.

이상은 화가에 대한 강한 열망을 가졌지만 미술 공부에 전념할 수 있는 기회를 얻지는 못한다. 이상이 혼자서 화가를 꿈꾸며 그린 그림 가운데 1931년 조선미술전람회에서 입선한 유화 〈자상〉이 있다. 이 작품은 원본이 남아 있지 않아서 그 사진만으로는 정확한 구도와 채색을 자세하게 설명하기 어렵다. 그러나 이상 자신이 자기 시각으로 포착해 낸 자신의 모습을 화폭에 옮긴 것이라는 점을 주목하지 않을 수 없다. 하지만 이상은 1931년 가을 폐결핵을 진단받은 후 그림의 세계와 점점 멀어진다.

이제 다시 이상의 시 「차8씨의 출발」로 돌아가 보자. 이상이 이 시를 쓴 것은 구본웅의 귀국을 축하하는 동아일보사 주최의 첫 개인전을 본 뒤의 일이다. 물론 이상 자신도 독학으로 닦은 실력으로 조선미술전람회에 입선하기도 했다. 그런데 공교롭게도 이상은 화가가 되어 돌아온 구본웅의 개인전을 본 뒤에 미술을 포기해야 하는 상황에 직면하게 된다. 그는 자신이 중증의 폐결핵 환자라는 사실을 알게 되었고 죽음을 눈앞에 두고 있음을 깨달았던 것이다.

이상은 스물두 살의 나이에 폐결핵으로 죽음을 눈앞에 둔 환자가 되어 미술을 포기한다. 이 무렵 그가 새롭게 찾아낸 길이 글쓰기였다. 이상은 일본어로 시를 써서 《조선과 건축》에 발표하기 시작하였고 잡지 《조선》에는 소설을 연재하기도 한다. 그의 일본어 시 「차8씨의 출발」은 새롭게 시작한 그의 글쓰기의 산물이라고 하겠다.

이상의 눈에는 친구 구본웅이 꼽추라는 육체의 불구를 이겨 내고 세간의 멸시를 참아 내면서 한 사람의 화가로 성장한 것이 하나의 인간 승리로 보였다. 이상은 자신의 글쓰기에서 터득한 새로운 기법을 동원하여 「차8씨의 출발」이라는 특이한 작품을 만들어 낸다. 시적 텍스트의 구성에 있어서 타이포그래피의 특징을 활용한 글자 크기의 변화를 시도함으로써 시각성을 강조했고, 패러디의 방법을 동원하여 텍스트가 지향하는 시적 의미의 세계를 더욱 깊고 풍성하게 만들었다. 그러므로 이상은 시 「차8씨의 출발」에 구본웅의 예술적 정진을 축하

1936년 12월호 《여성》에 실린 소설 「봉별기」
(국립중앙도서관 소장본).

하고 그 끈질긴 노력과 빛나는 성취에 박수하는 친구의 깊은 우정을 담아 놓을 수 있었던 것이다.

이상은 1933년 병으로 인하여 조선총독부 기사를 사직했다. 그는 가족들의 권유에 따라 황해도 배천 온천으로 요양을 떠난다. 이 요양지에서 만난 기생 금홍이라는 여인이 이상의 삶에서 중요한 한 부분을 차지한다. 이상은 자신의 소설 「봉별기(逢別記)」(1936. 12)에 금홍과의 만남과 사랑과 이별의 과정을 담담하게 그려 놓고 있다. 하지만 금홍과의 만남과 사랑과 이별은 이상에게는 거의 치명적이었다고 말할 수 있다.

이 소설의 이야기에 등장하는 '나'라는 주인공은 스물셋의 나이에 결핵 요양을 위해 온천장에 갔다가 그곳 술집에서 '금홍'이라는 여인과 만난다. 두 사람은 서로 가까워진다. '나'는 온천장을 떠나 서울로 돌아온 후에 금홍을 서울로 불러올린다. 그리고 함께 살면서 다방 '제비'를 경영한다. 그러나 두 사람의 생활은 서로 조화를 이루지 못한다. 금홍은 몇 차례의 출분을 거듭하다가 결국은 가출해 버린다. 이 작품에 등장하는 '나'는 경험적 자아로서의 작가 이상의 삶의 과정과 상당 부분 일치하며, '나'의 상대역인 금홍의 경우에도 이상이 한때 같이 살았던 실제의 인물이라는 점을 확인할 수 있다.

그런데 이상과 금홍의 만남에 친구 구본웅이 끼어 있었다는 사실이 주목된다. 소설 「봉별기」의 서두에서 금홍이라는 기생과 처음 만나게 되는 장면에 등장하는 '화우(畵友) K군'이 바로 구본웅이다.

여관(旅館) 한등(寒燈) 아래 밤이면 나는 늘 억울해했다.

사흘을 못 참고 기어이 나는 여관 주인 영감을 앞장세워 밤에 장고 소리 나는 집으로 찾아갔다. 게서 만난 것이 금홍(錦紅)이다.

「몇살인구?」

체대(體大)가 비록 풋고추만 하나 깡그라진 계집이 제법 맛이 맵다. 열여섯 살? 많아야 열아홉 살이지 하고 있자니까,

「스물 한 살이예요.」

「그럼 내 나인 몇살이나 돼 뵈지?」

「글세 마흔? 서른 아홉?」

나는 그저 흥! 그래 버렸다 그리고 팔짱을 떡 끼고 앉아서는 더욱 더욱 점잖은 체했다. 그냥 그날은 무사히 헤어졌건만—

이튿날 화우(畵友) K군이 왔다. 이 사람인즉 나와 농하는 친구다. 나

는 어쨌든 수 없이 그 나비 같다면서 달고 다니던 코 밑 수염을 아주 밀어 버렸다. 그리고 날이 저물기가 급하게 또 금홍이를 만나러 갔다.

「어디서 뵌 어른 겉은데.」

「어쩌녁에 왔든 수염난 냥반 내가 바루 아들이지. 목소리꺼지 닮었지?」

하고 익살을 부렸다. 주석(酒席)이 어느덧 파하고 마당에 내려서다가 K군의 귀에 대고 나는 이렇게 속삭였다.

「어때? 괜찮지? 자네 한번 얼러보게.」

「관두게, 자네나 얼러보게.」

「어쨌든 여관으로 껄구 가서 짱껭뽕을 해서 정허기루 허세나.」

「거 좋지.」

그랬는데 K군은 측간에 가는 체하고 피해 버렸기 때문에 나는 부전승(不戰勝)으로 금홍이를 이겼다. 그날 밤에 금홍이는 금홍이가 경산부(經産婦)라는 것을 감추지 않았다.

「언제?」

「열 여섯 살에 머리 얹어서 열 일곱 살에 낳았지.」

「아들?」

「딸.」

「어딨나?」

「돌만에 죽었어.」

지어가지고 온 약은 집어치우고 나는 전혀 금홍이를 사랑하는 데만 골몰했다. 못난 소린듯 하나 사랑의 힘으로 각혈이 다 멈쳤으니까―

소설 「봉별기」의 첫 대목에 그려진 'K군'이 실제의 구본웅임은 세상이 다 아는 사실이다. 이 대목만 보더라도 구본웅은 이상이 빠져든 진흙탕의 구경꾼만은 아니다. 그도 하나의 공범이었으니까. 이상과 구본웅이 얼마나 절친한 사이였는지를 짐작할 수 있다.

이상은 종로에 다방 '제비'를 개업하고 금홍이와 동거를 시작했다. 이상이 다방 제비의 문을 열게 된 것은 고상한 예술적 취향과는 관계가 없을 듯싶다. 그는 병으로 실직한 건축 기사에 불과하다. 이름난 문학가도 아니며 예술가로 알아주는 이가 있을 리 없다. 이상은 생업을 위해 새로운 사업을 구상하였고 그것이 다방 제비였던 것이다. 이 같은 상황에 대해서는 이상의 누이동생 김옥희의 다음과 같은 회고를 참조할 만하다.

종로 2가에 '제비'라는 다방을 내건 것은 배천 온천에서 돌아온 그해 6월의 일입니다. 금홍 언니와 동거하면서 집문서를 잡혀 시작한 것이 이 제비 다방이었습니다.

그런데 오빠가 집문서를 잡힐 때 집에서는 감쪽같이 몰랐다고 합니다. 도시 무슨 일이고 집안과는 의논이 없던 오빠인지라 집문서 잡힐 때라고 사전에 의논했을 리는 만무한 일입니다만 설령 오빠가 다방을 내겠다고 부모님께 미리 말했다고 하더라도 응하시진 않았을 것입니다.

오빠는 늘 돈을 벌어 보겠다고 마음먹은 모양이지만 막상 돈벌이에는 소질이 없었던 것 같습니다. 더구나 장사 그것도 다방 같은 물장사가 될 이치가 없습니다. 돈을 모르는 사람이 웬 물장사를 시작했는지조차 의심스러운 일입니다만 거기다가 밤낮으로 문학하는 친구들과 홀 안에 어울려 앉아서 무엇인가 소리 높이 지껄이고 있었으니 더구나 다방이 될 까닭이 없었습니다. (……)

큰오빠가 다방을 경영할 즈음 나는 이따금 우리집 생활비를 얻으러 그곳으로 간 일이 있습니다. 오전 11시나 12시 그런 시간이었는데 그때에야 부스스 일어난 방 안은 언제나 형편없이 어지럽혀져 있었습니다. 지금도 그 방 안이 기억에 선한데 그것은 방이라기보다 '우리'라고나 할 정도로 그렇게 지저분하게 흩어져 있었습니다.

"저게 너의 언니니라"고 눈짓으로만 일러 줄 뿐 오빠는 금홍이 언니를 한 번도 제게 인사시켜 준 일이 없습니다. 그래서 저는 금홍이 언니와는 가까이서 말을 걸어 본 일이 없습니다.

—김옥희, 「오빠 이상」, 《신동아》, 1964년 12월

이상이 개업한 다방 제비는 여동생 김옥희의 회고대로 집문서를 저당 잡혀 이루어 낸 사업이었지만 성공적인 '물장사'가 되지 못한다. 이상 자신도 제비의 운영에 크게 힘을 들이지 못했고, 금홍과의 불화로 인하여 다방 운영 자체가 점차 힘들게 된다. 종로 네거리에 인접하여 세간의 화제가 되었던 다방 제비는 2년을 제대로 넘기지 못한 채 문을 닫기에 이른다. 그렇지만 이상은 다방 제비에서 자신의 젊음을 탕진했던 것만은 아니다. 이 특이한 장소는 1930년대 중반을 살았던 경성의 문학인들에게는 하나의 '살롱'이 되었고, 여기에 모여드는 문인들과의 교류가 가능해지면서 이상은 그 자신의 욕망의 새로운 출구를 찾아갈 수 있게 되었다. 그 출구가 바로 문학적 글쓰기의 세계이다. 조선총독부 건축 기사 시절부터 관심을 가지게 된 이상의 글쓰기는 당대의

문단과는 소통과 수용의 공간을 공유하지 못했던 것이 사실이다. 이상은 다방 제비를 운영하면서 당시 새로운 문학 동인으로 구성된 '구인회(九人會)'의 구성원들을 이 공간에서 자연스럽게 만날 수 있게 되었고 이들과 교류할 수 있는 계기를 만들게 되었던 것이다.

이상은 시인 정지용과 소설가 박태원, 그리고 이태준 등의 호의적인 주선에 의해 신문 연재의 방식으로 연작시 『오감도』를 발표한다. 1934년 7월《조선중앙일보》에 연재가 시작된 『오감도』는 특이한 시적 상상력과 사물을 보는 새로운 시각으로 인하여 시인으로서의 이상의 문단적 존재를 새롭게 각인시킨 화제작이 된다. 그렇지만 이상의 『오감도』는 그 실험적인 구상과 문제의식에도 불구하고 당시의 문단과 대중 독자로부터 철저하게 외면당했고 그 연재마저 중단된다. 이상의 연작시 『오감도』는 그 연재가 중단된 후 어떻게 되었을까? 이 질문은 연작시 『오감도』의 연재가 중단된 후 이상은 어찌 되었는가를 묻는 것으로 대체해도 된다. 시인 이상에게는 『오감도』가 곧 이상 자신이었기 때문이다.

『오감도』의 연재 중단 후 이상은 개인적으로 견디기 어려운 시련을 맞게 된다. 하나는 그가 경영하던 다방 제비가 적자에 허덕이다가 문을 닫게 된 일이고, 다른 하나는 동거하던 여인 금홍이 이상의 곁을 떠나가게 된 일이다. 경제적 궁핍에 시달리면서 사랑에 대한 배반으로 큰 상처를 입게 된 이상은 깊은 절망에 빠져 아무 일도 하지 못하고 칩거한다. 그는 집문서를 저당 잡혀 문을 열었던 제비의 폐업을 수습하기 위해 인사동에 카페 '쓰루[鶴]'를 잠시 인수하였다가 넘기고, 다방 '69'를 개업 양도하고, 다시 명동에 카페 '무기[麥]'를 개업 양도하여 겨우 집문서를 되찾는다.

이렇게 주변의 정리가 끝나자 그는 자신의 세간을 챙겨 친부모의 집으로 옮긴 후 성천, 인천 등지의 친구들을 찾아 떠돌게 된다. 이상이 절망에 빠져 방황하던 때에 그를 회생의 길로 인도한 것이 친구 구본웅이다. 구본웅은 이상이 정신적 좌절과 절망의 현실에서 벗어날 수 있도록 이끌어 주면서 1935년 이상을 위해 그의 유명한 초상화 〈친구의 초상〉을 그려 준다. 그리고 자기 부친이 운영하던 인쇄소 창문사로 이상을 끌어들여 생업을 이을 수 있게 한다. 구본웅의 배려로 이상은 창문사 인쇄소에서 주로 원고 교정을 담당하면서 다시 마음을 다잡고 글쓰기에 매달리게 된다.

이상은 창문사에 근무하면서 이태준, 정지용, 김기림, 박태원 등이 참여했던 구인회에 가담하여 그 기관지 발간을 주도한다. 이상이 편집을 맡아 발간하게 된 구인회의 기관지는 1936년 3월 발간한《시와 소설》이라는 잡지이다. 이 새로운 동인지는 이상 자신의 야심찬 기획에 의한 것이었지만, 제한된 발행 부수와 선별적인 유통 기획 자체의 비상업성 등으로 성공을 거두지 못한 채 창간호에서 더 이상 지속되지 못한다. 이상은 창문사에서 근무하며 생활의 안정을 찾게 되자 구인회를 중심으로 문단적 교유의 폭을 넓히면서 다시 왕성한 집필 활동을 전개한다. 그는 자신의 문학적 재능을 과시하게 된 소설 「지주회시(鼅鼄會豕)」(《중앙(中央)》, 1936. 6), 「날개」(《조광(朝光)》, 1936. 9)를 발표하였으며, 연작시 『역단(易斷)』과 『위독(危篤)』을 발표한다.《매일신보(每日申報)》에는 「조춘점묘(早春點描)」(1936. 3. 3~26)와 「추등잡필(秋燈雜筆)」(1936. 10. 14~28)이라는 표제 아래 짤막한 칼럼을 연재하기도 한다.

그런데 이상은 연작시 『위독』의 신문 연재를 마친 후 동경행을 결행한다. 그의 문학적 글쓰기도 여기서 끝이 난 셈이다. 그는 왜 동경행을 택하였을까? 이상의 문학적 삶의 마지막 장면을 정리하기 위해서는 이 질문이 반드시 필요하다. 여기서 한 가지 추가해야 하는 것은 이상이 1936년 여름 구본웅 등의 주선으로 변동림과 결혼하였다는 사실이다. 이상의 두 번째 여인이 된 변동림은 구본웅의 계모의 친정 여동생이었기 때문에 따지고 보면 구본웅의 이모가 된다. 이 급작스런 결혼에 구본웅이 어떤 역할을 했는지 자세하게 밝혀진 바는 없다. 그러나 이상에게 가장 중요한 선택의 순간마다 거기에 구본웅이 있었다는 사실을 주목할 필요가 있다. 이상은 변동림과의 결혼 후 여름 한철을 보낸 뒤에 혼자서 동경으로 떠난다. 이 동경행이 그에게는 돌아올 수 없는 길이 되었던 셈이다.

1930년대 식민지 조선의 젊은 지식인에게 동양 문명의 중심지로 떠오른 제국의 수도 동경은 지배자의 심장에 해당한다. 현해탄의 높은 파도를 넘어 한반도로 밀려들어 온 문명이라는 괴물을 놓고 내지(內地) 일본을 꿈꾸었던 젊은이들이 얼마나 많은가? 이광수가 문학의 춘원(春園) 시대를 열었던 것도 동경이요, 임화가 무산계급에는 국가가 없다는 신념을 키웠던 곳도 동경이다. 동경은 서로 다른 공간에 자리하면서도 동일한 시간의 질서 아래 식민지 조선을 옥죄던 제국의 힘의 중심이다. 이상은 1936년 10월 하순 동경으로 떠난다. 그의 동경행은 경성으로부터의 탈출을 뜻하지만, 이 탈출이 그에게 있어서는 문명에의 길이 아니었음을 짐작할 수 있다. 일찍이 오스카 와일드는 문명에 도달할 수 있는 길이 오직 두 개가 있을 뿐임을 갈파한 적이 있다. 하나는 교양을 습득하는 길이요, 다른 하나는 퇴폐에 빠져드는 길이다. 문명의 의미에 이렇게 명징한 토를 달아 놓은 것을 나는 달리 본 적이 없다. 이상은 동경으로의 탈출을 생의 전환으로 삼고자 욕망한다. 그러나 이 전환이 그를 안내한 것은 교양의 길도 퇴폐의 길도 아니다. 그것은 죽음의 길이었을 뿐이다. 이상은 자신의 죽음이 동경에서 자신을 기다리고 있다는 사실을 알아차리지 못한다. 그는 동경에서 혼자 죽는다.

이상의 동경 체류 기간은 반년 정도의 짧은 기간에 불과하다. 이 기간 중에 이상이 동경 니시간다[西神田] 경찰서 유치장에 한 달 가량 구금당했고, 동경제국대학 부속병원에 몇 주간 입원해 있었다는 점을 계산에 넣는다면, 실제로 동경에서 활동했던 기간은 넉 달 정도에 지나지 않는다. 이 기간은 전위적인 이상을 교양의 길로 이끌기에도 충분하지 않고, 도덕을 거부한 이상을 퇴폐의 길로 끌고 가기에도 넉넉하지 않다. 이상의 동경 생활의 흔적은 남아 있는 것이 거의 없다. 그가 동경에서 무엇을 했는지 누구와 만났는지 등을 확인할 수 있는 자료도 별로 없다. 이상은 동경에서 어떤 날개를 꿈꾸었을까 하는 질문은 이상 문학의 궁극적인 지향점을 묻는 것에 해당한다.

 시와 그림의 화답

구본웅은 이상의 시 「차8씨의 출발」이 자신을 향하여 노래한 것임을 알고 있었을까? 그가 이 사실을 알았다면 이 시에서 그려 낸 자신의 모습을 어떻게 생각하였을까? 이런 식의 질문은 두 사람이 나누어 갖고 있었던 우정과 신의를 두고 볼 때 대답이 필요 없는 부질없는 질문이다. 구본웅은 친구 이상이 포기해 버린 미술의 길을 혼자서 걸어 나가면서 이상의 힘든 삶의 여정을 뒤에서 지켜보게 된다. 이상은 금홍과 동거하면서 다방 제비를 둥지 삼아 문학으로의 출구를 찾게 된다. 그 첫 번째 결과가 1934년 7월《조선중앙일보》에 연재하게 된 연작시 『오감도』라는 사실은 널리 알려진 일이다. 그러나 문단의 화제작이 된 『오감도』가 연재 중단 사태를 맞고 동거하던 금홍이 가출한 후 다방 제비도 문을 닫게 되자 이상은 삶에 대한 모든 의욕을 잃게 된다.

구본웅은 다시 이상 앞에 나타나 그를 격려하고 그의 재기를 돕는다. 부친이 운영하던 창문사 인쇄소에 직장을 얻어 주었고, 이상이 쓴 시 「차8씨의 출발」에 대한 화답의 형식으로 이상의 초상화를 그린다. 1935년 구본웅이 그린 〈친구의 초상〉은 『오감도』의 시인 이상의 시적 위상을 제대로 알아차렸던 구본웅의 심미안을 그대로 보여 주는 역작이다. 이 한 편의 그림이 극도의 불안과 절망에 빠져들었던 이상을 살려 낸다. 시인 이상의 풍모를 실제의 얼굴보다 더욱 로맨틱하게 그려 낸 이 그림은 「차8씨의 출발」에 대한 가장 아름다운 화답이 되었던 것이다.

구본웅과 이상의 우정과 끈질긴 인연은 이후에도 지속된다. 이상이 결혼한 변동림이 구본웅의 계모의 친정 동생, 말하자면 이모에 해당한다는 사실은 이미 앞에서 밝힌 바 있다. 구본웅은 이상 문학의 부활을 위해 그의 결혼을 도왔고, 이상의 일본행도 주선했던 것으로 알려져 있다. 그러나 구본웅은 이상이 동경에서 처참한 죽음을 맞게 되자 이상에 관한 것은 어떤 이야기도 다시 입에 올리지 않는다. 이상에 관한 이야기라면 가장 가까이에서 가장 소상하게 알고 있었을 것이지만, 구본웅은 문단의 가십거리로 오르내리게 된 이상의 이야기에 한 번도 끼어든 적이 없다. 그는 많은 그림과 글을 남겼지만 끝까지 이상을 위해 이상 문학의 모든 비밀을 지켰다. 「차8씨의 출발」이 이런저런 논란을 빚고 '섹스 시'라는 기상천외의 새로운 이름까지 부여받게 된 것도 구본웅의 함구 덕분이다. 그는 자신의 그림 〈친구의 초상〉에서 이상의 입에 하얀 상아 파이프를 물렸듯이 스스로 입을 다물고 '지구를 떠나는 아크로바티'를 혼자 즐겼던 것이다.

이제는 이상과 구본웅의 만남 그리고 그 후일담이 세인의 관심사가 되기는 어렵다. 이상 문학은 문학이라는 영역에서 그 독자적 지위를 인정받고 있으며, 구본웅은 한국 근대미술의 역사 속에 한 사람의 거장으로 기록되어 있을 뿐이다. 이들이 보여 준 우정과 신의를 다시 더 강조할 필요조차 없어 보이지만, 이상이 쓴 시 「차8씨의 출발」과 구본웅이 그린 〈친구의 초상〉 속에 숨겨진 의미를 더욱 풍성하게 만들기 위해 여전히 구본웅의 삶과 미술 세계에 대한 새로운 정리와 이상 문학에 대한 면밀한 독법이 더 필요한 것이 아닌가 생각된다.

이중섭의 달과 까마귀

 이중섭과 그의 신화

이중섭(1916~1956)은 한국 미술의 신화다. 이것은 그의 짧은 생애와 비참한 삶에서 비롯된 이야기가 아니다. 그를 아끼고 좋아했던 주변의 화우들이나 애호가들이 그 신화를 만들어 낸 것도 아니다. 이중섭 자신이 그 특유의 화법과 풍부한 상상력의 힘으로 빚어낸 예술혼의 성채가 그대로 하나의 신화가 된 것이다.

이중섭의 그림은 그의 일본 동경 시절부터 눈이 있는 사람들의 관심을 모은다. 이중섭은 정주 오산학교를 졸업한 후 1935년 일본 동경의 제국미술학교로 유학했고, 그 뒤 문화학원으로 옮겨 거기서 졸업하게 된다. 그는 일본 동경에서 작품 활동을 계속하면서 1941년 김학

사진작가 허종배(許宗培, 1914~1988)가
1954년 5월 진주에서 촬영한 이중섭.

준, 이쾌대, 최재덕, 문학수 등과 조선신미술가협회를 결성하였으며, 자유미술가협회의 회원이 되어 새로운 미술을 꿈꾼다. 이중섭이 귀국한 것은 1943년 해방 직전이었는데 그는 일본의 징병을 피하여 그의 형이 크게 사업을 벌이고 있던 원산에서 머물렀다. 그리고 1945년 봄 일본에서 현해탄을 건너 그를 찾아온 마사코와 정식으로 결혼하여 살림을 차렸으며, 신혼살림 중에 해방을 맞았다. 청년 화가 이중섭의 원산 시절은 구상을 만나면서 해방 전후 혼란의 시대를 통과한다. 해방 직후 한때 원산여자사범학교에서 교편을 잡았던 이중섭은 북조선예술동맹 산하의 미술동맹 원산지부 회원이 되었고, 문학동맹의 맹원이었던 구상과도 자주 어울렸다.

1950년 한국전쟁 당시 부산과 제주도에서의 피난 생활을 거치면서 이중섭은 자신의 미술 세계에 큰 변화를 시도한다. 이중섭은 한국전쟁이 발발한 직후 집안을 이끌던 형이 행방불명되자 극도의 혼란을 겪었다. 그는 중공군의 개입으로 다시 전쟁이 확대되는 것을 보고 이해 12월 부인과 두 아들을 데리고 유엔군을 따라 부산으로 피난했다. 피난지에서 가족의 생계를 위해 부두의 노동자로 일하기도 했지만 그는 붓을 놓지 않았다. 1951년 그는 제주도로 가족과 함께 거처를 옮겼다. 피난민에 대한 일종의 분산 조치에 따른 것이었지만 그는 서귀포에 안착하면서 많은 그림을 그렸다. 그러나 부인이 두 아들과 함께 일본으로 떠나면서 이중섭의 고통이 다시 시작되었다. 그는 한때 일본으로 건너가 가족과 상봉했지만 일본에 체류하지 못하였다.

이중섭은 부산의 피난처에서도 그림을 그렸고 제주의 서귀포에서도 그렸다. 통영에서 부산으로 그리고 대구를 오가면서 틈만 있으면 그림을 그렸다. 판잣집 골방 구석에서도 그렸고, 다방 한구석에 틀어박혀서도 그림을 그렸다. 캔버스가 없으면 합판 위에도 그렸고 담뱃갑 은종이 위에도 그렸다. 이중섭의 그림은 생활과의 사투 속에서 만들어졌으며, 거기서 새로운 고안도 생겨났다. 모든 고통을 이겨 낼 수 있는 힘도 그림을 통해 얻었고, 삶의 현실을 초월하는 방식도 그림을 통해 찾았다.

이중섭은 이렇게 만들어진 그림들을 가지고 1955년 그 자신이 꿈꾸었던 개인전을 서울 미도파 화랑에서 열었다. 유화 41점 외에도 은종이 그림을 비롯한 소품이 10여 점 전시되었다. 전시는 호평을 받았지만 경제적인 도움이 되지는 못했다. 오히려 그의 은종이 그림 등을 춘화라고 혹평하는 사람도 생겨났다. 그는 한편으로는 좌절감을 느꼈지만 일본의 가족들과 다시 상봉한다는 꿈을 생각하면서 고통을 견뎠다. 그리고 구상의 권유에 따라 남은 그림을 가지고 대구로 내려가 대구에서 다시 개인전을 잇달아 열기도 했다. 개인전을 마무리한 후 이중섭은 통영과 부산과 대구를 오가며 전전하던 표랑의 생활을 청산하고 서울로 거처를 옮겼다. 하지만 그는 경제적 궁핍과 정신적 고통 속에서 건강을 잃게 되었다. 신경쇠약에 정신 분열 증세까지 보였던 그는 영양실조와 간염이 악화되면서 끝내 다시 붓을 들지 못하였다. 그는 간절하게 소망했던 가족과의 상봉을 끝내 이루지 못한 채 1956년 9월 6일 서울 적십자병원에서 세상을 떠났다.

이중섭의 삶과 그의 미술에 대해서는 그가 남긴 작품과 숱한 일화들처럼 다양한 평가와 시각이 존재한다. 이중섭 미술이 가지는 선묘(線描)와 그 형태의 특성을 설득력 있게 제시하였던 비평가 오광수는 "이중섭에게 있어 대상은 먼저 형태로 파악되며 그것도 분명한 선에 의해 이루어지고 있다"라고 설명한 바 있다. 이중섭의 그림에서 '선은 선을 부르고 거기 유기적인 질서를 부여함으로써 형태는 구조화된다'는 전문적 해석에 대해서 나는 달리 덧붙일 말이 없다. 그러나 선묘의 특성을 드러내는 이중섭의 그림들이 대부분 그 대상의 연출 방식에서 언제나 가장 역동적인 모습으로 포착되고 있다는 것이 나의 느낌이다. 이 역동성에 대해 나는 '생명의 발견'이라는 의미를 새롭게 부여하고 싶다.

이중섭은 토속적인 소재로 지목되는 〈소〉를 그리면서도 언제나 거기 꿈틀대는 힘과 생명의 소용돌이를 놓치지 않았다. 소박한 동화적 세계를 그린 〈아이들〉의 모습도 그 섬세한 움직임을 통해 발산되는 생명력에 주목했다. 스스로 '음화'라고 말했던 은박지 그림도 끊임없이 움직이는 대상의 힘을 그 강인한 터치를 통해 용케도 살려 냈다. 모든 생명이 있는 것들은 끊임없이 움직인다. 아니 모든 사물은 그 자체의 생명을 통해 움직이는 모습을 연출한다. 생명이 있는 것들은 움직임을 통해 서로 이어지며, 그 이어짐을 통해 반복되는 움직임을 다시 보여 줌으로써 스스로 살아 있음을 드러낸다. 움직임이 없는 것은 모두 죽어 있는 것들이다. 이 평범한 진리를 이중섭은 크고 작은 자신의 화폭 위에 다양한 형태로 연출한다.

그러므로 이중섭의 그림에서 볼 수 있는 개성적이면서도 독창적인 특징들은 생명에 대한 애착과 그 끈질긴 추구 과정과 상통한다. 그는 가장 향토적인 소재들에 대해 남다른 근대적 해석을 가하면서 특이한 조형성을 창조했고, 그 자신만이 추구하고자 한 미술의 영토를 분명하게 구획 지어 놓았다. 결국 이중섭은 비록 곤궁함 속에서 고독의 삶을 살다가 생을 마감했지만 그의 죽음 뒤에 오히려 더욱 빛나는 생명과 예술혼에 의해 그대로 하나의 신화가 되었던 것이다.

 이중섭이 그린 시인 구상

이중섭의 삶과 그 예술의 궤적 위에서 떼어 놓을 수 없는 사람으로 시인 구상(1919~2004)을 손꼽을 수 있다. 이중섭은 자신의 고통스러운 삶과 외로운 미술의 길 위에서 운명적인 순간마다 시인 구상과 만난다. 그는 신혼의 단꿈을 꾸던 원산 시절부터 구상을 통해 많은 문

칠곡군 왜관에서 노년을 보낸 시인 구상.

우들을 알게 되었으며, 부산 피난 시절에는 미리 월남하여 대구로 내려와 있던 구상을 만나 그에게 의지하기도 했다. 아내가 두 아들과 함께 일본으로 들어간 후 밀려드는 고독감과 싸우던 중에도 그의 곁에는 구상이 있었다. 이중섭이 꿈꾸었던 서울 미도파 화랑에서의 첫 개인전을 가장 크게 기뻐했던 것도 구상이었다. 그리고 대구에서의 개인전도 구상이 주선했다. 가난 속에서 병고에 허덕이면서 죽음의 문턱에 서 있던 그를 적십자병원으로 옮겨 준 것도 구상이었다. 그의 주검을 수습하여 일본 동경의 가족들과 다시 만날 수 있도록 한 것도 구상이었다.

이중섭이 시인 구상과 처음 만난 것은 동경 유학 시절의 일이지만, 두 사람이 격의 없이 친해진 것은 귀국 후 원산에서의 만남에서부터 시작된다. 이중섭은 원산에서 크게 사업을 벌였던 형을 따라 가족과 함께 원산으로 이주하였고, 마침 원산에 살고 있던 구상과 다시 만나면서 급속도로 친해진다. 이중섭이 일본 생활을 청산하고 귀국한 것은 1943년 해방 직전이었다. 그는 일본 총독부의 징병을 피하여 형의 사업지인 원산에서 머물렀다. 구상은 원산에서 뜻밖에 이중섭을 만나게 된 장면을 훗날 이렇게 회고했다.

하루는 내가 원산거리엘 나갔다가 저녁무렵 교외(덕원)인 집으로 돌아오려고 송정리(松汀里)고개(시내에서 송 원으로 넘어서는 마루턱)를 넘어서니 두세친구와 작반하여 해수욕을 마치고 오던 대향과 뜻밖에 마주쳤다. 그는 어떤 생각에선지 그 친구들에게 양해를 구하는 모양이더니 나와 함께 송 원으로 발걸음을 되돌렸다. 그리고 바다에 이르러서는 '마루요시[丸芳]' 분점이라는 술집으로 나를 안내하였다. 나도 서슴없이 따라 들어가 서슴없이 마시고 있는데, 대향이 "지난번 동경서는 형이 점심을 사서 미안했다"는 인사와 함께 내놓는 말이 "형, 구형은 예수를 닮았어! '루오'의 예수 얼굴을" 하는 게 아닌가. 되받아 내가 그런 인상을 받았다고 하니 그는 "말도 안된다"고 사양하고 나역시 "말도 안된다"고 거절하고 그랬다.

여하간 우리는 그날밤 그 자리에서 서로를 털어 놓았고 그곳에서 밤을 지냈다. 내가 그의 애창곡인 '소나무'라는 맑고 아름답고 우렁찬 노래를 들은것도 그 밤이 처음이었다. 그는 세상이 다 알듯 내말대로 십자가의 예수처럼 자기 그림에 순도(殉道)하였고 나는 이렇듯 남루 인생을 살고있으니 지인지감(知人知鑑)만은 내가 승하다고나 할까.

— 구상, 「화가 이중섭과의 상봉」, 《동아일보》, 1976년 10월 5일

청년 화가 이중섭은 원산에서 시인 구상을 다시 만나면서 해방 전후 혼란의 시대를 통과한다. 이중섭은 해방 직후 한때 원산여자사범에서 교편을 잡았고, 단란한 신혼 생활 속에서 정신적인 여유를 누리며 그림을 그리기 시작했다. 그는 북조선예술동맹 산하의 미술동맹 원산지부 회원이 되었고, 문학동맹의 맹원이었던 구상과도 자주 어울렸다. 구상은 강홍원, 박경수 등과 문학동맹 원산지부의 합동 시집 『응향(凝香)』의 발간을 준비하면서 시집의 장정과 표지화를 이중섭에게 부탁했다. 그런데 이 시집은 1946년 12월 북한에서 시행되기 시작한 이른바 '건국사상동원운동'의 전개 과정에서 사상 이념적 비판 대상이 되면서 이목이 집중되었다. 1947년 1월 「시집 『응향』에 관한 결정서」가 북조선문학예술총동맹 중앙상임위원회의 이름으로 발표되었다. 이 시집에 수록된 작품들이 '조선의 현실에 대하여 회의적, 공상적, 퇴폐적, 현실도피적, 절망적 경향'을 지니고 있다는 것이 문제였다. 특히 이 시집에는 현실에 대한 투쟁 정신과 새로운 건설 의지가 모두 결여되어 있기 때문에, 개인적인 애상과 허무의 표현이 건전한 민족 예술의 생성 발전에 악영향을 끼치고 있다고 비판하였다. 결국 시집 『응향』은 발매 금지되었고, 이에 가담한 시인들은 혹독한 자아비판을 강요당했다. 구상은 이 혼란의 상황을 벗어나기 위해 1947년 초 단독으로 월남해 버렸다. 이중섭은 『응향』 사건 이후 자유롭게 그림을 그릴 수가 없었다. 게다가 부인이 일본인이라고 하여 친일파로 지목되면서 운신의 폭이 더욱 좁아졌다. 1950년 한국전쟁이 일어났고, 전쟁이 발발할 무렵 형이 갑자기 행방불명되었다. 이중섭은 극도의 공포 속에서 가족과 함께 전란을 겪었다. 그는 중공군의 개입으로 전쟁이 확대되자 이해 12월 부인과 두 아들을 데리고 유엔군을 따라 부산으로 피난했다.

부산에서 제주도 서귀포로 이어지는 이중섭의 피난 시대에도 그의 곁에 시인 구상이 있었다. 부산에 별다른 연고가 없던 이중섭은 피난민 수용소에 머물며 생계를 위해 부산 부두의 노동자로 일해야만 했다. 그는 부산으로 피난 와 있던 화가 김환기, 유영국, 김병기, 김영주 등과 광복동 다방에서 어울리면서 미술에 대한 열정을 키웠다. 1951년 초에 그는 가족과 함께 거처를 제주도로 옮겼다. 그는 서귀포에 안착하면서 다시 그림을 그릴 수 있는 여유가 생겼다. 그러나 부인이 두 아들과 함께 일본으로 떠나면서 이중섭의 고통이 시작되었다. 그는 일본으로 건너가 가족과 상봉했지만 일본에 체류하지 못하고 곧 다시 통영으로 돌아왔다.

이중섭이 고통스러운 피난 생활 속에서 시인 구상을 다시 만난 것은 커다란 행운이었다. 당시 구상은 서울에서 대구로 피난하여 국방부 정훈국의 승리일보라는 선전지를 만들고 있었다. 그리고 지역 신문인 《영남일보》 등에 관여하면서 생계를 이어 가고 있었다. 구상은 이중섭이 대구에 나타나자 크게 기뻐하였다. 하지만 그림을 그리고 싶어하는 이중섭의 힘든 사정을 도울 수 있는 일이 많지 않았다. 이중섭은 외로움을 달래기 위해 구상의 집을 찾아왔고, 자기 삶의 방도를 의논하기 위해 구상을 찾았다. 늘 가난했던 이중섭은 구상과 그의 가족을 위해 할 수 있는 일이 아무것도 없었다. 다만 자신의 심중에 감추어 둔 깊은 우정과 신뢰의 표시로 구상을 위해 몇 점의 그림을 남겼다.

이중섭이 피난 시절에 시인 구상을 위해 그린 첫 번째 그림은 구상의 사회평론집『민주고발』(1953)의 표지화였다. 그런데 실제로 이 책은 출간 당시 이중섭의 그림이 아닌 다른 표지화로 장정했다. 당시 구상은《영남일보》를 통해 사회 현실의 비리와 자유당 정권의 무능을 비판하는 논설을 많이 집필했다. 그의 비판적 논설이 빌미가 되어 신문사에 기관원들이 총을 들고 난입하는 사건도 일어났고, 이러한 문제적인 논설들로 엮어진『민주고발』은 출간되자 곧바로 판금되었다. 이중섭은『민주고발』표지화를 위해 세 가지 형태의 밑그림을 그렸던 것으로 알려져 있다. 그중의 하나는 '민주고발'이라는 제목과 함께 상단에 일그러진 군중의 얼굴들을 배치한 후 그 아래 먹칠한 검은 공간을 두고 하단에 찌그린 얼굴 하나를 그려 넣은 것이었다. 억압하며 군림하던 한 사람의 권력자가 성난 민중의 함성 아래 짓밟히고 있는 듯한 느낌을 준다. 책의 주제 내용에 잘 부합되는 것처럼 보이지만 자칫 최고 권력에 대한 모독으로 읽힐 가능성도 있었다. 또 하나의 밑그림은 이중섭의 여러 그림에서도 볼 수 있는 물고기를 든 아이의 모습을 그린 그림이었고, 세 번째의 그림은 커다란 꽃송이 하나와 아이를 함께 그린 것이었다. 구상은 이중섭이 그려 준 이 세 가지의 밑그림 중 어느 하나도『민주고발』의 표지화로 사용하지 않았다. 엉뚱하게도 이 책은 변종하 장정으로 나왔다. 구상이 왜 이중섭의 그림을 아꼈는지 그 사유를 정확하게 알 수 없다. 혹시 자기 책의 내용에 어울리지 않는다고 생각했는지 모르지만, 첫 번째 밑그림의 경우는 그림 자체가 암시하고 있는 사회 정치적 함의를 무시할 수 없다. 구상이 끝내 이중섭의 그림을 모두 거두어 버린 것은 어쩌면 책의 발간 이후에 일어날지 모르는 사태를 짐작했기 때문인지도 모른다. 이 책은 발간되자마자

『구상문학선』(바오로딸, 1975)의 표지화로 쓰인 이중섭의 그림.

판매 금지 조치가 내려졌고, 구상 자신은 신문사를 나와 한때 몸을 숨겨야만 했던 것이다. 구상은 이중섭의 사후에 펴낸 책 『구상문학선』(1975)에 이 표지화를 그대로 사용했다.

이중섭의 〈K씨네 가족〉이라는 그림은 대구에서 구상 시인의 집을 방문했을 때 그린 것으로 널리 알려져 있다. 1955년 당시 구상이 아내와 함께 어린 남매를 거느리고 살던 모습을 그린 그림이다. 세발자전거를 타고 있는 아들을 K씨가 붙잡고 있고 그 뒤로 부인과 딸아이가 이 모습을 지켜본다. 화폭 위에 그려진 단란한 가족의 모습 가운데 자전거 위의 아이가 고개를 젖히고 좋아하는 표정을 놓치지 않은 점이 흥미롭다. 여기 그려 놓은 K씨가 시인 구상이라는 사실은 그림 속의 인물에 대한 섬세한 묘사를 통해 그대로 드러난다. 그러므로 대부분

이중섭이 그린 유채화 〈K씨네 가족〉.

의 비평가들은 이 그림의 사실적 묘사가 당시의 다른 작품들과 대조
된다는 점을 주목하고 있다.

하지만 이 그림은 전체적인 구도와 그 연출의 의도를 좀 더 깊이 있
게 헤아려 볼 필요가 있다. 한 가족의 단란한 모습을 혼자서 지켜보
던 화가 이중섭이 자신의 형상을 그림 속으로 밀어 넣고 있기 때문이
다. 실제로 화폭의 오른쪽 툇마루에 걸터앉아 있던 자기 자신의 모습
을 그림 속에 가장 크게 그려 놓고 있지 않은가? 이러한 구도는 아무
래도 전체 그림의 내용으로 보아 불균형에 가깝다. 이중섭이 구상 시
인의 집에서 본 이 단란한 가족의 모습 속에 그것을 지켜보고 있던 자
기 자신을 굳이 크게 그려 넣은 까닭은 무엇일까? 그 이유는 당시 이
중섭이 처해 있던 상황을 통해 어느 정도 짐작이 가능하다. 제주도 서

귀포의 피난지에서 아내와 두 아들이 일본으로 떠난 후 이중섭은 가족에 대한 그리움과 견디기 어려운 외로움에 시달리면서 가족과의 재회를 꿈꾸었다. 이중섭이 구상 시인의 가족들을 통해 확인한 것은 그네들의 행복하고 단란한 일상이지만, 그러한 행복한 순간을 가지지 못하고 가족과 떨어져 홀로 지내는 자신의 외로움이 더 컸으리라는 것은 당연한 일이다. 구상 시인의 가족들과 거리를 두고 한편에 떨어져 앉아 그 모습을 지켜보고 있던 이중섭은 자신의 고립된 처지를 스스로 드러내고 싶었던 것이 아닌가 생각된다. 이 그림에서 대상화된 이중섭 자신은 자기가 건너다보고 있는 구상 시인 가족들과 격리된 채 정물처럼 굳어 있다. 이 특이한 풍경과 그 인물 배치의 구도는 소외된 자기를 대상화하기 위해 이중섭이 고안해 낸 미술적 연출이라고 할 수 있다.

구상 시인이 뒷이야기를 밝히고 있는 또 하나의 그림은 〈두 어린이와 복숭아〉라는 제목이 붙어 있다. 이 그림에 대해서는 구상의 회고가 더 감동적이다.

향우(鄕友) 이중섭이 이승을 달랑달랑 다할 무렵이었다.

나는 그때도 검은 장미빛 피를 몇 양푼이나 토하고 시신(屍身)처럼 가만히 누워 지내야만 했다.

하루는 그가 불쑥 나타나서 애들 도화지 한장을 내밀었다. 거기에는 애호박만큼 큰 복숭아 한 개가 그려져 있고, 그 한가운데 씨 대신 쬐그만 머슴애가 기차를 향해 만세!를 부르는 그런 시늉을 하고 있었다.

나는 그것을 받으며,

「이건 또 자네의 바보짓인가, 도깨비놀음인가?」

하고 픽 웃었더니 그도 따라 씩 웃으며

「복숭아, 천도(天桃) 복숭아

님자 상(常)이, 우리 구상(具常)이

이걸 먹고 요걸 먹고

어이 빨리 나으란 그 말씀이지」

흥얼거리더니 휙 돌쳐서 나갔다.

─「비의(秘義)」 부분

　구상이 술회하고 있는 이 작은 그림 이야기는 듣는 사람의 가슴을
친다. 이중섭이 시인 구상에 대해 지니고 있던 우정만이 아니라 그 천
진난만하고 순진무구한 내면을 그대로 보여 주고 있기 때문이다. 이중
섭의 인간적인 면모를 확인할 수 있는 이 그림에 얽힌 이야기는 대구
시절 건강 악화로 병상에 누웠던 구상의 모습과 가난한 화우 이중섭
의 사이에서만 가능했던 것이다. 가난한 화가는 병상에 누워 있는 친
구를 찾아가면서 한 알의 복숭아도 살 만한 여유가 없었을 것이 분명
하다. 그는 과일 가게에서 복숭아를 사는 대신에 도화지에 천도복숭
아를 그려 넣는다. 그리고 그 그림을 병상의 친구에게 전한다. 그러면
서 이걸 먹고 빨리 나으라는 말을 한마디 남기고는 밖으로 나가 버린
다. 한편으로는 그러한 자신의 모습이 부끄럽고 친구 얼굴 대하기도
민망하였을 것이다. 구상은 이렇게 그림에 얽힌 사연을 '비의'라고 이
름 붙였지만 이것이야말로 이중섭 신화의 가장 빛나는 한 대목임을
부인할 수 없다.

　이중섭이 구상을 위해 그린 마지막 그림은 구상의 연작시집 『초토

『초토의 시』(청구출판사, 1956) 표지에 실린 이중섭의 그림.

의 시』의 표지화였다. 이중섭은 1952년 제주도를 떠나 통영에 머물면서 그림을 그렸다. 이 그림들을 가지고 그는 1955년 자신이 꿈꾸었던 개인전을 서울 미도파 화랑에서 개최할 수 있었다. 서울 전시가 끝난 후 그는 구상의 권유에 따라 남은 그림을 가지고 대구로 내려가 대구에서 다시 개인전을 열었다. 이중섭의 대구 개인전이 열렸을 때 구상은 그의 연작시집 『초토의 시』의 발간을 준비하고 있었다. 이중섭은 구상을 위해 그 시집의 표지화를 그렸다. 이중섭이 그린 시집 『초토의 시』의 표지화는 물고기와 아이들의 형상을 다양하게 포개어 놓고 있는 그림이다. 노란색의 바탕에 선묘의 방식으로 간략하게 터치한 이 그림은 아이들의 표정도 밝고 부드럽다. 그러면서도 생동감이 넘쳐난다. 서로 얽혀 이어진 아이들과 물고기의 모습 속에 약동하는 생명의 의미가 담겨 있다. 이중섭은 이 표지화를 구상에게 전하고 자기 미술을 위해 더 넓은 무대를 찾아 서울로 올라왔지만 경제적 궁핍을 벗어나지 못했다. 특히 건강이 나빠지면서 극도의 신경쇠약에 정신 분열 증세까지 보이기 시작했다. 이중섭의 그림으로 장정된 시집 『초토의 시』는 이중섭이 죽은 뒤인 1956년 12월에 발간되었다. 이중섭은 이 시집의 출간을 보지 못하였고 시인 구상을 향한 평단의 상찬(賞讚)도 전혀 알아들을 수가 없었다. 구상은 이중섭의 죽음 앞에 하나의 비통한 헌사처럼 이 책을 바쳐야만 했다.

구상의 연작시 『초토의 시』와 『까마귀』

시인 구상은 자신의 시를 통해 이중섭을 어떻게 그려 내고 있을까? 구상이 이중섭을 그의 시적 오브제로 끌어들인 것은 시집 『초토의 시』가 처음이 아닌가 생각된다. 이중섭의 죽음 앞에 바쳐진 이 시집의 작품들은 그 연작의 형식을 통해 이중섭의 삶과 그 예술혼의 빛나는 성채에 다가서고 있다. 『초토의 시』는 시인 자신이 직접 체험한 한국전쟁을 정서적 기반으로 삼고 있는 15편의 작품으로 이어진다. 이 작품들은 전쟁이 몰고 온 비극적 참상을 '초토(焦土)'로 상징하고 있으며 모든 생명이 불타 버린 소멸의 공간을 통해 비인간적인 전쟁과 그 파괴의 현장을 고발하고 있다. 당시 전쟁을 배경으로 한 전후시의 상당 부분이 깊이 빠져들었던 절망의 언어 대신에 허무주의적 감상을 벗어나 본질적으로 인간 구원의 가능성을 천착했다는 점은 특기할 만하다. 『초토의 시』가 황폐한 시적 주체와 대상으로서의 현실 세계를 상상력을 통해 통합하면서 보다 높은 시적 인식의 지평을 열고 있다는 평가를 받는 이유가 여기 있다.

구상의 본격적인 시적 출발은 그의 첫 시집인 『구상』(1951)을 통해 이루어졌다. 한국전쟁의 격동 속에서 그 모습을 드러낸 구상의 시는 전통적인 서정시와는 분명하게 그 지향점을 달리하고 있다. 그는 시를 삶에 대한 인식의 방법, 혹은 예지의 언어로서 주목한다. 그러므로 개인의 감상에 빠져들어 감정의 표출만을 중시하는 전통적 서정시에 반발한다. 물론 그는 언어와 기법에 매달려 실험성을 강조하는 모더니스트에 대해서도 비판적이다. 그의 시적 태도는 철저하게 존재론적인 기반 위에서 미의식을 추구하는 방향으로 고정되어 있다. 존재에 대한 깊이 있는 인식이 드러나지 않는 감성을 그는 받아들이지 않으며, 역사의식에 기초하지 않은 생경한 지성이라는 것도 그는 신뢰하지 않았다. 시인 구상의 시적 모색 과정은 전쟁이 끝난 후에 그가 발견한 새로운 자기 목소리를 통해 그 새로운 가능성을 획득하고 있다. 그가 발표한 연작시 『초토의 시』가 바로 그 구체적 성과에 해당한다.

시집 『초토의 시』는 시인 구상의 오랜 친구이자 천재적 예술가였던 이중섭의 죽음 앞에 바치는 하나의 헌사였다. 이 시집은 이중섭의 그림으로 그 표지가 꾸며졌지만 이중섭은 이 시집의 발간을 보지 못한 채 세상을 떠났던 것이다. 구상은 시집의 후기를 통해 당시의 심회를 이렇게 밝히고 있다.

그동안 이 강토가 초토가 되었을 뿐 아니라 내 심정은 보다 더 황폐해졌습니다. 더욱이나 칠죄(七罪)의 심연 속을 꼴닥꼴닥 헤매온 나의 영혼은 그야말로 문둥입니다. 진정 서럽고 부끄럽고 아파서 차라리 미쳐나 버렸으면 하는 맘 무시로 납니다. 그래서 이미 미친 것처럼 벌룩벌룩 자꼬만 웃어도 봅니다. 천진하고 무구한 향우(鄕友) 중섭은 이런 때에나 보라는 듯이 가버리는군요.

　이런 나를 그래도 지원하고 그 울혈(鬱血)을 토하기엔 별무신통 시밖에 없구요. 시 세계는 사연이 필요 없고 게다가 낭만적이어서 거뜬하단 말입니다. 그러나 말이 모자라요. (……) 도야지 꼬리만한 시 몇 편 내놓으면서 변백(辨白)과 넋두리가 길어졌나 봅니다.

—구상, 『초토의 시』 후기 중에서

앞의 후기에서 밝히고 있는 것처럼, 『초토의 시』는 '초토가 된 강토'와 '황폐한 시인의 심정'이 서로 맞부딪치면서 빚어낸 '울혈'에 해당한다. 시인 구상은 이 연작시편을 펴내면서 대구에서의 생활을 마감한다. 대구의 작은 출판사였던 청구문화사에서 펴낸 시집 『초토의 시』는 시인 구상에게 있어서 비극적인 전쟁 체험과 곤궁했던 피난 시절의 기록이었다고 할 수 있다. 그리고 그 한복판에 화가 이중섭이 서 있었던 것이다. 구상은 고통의 언어로 꾸며진 이 시집을 먼저 세상을 떠난 친구 이중섭에게 바친다.

　하꼬방 유리 딱지에 애새끼들
　얼굴이 불타는 해바라기마냥 걸려 있다.

내려쪼이던 햇발이 눈부시어 돌아선다.
나도 돌아선다.

울상이 된 그림자 나의 뒤를 따른다.
어느 접어든 골목에서 걸음을 멈춰라.

잿덤이가 소복한 울타리에
개나리가 망울졌다.

저기 언덕을 내려 달리는
체니[少女]의 미소엔 앞니가 빠져
죄 하나도 없다.

나는 술 취한 듯 흥그러워진다.
그림자 웃으며 앞장을 선다.

―「초토의 시 1」 전문

  앞에 인용한 「초토의 시 1」은 시적 화자인 '나'와 '나'의 뒤를 따르는 '그림자'를 시적 전경(前景)에 배치한다. 그리고 그 뒤에 몇 개의 장면들이 겹쳐진다. 이 한 폭의 그림은 시의 형식을 통해 펼쳐 낸 대구 시절 시인 구상의 내면 풍경에 해당한다. 그런데 여기 시적 화자인 '나'를 따르는 '그림자'가 등장한다. 이 그림자의 주인공은 누구일까? 살아 있는 모습의 구체적 형상을 드러내지 않은 채 '나'의 뒤를 따르다가 '웃으며 앞장을 선 그림자'는 시인 자신의 페르소나일 수도 있다. 하지만 나의 눈에는 구상의 곁을 늘 따르던 친구 이중섭의 환영(幻影)으로 읽힌다. 이것은 "하꼬방 유리 딱지에 애새끼들 / 얼굴이 불타는 해바라기마냥 걸려 있다"라고 하는 제1연의 내용을 통해서 쉽게 유추가 가능하다. 전란의 초토 위에서 궁핍한 삶에 쪼들리면서도 꿈을 잃지 않고 키워 낸 화가 이중섭의 두 아들 모습이 거기에 어려 있기 때문이다. 청정무구의 시심으로 자신의 그림에 열중하다 처절하게 죽어 간 화가 이중섭의 예술혼을 구상은 자신의 연작시의 맨 앞 장면에 내세우고 싶어 했던 것이 아닌가 생각된다. 삶의 고통 속에서도 예술의 궁극적인 가치에 매달렸던 이중섭은 형체 없는 그림자로 이 시 속에 등장하고 있지만, 시인은 판자집 유리 딱지에 해바라기처럼 걸려 있던 아이들을 통해 새로운 생명에 대한 희망을 놓치지 않는다.

　자네가 간 후에도 이승은 險하기만 하이. 나의 마음도 고약만 하여지고 첫째 덧정 없어 이러다간 자네를 쉬이 따를 것도 같네만 極惡無道한 내가 간들 자네와 이승에서듯이 만나 즐길 겐가 하구 곰곰중일세.

　깜짝 추위에 요새 며칠 感氣로 누웠는데 忘憂里 무덤 속의 자네 뼈다귀들도 달달거리지나 않나 애가 달지만 이건 나의 괜스런 걱정이겠지. 어쨌든가 봄이 오면 잔디도 입히고 꽃이라도 가꾸어 줌세.

　밖에 나가면 만나는 친구들마다 어두운 얼굴들이고 利錫이만은 당(장)가를 들겠다고 벌쭉이지만 그도 너무나 억차서 그래 보는 거겠지.

몸도 몸이려니와 마음이 추워서들 불 대신 술로 난로를 삼자니 거진 매
일 도릴세.

　자네는 이제 모든 게 아무치도 않어 참 좋겠네. 어디 顯夢이라도 하
여 저승 소식 알려 줄 수 없나. 자네랑 나랑 친하지 않았나. 왜.

―「초토의 시 14」 전문

　앞에 인용한 「초토의 시 14」를 보면, 시인 구상이 시적 화자가 되어
죽어 간 친구 이중섭을 직접 호명하고 있는 장면이 잘 드러나 있다.
이 시편은 연작시의 다른 작품들과는 전혀 다른 시적 어조를 활용한
다. 시적 화자는 망자가 된 이중섭의 바로 곁에 자리하고 있다. 그리고
그를 어지러운 삶의 현실 속으로 다시 불러내면서 자신의 심경을 털
어놓는 진솔한 대화를 이어간다. "자네가 간 후에도 이승은 험하기만
하이"로 시작되는 이 고백적 어투에는 슬픔과 회한이 짙게 묻어난다.
이중섭을 먼저 떠나보낸 후 시적 화자는 "나의 마음도 고약만 하여지
고 첫째 덧정 없어 이러다간 자네를 쉬이 따를 것도 같네만"이라면서
갈피를 잡지 못하고 있는 자기 심정의 쓸쓸함을 표한다. 물론 봄이 되
면 망우리 공동묘지의 무덤 위에 잔디를 입히고 꽃이라도 가꾸겠노
라는 위로의 말도 전하지만, 냉혹한 일상의 현실을 견디어 내기가 억
차서 "마음이 추워서들 불 대신 술로 난로를" 삼고 있다며 살아남은
자들의 아픔을 그대로 드러낸다. 그리고 한마디의 대답도 듣지 못한
채 "자네는 이제 모든 게 아무치도 않어 참 좋겠네"라고 망자를 위로
한다.

구상은 이중섭이 세상을 떠난 뒤에도 그를 놓지 않는다. 그는 이중섭의 사후 25년을 앞두고 미도파 화랑에서 개최한 전시회 〈이중섭 작품전 미공개 200점〉(1979)을 주선한다. 일본의 유가족들이 소장하고 있던 미공개 작품들을 이 전시회에 처음으로 내놓도록 하여 이중섭에 대한 관심을 되살려 내고 있었던 것이다.

구상은 화제작이었던 자신의 연작시집 『까마귀』(1981)를 통해서도 이중섭의 예술혼을 다시 불러내어 부박한 현실을 비판 풍자하고 있다. 이 연작시에서 시적 상징으로 차용되고 있는 '까마귀'는 문학적 장치로서 특이한 전통을 지니고 있다. 시인 이상의 난해시로 유명한 『오감도』(1934)에서 '까마귀'는 지상의 인간 세계를 내려다보는 공중에 떠 있는 새였다. 여기서 이상은 '까마귀'의 시각을 시적으로 변용하여 까마귀가 내려다본 지상의 풍경 '오감도'를 그려 낸다.

그런데 구상은 '까마귀'의 울음소리를 청각적으로 재현함으로써 에드거 앨런 포의 「갈까마귀」에서처럼 그 이미지의 감각성에 새로운 의미를 덧붙인다. 구상은 비인간화의 과정으로 치닫는 삶의 현실에 대한 비판 의식을 특이하게도 '까마귀'의 울음소리를 통해 구체적으로 형상화하고 있다. 이 연작시는 모두 14편의 작품으로 완결되었는데, 각 작품마다 1970년대 한국 사회의 급격한 산업화 과정에 대한 시적 경고의 목소리를 까마귀의 '까옥 까옥 까옥 까옥'이라는 울음소리 시늉말로 표현한다. 이 까마귀의 울음소리를 통해 그 시적 감응력이 널리 확산된다. 여기서 '까마귀'는 이중적인 의미를 지니는 시적 상징으로 변용되고 있음을 주목해야 한다. 인간의 불행을 전달한다는 의미에서 '까마귀'는 전통적인 흉조의 상징성을 그대로 유지하고 있지만,

그것이 인간의 삶과 그 역사와 현실의 비리를 비판하고 물질 만능과 인간의 타락을 경고한다는 점에서 일종의 선지자적인 예지의 의미를 담고 있기 때문이다.

(가)
까옥 까옥 까옥 까옥

여의도 아파트 숲 어느 고목 가지에
늙은 까마귀 한 마리 앉아 울고 있다.

입에 담기도 되뇌기도 저어되는
눈 뒤집힌 이 세상살이를 바라보며
까마귀는 목이 쉬도록 울고 있다.

카옥 카옥 카옥 카옥

(……)

요즘 세상은 온통 소음과 소란이라
나의 소리 따위는 들리지도 않겠지만
더러 보행하던 사람들이 쳐다보고도
저런 쓸모없고 재수 없는 날짐승이
아직도 살아 남았나? 하는 표정들이다.

까욱 까욱 까욱 까욱

하지만 까마귀는 그 心眼에 비쳐진
저들의 불의와 부패가 마침내 빚어낼
그 재앙과 참화를 미리 일깨워 주려고
오늘도 목이 잠기도록 우짖고 있다.

―「까마귀 11」부분

(나)
까욱 까욱 까욱
까욱 까욱 까욱
―이들은 눈이 멀고
   저들은 귀가 먹고

까욱 까욱 까욱 까욱
까욱 까욱 까욱
―"마주 보고 달리는 기관차 같다"
   누군가가 이렇게 말했다면서

까욱 까욱
―하느님 맙소사!

까욱 까욱 까욱

까옥 까옥 까옥

까옥 까옥 까옥

─진정 승객들을 위한다면

　　아니 제 목숨들을 부지하자면

　　한시 바삐 충돌을 피하여

　　딴 노선을 택해야지.

까옥 까옥 까옥

까옥 까옥 까옥

─암 그렇고 말고

　　내일의 승리는 그쪽이지.

─「까마귀 13」 전문

　앞의 인용에서 볼 수 있듯이 「까마귀 11」에서는 시적 화자가 '까마귀'로 위장한다. 어두운 현실의 모습과 타락한 윤리와 가치의 훼손을 비판하기 위해 동원하고 있는 까마귀는 현실 세계를 초월하는 곳에 있는 것이 아니라 현실 속으로 가까이 내려와 있다. 그러므로 까마귀의 등장 자체는 현실에 다가오는 어떤 불길한 사태의 징조처럼 느껴진다. 특히 까마귀의 울음소리는 하나의 경고에 해당한다. 「까마귀 11」의 마지막 연 앞에서 듣게 되는 '까욱 까욱 까욱 까욱'이라는 까마귀의 울음소리는 청각적으로 어떤 불길한 정황을 환기시키면서 긴장된 시적 분위기를 고조시키고 있는 것이다.

　시인은 시적 주제를 구체화하기 위해 '까마귀'를 도처에 출현시킨다. 고속도로 한복판에 나와 절규하고 있는 까마귀(「까마귀 2」의 경우)는 산업화 과정에서 드러난 생태 파괴적인 물질문명의 폐해에 도전하는 순교 정신을 노래한다. 어떤 경우에는 종교적 예언자의 모습으로 등장하기도 한다. 비리의 현실과 사회적 병폐를 비판하고 있는 까마귀(「까마귀 3」의 경우)는 세례자 요한의 "그 예지와 진노를 빌려서" 타락한 인간 현실을 꾸짖고 있는 것이다. 「까마귀 4」에서부터 「까마귀 7」까지에서 까마귀는 가톨릭의 베네딕트 성인의 현신으로 시 속에 등장한다. 그리고 시적 화자인 '나'와 대화를 통해 사회 윤리와 생활의 규범을 이야기한다. 특히 물질주의에 빠져들고 있는 당대 현실의 부박한 가치관에 대한 경고가 종교적 관점을 넘어서 강조되기도 한다.

그런데 여기서 주목되는 것이 「까마귀 12」이다. 시인 구상은 이 작품에서 드디어 화가 이중섭의 이야기를 꺼낸다. 이중섭의 유명한 그림 〈달과 까마귀〉(1954)의 풍경을 패러디하고 있는 이 시에서 이중섭의 까마귀들이 드디어 입을 열게 된다. 그동안 하지 못한 이야기들이 시 속에서 이렇게 살아난다.

까옥 까옥
까옥 까옥
소문 들었지?
그래, 남산과 북한산에다 새집을 짓고
모이그릇과 급수시설을 한다며?
그뿐인가 겨울에는 조, 들깨, 번데기 등 먹이를

마련해 놓아준다는군.

새의 낙원 5개년 계획이라!

말만 들어도 황홀하이!

하지만 특혜나 공것 너무 좋아 말라구,

시청 옥상 철망 속의 까치 신세 모르나?

설마 남산, 북한산에다 온통 철망을 씌울라고?

저들 소견머리와 욕심이사 무언들 사양하겠나?

하기사 살충제를 뿌려 우리를 떼죽음으로 몰 때는 언제구?

도대체가 고양이 쥐 생각이라 여기면 틀림없지—

먼저 저희들 매연방지나 하라지—

덕분에 우리도 숨통부터 좀 맑아지게—

까옥 까옥

까옥 까옥

영원처럼 펼쳐진 하늘에 해바라기 얼굴을 한 달이 나지막이 떠 있고

통금시간도 지난 거리 한복판 빗줄같이 가로지른 고압선 위에

 남산과 북한산에서 내려온 이중섭(李仲燮)의 까마귀들이 마주앉아
세상살이를 지저귀고 있었다.

—「까마귀 12」 전문

 앞에 전문을 인용한 「까마귀 12」의 진술 내용을 정확하게 파악하기
위해서는 이중섭이 1954년 통영 시절에 그린 것으로 알려져 있는 그
림 〈달과 까마귀〉를 먼저 살펴보아야 한다. 이 그림의 구도는 복잡하
지 않다. 청회색의 하늘에 중앙을 피하여 오른편 위쪽으로 크고 둥근

이중섭의 대표작 〈소〉와 함께 통영에서 탄생한 〈달과 까마귀〉.

달이 노랗게 떠 있다. 그리고 세 개의 전선줄이 화폭 중간을 가로지르며 지나간다. 그 위로 다섯 마리의 까마귀가 그려진다. 세 마리는 전선 줄 위에 앉아 있고, 두 마리는 하늘을 날아 무리들이 앉아 있는 전선에 다가오는 모습이다. 언뜻 보기에 정물처럼 배치된 오브제의 성격 때문에 단조로운 풍경 하나로 읽히기도 한다. 반 고흐의 유명한 〈까마귀가 있는 밀밭〉을 기억하는 사람들은 그 화폭의 스케일이나 극적인 구성과 표현에 비하여 소품에 해당하는 이중섭의 그림에 불만을 갖기 십상이다. 그러나 이중섭의 〈달과 까마귀〉는 고흐의 풍경이 연출하고자 하는 바와는 전혀 다른 성격을 지니고 있다. 이중섭은 이 그림에서 대상이 되고 있는 까마귀가 전선줄 위에 앉아 있는 정태적인 모습과 함께 허공에 날고 있는 역동적인 날갯짓, 그리고 크게 벌린 주둥이를 동시에 그려 낸다. 이러한 연출을 통해 단조롭게 느껴지기 쉬운 그림의 구도가 동적인 것으로 변화된다. 커다란 달과 길게 늘인 전선줄 자체의 안정적인 구도가 검정색의 갈필로 문질러 놓은 듯이 굵직하게 그려진 까마귀의 여러 가지 형상에 의해 한순간에 화면 가득 역동성을 살려 낸다. 특히 달빛에 비친 까마귀의 노란 눈동자를 선명하게 표시한 것이 이채롭다. 이 특이한 연출은 관습적으로 인식되어 온 '까막눈'의 까마귀를 거부하면서 이중섭만이 그려 낼 수 있는 '노란 눈'의 까마귀를 새롭게 탄생시키고 있는 셈이다.

　구상은 이중섭이 그린 〈달과 까마귀〉의 화폭을 시적 텍스트 속으로 끌어들이면서 이렇게 자기식의 해석을 덧붙이고 있다. "영원처럼 펼쳐진 하늘에 해바라기 얼굴을 한 달이 나지막이 떠 있고 / 통금시간도 지난 거리 한복판 빗줄같이 가로지른 고압선 위에 / 남산과 북한산에서 내려온 이중섭(李仲燮)의 까마귀들이 마주앉아 세상살이를 지저귀고 있었다." 묵언의 화폭을 시적 언어의 텍스트로 바꾸면서 구상은 주둥이를 벌리고 날갯짓을 하면서 지저귀는 까마귀의 소리를 시 속에 그대로 살려 낸다. '까옥 까옥' 하고 까마귀가 소리 내어 우짖게 하고 그 소리를 다시 인간의 언어로 풀이한다. 한국전쟁 직후 혼란의 현실을 가까스로 피하며 이중섭이 그렸던 〈달과 까마귀〉는 구상의 시적 언어를 통해 1970년대 말기의 서울 한복판에서 다시 새로운 의미로 살아나고 있는 것이다. 구상은 이중섭이 창조해 낸 '노란' 눈빛으로 빛나는 까마귀의 의미를 알아차리고 있었던 것일까? 불길한 흉조의 이미지로 검게 각인되었던 까마귀를 노란 눈빛이 빛나는 예지의 새로 탄생하게 한 이중섭의 의도를 구상이 어찌 눈치채지 못했겠는가?

그들의 예술혼

시인 구상처럼 이중섭의 곁에서 그 청정시심(淸淨詩心)에서 우러나오는 아름다운 그림들을 늘 아꼈던 사람은 없다. 구상의 경우를 제외하고는 이중섭이 간직하고 있던 그 천진무구(天眞無垢)의 세계를 그렇게 깊이 헤아렸던 사람을 달리 찾아보기 어렵다. 구상은 가난 속에서 혼자 떠나간 이중섭의 비통한 죽음을 수습했고, 그가 죽은 뒤 그의 예술 세계를 끝까지 돌보며 그 가치를 지키고자 하였다.

프로펠러 소리가 울려온다.
비행기 객석 어느 사내의 무릎에 위엔
흰 보자기로 싼 상자 하나가 놓여 있다.
차를 나르던 스튜어디스가
─그거 선반에 얹어 드릴까요?
─아니 괜찮소.
─골동품인가요? 아주 귀중한……
─그저 좀 뭣한 것이어서……
사내가 우물쭈물 말꼬리를 흐리자
그녀는 탁자를 빼내 커피를 따라준다.
사내는 차를 마시며 창밖을 내다도 보고
가끔 그 보자기 상자에 눈을 떨구기도 한다.

*

하늘도 바다도 아닌 갈맷빛 허공 속

끼끼끽

끼끼끽

끼끼끽

끼끼끽

갈매기 환영(幻影)이 난다.

떨어진다.

또 난다.

*

일본 하네다 공항 커피숍

사내는 상복(喪服)한 한 여인네와 마주앉는다.

—뭐 별로 형식도 없을 터이고 그러면 부인!

하고 사내가 흰 보자기 상자를 건네자 이를 받아 안은 여인네는 솟구치는 슬픔에 인사말을 못하고 그저 입을 삐죽인다.

—세상을 떠났을 때 화장(火葬)을 해서 뼈의 일부는 무덤을 짓고 일부는 어느 때건 전해드릴 날이 있을 것 같아 제가 간수했다가 가지고 왔습니다. 그리고 이것은 무덤의 사진이구요.

여인이 눈물을 떨구며 받아든 무덤 사진에는 〈입맞춤〉의 그림과 함께 '화가(畵家) 이중섭지묘(李仲燮之墓)'라고 새겨진 돌이 하나 놓여 있다.

—「모과 옹두리에도 사연이 46」 부분

구상의 자전(自傳) 장시 『모과 옹두리에도 사연이』(1984)는 '시네포엠'이라는 색다른 형식을 빌려 쓴 것으로 널리 알려져 있다. 이 시 속에서 인용한 앞의 장면은 구상이 일본 동경으로 건너가 이중섭의 아내 '마사코'에게 이중섭의 유해를 안겨 주는 모습을 그린 것이다. 1957년 동경 국제 펜클럽 대회에 한국 대표로 참가하게 된 구상은 죽은 이중섭을 이런 방식으로 가족들의 품에 돌려보낸다. 자기 감정의 절제로 이어진 이 시의 장면은 그 사연 자체가 읽는 이의 가슴을 시리게 하지만 시인은 오히려 담담하다. 물론 이 담담함 속에 구상의 가슴속 깊은 슬픔이 묻어난다.

구상은 1975년 이중섭기념사업회를 결성했고 여기저기 흩어진 이중섭의 작품들을 수습하는 일에도 앞장섰다. 1986년 이중섭이 세상을 떠난 후 30주기를 맞아 개최한 전시회 〈30주기 특별기획 이중섭전〉(호암갤러리)에도 참여했고, 1999년 갤러리 현대에서 개최한 〈이중섭〉이라는 커다란 전시회에도 자문했다. 이중섭을 위한 크고 작은 전시회가 개최되면서 이중섭의 미술 세계는 그렇게 하나의 신화가 되었다. 이과정을 지켜보면서 구상도 2004년 이중섭의 곁으로 떠났다.

이중섭에게 시인 구상은 인간적 우의를 지킨 친구였고 동시대 예술의 고통과 그 정신적 지향을 함께했던 예술의 동반자였다. 두 사람은 비록 미술과 문학이라는 서로 다른 영역에서 활동했지만 각자의 예술적 지향을 하나의 특이한 개성으로 지켜 냈다. 그러므로 이중섭은 이중섭의 방식대로 구상은 구상의 방식대로 자기 예술의 큰 세계를 만들어 내면서 이중섭의 신화 속에 함께 살 수 있게 되었다.

이상, 한국의 『악의 꽃』을 꿈꾸다

 식민지 근대의 후진성을 넘어서기

　한국의 근대문학을 공부하는 사람들은 누구나 근대문학의 역사적 조건이 되었던 일제 식민지 지배 상황을 생각하지 않을 수 없다. 그리고 한국 근대문학이 식민지 근대의 후진성을 가장 심각하게 앓고 있었던 문화적 산물임을 부인하지 못한다. 근대소설의 선구자였던 이광수가 자신보다 반세기 이상 앞서갔던 러시아의 톨스토이를 롤모델로 내세웠던 것을 지적할 필요도 없이 근대문학 양식의 출현이 서구 문학의 모방과 이식으로 이루어진 것이라고 갈파했던 임화의 주장을 그대로 덮어 버릴 수 없는 일이다. 특히 한국 근대문학의 성립 자체를 서구 문학의 주변성에 한정하게 되는 것도 피하기 어려운 것이다.

그런데 한국 사회의 문화적 모더니티라는 하나의 커다란 범주 안에서 주목해야 할 작품이 바로 이상의 『오감도』이다. 『오감도』는 이상이 1934년 《조선중앙일보》에 발표한 연작시다. 첫 작품인 「시제1호」는 7월 24일에 수록되었고, 이 시의 마지막 작품이 된 「시제15호」는 1934년 8월 8일자 신문에 발표된다. 이렇게 『오감도』는 열 차례에 걸쳐 전체 15편의 작품으로 그 연재를 마감한다. 소설가 박태원과 이태준 등의 호의적인 주선에 의해 신문 연재의 방식으로 발표할 수 있게 된 이 작품은 특이한 시적 상상력과 사물을 보는 새로운 시각으로 인하여 시인으로서의 이상의 존재를 문단에 새롭게 각인시킨 화제작이 된다.

『오감도』의 탄생은 하나의 문단적 충격이었다고 할 만하다. 이 충격은 시적 감성의 영역을 시적 인식의 세계로 바꾸어 놓은 시정신의 전환과 관련된다. 이상의 『오감도』가 보여 주는 기법과 양식에 대한 반동은 외관의 무의미성을 강조하면서 끊임없이 상상력의 하부 구조를 열어 간다는 데에 그 특징이 있다. 『오감도』의 언어는 경험과 현실을 담아 놓는 그릇도 아니며, 그러한 일련의 의미가 자연스럽게 표현되는 매개체도 아니다. 다시 말하자면 그것은 문학 텍스트에서 정서와 사고의 단순한 매개체로서만 기능하지는 않는다. 그것은 텍스트를 통해 구현하게 되는 물질적인 사회적 과정의 구성적 요소로서 작동한다. 물론 그것은 매우 특이한 인지의 과정을 필요로 한다. 언어 표현과 상상력의 관계라든지 정보의 상호 작용이라든지 하는 것은 추상적인 사고가 직접적인 감각으로 현실화될 수 있는 물질적 행위이자 과정에 해당하기 때문이다.

이상은 사물에 대한 감각적 인식을 둘러싼 문화적 조건의 변화에 일찍 눈을 뜬다. 그는 어린 시절부터 미술에 관심을 두면서 근대 회화의 기본적 원리를 터득하였고, 경성고등공업학교에 재학하는 동안 근대적 기술 문명을 주도해 온 물리학과 기하학 등에 관한 깊은 이해를 가지게 된다. 그리고 새로운 예술 형태로 주목되기 시작한 영화에 유별난 취미를 키워 나간다. 이상이 지니고 있었던 예술의 모든 영역에 대한 폭넓은 관심과 지식은 그가 남긴 문학의 구석구석에 잘 드러나 있다. 일본 식민지 시대 한국 내에서 과학 기술 분야의 최고 수준에 해당하던 경성고등공업학교에서 이상은 3년 동안 수학, 물리학, 응용역학 등의 기초적인 이론 학습의 과정을 거쳤고, 건축학 분야에 관련된 건축사, 건축 구조, 건축 재료, 건축 계획, 제도, 측량, 시공법 등을 공부했다. 이러한 수학 과정을 거치면서 이상은 과학 기술의 발달과 그 변화 과정에 대한 폭넓은 식견을 쌓을 수 있었던 것으로 보인다.

그런데 여기서 주목해야 할 것은 현대의 과학기술과 문명이 주로 19세기 말부터 20세기 초에 이르는 동안 획기적인 발달과 변화를 겪었다는 사실이다. 예컨대 미국의 에디슨이 1879년에 수명이 40시간이나 지속되는 '실용 탄소 전기'를 발명하였다든지, 독일의 뢴트겐이 1845년에 음극선 연구를 하다가 우연하게도 투과력이 강한 방사선이 있음을 확인하여 엑스선이라고 부르게 된 것은 모두 19세기 말의 일이다. 활동사진이라는 이름으로 처음 영화가 만들어진 것도 19세기 말의 일이며, 가솔린 자동차가 처음 등장한 것도 비슷한 시기의 일이다. 1903년 라이트 형제의 비행기가 등장하여 새처럼 하늘을 날아가고 싶어 했던 인간의 오랜 꿈이 실현되었다. 이 모든 새로운 발명과 창조가 한꺼번에 이루어지면서 이것들이 새로운 인간의 삶의 물질적 기반을 형성하게 된 것이다. 더구나 세기말을 거치면서 프로이트의 정신분석 이론이 등장하여 심리학의 획기적인 발전이 이루어졌으며, 아인슈타인의 상대성 이론으로 시간과 공간에 대한 인식의 대전환을 가져왔다. 예술 분야에서도 표현주의 이후 입체파가 등장하고, 문학의 경우 의식의 흐름이라는 새로운 기법을 활용하는 심리주의적 경향이 강하게 나타나게 된다. 이상은 바로 이러한 과학 문명과 예술의 전환기적 상황을 깊이 있게 관찰하면서 그 자신의 문학 세계를 새롭게 구축했던 것이다.

이상은 끊임없이 발전해 가는 기술 문명의 세계를 놓고, 그것의 정체를 포착하면서 동시에 주체의 의식의 변화까지도 드러낼 수 있는 새로운 그림을 상상한다. 그것이 바로 『오감도』의 세계이다. 그러므로 이상의 『오감도』는 1920년대까지 한국에서 유행하던 서정시의 시적 정서나 시적 진술 방식으로는 이해되지 않는다. 『오감도』는 시에 있어서의 낭만적 열정이나 정서적 표현과 그 공감을 통해 이해하기에는 너무나 모호하고 그 의미가 애매하다. 그것은 한국 사회의 근대화 과정에서 등장하기 시작한 부르주아 계급의 삶을 전체적으로 묘사하고 그 전망을 노래했던 방식과는 달리, 사물에 대한 보다 직접적이고 감각적인 접근법을 채택한다. 이것은 세계에 대한 인식뿐만 아니라 사물을 대하는 주체의 시각을 새롭게 변형시키기 위한 획기적인 방안이었기 때문이다.

이상의 『오감도』는 한국 근대문학이 안고 있던 식민지 근대의 후진성을 일거에 극복할 수 있는 가능성을 보여 준다. 1930년대 서구 문학과 나란히 할 수 있는 동시대의 문학적 감수성을 보여 주고 있다는 사실만으로도 이상의 『오감도』는 한국 근대문학의 획기적인 실험이며 최대의 성과에 해당한다고 할 수 있다.

 ## 『오감도』란 무엇인가?

『오감도』는 그 제목인 '오감도(烏瞰圖)'라는 말 자체부터 낯설다. 이상이 만들어 낸 신조어이기 때문이다. 이 말의 의미는 '조감도(鳥瞰圖)'라는 말을 놓고 보면 어느 정도 이해가 가능하다. 조감도라는 말은 원래 미술 용어로 사용되었다. 공중에 떠 있는 새가 아래를 내려다볼 경우 넓은 범위의 지형, 건물과 거리 등의 형상을 상세하게 알아낼 수가 있다. 이미 중세 유럽에서는 조감도가 회화 기법의 하나로 활용되어 다양한 형태의 도시 조감도가 많이 만들어졌다. 오늘날에는 관광지의 관광 안내도에서처럼 지리와 산세, 건물의 위치와 거리 등을 한눈으로 알아볼 수 있도록 그린 것이 많다. 일반적인 시점에서는 바라볼 수 없는 넓은 경관을 한정된 도면에 담는 데에 조감도의 특징이 있다. 지상의 어떤 사물을 공중에 뜬 새의 눈으로 내려다본다는 것 자체가 상상의 시점이기 때문에 상황을 설명하고자 하는 관념성이 강하지만 복잡한 여러 대상을 전체적으로 배치하여 한눈으로 그 윤곽을 파악할 수 있다.

'오감도'라는 말은 이상이 '조감도'라는 한자의 글자 모양을 변형시켜 새로운 단어를 만들어 낸 것이다. 한자로 쓸 경우 오감도(烏瞰圖)는 조감도(鳥瞰圖)와 글자 모양이 아주 흡사하다. '조(鳥)'라는 한자에서 획 하나를 제거하면 바로 '오(鳥)' 자가 된다. 이 글자는 명사인 경우 '까마귀'라는 뜻을 지닌다. 이런 방식은 전통적으로 한자의 자획(字劃)을 나누거나 합쳐서 전혀 다른 글자를 만들어 내는 '파자(破字)' 놀이를 패러디한 것이다. 이상은 이 파자 방식을 시적으로 변용하여 '오감도'라는 새로운 단어를 만들어 낸다. 그러나 이 단어는 파자에 의한 것이지만 단순한 우스갯말로 만들어 낸 것이 아니다. 이 말은 까마귀가 환기하는 독특한 분위기를 통해 암울한 현대인들의 삶의 모습을 전체적으로 암시하고 있기 때문이다.

이상의 연작시 『오감도』에서 시적 화자는 스스로 까마귀를 자처하여 공중에 떠 있다. 물론 새처럼 하늘 높이 날아다니기 위한 것은 아니다. 공중에 떠 있는 까마귀의 시선과 각도로 인간 세계를 내려다보기 위해서이다. 이 새로운 시각은 모든 사물이 공중에 높이 날고 있는 까마귀의 눈(또는 시선)에 집중되어 있음을 뜻한다는 점에서 매우 중요하다. 공중에 떠 있는 까마귀의 위치에서, 까마귀가 가질 수 있는 시선의 높이와 그 각도로 인하여 지상의 모든 사물의 새로운 형태와 그 지형도가 드러난다. 그리고 그 위치와 거리가 감지된다. 결국 공중에 떠 있는 까마귀의 시선과 각도를 가진다는 것은 사물에 대한 감각적 인지를 전체적으로 가능하게 하는 시선과 각도를 가진다는 것을 말한다. 이렇게 본다면, 『오감도』는 한 마리의 까마귀가 공중에 떠서 땅을 내려다본 그림에 해당한다. 시적 화자는 공중에 높이 떠 있는 까마귀처럼 암울한 시각으로 지상의 인간을 내려다본다. 이 어둠의 그림들이 보여 주는 충격적인 장면과 파격의 기법은 지금도 여전히 1930년대 한국 문단 최대의 스캔들처럼 신화화되고 있지만, 바로 이러한 사물에 대한 새로운 시각의 발견이 문학사의 전환을 가능하게 했다는 사실을 주목해야만 한다. 이상은 사물에 대한 보다 직접적이고 감각적인 접근법을 『오감도』를 통해 실험해 보임으로써 예술의 미적 자율성이라는 새로운 개념에 도달하게 된다. 이것은 세계에 대한 인식뿐만 아니라 사물을 대하는 주체의 시각을 새롭게 변형시키기 위한 획기적인 방안이 되었던 것이다.

 ## 『오감도』의 숨겨진 이야기

이상의 연작시 『오감도』를 제대로 이해하기 위해서는 먼저 『오감도』를 발표하게 되기까지 이상의 삶을 일별할 필요가 있다. 이상의 본명은 김해경이다. 1910년 서울에서 태어났으며, 두 돌이 지나면서 생부모의 곁을 떠나 백부 김연필의 집에서 양자처럼 자랐다. 신명학교를 졸업하고 동광학교(중학 과정)에 입학했으나 1922년 동광학교가 해체되면서 보성고보에 편입했다. 1926년 관립 경성고등공업학교 건축과에 입학했고, 소학교 시절부터 꿈꾸었던 화가가 되기 위해 미술 공부에 전념했다. 1929년 3월 건축과 수석 졸업의 영예를 안게 된 그는 학교의 추천을 받아 조선총독부 내무국 건축과의 기사로 특채되었다. 그는 일본인 건축가들이 주축을 이루고 있는 조선건축회 정회원으로 가입한 후 1929년 12월 조선건축회지《조선과 건축》의 표지 도안 현상 모집에 1등과 3등으로 당선되면서 미술에 대한 재능을 인정받았다. 이상은 조선총독부 건축 기사로서 활동하면서 1931년 조선미술전

1931년 조선미술전람회에 입선한
이상의 〈자상〉.

람회에 서양화 〈자상〉를 출품하여 입선함으로써, 자신이 꿈꾸었던 화가의 길에 들어설 수 있는 가능성을 열어 놓았다. 그리고 바로 그해에 잡지 《조선과 건축》에 일본어 시를 발표하게 되면서 화가로서뿐만 아니라 시인으로서의 자질을 펼쳐 보였다.

그런데 이상은 자신의 예술적 열정을 제대로 구현해 보기도 전에 깊은 절망의 늪에 빠져들었다. 1931년 가을 그는 조선총독부에서 시행하던 건축 공사의 현장 감독으로 일하던 중에 피를 토하고 쓰러졌던 것이다. 이상의 나이 스물두 살이 되던 해의 일이다. 병원으로 옮겨져 응급처치를 하고 정밀 진단을 통해 알게 된 병명은 바로 폐결핵이었다. 이상은 의사로부터 병환이 매우 심각한 상태라는 사실을 통보받은 후 충격을 받았다. 그는 자신을 향해 가까이 다가오는 죽음에 대한 공포에 떨며, 때때로 찾아오는 객혈의 고통 속에서 훼손되어 가는 육체에 대한 특이한 자기 몰입의 과정을 겪게 된다. 화가를 꿈꾸었던 청년 이상은 화필을 던졌고 조선총독부 건축 기사도 사직했으며 1933년 봄 황해도 배천 온천으로 요양을 떠난다. 여기서 그가 만난 것이 운명의 여인 금홍이다. 이상은 한 달 보름 정도의 요양 생활을 마치고 서울로 올라온 후 종로에 다방 '제비'를 개업하고 금홍과 동거를 시작했다. 하지만 두 사람의 동거 생활은 그리 오래가지 못한 채 파탄에 이르고 이상 자신의 삶에도 치명적인 상처로 남게 되었다.

이상이 운영했던 다방 제비가 그의 출세작 『오감도』의 산실(産室)이 되었다는 사실은 주목할 필요가 있다. 1930년대 중반 식민지 조선의 중심지였던 경성의 한복판에 자리했던 제비는 이상이라는 한 개인에게는 유폐의 공간과 다름이 없다. 다방 제비는 이상이 폐결핵이라는 병환으로 인하여 조선총독부 건축 기사를 사직하면서 새롭게 구상했던 생업이다. 그는 배천 온천의 기생 금홍과 동거하면서 제비를 개업하였지만 그 운영에 실패함으로써 경제적 궁핍에 시달리게 되었다. 그리고 금홍과도 결별하게 되었다.

이상이 운영했던 다방 제비는 문을 연 지 2년 만에 폐업했다. 하지만 이 다방은 1930년대 경성의 한복판에 자리하고 있던 특이한 문학적 성소가 되었다. 이상은 이곳에서 당대 최고의 시인이었던 정지용과 김기림을 만났고, 소설가 이태준과 박태원과도 교유할 수 있었다. 그리고 이들의 정신적 지지 속에서 연작시 『오감도』를 발표할 수 있었다. 다방 제비는 『오감도』의 산실이 되었던 것이다.

이상은 『오감도』에서 기존의 시법을 거부하고 파격적인 기법과 진술

소설가 박태원이 다방 '제비'를 소재로 그린 유머 콩트 〈제비〉
(《조선중앙일보》1939. 2).

인쇄소 창문사 사무실에서 이상 (앞줄 왼편), 수필가 김소운(앞줄 오른편), 소설가 박태원(뒷줄).

방식을 통해 새로운 시의 세계를 열어 놓는다. 이 작품은 시라는 양식에서 가능한 모든 언어적 진술 방식을 동원하고 새로운 기법을 실험하면서 사물을 보는 새로운 시각의 가능성을 보여 주고 있다. 하지만 연작시 『오감도』는 당대의 평단으로부터 철저하게 외면당했다. 그리고 대중 독자들도 모두 『오감도』를 미친 짓거리로 치부했다. 이해에 발표된 어떤 평문에서도 『오감도』를 언급한 경우를 찾아볼 수 없다. 이러한 당대의 상황은 박태원의 술회 속에 잘 나타나 있다.

어느 날 나는 이상과 당시 《조선중앙일보》에 있던 상허(尙虛)와 더불어 자리를 함께하여 그의 시를 《중앙일보》 지상에 발표할 것을 의논하였다. 일반 신문 독자가 그 난해한 시를 능히 용납할 것인지 그것은 처음부터 우려할 문제였으나 우리는 이미 그 전에 그러한 예술을 가졌어야만 옳았을 것이다. 그의 「오감도」는 나의 「소설가 구보씨의 일일」과 함께 《중앙일보》 지상에 발표되었다. 나의 소설의 삽화도 '하융(河戎)'이란 이름 아래 이상의 붓으로 그려졌다. 그러나 예기하였던 바와 같이 「오감도」의 평판은 좋지 못하였다. 나의 소설도 일반 대중에게는 난해하다는 비난을 받았던 것이나 그의 시에 대한 세평은 결코 그러한 정도의 것이 아니다. 신문사에는 매일같이 투서가 들어왔다. 그들은 「오감도」를 정신이상자의 잠꼬대라 하고 그것을 게재하는 신문사를 욕하였다. 그러나 일반 독자뿐이 아니다. 비난은 오히려 사내에서도 커서 그것을 물리치고 감연히 나가려는 상허의 태도가 내게는 퍽이나 민망스러웠다. 원래 약 1개월을 두고 연재할 예정이었으나 그러한 까닭으로 하여 이상은 나와 상의한 뒤 오직 십수 편을 발표하였을 뿐으로 단념하여 버리지 않으면 안 되었다.

— 박태원, 「이상의 편모」, 《조광》, 1937년 6월

이상은 『오감도』를 통해 1930년대 문단에 나서게 되었지만 『오감도』 연재가 중단되면서 또 다른 좌절감을 맛본다. 앞의 인용에서 볼 수 있듯이 이 작품은 당초에 한 달 정도의 연재 기간을 예정하였지만 15편을 발표한 후 연재가 중단된다. 그러므로 『오감도』 연작은 작품의 전모를 확인할 수 없게 된 미완의 상태로 방치된다. 이상이 『오감도』를 발표할 당시 문단에서는 『오감도』에 대해 냉담했고 독자 대중의

반응도 매우 비판적이었다는 사실은 조용만의 증언에서도 확인할 수 있다.

이상은 정지용을 끼고 상허(尙虛)를 졸라대서 필경《중앙일보》학예면에 「오감도」를 내게 되었다. 조감도(鳥瞰圖)가 옳은 말이지만 이것을 비꼬아서 새 '조(鳥)' 자에 한 획을 뺀 까마귀 '오(烏)' 자를 만들어서 '오감도(烏瞰圖)'로 제목을 붙인 것이다. 이 괴상한 제목을 붙인 괴상한 시가 삼사 일을 두고 나타나자 독자들이 전화와 투서로 중단하라고 야단을 쳤다.

'이게 시냐? 미친놈의 잠꼬대, 어서 집어치워라!'

'무슨 개수작이냐. 그따위 시를 내면 신문 안 볼 테다!'

이런 투서가 자꾸 들어오고 바깥 독자뿐만이 아니라 신문사 안에서도 반대소리가 시끄러워져서 학예부장인 상허가 견딜 수가 없었다. 그래서 상허는 이상과 가까운 구보(仇甫)를 불러 이것을 호소하고 중단할지도 모르겠다는 뜻을 이상에게 전하라고 하였다. 구보는 정인택을 불러 가지고 둘이서 '제비'로 가서 이상을 만난 것이다. (……)

'박형, 당신도 알다시피 불란서의 보들레르는 지금부터 백 년 전인 1850년에 『악(惡)의 꽃』을 발표해서 그 유명한 악마파(惡魔派)의 선언을 하지 않았소? 이것에 비하면 우리는 너무나 뒤떨어졌어요. 왜 우리나라는 불란서만 못합니까. 우리나라도 찬란한 시의 역사를 갖고 있지 않아요? 이번에 내 「오감도」는 「악의 꽃」에 필적할 세기적인 작품이라고 나는 감히 생각해요.'

이상의 기고만장한 장광설은 그칠 줄 몰랐다.

　　　　─조용만, 「이상 시대, 젊은 예술가들의 초상」, 《문학사상》, 1987년 4월

박태원 소설 「소설가 구보씨의 일일」에 이상이 그린 삽화
《조선중앙일보》 1934. 8).

앞의 글에서도 확인할 수 있는 것처럼 신문사에는 매일같이 『오감
도』의 연재를 항의하는 투서가 들어왔고 독자 대중들은 이상이 추구
하고자 했던 연작시 『오감도』의 새로운 상상력과 그 창조적 정신을 이
해하려 들지 않았다. 그들은 『오감도』의 텍스트가 드러내고 있는 파격
적인 기법의 실험과 거기서 비롯된 난해성을 두고 정신이상자의 잠꼬
대라고 비판하면서 그런 원고를 게재하는 신문사의 무책임을 성토하
였다. "이게 시냐? 미친놈의 잠꼬대, 어서 집어치워라", "무슨 개수작이

냐. 그따위 시를 내면 신문 안 볼 테다"라고 하는 항의가 빗발치듯 이어지자 신문사에서도 이러한 항의를 무시하기 어려웠다. 결국 『오감도』는 원래 계획의 절반 정도 연재가 진행되는 도중에 아무런 예고 없이 그 연재를 중단당하였다. 독자 항의로 작품 연재를 중단한 이 특이한 사건은 당시 문단에서는 보기 드문 일이었다.

하지만 이상 자신은 『오감도』에 대해 상당한 자부심을 갖고 있었음을 확인할 수 있다. 그는 『오감도』를 프랑스 시인 보들레르의 『악의 꽃』(1857)과 견주고자 하였다. 보들레르의 이 시집은 출간 직후 그 내용의 풍기문란을 언론이 들고 나서면서 비판하자 공안국이 경범재판소에 고발하여 책이 압류 처분을 받았고, 저자와 출판인은 '공중도덕 훼손죄'로 기소되었다. 그 당시 대부분의 사람들에게 보들레르는 공포와 혐오감을 불러일으키는 작품으로 공중도덕과 미풍양속을 해쳤다는 이유로 시집이 압수되고 뒤에 작품이 강제 삭제당하고 벌금형을 선고받은 필화 사건의 주인공일 뿐이었다. 선(善)이라는 것이 최고의 가치처럼 내세워지면서 그것이 고정관념처럼 굳어 버린 현실을 던져두고 보들레르는 이 기성의 체제를 벗어나 악(惡)을 찾아 나섰다. 이러한 파격적인 행위가 인간의 자유 의지이며 동시에 새로운 세계를 창조하고자 하는 창조적 욕망의 표현이라는 사실을 제대로 공감하고 이해하려는 이는 거의 없었다. 하지만 뒤에 보들레르의 『악의 꽃』은 프랑스 상징주의의 출발점이자 모더니즘 문학 운동의 거점이 되었다. 그리고 현대시의 새로운 기원을 보들레르의 『악의 꽃』에서 찾는 것은 당연한 일이 되었다. 이상은 스스로 『오감도』를 놓고 조선의 『악의 꽃』이라고 여겼던 것이다.

새로운 시각의 발견

한 마리의 새가 되어 하늘을 날 수 있을까? 이상의 연작시 『오감도』는 이 공상의 명제와 맞닿아 있다. 하늘을 나는 것은 모든 인간에게 하나의 꿈이었다. 식민지 조선의 청년 이상도 『오감도』를 통해 이 꿈을 그려 놓고 있다. 하지만 이상의 꿈은 하늘을 나는 그 자체는 아니다. 그는 하늘에 높이 떠올라 한눈으로 지상의 인간을 내려다볼 수 있기를 꿈꾼다. 인간의 세계를 공중에서 내려다볼 수 있는 시선과 각도를 꿈꾸는 것이다. 인간은 누구나 땅 위에 발을 디디고 살아간다. 땅위에 서서 하늘을 쳐다보고 높은 산과 키 큰 나무의 꼭대기를 올려다본다. 그러므로 자신의 눈높이에 맞는 시선과 각도에 들어오는 사물만을 감지하게 되고, 자신의 눈에 들어오는 것들만을 사물의 실재적 양상인 것처럼 생각한다. 그런데 이상은 이러한 기성적 관점을 거부한다. 그는 『오감도』를 통해 공중에 떠 있는 까마귀의 눈으로 세상을 내려다본 풍경을 상상한다. 이 특이한 발상은 사물을 보는 새로운 시각을 예비하고 있다. 공중에 떠 있는 까마귀의 위치에서 가질 수 있는 시선의 높이와 그 각도로 인하여 지상의 모든 사물의 새로운 형태와 그 지형도가 드러난다. 그리고 그 위치와 거리가 감지된다. 결국 이것은 사물에 대한 감각적 인지를 전체적으로 가능하게 하는 새로운 시선과 각도를 가진다는 것을 말한다. 그리고 사물의 세계를 그보다 높은 시각에서 장악할 수 있게 됨을 암시하는 것이다.

이상의 연작시 『오감도』에서 가장 주목되는 것은 시적 대상을 보는 시각의 변화와 그 대상을 둘러싼 공간과 시간에 대한 인식의 전환이라고 할 수 있다. 시적 대상으로서의 사물에 대한 인식 혹은 지각은 무수한 원근법적 시선의 무한한 총합으로 가능해진다. 하나하나의 시선에 따라 대상이 지각되기는 하지만 그것은 항상 대상으로서 사물의 어떤 한 측면만 보이게 된다. 대상은 그것을 보는 관점이나 장소에 따라 다르게 보이기 때문이다. 대상의 전체적인 모습이나 그 형태를 한 눈으로 '본다'는 것은 거의 불가능하다. 이러한 한계는 대상 자체의 문제가 아니라 그것을 보는 사람의 시각에서 드러나는 제약에 기인하는 것이라고 할 수 있다. 그러므로 사물을 전체적으로 본다는 것은 일종의 지각적 종합에 의해서만 가능한 일이다. 일반적인 의미에서 '보다'라는 지각의 행위는 언제나 자기 육체에 속하는 '눈'의 위치와 그 높이에 의해 결정된다. '눈'으로 보지 않고서는 그 사물의 실재를 이해하기 어렵다. 그렇지만 보이는 것이 그 사물의 전체는 아니다. 지각된 대상은 실제적으로 주어져 있는 것 이상의 어떤 것을 포함한다. 그러므로 '보다'라는 말은 일종의 역설을 드러낸다. 시인 이상이 『오감도』를 통해 표현하고자 한 것도 바로 이 같은 사물을 보는 시각의 역설적 의미가 아닌가 생각된다.

연작시 『오감도』의 첫 작품인 「시제1호」는 1934년 7월 24일 《조선중앙일보》에 발표되었다. 한국 근대문학사에서 그 유례를 다시 찾아보기 힘든 특이한 형태의 연작시가 신문에 등장한 것이다. 당시의 신문 지면을 보면, 이 시의 텍스트는 전체적인 짜임새 자체가 타이포그래피(typography)의 속성을 활용하여 외형상 시각적인 속성을 강조하고 있다. 텍스트 구성에 동원되고 있는 인쇄 활자의 모습 자체는 굵은 고딕체의 글자로 이루어져 있으며, 일반적인 띄어쓰기 방식을 무시

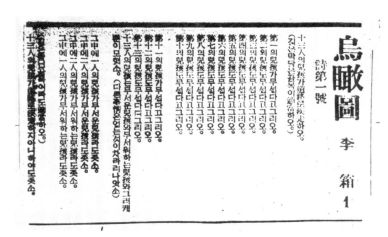

《조선중앙일보》에 실린 「오감도 시제1호」.

한 채 각각의 시적 진술이 일정한 규칙에 따라 배열되어 있다. 전체 5연으로 구분되어 있는 시적 텍스트에서 전반부의 1, 2연은 각 행이 모두 13개의 글자로 이루어진 문장을 단위로 하여 반복되고 있다. 이 시의 텍스트에서 볼 수 있는 타이포그래피적 고안 가운데 특기할 만한 요소는 시적 진술 속에 문장부호 괄호를 사용하고 있는 점이다. 「오감도 시제1호」 이전에는 시의 텍스트에서 괄호를 사용한 예를 찾아보기 어렵다. 문장부호로서 괄호는 텍스트 내에서 진술되고 있는 숫자, 문자, 문장 등의 앞뒤를 가로막으면서 괄호 속에 담긴 부분을 함께 쓰인 문자열과 구분 짓는다. 대개는 어구나 문장 뒤에 그것에 대한 설명이나 보충 사항을 덧붙일 때 쓰인다. 이러한 방식은 괄호라는 부호가 그만큼 시각적 속성을 강조하는 것임을 뜻한다.

十三人의兒孩가道路로疾走하오.

(길은막달은골목이適當하오.)

第一의兒孩가무섭다고그리오.

第二의兒孩도무섭다고그리오.

第三의兒孩도무섭다고그리오.

第四의兒孩도무섭다고그리오.

第五의兒孩도무섭다고그리오.

第六의兒孩도무섭다고그리오.

第七의兒孩도무섭다고그리오.

第八의兒孩도무섭다고그리오.

第九의兒孩도무섭다고그리오.

第十의兒孩도무섭다고그리오.

第十一의兒孩가무섭다고그리오.

第十二의兒孩도무섭다고그리오.

第十三의兒孩도무섭다고그리오.

十三人의兒孩는무서운兒孩와무서워하는兒孩와그러케뿐이모혓소.(다른事情은업는것이차라리나앗소)

그中에一人의兒孩가무서운兒孩라도좃소.

그中에二人의兒孩가무서운兒孩라도좃소.

그中에二人의兒孩가무서워하는兒孩라도좃소.

그中에一人의兒孩가무서워하는兒孩라도좃소.

(길은뚫닌골목이라도適當하오.)
十三人의兒孩가道路로疾走하지아니하야도좃소.

—「오감도 시제1호」 전문

「시제1호」의 텍스트 구조는 매우 단순하다. 시의 텍스트는 '도로'에서 '13인의 아해'가 '질주'하고 있는 상황을 제시하고 있다. 그런데 13인의 아해들은 모두가 자신들이 처해 있는 상황을 '무섭다'라고 진술한다. 그리고 각각 스스로 무서운 존재로 변하기도 하고 무서워하는 존재가 되기도 한다. 여기서 13인의 아해가 누구이며 '13'이라는 숫자가 어떤 의미를 지니는 것인가를 따지는 것은 큰 의미가 없어 보인다. 왜냐하면 여기 등장하는 '아해'는 실제의 아이가 아니라 공중에서 내려다보이는 사람들에 불과하기 때문이다. 하늘에 떠서 지상을 내려다보면 모든 사물들은 실제의 크기보다 작게 보인다. 이러한 거리의 감각을 염두에 둔다면 아해는 아이들처럼 작게 보이는 사람들임에 틀림없다. 13의 경우도 숫자 자체의 상징성이 문제가 되기도 하지만 지상에 있는 많은 사람들을 가리킨다고 보아도 크게 의미에서 벗어나지는 않는다. 이 작품에서 문제가 되는 것은 도로를 질주하며 느끼게 되는 공포의 실체가 무엇이며 그 대상은 무엇인가를 확인하는 작업이다. 이 작품은 이러한 문제의식으로부터 다시 읽어 가야만 그 시적 의미에 도달할 수 있다.

제1행에서는 "13인의아해가도로로질주하오"라는 진술을 통해 시적 정황을 제시하고 있다. 열세 명의 아이들이 도로를 질주하고 있다는 아주 단순한 내용이다. 그러나 제2행에서 괄호 속에 담겨진 "길은막다른골목이적당하오"라는 진술에 이르면 그 내용 속에 긴장이 담겨지게 됨을 알 수 있다. 왜냐하면 '아해'가 '막다른 골목'을 달리고 있기 때문이다. 여기서 문제가 되는 '질주하다'라는 동사는 '빨리 달리다'라는 뜻을 지닌다. 주체의 행위로서의 '빨리 달리기'는 단순하게 규정한다면 누가 더 빨리 달리느냐 하는 상대방과의 경쟁을 말하는 것이 보통이다. 그러나 이 말은 단순한 경쟁만을 의미하는 것이 아니다. 어떤 상황이나 상대방의 위협으로부터 멀리 도피하기 위해 달리는 것으로도 해석이 가능하다. 붙잡히지 않으려면 빨리 달아나야 한다. 결국 '질주하다'라는 말은 끝없는 경쟁을 의미하기도 하고 어떤 상황으로부터의 도피를 의미하기도 한다.

그런데 첫째 연에서 제시하고 있는 '13인의 아해의 질주'는 둘째 연과 셋째 연에서 그 이유와 동기가 드러난다. 둘째 연과 셋째 연은 첫째 연의 진술 내용 자체에 대한 설명으로 이루어진다. "13인의아해가도로로질주하오"라는 진술을 놓고 다시 하나씩 아해들의 말과 행동을 설명해 준다. "제1의아해가무섭다고그리오"라는 문장과 동일한 내용의 진술을 '제1의아해'부터 '제13의아해'에 이르기까지 열세 번이나 반복적으로 열거하고 있다. 여기서 시적 진술의 수사적 장치로서 활용되는 열거와 반복은 진술되는 내용 자체의 의미 공간을 내적으로 확장하고 그것을 강조하는 기능을 수행한다. 이 단순한 반복과 열거를 통해 시적 진술의 주체인 아해가 표명하고 있는 '무섭다'라는 서술 내용 자체가 긴박감을 고조시키면서 확장되고 있는 것이다. 셋째 연의 끝에 붙어 있는 "13인의아해는무서운아해와무서워하는아해와그렇게 뿐이모였소"라는 설명적 진술을 보면 앞의 설명을 이해할 수 있다. '13인의아해'가 각각 밝히고 있는 '무섭다'라는 서술의 의미를 다시 메타적으로 해명하고 있기 때문이다. '무섭다'라는 형용사는 이 말이 서술하고 있는 주체가 '두려움이나 놀라움을 느낄 만큼 성질이나 기세 따위가 몹시 사납다'라는 뜻과 함께 '어떤 대상에 대하여 두려운 느낌이 있고 마음이 불안하다'라는 뜻을 나타낸다. 앞의 경우는 '무섭다'라는 말로, 뒤의 경우는 '무서워하다'라는 말로 각각 바꾸어 볼 수 있다. 결국 13인의 아해가 각각 '무서운 아해'와 '무서워하는 아해'로 구분되고 있는 것이다. 이러한 해석을 더욱 발전시킨다면 13인의 아해는 그 속성이 동일하지 않으며, 그 가운데 일부는 무서운 아해이고 나머지는 무서워하는 아해임을 알 수 있다. 이 시의 넷째 연은 바로 이 같은 내용을 설명적으로 제시하고 있다.

　이러한 시적 정황을 자세히 살펴보면, 시적 화자는 막다른 골목길을 질주하면서 무섭다고 하는 13인의 아해를 두고, 그 가운데 하나 둘씩 각각 무서운 아해와 무서워하는 아해로 구분하고 있다. '무섭다'라는 말이 결국 그 주체인 아해를 서술하기도 하고 대상화하기도 한다. 이를 더욱 명확히 하기 위해서 이 시에서 서술하고 있는 무서운 존재가 누구인지, 아해가 누구를 무서워하고 있는가를 질문해 보면 그 뜻이 드러난다. 이 두 가지 질문에 대한 답은 모두 '아해'이다. 결국 공포의 대상이 아해이고 그 아해를 무서워하는 주체도 아해이다. 다시 말하자면 13인의 아해 가운데 무서운 아해가 있고, 그 무서운 아해를 다른 아해가 공포의 대상으로 여기며 두려워하고 있는 셈이다. 이 시의 마지막 연은 첫째 연에서 제시한 시적 정황에 대한 '반대 진술'의 가능성을 열어 놓고 있다. '막다른 골목'이 아니라 '뚫린 골목'이어도 좋고, '질주하지 아니하여도' 좋다고 설명하고 있기 때문이다. 이러한 반대 진술은 이 시에서 말하고자 하는 내용이 어떤 경우라도 실상은 마찬가지라는 점을 암시한다.

「시제1호」의 텍스트에서 가장 많이 반복적으로 등장하고 있는 시어는 '무섭다'라는 형용사이다. 그러므로 반복의 수사법에 의해 강조하고 있는 '무섭다'라는 말의 의미에 관해 좀 더 깊이 있게 검토할 필요가 있다. 먼저 '나는 호랑이가 무섭다'라는 문장을 예로 들어 보자. 이 문장에서 '무섭다'라는 형용사는 '호랑이'라는 대상을 놓고 '그 대상에 대하여 두려운 느낌이 있고 마음이 불안하다'는 '나'의 마음 상태를 설명한다. 나는 호랑이에 대해 두려움과 공포심을 갖고 있는 것이다. 다음에는 '무서운 호랑이가 나타났다'라는 문장을 보자. 이 문장에서는 '무서운'이라는 말은 호랑이의 포악한 성질을 설명한다. 호랑이가 '두려움이나 놀라움을 느낄 만큼 성질이나 기세 따위가 몹시 사납다'라는 뜻을 지니는 것이다. 그러므로 '무섭다'라는 말은 대상에 대한 두려움의 느낌을 표시하기도 하고 상대에게 공포감을 불러일으킬 수 있는 포악한 성질을 지니고 있는 주체의 상태 자체를 말해 주기도 한다.

「시제1호」에서 그려내고자 하는 불안과 공포의 의미는 '무섭다'라는 말이 지시하고 있는 공포의 실체를 통해 확인이 가능하다. 아해들이 무서워하는 것은 괴물이라든지 귀신이라든지 하는 다른 어떤 대상이 아니다. 13인의 아해 가운데에는 아주 무서운 아해가 있다. 그러므로 다른 아해는 그 무서운 아해를 공포의 대상으로 여기며 두려워하고 있는 것이다. 이러한 의미를 확대 해석할 경우, 13인의 아해는 서로가 서로를 공포의 대상으로 여기고 있다는 설명이 가능하다. 13인의 아해가 서로를 무서워하는 까닭을 시적 텍스트에서 설명하고 있지는 않다. 그러나 도로를 질주하면서 경쟁하고 있는 13인의 아해를 보면 이들이 서로 분열·대립하여 경쟁하고 있음을 짐작할 수 있는 일이다. 이 시의 마지막 5연은 이 같은 결론을 더욱 분명하게 만들어 준다. 마지막 연을 보면, 첫째 연에서 제시한 시적 정황에 대한 반대 진술의 가능성을 열어 놓는다. '막다른 골목'이 아니라 '뚫린 골목'이어도 좋고, '질주하지 아니하여도' 좋다고 설명하고 있다. 이러한 반대 진술은 이 시에서 말하고자 하는 내용이 어떤 경우라도 실상은 마찬가지라는 점을 암시한다. 13인의 아해는 막다른 골목을 질주하든, 뚫린 길을 질주하지 않든지 어떤 경우에도 자신을 무서운 존재로 내세우기도 하고 상대방을 공포의 대상으로 여기고 있는 것이다. 여기서 상호 대립과 갈등과 불신이 아해의 공포를 조장하고 있음을 알 수 있다.

「시제1호」의 시적 텍스트에서 '13인'이라는 숫자가 어떤 의미를 지니는 것인가를 따지는 것은 본질적인 문제는 아니다. 하지만 이상 자신도 '13'이라는 숫자 자체의 의미에 덧붙여진 다양한 미신(迷信)을 주목했기 때문에 이 시에 그것을 끌어들이고 있는 것은 분명하다. 물론 여기서 13에 붙어 있는 '종말의 의미'를 아무리 강조한다고 해도 시적 의미의 깊이에 도달하기는 어렵다. 13이라는 숫자를 '조선 13도'로 환원해 보거나 이상과 함께 경성고등공업학교 건축과에 입학했던 '동기생 13명'의 숫자와 일치한다는 점을 강조해도 상황은 마찬가지다. 그럼에도 불구하고 군이 설명이 필요하다면, 「시제1호」에서 그려 내고 있는 '13인의 아해'는 지구상에 살고 있는 인간의 존재를 상징하고 있는 것으로 보는 것이 어떨까 하는 생각이 든다. 이 시가 '까마귀'처럼 공중에서 땅을 내려다보는 '오감도'의 관점에서 쓰여진 것이라는 점을 생각한다면, 땅 위에서 살아가는 인간의 왜소한 모습이 아해처럼 보인다는 것은 당연하다. 13은 종말의 숫자이며 인간 존재의 위기를 암시한다. 이것은 현실 속에 살고 있는 인간의 실체를 '무섭다'라고 하는 하나의 형용사로 묘사한 것과도 그 성격이 일맥상통한다. 20세기 문명의 발전 과정에서 드러나는 휴머니즘의 붕괴를 생각한다면, 인간의 인간에 대한 공포는 현대 문명이 만들어 낸 죄악이다. 속도와 경쟁을 부추겨 온 물질문명이 인간의 상호 불신과 대립, 적대감과 경쟁의식, 공포와 저주 등의 문제를 초래하고 있기 때문이다. 「시제1호」의 참 주제는 공중에 떠 있는 까마귀의 시각을 빌려 인간이 인간을 공포의 대상으로 여길 수밖에 없게 된 현대 사회의 병리를 지적하는 데에 있다. 그러므로 이 시에서 강조하고 있는 '아해'들의 '무서움'은 현실을 살아가는 인간의 대립, 갈등, 분열, 질시와 거기서 비롯되는 상호 불신, 공포, 불안의 상태를 단순화하여 표현한 것이라고 할 수 있을 것이다.

 ## 『오감도』와 시적 모더니티

이상의 『오감도』가 발표된 1930년대 중반은 한국 현대문학의 새로운 전환기에 해당한다. 이 시기에는 일본 군국주의의 확대와 함께 만주 사변에서부터 태평양전쟁에 이르기까지 급격한 전란의 상황이 지속되었다. 일본은 전쟁을 위해 경제 수탈과 강제적인 인적 동원을 획

책함으로써, 한국 사회 전반에 걸친 암울한 분위기를 벗어나기 어려운 것으로 만들었다. 특히 일본의 강압적인 사상 탄압으로, 문화와 예술의 영역에서조차 민족이니 계급이니 하는 집단적인 주체와 그 이념에 대한 논의가 일절 용납되지 않았다. 특히 한국 사회가 겪고 있던 식민지 근대의 모순을 가장 격렬하게 비판했던 조선프롤레타리아예술동맹이 1935년 강제 해체되자, 한국문학의 주조를 형성하고 있던 집단적 이념 추구의 경향이 사라지게 된다. 이러한 변화는 물론 문학 자체의 내적 요구에 따른 것이라기보다는 일본의 식민지 지배 정책의 변화에 따라 강요된 것이라는 점에서 그 한계를 인정할 수밖에 없다. 하지만 식민지 근대에 대한 새로운 비판적 인식의 가능성을 개별적으로 추구할 수 있게 되었다는 점은 주목할 필요가 있다. 당시 문인들은 조선프로예맹과 같은 집단적 조직 활동이 불가능해지자 다양한 소그룹 중심의 동인 활동을 통해 새로운 문학적 출구를 모색한다. 특히 일본 유학을 통해 본격적으로 문학 수업을 거친 문인들이 해외 문학의 동향을 활발하게 소개하면서 다양한 동인 활동에 참여하게 된다. 당시에 등장한《시문학(詩文學)》(1930),《삼사문학(三四文學)》(1934),《시원(詩苑)》(1935),《시인부락(詩人部落)》(1937),《단층(斷層)》(1937),《자오선(子午線)》(1937) 등의 동인지는 문단의 새로운 변화가 소그룹의 동인 활동을 통해 하나의 경향으로 자리 잡고 있음을 보여 준다. 1933년에 결성된 '구인회'는 문학 강연을 개최하고 동인지《시와 소설》(1936)을 펴내면서 활발한 창작 활동을 전개함으로써 새로운 경향의 문학을 주도한다.

1930년대 이후의 새로운 문학적 변화는 넓은 의미에서 모더니즘 운동으로 규정된다. 모더니즘 운동은 조선프로예맹의 강제 해체와 계급 문단의 붕괴, 그리고 계급 문단이 추구하던 계급의식의 퇴조에 뒤이어 등장한다. 구인회를 비롯하여 시문학파와 시인부락파, 그리고 단층파와 삼사문학파 등으로 지칭되는 동인 활동을 통해 구체화되기 시작한 모더니즘 운동은 정치적 이념성을 거부하고 있었다는 점에서 문학적 순수주의 또는 순수문학의 경향으로 평가된 적도 있다. 이 새로운 운동이 집단주의적 논리와 역사에 대한 과도한 전망 자체를 부인하고 있는 것은 문학의 방향이 개인주의적 경향으로 좁혀지고 있음을 의미하며, 문학적 주제 의식에서 일상성의 의미가 그만큼 중시되고 있음을 말해 준다. 그러나 무엇보다도 중요한 것은 이 시기에 본격적으로 문학의 매체로서의 언어에 대한 새로운 인식이 자리 잡고, 문학적 기법과 문체 자체가 객관적 산물로서의 문학 작품의 성격을 좌우할 정도로 강조되었다는 점이다. 당시 문단에서 기교주의 논쟁을 촉발하면서 모더니즘 문학이 확대되었다는 것은 바로 이 같은 경향과 직결되고 있다.

이상은 연작시 『오감도』를 통해 전대의 시에서 볼 수 있었던 시적 관습과 감수성에 반기를 들면서 시적 언어와 기법의 새로운 발견, 시적 주체의 내면에 대한 탐구 등에 주력한다. 그가 추구했던 언어와 기법의 실험과 주지적 태도, 주관적 정서의 절제, 도시적 감각과 시적 심상의 공간적 구성 등은 그대로 이 시기 모더니즘적 시의 경향을 대표한다. 그러므로 이상의 『오감도』 연작은 1930년대 한국의 현대시에서 시적 언어와 시정신의 본질에 대한 인식의 전환을 가능하게 하였다고 할 것이다. 하지만 이상의 시가 보여 주는 모더니티의 개념은 식민지 근대의 담론 공간에서는 언제나 유동적이다. 그 이유는 서구의 근대라는 개념이 제시하는 시대적 범위 속에서 한국 사회의 근대를 논하기 어렵기 때문이다. 특히 일본의 식민지 지배 상황 속에서 이루어진 한국 사회의 근대적 변혁 과정을 염두에 둘 경우 어떤 문화적 변화의 움직임이 사회 내부에 존재해 왔는지를 살핀다는 것은 그리 쉬운 일이 아니다.

이상의 『오감도』 연작은 이러한 한국적 모더니즘 운동의 중심축에 자리 잡고 있다. 『오감도』 연작에서 확인할 수 있는 가장 중요한 특징은 모더니티의 시적 추구 작업이다. 언어적 감각과 기법의 파격성을 바탕으로 자의식의 시적 탐구, 이미지의 공간적인 구성에 의한 일상적 경험의 동시적 구현, 도시적 문명과 모더니티의 추구 등을 드러내는 모더니즘적 시의 경향이 바로 그것이다. 하지만 이상은 여기에 머무르지 않고 자신의 시적 창작을 통해 그가 추구했던 모더니티의 초극에까지 나아가고자 한다. 그는 현대 과학 문명의 비인간화 경향에 반발하면서 인간 존재와 그 가치에 대한 시적 추구 작업에 몰두하기도 하였고, 개인적 주체의 붕괴에 도전하여 인간의 생명 의지를 시적으로 구현하고자 하였다. 그러므로 『오감도』 연작은 그 텍스트의 표층에 그려진 경험적 자아의 병과 고통, 가족과의 갈등 문제를 인간의 존재와 삶, 생명과 죽음의 문제, 고독과 의지와 같은 본질적인 주제로 심화시켜 시적 형상성을 획득하고 있다.

 보는 시의 발견

이상의 『오감도』에서 확인할 수 있는 시적 모더니티의 특성은 시적 텍스트 구성에서 보여 준 파격성과 직결되어 있다. 여기서 주목해야 할 것이 이상이 새로이 고안하고 있는 '보는 시' 또는 '시각시(visual poetry)'라는 새로운 시적 양식 개념이다. 보는 시는 시적 텍스트를 시각적 형태로 구현하고자 하는 시도의 산물이다. 간단히 말하자면 시적 텍스트 자체가 무엇인가를 드러내어 보이도록 고안된다. 여기서 시적 텍스트 자체의 물질성을 드러내는 문자, 문장부호, 띄어쓰기, 행의 구분, 행의 배열, 여백 등의 시각적 요소들을 해체하기도 한다. 그리고 텍스트 자체가 무엇인가를 보여 줄 수 있도록 문자 텍스트에 삽화, 사진, 도형 등과 같은 회화적 요소를 첨부하여 새로운 변형을 시도하기도 한다.

앞서 검토한 바 있는 『오감도』의 첫 작품인 「시제1호」를 보면, 시적 텍스트를 구성하고 있는 문자의 배열과 텍스트의 전체적인 짜임새 자체가 타이포그래피의 속성을 활용하여 시각적인 특징을 강조하고 있다. 텍스트 구성에 동원되고 있는 인쇄 활자의 모습 자체는 굵은 고딕체의 글자로 이루어져 있는데, 일반적인 띄어쓰기 방식을 무시한 채 각각의 시적 진술이 일정한 규칙에 따라 배열되어 있다. 전체 5연으로 구분되어 있는 시적 텍스트에서 전반부의 각 행은 13개의 글자로 이루어진 문장 단위로 반복되고 있는 것이다.

서구에서는 현대적 의미에서 '보는 시'의 등장을 프랑스 상징주의 시인 스테판 말라르메(Stéphane Mallarmé)의 시적 실험에서 찾는다. 그는 문자화된 시적 텍스트에서 단어와 단어 사이의 공백을 일종의 시각적인 휴지(休止)로 인식하면서 단어의 배치와 그 공백을 함께 활용하여 텍스트 자체가 어떤 시각적 이미지를 창출하도록 고안하였다. 이러한 기법을 통해 종이 위에 인쇄된 단어와 단어 사이의 띄어 쓴 공간, 행과 행 사이의 여백 등은 일종의 침묵과 부재의 의미를 환기시킬 수 있었다. 이 공백은 언어를 따라 이어지는 사유의 뚫린 구멍인 셈이었으며 소통의 괴리 또는 간격을 의미하였다. 그리고 그것은 곧 인간의 모든 발화를 둘러싸고 있는 침묵을 상징하는 것이었다. 그는 이 침묵이야말로 텍스트를 구성하는 문자의 배열 못지않게 텍스트 자체 내에서 중요한 기능을 하는 것이라고 믿었다.

말라르메는 화제의 시 「주사위 던지기(Un Coup de Dés)」(1897)에서 텍스트의 통사 구문을 완전히 파괴하고 언어가 지닌 의미 전달 차원을 인위적으로 전복시켜 놓은 바 있다. 여기서 그의 시어는 더 이상 의미를 전달하는 소통의 매체로서 기능하는 것이 아니라 언어가 본래 지니는 음악성과 시각성이라는 질료적 차원으로 환원된다. 이러한 시도는 언어를 의사소통의 수단에서 해방시키려는 의도를 담고 있다. 예술 언어에서 소통 기능을 제거한다는 말은 의사소통의 기능에 필수적인 언어의 의미 자체를 배제한다는 뜻이다. 이렇게 될 경우 시의 언어는 마치 음악의 소리나 회화의 색채 또는 형태와 같은 하나의 질료로 환원될 수밖에 없다. 언어가 일상적인 의미 영역을 무시한 채 시 작품에 사용된다면 그러한 시는 더 이상 구체적인 의미 구조를 가질 수가 없다. 그리고 그 언어는 작품 내에서 새롭게 구조화되거나 또는 탈구조화되어 시적 대상의 세계를 이탈하게 된다. 보는 시 또는 시각시라는 이름의 새로운 시적 실험은 언어 자체가 지닌 음악적 울림이나 문자의 시각성을 활용하여 작품을 쓰려는 파격적인 실험이었던 것이다.

「주사위 던지기」에서 말라르메는 모두 여덟 가지의 크기를 가진 활자를 이용하여 텍스트를 인쇄하도록 했다. 이것은 시적 텍스트 안에서 다양한 목소리가 표현될 수 있도록 하기 위한 조치였다. 그는 이 다양한 활자들이 이리저리 서로 흩어져 종이 위에 글자로 인쇄되는 것을 두고, 판판한 종이 바닥에 단어들을 여기저기 뿌려 놓는 것이라고 생각했다. 이러한 인쇄 체제로 인하여 이 작품은 일차적으로 인쇄된 종이의 표면 전체로 독자들의 시선을 이끌면서 마치 한 폭의 그림을 보듯이 종이 페이지 전체에 일종의 통일성을 부여할 수 있게 되었다.

하지만 이러한 시적 텍스트의 시각적 구성으로 인하여 「주사위 던지기」를 비롯한 그의 작품들은 대부분 그 의미가 난해하기로 유명하다. 일반적인 언어 표현의 방식을 뛰어넘고 있는 그의 작품들은 어떤 의미를 담은 통사적 구조로 이해할 수가 없다. 그는 가장 순수한 언어란 다른 사람이 결코 이해할 수 없는 자신의 내면을 직접적으로 드러내는 언어라고 생각했다. 이렇게 다른 사람과 소통할 목적을 지니지 않은 순수한 언어로 만든 시를 그는 '순수시'라고 불렀다. 그러므로 그의 시는 텍스트 자체를 하나의 이미지로 보아야만 한다. 종이 위에 산만하게 흩뿌려진 것처럼 보이는 다양한 크기의 글자들은 그 의미를 따라 읽히지 않는다. 그보다는 텍스트 전체가 하나의 그림처럼 전달하는 어떤 시각적 이미지를 주목하지 않을 수 없는 것이다.

『오감도』에서 실험하고 있는 '보는 시'라는 새로운 개념은 언어 텍스트로 이루어지는 시의 형태에 시각적 요소를 부여함으로써 텍스트 자체가 시각적 형태를 드러내도록 구성된다. 『프린스턴 시학사전(*The New Princeton Encyclopedia of Poetry and Poetics*)』에서는 '보는 시'의 기능을 '귀'를 위해서가 아니라 '눈'을 위해서 구성된 것이라고 규정하고 있다. 시의 텍스트는 활자화함으로써 어느 정도 시각성을 가지게 되는데, 텍

150

스트의 언어 문자는 단순히 언어적 연쇄체의 한 단위가 아니라, 커다란 하나의 영상의 한 부분으로 작용한다. '보는 시'에서의 텍스트의 시각성은 단순한 타이포그래피의 문제만은 아니다. 시적 텍스트 자체가 하나의 이미지를 형성하면서 시각적 인식의 대상으로서 작용하기 때문이다. 이러한 속성은 어떤 경우에는 시적 형태의 통일성이나 자율성을 강조하기도 하고 어떤 경우에는 시적 형태를 해체하기도 한다. 그러므로 '보는 시'에서는 그 시각적 요소가 구현하는 이미지 자체가 어떤 의미를 지니고 있는가를 밝히는 일이 중요하다. 이를 위해서는 언어적 메시지를 해독해 나가는 방식처럼 행간을 따라가면서 그 영상의 이미지를 추적해야 한다.

'보는 시'에서 볼 수 있는 시각적인 요소로서의 영상과 언어 문자의 결합은 단순히 그림과 시가 결합되는 것을 의미하지 않는다. 두 가지 매체의 밑바닥에 깔려 있는 심미적 요소가 통합되는 것이기 때문이다. 이 새로운 방식의 결합은 문자 문명에서 오랫동안 지켜져 내려온 '보기'와 '읽기'라는 이항적 대립 자체를 폐기시킨다. 시적 텍스트에서 읽기와 보기라는 두 가지 차원의 접근법 사이에 지속적인 내적 대화가 이루어지면서 언어적 텍스트의 공간적 확대를 통해 새로운 미적 경험의 폭과 깊이를 증대시킨다. 그리고 궁극적으로는 시각적 요소가 시적 텍스트의 핵심적인 요건이 되는 것이다.

『오감도』 연작의 텍스트가 구현하고 있는 '보는 시'는 소리의 세계를 시각적 공간의 세계로 바꾸어 놓기 위한 하나의 실험이다. 타이포그래피는 글쓰기에 동원된 문자들을 금속성의 활자로 변환시켜 특정한 형태로 특정의 위치에 배치하는 물질적 공간 창출의 기술이다. 타이포그래피에 관련되는 복잡한 작업의 절차는 인쇄된 텍스트의 표면에 등장하지는 않지만, 종이 위에 규칙적으로 배열된 문자 기호의 기계적 통제를 독자들은 어떤 방식으로든지 느낄 수밖에 없다. 하지만 활자를 통한 물질화된 언어 기호의 공간 배치는 철저하게 비인간적이며 엄격하다. 타이포그래피는 높은 예술적 창조성보다는 형식과 기능을 동시에 충족하는 기술이다. 기계로 만들어 낸 활자를 일정한 규격에 따라 일정하게 배열하는 것은 정확한 구성과 명확한 균형 감각을 요구한다. 타이포그래피는 질서와 균형과 조화를 중시한다. 그리고 이것은 기호적 유희가 아니라 소통의 원리에 봉사하는 것이므로 실제성과 정확성을 생명으로 한다. 하지만 타이포그래피의 공간은 문학적 상상력에도 깊이 작용한다. 이 새로운 공간적 구성이 시인 자신의 현실에 대한 인식의 지평을 열어 보일 수 있기 때문이다. 타이포그래피는 인간 사회의 문명의 중심을 이룬다. 이것은 무엇보다도 인간의 공통 소유에 해당하는 언어의 사적인 소유를 가능하게 만든다. 무엇보다도 말 그 자체의 기록과 상품화를 이끌어 내면서 결국 인간 생활의 개인주의화라는 방향으로 작용한다.

 자의식의 세계

이상의 『오감도』 연작에서 볼 수 있는 시적 진술 방법은 자기 탐닉적 경향이 강하다. 이상의 시가 자의식의 과잉 상태에 빠져 있다고 비판되거나 불확실한 자기 반영성을 넘어서지 못하고 있다고 지적당하는 이유가 여기 있다. 이러한 경향을 두고 이상 문학의 자기 탐닉과 퇴폐의 징후를 지적한 경우도 많다. 하지만 이러한 진술 방법은 자기 반영의 원리를 통해 주체의 소외 현상과 파멸의 과정을 정밀하게 추적할 수 있게 한다. 이것은 무책임하고 퇴폐적인 것이 아니라 오히려 바로 그러한 경향을 보이고 있는 주체와 현실을 해체할 수 있다는 점에서 하나의 역설적 요소를 담고 있다. 이 같은 형식은 인간의 왜곡된 삶과 객관적 실재성의 비전에 대해 반발하면서 상상력에 대한 신념을 강조하고 인간의 비합리성을 강조한다.

이상의 『오감도』 연작은 시인 자신의 개인적인 삶을 텍스트 속에 직접적으로 투영하는 방식을 통해 시적 주체의 객관적 인식에 도달하게 된다. 자신이 창작하고 있는 작품 속에 시적 대상으로 자기 주체를 등장시키기도 하는 것이다. 물론 이러한 형식 자체는 전통적인 의미의 서정적 진술과는 전혀 다르기 때문에 존재론적인 차원에서 별도의 논의를 가능하게 한다. 그런데 시적 텍스트에 시적 대상으로 등장하는 경험적 주체로서의 시인 자신은 텍스트 속에 등장하는 순간 그 실재성의 의미를 상실한다. 그것은 텍스트의 언어에 의해 조작되는 것이기 때문이다. 이러한 현상은 시인 자신과 창작으로서의 텍스트 사이에 저자로서의 주체와 대상으로서의 작품이라는 입장이 서로 뒤바뀌면서 서로가 서로를 창조하고 서로가 서로의 입장을 파괴한다는 점을 통해 확인된다. 이것은 단지 텍스트의 인위성과 현실의 삶의 인위성을 강조하기 위해 활용하는 하나의 기법에 불과한 것이다.

『오감도』 연작은 특이하게도 시적 주체에 대한 분석을 통한 자기 반영성을 그 특징으로 하고 있다. 이러한 경향은 서정적 자아를 기반으로 하는 시의 본질에 해당하는 것이지만 이상의 경우 시적 주체를 대상화하는 방식은 매우 특이하다. 이상은 자아의 내면에 투영된 사물의 인상을 통해 그 구체적인 실체성에 접근한다. 그는 미적 원리로 중시되고 있는 대상과의 간격이라는 것을 포기한다. 하지만 그는 자기 내면의 분석이 가능한 일인칭 시점을 활용하여 분명하게 눈에 보이는 모든 것들을 그려 낸다. 시적 형식을 통해 주체의 정서를 표현하는 것이 아니라 서정적 자아를 시적 대상으로 삼아 이를 여러 각도에서 보여 주는 것이다. 그러므로 시적 주체는 마치 사물처럼 분석되기도 하고 해체되기도 한다. 이것은 예술의 세계에서 언제나 중요한 것이 개별적 주체로서의 자아의 구성 문제라는 사실에 대한 새로운 인식에 근거하는 것이다.

이상의 『오감도』 연작에서 보여 주고 있는 주체에 대한 인식은 시간의 개념과 시간에 대한 새로운 체험을 통해 구체적으로 형상화된다. 시에서의 시간은 내적 의식과 외적 현실을 함께 포괄할 수 있는 유일한 영역이다. 이상은 그의 시에서 시간의 개념과 관련되는 기하학과 물리학의 여러 개념들을 시적 모티프로 활용한다. 그는 시간 대칭의 개념을 '거울'이라는 이미지로 구현하기도 하고 시적 공간 안에서 공적 시간과 사적 시간의 불일치를 통해 현대인의 모순된 삶의 양상을 표현하기도 한다. 그리고 서로 다른 시점에서 일어나는 개별적 사건들의 동시성 문제를 하나의 시적 상황으로 끌어들여 통합적으로 구성하기도 한다. 이러한 방법은 사물과 사물이 끊임없이 상호 관련되어 변화한다는 점을 보여 줄 수 있을 뿐만 아니라 보다 현실을 넘어서서 더 복합적인 세계를 문학을 통해 만들어 낼 수 있음을 말해 주는 것이다.

근대의 초극을 향한 주문(呪文)

이상의 『오감도』에서 가장 빛나는 부분은 사물에 대한 새로운 시각의 발견이다. 이상은 본다는 것이 단순히 눈앞에 존재하는 사물의 외적 형상을 인지하는 것이라고 여기지 않는다. 그것은 사물을 관찰하는 과정과 함께 주체를 둘러싸고 있는 환경 속에서 관찰자로서의 주체까지도 포함하는 여러 개의 장(場)을 함께 파악하는 일이다. 이상은 사물에 대한 물질적 감각을 정확하게 파악하기 위해 사물의 전체적인 형태나 중량감, 윤곽, 색채와 그 속성까지도 설명할 수 있는 특이한 시선과 각도를 찾아낸다. 이것은 그의 미술에 대한 개인적 관심이나 학업 과정 자체와 연관되는 것이라고 할 수 있다. 그는 20세기 초반까지의 기계문명 시대를 결정한 여러 가지 기초적인 이론에 대한 이해를 통해 광선, 사물의 역동성, 구조 역학, 기하학 등의 원리를 자신의 시적 텍스트의 구성에 동원했고, 서구 모더니즘 예술에서 특징적으로 드러났던 초현실주의적 기법, 다다 운동과 입체파의 기법 등을 활용한 새로운 이미지들을 『오감도』를 통해 새롭게 형상화하고자 하였던 것이다.

이상은 초기 일본어 시에서부터 다양한 수식과 기호를 활용하여 현대 과학의 중요 명제와 기하학의 개념들을 시적 텍스트의 구성에 동원한다. 과학의 발달이나 그것이 인간의 삶에 미치는 영향 등에 대한 언급 자체가 그대로 텍스트의 표층을 형성하기도 한다. 이러한 시적 기표들은 모두 추상적인 속성을 지니고 있는 것들이기 때문에 설명적 진술을 거부한다. 특히 『오감도』의 경우처럼 단편적인 상념들을 위주로 하여 수사적 장치로 활용한 경우에는 시적 정서의 전체적인 흐름을 깨뜨리는 예도 적지 않다. 이러한 요소들이 시적 텍스트에서 환기하는 '낯설게 하기'의 효과 자체가 텍스트의 내적 공간으로부터 독자들을 소외시키기도 한다. 그러므로 『오감도』에서 그 텍스트의 기호적 속성을 제대로 이해하지 못하는 경우 그 진정한 의미와 가치에 도달할 수 없는 상황에 빠져든다. 우리는 이상 연구에서 이러한 오류를 숱하게 경험한 바 있다. 텍스트의 구조를 제대로 분석하지 못하는 경우 쉽게 그것을 작가의 경험 세계로 치환하기도 하고 추상화된 이념으로 이를 재단하기도 한다. '심리적 사실주의'라는 이름으로 자행된 이상의 『오감도』에 대한 무분별한 논의들은 문학 텍스트 자체가 구현하고 있는 의미와 가치로부터 독자의 관심이 빗나가도록 조정하고 이상의 『오감도』를 또 다른 미궁으로 몰아넣고 있는 것이다.

『오감도』는 이상의 시의 제목이지만, '오감도'라는 말은 이제 더 이상 하나의 고유명사가 아니다. 오감도는 새로운 세계를 꿈꾸는 자들의 주문(呪文)이며 기도(祈禱)이다. 이 말은 한국문학의 새로운 시각과 특이한 형식을 대변하는 제유(提喩)의 방식으로 쓰인다. 오감도는 때로는 기성적인 모든 것에 대한 도전을 의미하고 때로는 새로운 기법의 고안을 의미한다. 어떤 경우에는 받아들이기 어려운 개인적 일탈을 지적하기도 하고 상상을 초월하는 파격을 뜻하기도 한다. 그러므로 오감도는 한국문학사가 빚어낸 최대의 모험이며 숱한 논란을 벗어나지 못한 스캔들이기도 하다.

이해인의 시와
사랑의 기도

 사랑과 기도로 세상과 통하는 수녀

이해인(1945~) 수녀는 프란치스코 교황의 트위터에 기도와 묵상을 담아 『교황님의 트위터』를 펴냈다. 이 책을 내게 된 경위와 심정을 이해인 수녀는 어느 방송의 인터뷰에서 "약자의 편에서 그들을 챙겨 주는 아름다운 사랑을 보고 교황의 트위터 팬이 됐다"라고 말한 바 있다.

교황의 트위터에 전 세계인들이 열광한다. 교황의 소탈한 인품과 스스로 실천하는 태도가 세계인들을 감동시키고 있다. 아주 짤막한 교황의 트위터 하나는 이렇게 시작된다. "사랑하는 벗들이여. 진심으로 고맙습니다. 저를 위해 계속 기도하여 주십시오." 이해인 수녀는 이 기도를 보고는 다음과 같이 묵상하고 있다. "매사에 기도부터 청하시는 교황님의 그 말씀은 겸손하고 아름답습니다. 기도 안에서 만나요. 기도해 드릴게요. 기도를 부탁합니다. 기도해 주심에 감사드려요. 살아오며 수도 없이 반복했던 이 말을 오늘은 새롭게 묵상해 봅니다. 아직 이렇게 살아서 기도하고 기도 받을 수 있는 은총에 놀라워하며 저도 다시 기도의 사람으로 거듭나고 싶은 갈망을 품어 봅니다. 언제 한번 온전히 제대로 기도다운 기도를 했다고 말할 수 있을지요? 반백 년 가까이 기도를 하고도 기도에 대해서는 잘 모르고 할 말이 많지 않은 제 모습이 딱하지만 오늘도 감사로 하루를 시작합니다." 그리고 이해인 수녀는 이렇게 기도한다. "주님, 하루의 시작과 끝을 언제나 기도와 함께할 수 있는 기도의 사람이 되게 하소서."

이해인 수녀는 이런 방식으로 세상과 소통한다. 위로는 하늘의 주님과 기도로써 통하고, 교황님의 트위터에 묵상과 기도를 올리며 사랑으로 힘없는 자들을 위로한다. 그리고 시를 통해 세상과 만난다. '수녀님'이라는 호칭을 떼어 내고 보면 이해인은 그대로 시인이다. 그러나 이 초로의 시인에게 다가가 보면 이해인이라는 이름으로만 부르기에는 아무래도 벅차다. 시인 이해인이라고 부르기보다는 '시인 이해인 수녀님'이라고 해야만 마음이 놓인다. 시인이라는 이름과 수녀님이라는 호칭이 서로 짝을 이루어야만 우리가 알고 있는 시인 이해인을 넉넉하게 떠올릴 수 있다.

"신을 위한 나의 기도가 그대로 한 편의 시가 되게 하소서." 이 한마디에 시인 이해인이 지향하고자 하는 시의 세계가 온전하게 담겨 있다. 기도는 언제나 신명을 향하지만 간구(懇求)함에 그 의미가 있다. 기도는 어느 때든지 깊은 심중으로부터 비롯된다. 하나의 의식처럼 엄

숙해야 하는 것이 종교적 의미의 기도이지만 심정의 밑바탕을 속속들이 드러내지 못한다면 그것은 기도가 아니다. 한낱 투정일 뿐이다. 시도 마찬가지다. 일찍이 『시경(詩經)』에 이르기를 '시언지(詩言志)'라 했듯이 시는 심중의 깊은 뜻을 말하는 것이다. 마음을 말한 것이 시이다. 마음속 깊이 품고 있는 뜻을 말로 표현하면 시가 된다. 결국 모든 시는 마음에서부터 나온다. 이런 식으로라면 시는 기도와 마찬가지다. 모든 기도는 시와 서로 통한다. 간구함이 없이 어떻게 시가 되겠는가? 신명을 향하는 다짐이 없이 어찌 기도를 생각할 수 있겠는가?

나는 40년 전의 첫 시집이 여전히 스테디셀러로 독자들에게 읽히고 있는 시인 이해인을 만나겠다고 생각했다. 부산행 KTX 열차에서 나는 내내 시인 이해인의 호칭을 생각했다. 그리고 이해인이라는 이름 뒤에 따라붙어 있는 성직자로서의 '수녀님'이라는 칭호를 상관하지 않고 여성 시인 이해인을 만나야 한다고 속으로 다짐했다. 그러나 부산 광안리 황령산 기슭에 자리 잡고 있는 '올리베따노 성 베네딕도수녀회'의 정문에 들어서는 순간 이런 나의 생각은 이내 잦아들고 말았다. 입구의 유치원이나 양로원 시설만 보았다면 나는 그저 평범한 그리고 좀 아늑한 사회복지 시설을 생각했을 텐데, 수녀회 안쪽으로 걸어 들어가면서 나는 그 적요(寂寥)의 분위기에 눌려 더위에 풀어 헤쳤던 재킷의 단추를 끼워야 했다.

이해인 시인은 수녀회 안쪽의 나지막한 해인글방에서 나를 맞아 주었다. 나는 시인 이해인을 찾았는데 거기에는 해바라기 꽃처럼 환한 미소로 이해인 클라우디아 수녀님이 서 계셨다. 나는 그 바람에 나도 모르게 그냥 '수녀님'이라고 부르고 말았다. 방 안은 사면이 책과 사진과 엽서로 한눈에 이해인 수녀의 동정을 살필 수 있도록 아기자기하게 진열되어 있었다. 그 안에서 나는 이해인 시인이 아니라 이해인 수녀님을 처음 만났던 것이다.

"이걸 하나 골라 보세요."

수녀님은 내게 작은 소쿠리를 내놓는다. 그 속에는 예쁜 조개껍데기들이 가득하다. 내가 셀로판지에 싸인 조개껍데기를 내가 하나 잡아내자 수녀님은 그 셀로판지를 벗기고 속을 펼쳐 보라며 웃는다. 미국의 중국 식당에서 흔히 보던 '포춘 쿠키'를 집던 생각이 났다. 내가 고른 조개껍데기 속의 작은 종잇조각에는 이렇게 적혀 있다.

"기뻐하라. 주께서 너와 함께 계신다(루가복음 1장 28절)."

나는 그 작은 글귀에 겨우 마음이 놓였다.

 수도 생활로서의 글쓰기

첫 시집 『민들레의 영토』를 낸 것이 1976년인데 햇수로만 따져도 문단 경력이 40년을 넘었다. 그동안 모두 8권의 신작 시집을 냈는데 모든 시집들이 절판되지 않고 여전히 수많은 독자들과 만난다. 40여 년의 세월이 지났음에도 첫 시집이 여전히 수많은 독자들에게 읽히는 경우는 이해인 시인밖에 없다. 어떻게 이런 일이 가능하겠는가?

"사실 나는 어렸을 때부터 책을 읽고 글을 쓰는 일을 좋아했어요. 강원도 양구에서 태어났고 가톨릭 성당에서 세례를 받았지요. 양구라는 태생의 땅을 떠나 서울로 오는 바람에 어린 시절의 기억은 별로 남아 있지 않답니다. 서울에서 6·25전쟁을 만났고, 전란 통에 아버지가 납북되어 집안 살림이 갑자기 어려워졌지요. 어머니는 믿음으로 모든 고통을 이겨 내신 참으로 훌륭하신 어른이셨어요. 바느질로 생계를 꾸리면서 부산 피난 시절에도 우리 남매들을 모두 학교에 다닐 수 있도록 하였지요. 전란이 끝난 뒤에 다시 서울로 와서 중학을 다녔어요. 그때부터 글쓰기에 자신이 붙었지요. 고등학교 시절까지 선생님들로부터 사랑을 듬뿍 받는 글 잘 쓰는 여학생이었답니다."

이해인 수녀는 여학교 시절 교복 입은 자신의 흑백 사진들을 가리킨다. 콧날이 날카롭고 눈매가 고운 여학생이 거기 웃고 있다. 언니가 대학을 중퇴하고 어머니를 도와 집안 살림을 꾸려 가다가 가르멜 수녀원에 들어간 것은 이해인에게는 엄청난 사건이었다. 그러나 어머니보다도 더 엄격했던 언니의 성품 때문에 언니가 가족과 헤어져 집을 떠난다는 것을 슬퍼하지도 못했다. 이해인은 학창 시절에 방학 때가 되면, 언니가 있는 수녀원을 찾았다. 수녀님들이 주는 초콜릿도 잊을 수 없는 맛이었지만, 수녀원의 한적한 숲에서 들려오는 새소리가 정겹고, 그 아늑한 분위기가 늘 가슴을 설레게 했다. 그녀는 그 시절에 이미 자신을 부르는 어떤 목소리에 끌려들기 시작했다. 수도 생활에 대한 동경이 이미 그녀의 가슴에 싹트고 있었던 것이다.

이해인은 1964년 여자고등학교를 졸업하면서 올리베따노 성 베네딕도수녀회에 입회했다. 그리고 4년 후 첫 서원(誓願)을 하고는 본격적인 수도 생활을 시작했다. 수녀회의 수도 생활은 철저한 공동체 생활이며

종신서원 무렵의 이해인 수녀와 1981년 가톨릭출판사에서 출간한 새로운 표지의
『민들레의 영토』.

외부 세계와는 일정하게 단절되어 있다. 이 수도 생활에서 이해인은
두 가지 단계의 수련 과정을 거치게 된다. 그 하나가 필리핀 유학이다.
필리핀 비간(Vigan)의 신학교에서 종교학을 공부한 뒤에 이해인은 바
귀오(Baguio)의 성 루이스(St. Louis) 대학에서 영문학을 수학했다. 이
대학을 졸업하면서 작성한 졸업논문이 「김소월의 자연시와 에밀리 디
킨슨의 자연시 비교연구」이다. 영문학자 김재현이 번역한 영문판 『김
소월 시선집』을 저본으로 한 이 연구에서 이해인은 시와 인간과 자연
에 대한 깊은 이해를 가지게 된다. 그리고 곧바로 귀국하였는데, 귀국
직후에 발간하게 된 것이 바로 첫 시집 『민들레의 영토』(가톨릭출판사,
1976)이다.

"첫 시집 『민들레의 영토』를 펴낸 것이 1976년이니 이때부터 따져도 본격적인 시작 생활이 이제 40년에 가깝지요. 문단에서 말하는 등단이라는 것을 생각한다면 1970년 잡지 《소년(少年)》에 처음 동시 몇 편을 발표한 것으로부터라고 할 수 있겠지요. 지금도 동시는 가끔 쓰고 있으니까요. 하지만 나의 글쓰기는 문학 그 자체를 위한 것은 아닙니다. 나의 글쓰기는 내 자신의 오랜 수도 생활과 연결되어 있어요. 그러므로 수도 생활을 떠나서는 아무 의미도 거기 덧붙이고 싶지 않아요."

이해인 시인은 이렇게 말했지만, 신을 위한 기도가 그대로 한 편의 시가 되게 해 달라고 소망했던 시인에게 첫 시집 『민들레의 영토』는 각별한 의미를 갖게 된다. 사실 이 시집은 1976년 2월 종신서원을 하며 일종의 기념 시집 형태로 발간한 것이다. 이 시집은 개인적으로 문학 취향을 살려 오던 한 수녀의 내적 고백이라고 간단히 넘겨 버릴 수 없는 문화사적 의미를 지닌다. 이 시집의 시들은 고통의 시대를 살았던 모든 이들에게 위로를 주고 새로운 삶에의 의지를 심어 주면서 엄청나게 많은 독자들을 끌어모으게 된다. 이해인이라는 이름을 시인의 반열에 올려놓았음은 물론이고 한국문학사에서 가장 많은 독자들에게 읽힌 시집으로 기록되기에 이른다.

무엇이 이 같은 일을 가능하게 했을까?

"글을 써서 유명한 문인이 돼야지 하는 생각은 전혀 없었는데 독자들이 제 시를 많이 읽어 주고, 사랑해 준 덕분에 시인이 됐죠. 그것 때문에 상처도 많이 받았어요. 책이 하도 잘 팔리니까 어떤 유명 문인이 신문에 저를 두고 '잘 팔리는 시인' 운운하면서 '베스트셀러라고 다 좋은 책은 아니다. 독자들이 더 좋은 책을 읽어야 한다'라고 글도 썼죠. 그땐 괜히 지은 죄도 없이 미안했어요. 그런 과정들이 지나고 제 시집이 스테디셀러가 되면서는 안정감이 생겼어요. 저 스스로를 평가할 때 문학사에 이름이 남고 하는 것을 별로 중요하게 생각지 않아요. 그러나 한 가지 섭섭한 점은, 저를 수도자라고 하여 문학이라는 세계와는 다른 곳으로 밀어내는 것 같다는 생각이 든다는 겁니다. 많은 독자가 있고 모든 책들이 베스트셀러가 됐지만 문단에서는 저를 인정하지 않고 문학적으로도 평가에 인색하다는 느낌을 많이 가지게 되었지요. 이런 것들이 수도 생활과 더불어 글을 쓰는 일을 30년 이상 병행해 오면서 겪었던 어려움이지요. 지금에 와서는 큰 갈등 없이 행복하게 살고 있지만 한때는 유명세를 치르느라 내면적인 아픔과 고단함이 있었죠.

첫 시집 『민들레의 영토』에서부터 세 번째 『오늘은 내가 반달로 떠도』(1983) 같은 시집이 나왔을 때는 현실 참여적인 시가 각광을 받았던 시대였잖아요. 그러므로 당대의 시대적 분위기를 놓고 '수도원 생활을 하는 수녀님이 현실적 삶의 아픔을 아느냐, 수녀님 시는 맹물 같고 자장가 같다' 하며 비판하는 사람도 있었어요. 저는 시가 어렵고 난해해야 할 이유가 없다고 보지요. 정겨운 언어로 마음의 위로와 희망을 주는 시도 필요하다고 생각해요. 제 시를 즐겨 읽은 독자들에게는 따뜻한 모성과 부드러운 위로가 필요할 때, 또 제 신분이 수도자이다 보니 위로가 되었을 겁니다."

수많은 독자들의 애송시가 된 작품 「민들레의 영토」는 이해인 시인의 시적 출발과 그 지향을 동시에 함축하고 있다. 민들레는 우리 주변에서 가장 흔하게 볼 수 있는 들풀이다. '앉은뱅이'라는 별명이 붙어 있는 이 풀은 4~5월에 노란색 꽃이 핀다. 서양에서 전해 내려오는 민들레에 관한 흥미로운 이야기가 있다. 옛날 노아의 대홍수 때 온 천지에 물이 차오르자 살아 있는 것들이 모두 이를 피해 도망쳤다. 그런데 키는 작지만 땅 속에 깊이 뿌리를 내리고 있던 민들레만은 발이 빠지지 않아 홍수를 피할 수가 없었다. 흙탕물이 목까지 차오르자 민들레는 두려움에 떨다가 그만 머리가 하얗게 세어 버렸다. 민들레는 마지막으로 하나님께 간절하게 구원의 기도를 올렸다. 그러자 하나님은 홍수에 잠겨 가는 민들레를 가엾이 여겨 그 씨앗을 바람에 날려 보낼 수 있게 했다. 민들레의 씨앗은 바람에 날려 공중에 떠 있다가 홍수가 지난 후 멀리 산 중턱 양지바른 곳에서 새 생명의 싹을 틔우게 되었다. 민들레는 하나님의 은혜에 감사하며 오늘까지도 얼굴을 들어 하늘을 우러러 보며 살게 되었다. 이 짤막한 이야기가 시 「민들레의 영토」에 어떤 시적 동기로 작용했는지를 따질 필요는 없다. 추운 겨울에 줄기가 말라죽지만 뿌리를 깊이 땅에 박고 이듬해 다시 살아나는 강한 생명력을 지니고 있는 것이 민들레이다. 그러므로 마치 밟아도 다시 꿋꿋하게 일어나는 백성과 같다고 하여 민초(民草)로 비유되기도 한다. 시인 이해인은 이렇게 노래한다.

기도는 나의 음악
가슴 한복판에 꽂아놓은
사랑은 단 하나의

성스러운 깃발

태초부터 나의 영토는
좁은 길이었다 해도
고독의 진주를 캐며
내가
꽃으로 피어나야 할 땅

애처로이 쳐다보는
인정의 고움도
나는 싫어

바람이 스쳐가며
노래를 하면
푸른 하늘에게
피리를 불었지

태양에 쫓기어
활활 타다 남은 저녁노을에
저렇게 긴 강이 흐른다

노오란 내 가슴이
하얗게 여위기 전

그이는 오실까

당신의 맑은 눈물
내 땅에 떨어지면
바람에 날려 보낼
기쁨의 꽃씨

흐려오는
세월의 눈시울에
원색의 아픔을 씹는
내 조용한 숨소리

보고 싶은 얼굴이여

—「민들레의 영토」 전문

    이 시는 젊음의 열정이라든지 애상이라든지 하는 특이한 정조(情操)로 인하여 부분적으로 '정서의 과잉'을 드러내기도 한다. 그러나 시적 대상으로서의 '민들레꽃'을 시인은 "가슴 한복판에 꽂아놓은 / 사랑은 단 하나의 / 성스러운 깃발"이라고 규정한다. 이 시적 표상을 통하여 민들레는 단순한 야생의 들꽃이 아닌 새로운 의미를 획득한다. 특히 "당신의 맑은 눈물 / 내 땅에 떨어지면 / 바람에 날려 보낼 / 기쁨의 꽃씨"에서 느낄 수 있는 시적 긴장은 새로운 생명의 탄생을 기구하는 간절함까지 전달한다. 이 시를 좋아하는 독자들은 시 속에 담겨진 소박함의 정서 자체를 사랑할 수도 있고, 끈질긴 생명에 대한 경외와 그 창조의 깊은 뜻을 음미할 수도 있다. 시인이 발견한 생명의 의미와 그 창조의 과정 자체만으로도 이 시는 특이한 생태적 상상력 또는 생명주의의 의미를 지닌다. 단순히 '신앙시'라는 정해진 틀 속에만 가두어 놓는다면 이 시의 상상력의 폭을 좁혀 놓게 될 우려가 있다.

 기도 그리고 생명의 축복

이해인 시인의 글쓰기는 세 번째의 시집 『오늘은 내가 반달로 떠도』를 펴낸 후부터 색다른 의미를 가지게 된다. 우선 이해인이라는 필명이 본명인 '이명숙'이라는 이름을 가려 놓았고, '이명숙 클라우디아 수녀'라는 수녀회에서의 정식 명칭보다도 더 많은 사람들이 기억하는 이름이 되고 말았다. 특히 이해인은 자신의 시집들이 모두 베스트셀러 목록에 오르면서 안팎으로 예기치 않은 갈등을 겪었다. 문단의 일부에서 '잘 팔리는 시인'으로 자신을 지목하고 있는 빗나간 시선도 부담이었고, '소녀 취향적 감성의 시'라는 평가에는 엷은 상처를 입기도 하였다. 더구나 수도 생활을 하는 가운데 이른바 대중 독자로부터 사랑받는 베스트셀러 작가로 이름이 알려지게 되자 이해인이라는 이름을 상업적으로 이용하려는 사람들도 생겨났다. 당시에는 수녀회 안에서도 도와주는 사람이 없었기 때문에 혼자서 감당하기 어려운 일들이 일어났다.

1980년대 초기 서강대학교에서 대학원 과정을 이수하고 있던 이해인은 자신의 수도 생활과 글쓰기를 어떻게 조화시켜 나아가야 할지 판단하기조차 어려웠다. 수도 생활이라는 것 자체는 자신을 드러내지 않고 보이지 않는 곳에서 하나님의 뜻을 따르며 봉사함을 의미한다. 특히 베네딕도수녀회는 철저하게 공동체 생활을 요구하는 곳으로 유명하다. 신문이나 잡지에 이해인 수녀라는 이름이 오르내리면서 이해인 시인은 정신적인 혼란을 겪기도 하였다. 어떤 여성지에서는 허락도 받지 않고 거짓으로 책을 낸 일까지 생겼다. 이런저런 구설수에도 오르게 되었고 법적인 문제들까지 일어나게 되었다. 그렇지만 이해인 시인은 이를 모두 이겨 냈다. 이 고통의 세월을 이겨 내는 동안 법정 스님을 만나 뵙고 충고를 듣기도 했다. 그리고 자신의 신앙과 내적 의지를 더욱 강하게 다졌다.

"여러 가지 힘든 과정을 거치면서도 수도 생활 자체에 대한 회의나 갈등이나 어려움은 없었어요. 모태 신앙이라서 그런지 어려움이 있다고 해서 이 생활을 포기해야겠다는 생각을 안 했던 것 같아요. 그것이 저 스스로도 대견스러워요. 어려움이 닥치면 '바다'를 보고 '파도'를 생각했지요. 그러면서 간절히 기도했고, 혼자서 글을 썼습니다. 이 수녀회를 보따리 싸 가지고 나가야지 하는 생각은 안 했어요. 그렇게 마음 깊이 다지면서 써 둔 글들이라서 독자들도 나의 진심을 알고 좋아해 주는 것이 아닐까 생각해요. '눈물 속에 피운 꽃'을 독자들이 알아봐 주는 것이 아닐까, 그것이 하나의 진주라는 것을 아는 것이 아닐까 하고 나 나름 대로 생각해요. 어떤 일이 생기고 문제가 되면 언제가 하느님의 섭리 안에서 밝혀질 것이고, 이것이 헛된 것이 아니라 더 성숙한 내가 되기 위해서 하느님이 나를 교육하는 방법이라고 여겼어요. '고통을 이기고 스스로에게 겸손할 수 있는 기회로 삼으면 나중엔 분명 영롱한 구슬이 될 거야'라고 스스로에게 다짐했던 것이죠."

이해인 시인의 시는 '영성'의 세계를 찬양하거나 '구원'을 기도하거나 '사랑'을 노래하는 간절한 언어로 가득 차 있다. 이런 특징들은 성직자로서의 이해인 수녀를 생각할 경우 커다란 의미를 지니는 것이다. 시인 이해인이라면 이 같은 종교적 의미와 그 맥락을 떠난 자리에서도 평가받을 수 있는 시적 성취가 드러나야 한다.

이해인 시인의 시를 읽어 보면 '생명'이라는 새로운 주제가 떠오른다. 이해인 시인의 모든 시들은 생명과 그 창조의 순간에 대한 경외(敬畏)로 가득하다. 이해인 시인의 시에 유별나게도 우리네 토속의 삶에 정겹게 이어져 있는 꽃들이 많다는 것은 흥미롭다. 이해인의 '꽃 시'를 따로 가려낼 정도로 그 종류도 다양하다. 시인이 그려 내고 있는 꽃들은 시골집 뜰 안에 피어 있는 분꽃, 백일홍, 채송화, 맨드라미, 나팔꽃 등이며 들판에 널려 있는 민들레, 달맞이꽃, 찔레꽃 등도 있다. 꽃은 모든 살아 있는 식물들이 스스로 드러내는 가장 화려한 자신의 모습이다. 싹을 틔워 줄기와 잎을 키우면서 식물들은 소중한 시기를 따라 꽃을 피운다. 꽃은 말없는 손짓이며, 행복의 웃음이다. 꽃은 천상을 향한 기도이며 그 희망이다. 꽃은 모든 생명의 절정이다. 그렇기 때문에 시인은 자신이 발견한 여러 가지 꽃들을 이렇게 노래한다. 예를 들어 「채송화 꽃밭에서」의 경우를 보면 "말을 하기 전에 / 노래를 먼저 배워 행복한 / 꽃아기들의 세상"처럼 꽃은 순하고 천진난만하다. 그러나

"주체할 수 없는 웃음을 / 길게도 / 늘어뜨렸구나"(「개나리」)에서처럼 꽃은 환희작약이기도 하다. 그리고 "해마다 부활하는 / 사랑의 진한 빛깔"(「진달래」)로 채색된다. 시인의 눈에 의해 꽃은 순정의 의미를 담고, 사랑이 되고, 기도가 되고, 스스로 자기 희생을 드러내고 눈물의 이별을 보이기도 한다. 그러나 이보다 더 중요한 것은 그 절정의 개화의 순간에 잉태하게 되는 새로운 생명의 씨앗이다. 꽃이 피지 않으면 생명의 창조를 기대하기 어렵다. 꽃은 피어나서 시들어야만 거기 새로운 생명의 씨앗이 오롯하게 터 잡는다. 이 생명 창조의 순간을 시인은 이렇게 노래한다.

밤낮으로 틀림없이
당신만 가리키는
노란 꽃시계

이제는 죽어서
날개를 달았어요

당신 목소리로 가득 찬 세상
어디나 떠다니며 살고 싶어서
당신이 사랑하는 모든 사람
나도 사랑하며 살고 싶어서

바람을 보면

언제나
가슴이 뛰었어요

주신 말씀
하얗게 풀어내며
당신 아닌 모든 것
버리고 싶어

당신과 함께 죽어서
날개를 달았어요

—「민들레」전문

    이 시에서 시인은 노란 민들레꽃이 시들고 난 후에 하얗게 날리는 꽃씨를 보고 있다. 살아서 영화로웠던 모습이지만, 죽은 뒤에 하얀 날개를 달고 더 큰 자유를 얻고 있는 민들레의 모습을 시인은 놓치지 않았던 것이다. 민들레의 작은 꽃씨를 두고 시인은 하얗게 날개를 달았다고 표현한다. 하얀 꽃씨는 바람에 날려 새로운 자유를 얻고 새로운 영토를 찾고 새로운 믿음으로 새 생명의 싹을 다시 틔운다. 이 순정의 꽃씨야말로 이해인 시인이 찾아낸 생명의 씨앗이다. 이해인 시인은 이 작고 가벼운 것에서 새로운 생명 창조의 아름다움을 발견한다. 그리고 더 큰 믿음을 찾아내는 것이다.

사랑과 봉사

　이해인 시인은 1985년 서강대학교 대학원을 마친 후에 수녀회에서 이루어지는 공동체 생활에 충실하기 위해 부산 본원으로 내려와서 여기저기 흩어져 있는 공동체의 자료들을 모아 처음으로 홍보 자료를 만드는 데에 앞장섰다. 동료 수녀와 함께 수녀원 회보도 만들고 각지에서 보내오는 애독자들의 편지에 열심히 회신도 해 주었다. 그리고 뒤에 수녀회 총비서직을 5년간 맡아 해냈다. 나름대로 소임에 충실하려고 애는 썼지만 마음 같지 않았다. 공동체 일에만 깊이 몰두해도 부족한데 그녀에게는 늘 해야 할 일들이 많아 업무에 지장을 주곤 했으니 마음이 편하지 못했다. 수녀회 비서실 일을 끝내기 전 총회에서 이해인 수녀는 '문서 선교에 대한 제언'을 한 바 있고, 이 안이 통과되어 1997년 8월부터 원내 구 유치원 자리에 '해인글방'을 열어 두고 본격적으로 문서 선교를 시작하였다. 이해인 수녀가 맡아 해야 하는 일은 수많은 신도들과 독자들이 보내오는 편지에 대한 회답 보내기, 수녀회의 소식지 만들기, 수녀회로 찾아오는 사람들을 상담하기 등이었다. 그리고 개인적으로 부탁해 오는 외부 특강 등으로 그녀의 일정은 늘 빠듯하였다.

　"저는 수도 생활을 하면서 주로 수녀회 본원에서 살았지요. 전에도 수녀회의 자료실 일을 보며 편지 쓰는 일을 겸해 오긴 했지만 1997년부터는 본격적으로 원내에 '해인글방'을 두고 문서 선교를 할 수 있도록 공동체에서 배려해 준 덕분에 저는 마음 놓고 창작도 하고 번역도 하고 많은 편지를 보내오는 독자들에게 틈틈이 답신을 보내며 사랑을 나누는 일을 오늘까지 계속 해 오고 있습니다. '수녀님의 글을 읽으면 마음이 맑고 깨끗해진다', '다시 기도하고 싶게 만든다', '마음이 착해지고 편안해지고 어떤 시는 꼭 내가 쓴 것처럼 공감이 간다' 등등의 끝없이 이어지는 감사의 글귀들을 읽으면서 시가 위로와 치유의 역할을 하는 숨은 힘을 가지고 있구나 하고 새롭게 깨달았지요. 저는 수녀원 안에 있어도 날개 달린 천사로 희망의 심부름꾼 노릇을 하는구나 하고 혼자 즐거운데, 저의 동료들 역시 '시 덕분에 벗도 많고 분에 넘치는 사랑을 받네!' 하며 웃어 줍니다. 나는 성당에 나가 선교하는 일은 안 해 봤어요. 짬짬이 교육받는 수련생들에게 교양 강좌나 문학 강의도 하고, 또 근래에는 부산 신라대학과 가톨릭대학 지산 교정에 가서 '생활 속에 시와 영성'이라는 제목으로 교양과목을 강의하기도 했죠. 그렇게 문학에서 멀어지지 않는 소임을 하니까 이것이 삶의 일부가 되어 버렸습니다."

이해인은 한동안 시집을 내지 않았다. 네 번째 시집 『시간의 얼굴』(1989)을 낸 후에는 10년 만에야 시집 『외딴 마을의 빈 집이 되고 싶다』(1999)를 낼 수 있었다. 그 이유는 왠지 시를 써서는 안 될 것 같은 강박관념 때문이었다. 그러나 이해인의 주변에 그녀를 사랑하고 좋아하고 지지해 주는 사람들이 늘어 갔다. 첫 시집을 내는 데에 큰 힘이 되었던 홍윤숙 시인 이외에도 이해인의 시를 아끼던 구상 시인이나 김광균 시인과 같은 원로들의 격려가 이어졌다. 그들은 본격적인 문학 수업을 거치지 않은 그녀에게 시적 작업의 중요성을 깨우쳐 주었다.

올리베따노 성 베네딕도회 수도원 정원에서의 이해인 수녀.

"제가 자주 뵈었던 분은 구상 선생님과 김광균 선생님이세요. 저를 특별히 아껴 주셨어요. 구상 선생님은 저에게 갑자기 일본 말을 배우라고 하셨어요. 일본어 번역판 릴케 전집이 아주 훌륭한데 그것을 일본 말로 읽었으면 좋겠다는 말씀이셨지요. 또 제가 스포츠신문 같은 데에 산문이나 수필 같은 글을 쓰면, 저를 나무라는 편지를 보내 주셨지요. 시를 써야지 잡문을 쓰고 있다고 혼내셨어요. 김광균 선생님은 가톨릭 세례를 받는데 제가 도와드리기도 했답니다. 저는 학창 시절에 박두진, 조지훈, 박목월 같은 청록파 시인을 좋아했어요. 그 후에는 개인적인 친분이 생긴 김용택, 정호승, 안도현 시인을 좋아하게 되었지요. 이분들의 글이 별로 어렵지 않아서 좋았어요. 그런데 근래에는 함민복 시인에게 흠뻑 빠졌어요. 시가 절제미가 있으면서 깊이도 있어 좋더라고요. 그래서 함민복 시인에게 팬레터까지 보냈어요. 나희덕 시인의 시도 좋아서 찾아 읽지요. 정현종 시인, 마종기 시인, 천양희 시인, 유홍준 시인 등의 시도 좋아요. 좋은 시인들의 시가 많은 것 같아요. 오랫동안 서로 만나지 못했지만 개인적으로는 문학평론가 이숭원 교수(서울여대)가 제 이종사촌이에요. 그 부친이신 이태극 시조시인이 이모부지요."

이해인 시인과의 만남을 처음 약속한 후 나는 속으로 걱정을 많이 했었다. 수녀님이 암 투병 중이라는 소식을 알고 있었기 때문이다. 혹시 몸이 불편한데 약속 때문에 무리하시게 하는 것이 아닐까 걱정도 했다. 그러나 두 시간이 넘는 동안 이해인 시인은 그 맑은 목소리에 피로의 기색이라곤 없었다. 나는 "편찮으시다는 말씀 때문에 굉장히 걱정했었는데 아주 좋아 보이시네요"라고 했다. 이해인 수녀는 이렇게 대답했다. "제가 암 환자라니까 모두가 창백하고 야윈 모습을 상상하지요. 대장암 수술을 받고 4년이 됐는데 이제는 병색을 스스로도 느끼지 못할 정도가 되었고, 외모로도 초췌해 보이지도 않아요. 원래부터 건강이 좋았는데, 암 수술 후 더욱 마음 편하고 모든 것을 긍정적으로 받아들이며 즐겁게 생활하자고 결심을 했지요. 제 스스로 자기 관리를 위해 하반기에 잡혀 있던 해외 특강이나 국내 강의와 인터뷰를 모두 취소했어요. 오래전에 약속했던 권영민 교수님과의 인터뷰만 남겨놓았답니다." 나는 이 말씀에 그저 고마워할 수밖에 없었다.

나는 수녀원 구경을 청했다. 수녀원 한편에 자리하고 있는 해인글방을 나서니 창 밑 꽃밭에 가지런히 백일홍이 빨간 꽃 자랑을 하고 서 있다. "이 꽃들은 우리나라 토종 백일홍과는 좀 다르지요. 독일에 다녀온 수녀님이 씨앗을 얻어 오셔서 여기 심었더니 이렇게 꽃을 피웠어요." 여름 햇살이 수녀원 뜰 안에 가득하지만 간간히 불어오는 바람이 소나무 그늘에 서늘하다.

　"사람들이 수녀원 하면 닫힌 공간을 상상하는데, 구조적으로 아늑하고, 정원도, 장독대도 있고 그래서 사람들 사는 곳하고 다 같아요. 그리고 일 년에 세 번 정도 스케줄을 자유롭게 지내는 날이 있는데, 크리스마스하고, 부활절이 있지요. 그리고 어제는 베네딕도라고 우리로 말하면 아버지 축일이어서 오늘은 모두가 하루를 쉬지요. 그래서 어제 예비수녀들이 〈지저스 크라이스트 슈퍼스타〉라는 뮤지컬을 대강당에서 공연했죠. 굉장히 고단한 일정이기 때문에 오늘은 점심도 밖에서 먹고 저녁 미사를 올릴 때까지는 자유롭게 시간을 보낼 수 있습니다.

　여기 수녀원은 철저하게 공동체 생활로 이루어지는데, 학교에도 학년이 있듯이 여기에도 지원기, 청원기, 수련기처럼 연륜에 따라 일정한 과정이 정해져 있어요. 4년 동안에는 수련기를 지내고 다시 만 5년을 지내고 나서 종신서원하고 반지를 낀 수도자가 되죠. 한 사람의 완전한 수도자가 되기 위해서는 최소한 9년 이상이 걸려요. 그 안에는 적성에 안 맞으면 그만둘 수도 있지만, 보통 종신서원을 하면 완전한 수도자가 되는 거죠."

이해인 수녀는 우리를 수녀님 개인 사무실로 안내했다. 자기만의 방 안에서 이해인 시인은 시를 쓰면서도 문학사에 이름을 남기는 시인으로 사는 것보다 수도자로서 끝까지 살지 못할까 봐 그걸 더 걱정했다고 말했다. 자신의 이름이 언론에 자꾸 나오다 보니 이상한 오해들도 생겼고, 주변에는 그런 것을 못마땅하게 생각하는 사람들도 생겼다. 그러나 이해인 시인은 글쓰기를 포기하지 않았다. 그녀에게는 시를 쓰고 글을 짓는 것이 곧 수도 생활이었다. 이해인은 자신의 생활에서 시를 쓰는 일과 기도하는 일이 서로 다른 것이 아니라고 했다. 시가 곧 기도이고 기도가 그대로 시가 되었다.

이해인 시인은 수녀복 옆구리 호주머니에서 작은 노트와 연필을 꺼내 보였다. 그녀는 늘 그렇게 글을 쓸 차비를 차렸다. 산보하면서도, 잠자리에서도 늘 시와 기도가 함께했다. 시인이 내게 내밀어 보이는 그 수첩에는 깨알 같은 글씨가 가득했다. 각 장의 앞면은 수녀원에서의 일들이 빼곡하게 메모되어 있었다. 그리고 그 메모를 적은 뒷면에는 떠오르는 시상을 적었다. 심지어는 기도 시간이나, 묵상 시간에도 떠오른 생각들을 잊어버리지 않기 위해 메모를 한다고 했다. 그렇게 생각을 정리하여 적어 두고 뒤에 다시 컴퓨터에 입력한다는 것이다. 그리고 주일날 마음에 여유가 생기면 그것들을 모두 정리한다는 것이다.

이해인 시인은 그동안 정리해 둔 책자며 수많은 독자로부터 받은 서신들을 정리해 놓은 자료실도 보여 주었다. 보내온 이들의 이름을 적은 서류 정리용 파일 형태의 봉투가 벽 한쪽 가득히 정리되어 있었다.

"최근에 내 건강이 좋지 않다 보니 건강식품도 챙겨 보내 주시고, 그런 애정을 가진 독자분들이 많이 생긴다는 것이 기뻐요. 법정 스님 돌아가신 뒤에는 수녀님 꼭 오래 사셔야 한다고 이메일을 보내는 불자들도 있고, 그런 독자들이 있어 격려가 되더라고요. 저기 쌓아 둔 수많은 편지 중에 기억에 남는 게 있는데, 어떤 어린 소녀가 저한테 편지를 하면서 수녀님의 글을 읽고 있으면 한 집에 살다가 멀리 떠나가 헤어져 있는 친언니처럼 낯설지 않은 느낌이 든다는 고백을 했어요. 내가 수도자인데도 어린 소녀가 나를 이렇게 친근하게 생각하는구나 하고 기뻤어요. 나는 시인이라는 이름으로 문학이라는 울타리 안에서 외부적으로 드러나 있지만 사실 이 방에서 내가 만나는 사람들은 삶에 지친 분들이었지요. 자녀가 자살하고, 남편이 바람을 피우고, 자신이 돌이킬 수 없는 말기 암으로 죽어 가고 있는 아프고 슬픈 이야기를 가진 사람들이었어요. 물론 내가 그 사람들의 문제를 근본적으로 해결해 주지는 못하지만, 이야기를 들어 주고 위로를 주기 위해 노력해요. 나의 시가 위로 천사의 노릇을 하는 것이죠. 그렇게 되니 별별 사연을 가진 분들이 다 나를 찾아오시지요. 키울 수 없는 아기를 낳고 그 아기를 어디 입양시켜 달라고 찾아오기도 하고, 오갈 곳이 마땅치 않은 가출 청소년들이 찾아오기도 했어요. 나는 기도의 의미로 시를 썼는데, 그 시라는 것이 하나의 인연으로 맺어지는 연결 고리가 되었던 것이죠. 이제는 암 환자들까지 나를 보고 기댈 언덕으로 생각하니까 그들에게 좋은 본보기가 되기 위해서라도 더 명랑하게 투병 생활을 해야 하겠구나 하고 있어요. 나도 아프고 힘들지만, 사명감을 가지고 의지를 가지고 이겨 내요. 그러니 남은 시간이 더욱 소중하게 느껴져요. 살아온 날보다 살아갈 날이 얼마 안 남았다는 것이 초조한 것이 아니라 순간순간을 충만하게 살게 되고, 더 감사하며 살게 되는 것이지요. 누구든지 사람을 대할 때도 혹시 마지막이 될지 모른다는 생각 때문에 더 정성스럽게 대해요. 고통이라는 것이 아무 의미 없는 것이 아니에요. 내가 암에 안 걸렸다면 느슨하게 덜 깨어 있었을 텐데, 내 병까지 축복으로 삼으니까 좋더라고요. 아프더라도 아픈 사람을 위로하는 몫이 있으니까."

우리는 수녀원 정원을 돌아 나무숲 사이에 서 있는 마리아 상 앞에 섰다. 이해인 수녀가 매일 찾아와 기도하고 묵상하는 자리였다. 거기 햇빛이 비치는 뜨락에 보라색 도라지꽃이 지천으로 피었다. 나는 묻는다. "수많은 사람들을 위해 기도하고 기도로서의 시를 쓰면서 수녀님은 정작 어디서 위로를 받으세요?" 이해인 수녀는 마리아 상을 가리킨다. "여기서 숱하게 마음속 통곡을 했지요. 수도 생활은 자기를 이기는 것이지만 저도 한계를 느낄 때가 있어요. 힘들고 우울하고 요즘같이 건강에도 신경을 쓰자니 일상생활 자체가 힘이 들 때가 많아요. 그럴 때는 이렇게 수녀원 뜰을 거닐다가 이 자리에 서서 하나님을 향해 기도합니다. 이렇게 거닐면서 햇빛을 받고 바람을 쏘이면서 자연과 교감하는 것이 정신적으로 위로가 되고 치유가 돼요" 하면서 이해인 수녀는 웃는다. 나는 문득 이런 생각이 떠올랐다.
'이분은 무엇으로 기쁨을 느낄까?'

"수도 생활은 항상 교육 자체가 감정 표현을 많이 안 하고 절제된 편이기 때문에 사람을 엄격하게 키운다고 할까요. 그러므로 일일이 희희비비할 수는 없지요. 그래도 나는 많은 기쁨으로 살고 있답니다. 독자들이 제 글을 읽고 용서하지 못했던 사람을 용서하였다든지, 힘든 일에 내몰려 자살까지 생각했다가 모든 것을 극복하고 살아가게 되었다든지, 남을 미워하고 우울증에 시달리다가 수녀님 글을 보고 삶에 대한 희망을 가졌다든지 하는 편지가 올 때마다 내가 살아가며 하는 일이 모두 축복이구나 하고 기뻐합니다.

　내 생애에서 가장 스스로 감격스러웠던 때는 지난 2005년이었어요. 내 삶과 기도로써 시를 써야지 하며 자신에게 타이르다 보니 첫 시집이 나온 지 30년이 됐어요. 총장 수녀님이 자축하는 의미에서 은인 백 명을 모시고 잔치를 해야 하지 않을까 하고 제게 말씀하셨어요. 그래서 2005년도에 친지 몇 분을 모셨어요. 때마침 내가 회갑을 맞았고, 시집 『민들레의 영토』가 출간된 지 30년이 되는 때와 맞물려 강당에서 조촐한 축하연을 열었죠. 그날 헛된 세월이 아니구나, 오래 버티기를 잘했구나, 힘들다고 도중하차했으면 느끼지 못했을 기쁨과 환희를 맛보고 있구나 하고 감격했지요. 그래서 나의 수도 생활이라는 것도, 글이라는 것도 수행을 통해 익었을 때 빛이 나는구나 하고 깨달았어요."

 영혼 혹은 운명의 시

　이해인 시인이 펴낸 시집은 8권이지만, 시선집과 산문집까지 모두 합치면 20여 종 가까이 책을 냈다. 그 가운데에는 동시집도 한 권 있다. 첫 작품이 《소년》에 발표한 동시였는데 생각보다 아동문학이라는 것이 쉽지 않다. 그래서 최근에 자신의 동시를 직접 낭송한 〈이해인 수녀가 읽어주는 『엄마와 분꽃』〉도 펴냈다. 이름난 성우들이 목소리가 좋긴 하지만, 또 자신이 세상 떠나면 목소리는 없어지는 거니까 한두 개 정도 자기 목소리로 자신의 글을 읽는 것도 괜찮겠구나 생각했다는 것이다. 그렇게 하여 예쁘게 동시 낭송 음반을 만들었다. 얼마 전 세상을 떠난 소설가 최인호는 병중에서도 "수녀님의 동시는 영혼의 자장가"라고 추천사를 적었고, 영화배우 이영애는 "우리 천사들이 잠잘 때 좋은 꿈 꾸도록 들려주겠다"라고 적었다.

이해인 시인은 자기 스스로에게 부여하는 글 쓰는 일이 마치 생에서 피할 수 없는 업같이 되었다고 말한다. 글로써 이름이 나면서부터 이런저런 심부름들이 많아졌다는 것이다. 남들이 쉬는 동안에도 제대로 쉬지 못하고 글에 매달린다. 똑같은 시간 안에서 다른 수녀님들은 안 해도 되는 일을 해야 한다. 기도 시간도 많이 부족한 것 같아서 본연의 수도자의 모습으로 살아야 하는데 늘 쫓기듯 살아가는 데서 오는 갈등이 없지 않다는 것이다.

더구나 요즘은 페이스북 같은 SNS의 유혹도 많이 받는다고 했다. 더 많은 독자들과 소통하기 위해, 그리고 더 젊은 사람들과 만나기 위해 그런 것이 필요할지 모른다고 생각하기도 했다는 것이다. 그러나 그녀에게는 지금 이메일 하나 확인하는 것만도 벅차다. 그런 것까지 손대면 수도원에서 쫓겨나든가 다른 삶을 살아야 할지도 모른다고 했다. 그러면서도 더 많은 사람들과 만나고 더 많은 사람들의 이야기를 들어 주고 서로 위로할 수 있는 기회를 가질 수 있도록 늘 노력한다고 말했다.

나는 수녀님과의 만남을 정리하기 위해 "수녀님이 쓰고 계시는 작은 위로로서의 시, 기도로서의 시가 문학적으로 어떻게 평가되었으면 하시는지요?" 하고 마무리 질문을 했다.

"서울에서 신앙 강좌가 아니라 문학에 대해서 얘기를 하라고 해서 두어 번 공개 강연을 했지요. 그 제목을 '민들레 영토에서 꽃피운 작은 위로의 영성'이라고 붙였어요. 나는 그 강연에서 이렇게 결론을 내렸지요. 꽃밭에는 백일홍도 있고, 장미도 있고, 해바라기도 있고, 채송화도 있는데, 각각의 꽃들이 모양도 색깔도 향기도 다 다르다. 한국의 문학사에는 수많은 문인들이 있는데, 한 수도자가 있어서 시대의 아픔을 위로하는 역할을 하는 시를 쓰다가 세상을 떠났다고 기억해 주길 바란다고 말했어요.

이제는 나이도 들고 쓸 만큼 글을 썼지요. 또 쓸 것이 남아 있을까요? 내가 어떤 신문에 남은 생애에 할 수 있다면 동화를 쓰고 싶다고 했더니, 그거 언제 나오느냐고 자꾸 물어봐요. 어른과 아이가 함께 읽을 수 있는 동화, 생각만 해도 너무 멋있지요. 짧은 그림책 있잖아요. 그림이 있으면서 시가 있고 이야기가 있는 그런 책 말이지요. 너무 거창하지 않고 어린 시절을 떠올릴 수 있는 그런 것. 그런데 청탁받아도 겁이 나는 거예요. 나 아니어도 할 사람 많은데 하는 생각도 들고."

나는 이해인 시인의 건강을 걱정했다. 수녀원을 나서는데 시인이 함께 황령산 드라이브 코스를 한 바퀴 돌자고 한다. 그리고 최근의 투병 생활을 설명한다. 매일 매일이 즐겁단다. 내일 어떻게 될지 모르니까 순간순간 최선을 다하고 성실하게 살아서 그렇다는 것이다. "오늘은 내 남은 생애에 첫날이다"라는 말이 실감 난다고도 했다. 나는 그 말씀에 가슴이 시리다. 하지만 이해인 시인은 새로 사는 것처럼, 새로 태어난 것 같은 기쁨을 아픔을 통해서 느낀다고 했다. 투병의 고통이 자신에게 많은 것을 주는구나 생각한다는 것이다. 그렇기 때문에 아프기 전과 달라진 것이 있다면 자신을 그전보다 객관화해 볼 수 있는 여유와 포용의 안목을 갖게 된 것이란다. 다른 사람의 약점이나 실수에 대해 너그러워졌고, 모든 일에서 초연해졌고 욕심도 없어졌다는 것이다.

"버려야 할 것도 많은데 이제는 예쁜 소품 좋아하는 것과도 이별하는 연습을 해야겠구나 생각하죠. 내 한 몸이 있는 것이 내 것이 아닌 그런 느낌이지요. 세상 사람들이 피를 나눈 형제는 아니지만 어디선가 한 번 본 것 같고, 일가친척처럼 느껴져요. 가끔은 수도자로서 듣기 어려운 고민 상담을 하기도 하지만, 모든 인간에 대한 연민을 갖게 된 것 같아요. 모든 사람의 연인이 되는 게 힘든 일이지요. 그러나 지금 나는 내게 주어진 역할이 내 나이에 맞게 있다고 생각해요. 내가 삶을 마쳤을 때 내가 쓴 글에 책임을 지고 한 편의 시처럼 살다가 세상을 떠났다고 기억해 주면 참 행복하겠다는 생각을 하죠. 물론 나는 인간이니까 내 이름에 연연할 수도 있어요. 특별한 대우를 바랄 수도 있고. 그런데 마더 테레사가 병상에서 죽기 전에 나를 특별 대우하지 말라고 하셨지요. 가난한 사람들과 똑같이 나를 대해 달라고 말했다는 것이 나한테 신선한 충격이었어요. 그 후로 나는 내 안에서 대접받길 원하는 마음이 생기면 내가 아직도 가난하지 못하구나 하고 반성을 하죠. 마더 테레사 수녀님 같은 롤모델이 있다는 것이 좋아요. 마음 가난한 자들을 손잡아 주셨던 김수환 추기경님, 법정 스님, 이태석 신부님처럼 나도 그렇게 할 수만 있다면 하고 소망하지요."

1994년 인도를 방문해 만난 마더 테레사(왼쪽)와 이해인 수녀(오른쪽).

이해인 시인은 릴케가 젊은 시인에게 보내는 편지의 한 구절을 떠올린다. "나는 나의 가슴속에 수백 년을 기다릴 참을성을 갖고 나의 짧은 시간을 영원한 듯이 살겠습니다. 산만함에서 정신을 집중하겠으며 성급한 응용을 버리고 내 것을 다시 불러올 것이며 그것들을 비축하겠습니다. 사물들이 내게 말을 건네 옵니다. 인간들에게서도 많은 것을 경험합니다. 나는 이 모든 것을 조용히, 보다 큰 정직성을 갖고 관조하고 있습니다. 그러나 나는 아직도 수련이 모자랍니다." 나는 이 릴케의 구절보다 이해인 수녀의 시 「살아 있는 날은」을 다시 생각한다. 멀리 광안리 해변에 저녁노을이 가볍게 내려앉기 시작하였다. 이해인 시인의 모습이 그 속에 그윽하게 자리 잡았다. 나는 시인을 위해 속으로 읊조린다.

마른 향내 나는
갈색 연필을 깎아
글을 쓰겠습니다

사각사각 소리 나는
연하고 부드러운 연필 글씨를
몇 번이고 지우며
다시 쓰는 나의 하루

예리한 칼끝으로 몸을 깎이어도
단정하고 꼿꼿한 한 자루의 연필처럼
정직하게 살고 싶습니다

나는 당신의 살아 있는 연필
어둠 속에서도 빛나는 말로
당신이 원하시는 글을 쓰겠습니다

정결한 몸짓으로 일어나는 향내처럼
당신을 위하여
소멸하겠습니다

　　　　　　　　　　　　　　　—「살아 있는 날은」전문

186

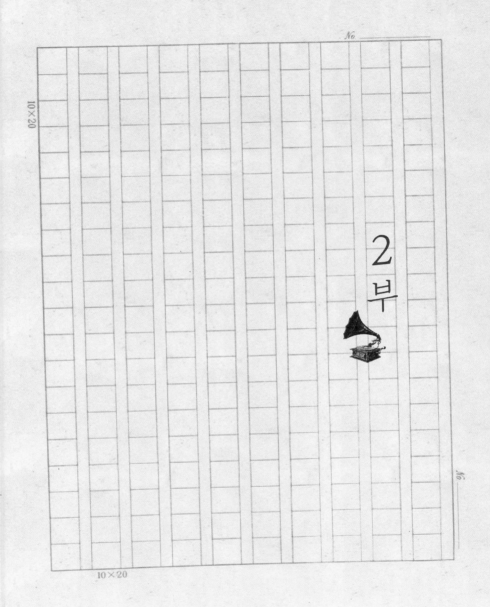

2부

한용운의 신념과 실천

 한용운의 생애

만해(萬海) 한용운(1879~1944)은 충남 홍성군 결성에서 태어났으며, 소년 시절 서당에서 한학을 수학했다. 1896년 설악산 백담사 오세암에 은거하여 수년간 머무르며 불경을 공부하는 한편, 근대적인 교양서적을 읽어 서양의 근대사상을 접했다. 이 무렵 서양 문물에 대한 관심과 세계정세를 알아보기 위해 연해주로 건너갔으나 뜻을 이루지 못하고 만주를 거쳐 돌아왔다. 1901년 14세 때 결혼했던 고향의 처가에 돌아와 약 2년간 은신, 그 후 다시 집을 나와 방황하다 1905년 강원도 백담사에서 수계를 받고 스님이 되었다.

1908년경에는 일본에 건너가 도쿄, 교토 등지의 사찰을 순례하고 조동종대학림에서 6개월간 불교와 동양철학을 연구했다. 1911년 교포의 실정을 알아보기 위해 만주를 여행하다가 교포로부터 밀정으로 의심을 받아 총격을 당하기도 했다. 이 무렵 친일 승려 이회광 일파가 원종종무원을 설립하고 1910년 일본에 건너가 일본 조동종과 연합 맹약을 체결하자, 이에 분개하여 1911년 박한영 등과 승려대회를 개최, 친일 불교의 획책을 폭로하여 그 흉계를 분쇄하는 데 성공했다. 한편 그는 당시 조선 불교의 침체와 낙후성과 은둔주의를 대담하고 통렬하게 분석·비판한 저서 『조선불교유신론(朝鮮佛敎維新論)』(1913)을 발표하여 사상계에 큰 충격을 주었다. 이는 학구적인 입장에서 불교를 해설한 이론서가 아니라 조선 불교의 현상을 타개하여 불교 근대화를 추진하려는 실천적 의도에서 집필한 것이다. 여기 제시된 그의 사상은 자아의 발견, 평등주의, 불교의 구세주의, 진보주의 등으로서 이후 그의 모든 행동적·사상적 발전은 이 사상의 테두리 안에서 행해졌다. 1917년경부터 항일 투사로서의 행동을 시작했고, 1918년 청년계몽운동지《유심(惟心)》을 창간·주재했다.

1919년 3·1운동 때는 독립선언 준비 과정에서 최린과 더불어 가장 핵심적인 역할을 담당하여 3년간 옥고를 치르는 동안 검사의 취조에 대한 답변서로서 세칭 「조선독립이유서」를 집필, 그의 독립사상을 집약적으로 표현했다. 여기서 표현된 그의 독립사상은 대체로 자유사상, 평등사상, 민족사상, 민중사상, 진보사상, 평화사상 등으로 정리해 볼 수 있다.

1922년에 출옥한 한용운은 각지로 전전하며 강연을 통해 청년들의 각성을 촉구했고, 1924년 불교청년회의 총재에 취임했다. 1926년에는 내설악 백담사에서 1925년에 쓴 시집 『님의 침묵』을 간행하여 문단에 큰 파문을 던졌다. 그는 이미 1918년에 《창조(創造)》 동인들보다 앞서 《유심》에 몇 편의 시를 발표한 일이 있고 후일에도 「흑풍」(1935), 「후회」(1936), 「박명」(1938) 등 장편소설과 상당수의 한시, 시조를 남겼으나 그의 문학사적 위치는 『님의 침묵』 한 권으로 결정적인 중요성을 갖게 되었다.

그는 1927년 '신간회'의 발기인이 되어 경성지부장을 역임했고, 1929년 광주학생운동 때는 민중대회를 열고 독립운동을 도왔으며, 성북동 심우장으로 거처를 옮긴 후 '조선불교동맹'과 '만당'의 실질적인 지도자로 활약했다. 1931년에는 《불교(佛敎)》를 인수·간행하여 불교청년운동 및 불교의 대중화 운동을 벌이는 한편 여러 편의 소설을 발표하면서 많은 불교 관련 논설을 집필했다. 일제의 강요에 의해 많은 민족지도자들이 친일 활동에 적극 가담했을 때에도 끝까지 민족의 지조를 지켜 서릿발 같은 절개와 칼날 같은 의기를 보여 주었다. 그 후 1944년 6월 29일 중풍으로 사망하자, 그 유해를 화장하여 망우리 공동묘지에 안장하였다.

 한용운과 심우장

서울 성북동에 자리하고 있는 심우장(尋牛莊)은 한용운이 평생에 가져 본 유일한 집이다. 일제 말기 서울에서 지냈던 그의 말년의 삶이 그대로 이 집에 담겨 있다. 백담사를 떠나 서울에 올라와 이곳저곳 절간을 떠돌며 지내고 있던 그가 1933년 유숙원 여사와 혼인하자 지인들이 뜻을 모아 이 집을 지어 주었다. 그는 이 집에 '심우장'이라는 택호를 붙였다. 불도(佛徒)의 한 사람으로 초심(初心) 구도(求道)의 뜻을 표현하기 위해 이 이름을 붙인다는 설명도 하였다. 그리고 그 유명한 「차확암십우도송(次廓庵十牛圖頌)」을 이곳에서 지었다. 이 10편의 시 가운데 첫 수인 '심우(尋牛)'는 이렇게 시작된다. "원래 못 찾을 리 없긴 없어도 / 산속에 흰 구름이 이리 낄 줄야! / 다가서는 벼랑이라 발 못 붙인 채 / 호랑이 용 울음에 몸을 떠느니." 불도를 수행하는 사람이 입문하여 깨달음의 경지에 이르기까지의 과정을 소와 목동의 관계로 설명한 이 노래는 중국의 선승인 곽암(廓庵) 선사의 「심우도송(尋牛圖頌)」에 근거한 것이다. 하지만 한용운 자신의 새로운 해석이 오히려 돋보인다.

한용운은 심우장에서 기거하는 동안 부처의 말씀이 아니라 중생의 언어와 씨름했다. 이 집에서 한용운은 '심우장 산시(散詩)'를 썼다.

> 티끌 세상을 떠나면
> 모든 것을 잊는다 하기에
> 산을 깎아 집을 짓고
> 돌을 뚫어 새암을 팠다.
> 구름은 손인 양하여
> 스스로 왔다 스스로 가고
> 달은 파수꾼도 아니건만
> 밤을 새워 문을 지킨다.

새소리를 노래라 하고

술바람을 거문고라 하는 것은

옛사람의 두고 쓰는 말이다.

　　　　　　　　　　　　　　　　　—「산거(山居)」 부분

　한용운이 쓴 '심우장 산시' 가운데 「산거」를 보면, 산등성이를 깎아 집을 짓고 자연을 벗 삼아 세속을 벗어나고자 하였던 그의 심경을 엿볼 수 있다. 하지만 그는 세간의 삶에 그대로 초연할 수 없었다. 자신이 앞장서서 주장했던 불교의 개혁을 위해 그는 잡지《불교》를 속간하여《신불교(新佛教)》라는 이름으로 고쳐 내면서 불교 개혁에 관한 많은 논설을 직접 썼다. 그리고 심우장에서 장편소설 「흑풍」, 「박명」, 「후회」 등을 잇달아 발표했다. 그가 이곳에서 마지막으로 붓을 들었던 것이 소설 『삼국지』의 신문 연재였다. 그런데 일제의 조선어 말살 정책으로 신문이 폐간되면서 연재가 중단되고 말았다. 그는 비록 붓을 꺾었지만 심우장에 은거하면서 일본 총독부가 강요했던 창씨개명 운동을 거부했다. 그리고 이광수 등이 조선인 학병 출정을 권고하는 연설을 하고 다니자, 거기에 반대하는 의견을 내기도 했다. 그렇기 때문에 심우장은 늘 일본 경찰의 감시 대상이 되었다.

　한용운이 심우장에 기거하고 있었던 때의 이야기다. 한용운은《조선일보》에 장편소설 「흑풍」을 연재한 후에 잇달아 「후회」라는 소설을《조선중앙일보》에 연재하면서 세인의 관심을 끌어모으고 있었다. 당시 종합잡지《삼천리(三千里)》의 한 기자가 그를 만나기 위해 심우장을 찾아갔다. 잡지에 기획물로 연재하고 있던 「당대 처사(處士) 방문기」라는

만해 한용운이 만년을 보낸 서울 성북동의 심우장.

기사에 한용운의 근황을 소개하기 위해서였다.

심우장을 찾은 기자가 참선을 마친 한용운에게 이런저런 이야기를 물었다. 한용운은 거침없이 대답해 주었다. 기자의 마지막 질문은 도대체 문예란 것이 무엇이며, 문예에 대해 어떻게 생각하고 있는가 하는 것이었다. 한용운은 이렇게 대답했다.

"예술이란 인생의 한 사치품이지요. 오락이라고밖에 안 보지요. 요사이에 와서는 예술을 이지(理智) 방면으로 끌어가며 그렇게 해석하려는 사람들도 있지만, 감정을 토대로 한 예술이 이지에 사로잡히는 날이면 그것은 벌써 예술성을 잃었다고 하겠지요. 그리고 또 근자에 이르러 너무나 감정이 극단으로 흐르는 예술은 오히려 우리 인간 전체에 비겁과 유약(柔弱)을 가져오는 것이나 아닌가 하고 우려까지 하지요. 예를 들

194

면, 우리의 생활에 있어서 기름이나 고추나 깨는 없어도 생활할 수 있어
도 쌀과 불과 나무가 없으면 도저히 생활할 수 없는 것과 마찬가지로,
예술이 없어도 최저한의 인간 생활은 이룰 수가 있겠지요. 그러나 좀
더 맛있게 먹자면 고추와 깨와 기름이 필요 없다고는 할 수 없겠지요.
어떤 사람은 항의하리다마는 나는 이렇게 예술을 보니까요."

　잡지 《삼천리》의 기자가 적고 있는 한용운의 말 가운데에서 우리는
감성과 이지 어느 쪽에도 기울어져서는 안 된다는 예술의 중용(中庸)
을 눈치챌 수 있다. 예술이 이지에 빠지면 예술성을 잃게 된다는 말이
관념에 빠져드는 것을 경계한 것이라면, 예술이 감정의 극단에 이를
때 인간을 비겁과 유약으로 몰아간다고 한 것은 감정에의 지나친 탐
닉 또한 경계한 것이라고 할 수 있다.
　한용운은 인간이 먹고살기 위해 필요한 최소한의 요건으로서 쌀과
불과 나무를 들고 있다. 생존의 문제만을 생각한다면 이러한 삶의 최
소한의 요건만으로도 인간은 살아 나갈 수 있다. 하지만 인간의 삶은
보다 높은 인간 존재의 가치를 필요로 한다. 먹고살기 위해서가 아니
라 좀 더 인간다운 존재로서 살기 위해, 먹고사는 것 이외의 것을 요
구하는 것이다. 한용운은 맛있게 음식을 먹기 위해 거기에 첨가하는
기름, 고추, 깨와 같은 양념이 필요하다고 비유적인 표현을 쓰고 있지
만, 바로 여기에 예술의 필요성이 제시되고 있다. 한용운은 비유적인
표현을 통해 문화니 예술이니 하는 것의 참다운 의미와 가치를 제대
로 설명하고 있는 셈이다.
　한용운의 말 그대로, 1930년대 일제 식민지 지배 아래에서 우리 민

족이 '쌀과 나무'조차도 구하기 어려운 삶을 누렸던 것을 생각한다면, '기름이나 고추나 깨'와 같은 것은 없어도 살아갈 수 있는 사치품들이 었다고 할 수도 있을 것이다. 그러나 최소한의 삶을 꾸려 가면서 최대한의 인간으로 존재할 수 있기 위해서는 먹고사는 것에만 매달릴 수 없다는 것은 당연한 논리라고 할 것이다.

불교 개혁과 실천으로서의 글쓰기

한용운의 위대성은 그의 투철한 삶과 그 의지를 통해 확인되는 것이지만 특히 그의 글쓰기가 보여 주는 실천적 의미를 주목할 필요가 있다. 그의 투철한 역사의식도 글쓰기를 통해 구현되었고, 그의 깊은 정서도 높은 이상도 글쓰기를 통해 구체화하였기 때문이다. 한용운이 1913년에 펴낸 『조선불교유신론』은 한국 불교 천년의 역사에서 가장 획기적인 개혁안이라고 할 수 있다. 이 논설은 1910년 백담사에서 탈고한 것으로 알려져 있는데, 한용운이 일본 불교계를 돌아보고 귀국한 후 착안했던 한국 불교의 근대적 변혁을 위한 여러 가지 방안이 구체적으로 제시되어 있다. 국한 혼용체로 이루어진 이 글이 발표되기 직전에 한국 사상사에서는 유교의 개량과 구신(求新)을 주장한 박은식의 논설 「유교구신론(儒教求新論)」(1909)이 이미 사상계에 제출되어 큰 반향을 일으킨 바 있다. 한국 사회의 근대적 변혁기에 유교의 영역에서만이 아니라 불교에서도 민족적 실천윤리의 방향을 제시하는 새로운 개혁론이 한용운에 의해 제기되었다는 점을 높이 평가할 수 있다.

만해가 백담사에 머물며 집필한
『조선불교유신론』(독립기념관 소장).

『조선불교유신론』의 주요 내용은 제1장부터 제4장까지 불교의 교리
를 새롭게 해석하여 근대 사회의 변화에 적응하도록 요구한 불교성질
론, 불교주의론, 불교유신의선파괴론 등이 전반부를 이룬다. 한용운은
불교가 인류 문명의 이상에 부합되는 깨달음과 지혜의 종교임을 천명
하면서 한국의 불교가 오랜 역사를 통해 그 발전보다 사회적 폐단이
극심하게 되었기 때문에 그 근본적 개혁이 필요하다는 점을 역설하고
있다. 그는 불교의 커다란 가르침이 인류의 평등과 중생에 대한 구원
이라는 원칙에 따르는 것이므로 한국 불교도 이 같은 방향과 목적에
따라 실질적인 유신을 감행하고 사회적 현실과 대중 생활에 적극 참
여해야 한다는 점을 제시하였다.

제5장부터 제16장까지는 불교의 승려 제도와 불교의 포교 방식 그

리고 불교 사찰의 운영 등에 관한 사항 등에 대한 승려교육론, 참선론, 염불당 폐지론, 포교론, 사찰 위치론, 불가 숭배의 소회론(塑繪論), 불교의식론, 사찰주지 선거론, 승려단체론, 사찰통할론 등의 구체적인 개혁 방안을 제시하고 있다. 그는 불교를 민족 종교로 바로 세우기 위해서는 먼저 불교의 교리에 대한 승려의 교육이 획기적으로 개선되어야 하며, 불교의 종교적 이념과 그 교지(敎旨)의 재확립이 필요하다는 점을 강조했다. 그리고 "오늘 조선 불교의 염불은 염불이 아니고 호불(呼佛)이다"라고 비판하면서 승려의 참선을 의무화하고 염불당을 폐지할 것을 주장했다. 산중 사찰이 '무모험적(無冒險的) 무구세적(無救世的)이며 무경쟁적(無競爭的)'임을 지적하면서 불교의 대중적 포교를 위해 사찰이 도심으로 진출하여 일반 대중과 함께할 것도 요구했다. 그는 불승과 사찰이 자립할 수 있도록 노력하고 사찰 주직도 투표에 의해 선출할 것을 주장했다. 그리고 부처님 이후 승가의 계율처럼 지켜 온 승려의 독신 생활을 거부하고 "불교가 그 아내요, 남편이 아니라면 취가(娶嫁)하라"고 권했다.

『조선불교유신론』에서 특히 주목되는 것은 불교에 입문하여 직접 몸을 담고 있는 승려의 교육과 그 수도의 과정의 중요성을 강조하여 내실 있는 개혁을 주장한 점이며, 걸복(乞卜)에 매달려 있는 불교의 각종 의식을 개혁하기 위해 그러한 의식을 조장해 온 염불당의 폐지를 주장하고 있는 점이다. 더구나 사찰의 운영과 그 조직의 통합 등을 통해 불교의 종단에 대한 개혁을 주장하고 있는 점은 당시 불교가 직면해 있던 위축된 종단의 상황과 그 미미한 영향력 등을 놓고 본다면 획기적인 주장이었다고 할 수 있다. 물론 염불당 및 불필요한 법당의 폐지라든지 승려의 대처에 관한 주장 등은 불교계 내부에서도 반발이 컸던 개인적인 견해가 되었지만 불교 교단의 통일이나 청년 불교 운동의 대중적 확대 등은 불교의 대중화를 위한 중요한 대안이 되기도 하였다.

한용운은 이 같은 파격적인 주장을 통해 불교 개혁을 강조한 뒤에 불교의 중요 경전을 정리해 놓은 『불교대전(佛敎大典)』(1914)을 잇달아 펴내면서 불교의 교리를 쉽게 정리하여 대중들에게 확산시키고자 노력하였다. 그리고 불교의 교리를 바탕으로 대중사회를 계몽하기 위해 불교 잡지《유심》을 발간했고 그 후《불교》,《신불교》등의 잡지를 실천적 기반으로 하여 불교의 개혁과 대중적 확산을 위해 앞장섰다. 한용운이 편집인 겸 발행인으로 발간했던 잡지《유심》은 1918년 9월 1일 창간호를 내었다. 이 잡지는 주로 불교의 세계에 기반하고 있는 기사들을 중심으로 꾸며졌지만 실제로는 식민지 조선의 청년을 위한 일종의 종합 교양지로서의 성격이 아주 강하였다. 특히 '현상(懸賞) 문예(文藝)' 란을 두어 젊은 독자층의 관심을 모으고자 하였으며, 자신의 불교 개혁론을 지지하는 불교계의 강도봉 스님, 김남천 스님, 박한영 스님, 백용성 스님, 권상로 스님 등을 비롯하여 이능화, 최린, 최남선, 유근, 이광종, 현상윤 등을 필진으로 동원하여 청년의 지식과 교양, 정신적 수양과 실천적 행동에 관한 다양한 논설을 발표할 수 있게 하였다. 잡지《유심》은 제3호(1918. 12)를 펴낸 후 1919년 3·1운동의 거사로 인하여 그 발행이 중단되었다. 그러나 이 잡지는 3·1운동 이전에 등장한 종합 교양지로서 민족의 사상과 정신을 계도하고자 했던 한용운의 큰 뜻을 담고 있다. 그러므로 이 잡지는 비록 제3호로 종간되었지만 3·1운동에 참여했던 한용운의 정신적 거점으로서의 위상도 지니고 있음을 주목할 필요가 있다.

한용운은 잡지《유심》을 통해 많은 논설을 발표하였다. 그 가운데 창간호에 발표한 「조선 청년과 수양」과 「전로(前路)를 택하여 진(進)하라」는 조선 청년의 정신적 수양과 행동적 실천의 방향을 제시한 명문으로 손꼽힌다. 제2호에 발표한 「고통과 쾌락」과 「자아를 해결하라」등의 논설은 조선이 처한 고통의 현실 속에서 자기 주체의 확립과 의지의 발현을 촉구하는 내용을 담고 있다. 이 같은 한용운의 논설은 잡지《불교》를 통해 다시 이어졌다. 원래 잡지《불교》는 조선불교중앙교무원에서 운영하던 불교사(佛教社)에서 불교의 대중화를 위해 1924년 7월 창간하였다. 잡지《불교》는 창간호부터 권상로를 발행인으로 간행되다가 경영난에 빠져 휴간되었다. 한용운은 1931년 6월 이를 인계받아 잡지를 속간하면서 불교 개혁과 불교 운동에 관한 자신의 포부를 펼쳐 보일 수 있게 되었다. 불교의 대중적 지지 기반 확보를 위해 한용운이 강조한 바 있던 불교 청년 운동에 대해서는 「불교청년동맹에 대하여」(1931. 8)라는 논설을 통해 구체적 방안을 제시한 바 있다. 『조선불교유신론』의 내용을 보다 구체화하여 핵심적인 개혁 방안을 제시한 「조선 불교의 개혁안」(1931. 10)은 한용운의 불교 개혁에 대한 구상이 얼마나 치밀하고도 실천적인 요건을 갖추고 있는가를 잘 보여 주는 논설이다. 선(禪)의 이념과 목표를 인간의 현실적인 삶에 연결시켜 설명하고 있는 「선(禪)과 인생」(1932. 2)은 그 논의의 깊이와 정신적 높이를 느낄 수 있는 명문으로 손꼽을 수 있다.

그런데 한용운이 잡지《불교》를 통하여 발표한 대부분의 논설은 불교 내부의 구습과 모순을 비판하고 기성 종단에 대한 개혁을 주장하는 내용을 담고 있었다. 더구나 한용운은 정교(政敎) 분리의 원칙을 내세움으로써 조선총독부의 한국 불교에 대한 간섭과 억압에 대해 끈질기게 대항하였다. 이러한 한용운의 태도로 인하여 조선총독부와 불교중앙교무원에서는 한용운이 주재하고 있는 잡지《불교》를 못마땅하게 여기게 되었으며, 결국은 재정난을 이유로 잡지 발간에 대한 교단의 지원을 중단함으로써《불교》를 폐간할 수밖에 없도록 만들었다. 한용운은《불교》의 폐간 이후 1937년 다시《신불교》라는 이름으로 불교 잡지를 발간하게 되었는데, 이 잡지에도 「조선불교통제안(朝鮮佛敎統制案)」(1937. 4), 「역경(譯經)의 급무」(1937. 5), 「불교 청년운동을 부활하라」(1938. 2) 등의 무게 있는 논설을 발표하였다.

한용운이 발표한 민족운동과 불교 개혁에 관한 논설은 어떤 이상주의적 목표를 제시하기 위한 것이 아니라 경험적 현실 속에서 구체적인 실천적 지표를 근거로 하고 있다는 점에서 매우 설득적이다. 특히 그의 논설은 철저한 논리와 사실적 근거에 기초하여 확립하고 있는 경험주의적 진실성을 통해 강한 호소력을 발휘하면서 독자들을 담론의 공간 속으로 끌어들이고 있다. 그의 불교 개혁에 관한 주장은 교단 내부의 문제점을 스스로 인정하고 그 모순을 앞장서서 타파하고자 하였기 때문에 그 실천적 구체성을 분명하게 제시하고 있는 것이다.

 민족 독립과 평화의 글쓰기

한용운의 글 가운데 「조선 독립의 서(書)」(1919)는 그의 평화사상을 집약적으로 보여 주고 있다. 한용운은 1919년 일제 식민지 지배에 항거하는 3·1운동에 불교계의 대표로 참여하였다가 일본 경찰에 체포되었으며, 유죄 판결을 받고 1922년까지 3년에 걸쳐 수감된 바 있다. 당시 일본인 검사의 심문에 대한 진술 내용을 정리하여 제출한 '조선 독립에 대한 감상의 대요(大要)'가 바로 이 글의 원문이다. 이 글을 처음 소개한 것은 당시 중국 상해 임시정부에서 발간하던 《독립신문》이다. 이 신문은 1919년 11월 4일 제25호 특별면에 '옥중에 계신 아(我) 대표자가 일인 검사총장의 요구에 응하여 저술한 것인데 비밀리에 옥외(獄外)로 송출한 단편(斷片)을 집합한 것'이라고 이 글을 싣게 된 연유를 설명하고 있다. 한용운이 옥중에서 작성한 이 글은 일제 강점기 동안에는 국내에 널리 소개되지 못하였지만, 조선 독립의 정당성과 일본 식민지 지배의 문제점을 가장 극명하게 제시한 논설로 귀중한 의미를 지닌다. 광복 이후 이 글은 「조선 독립의 서」라는 제목으로 널리 알려지게 되었다.

한용운은 이 글의 서두에서 자유와 평화를 인간 생활의 본질이라고 강조하고, 자유와 평화에 대한 요구는 인간의 의미이면서 권리라고 주장한다. "자유는 만유의 생명이요, 평화는 인생의 행복이라"라는 이 글의 전제를 놓고 보면, 한용운의 인도주의적 평화사상의 단면을 확인할 수 있다. 그런데 한용운은 근대적 역사 전개의 과정에서 등장한 제국주의 침략이 인간의 참다운 생명과 자유와 평화를 희생시키는 불행을 초래하였음을 명시하면서 서양에서의 독일과 동양에서의 일본을 제국주의의 만행의 대표적 사례로 지목하고 있다. 특히 일본은 무력을 앞세워 조선 민중을 억압하고 폭력적인 침략 행위를 자행함으로

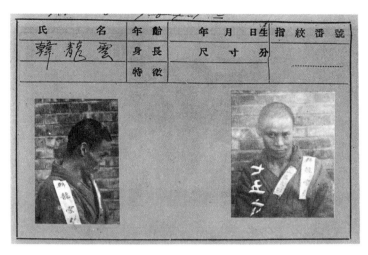

氏　　名	年齡	年　　月　　日生	指紋番號
韓龍雲	身長	尺　　寸　　分	
	特徵		

서대문 형무소 수감 당시 한용운의 수형 기록표 복제본(독립기념관 소장).

써 조선 민중을 가장 처참한 비극적인 상황으로 몰아넣고 말았다는 것이 한용운의 판단이다. 그는 조선 민족의 독립에 대한 요구는 자유와 평화를 향한 본능적인 요구이기 때문에 아무도 이를 막을 수 없다고 주장한다. 한용운이 인간의 자유와 평화를 내세워 조선 민족의 독립을 주장하고 강압적인 일본의 침략을 비판한 것은 그의 자유 평화 사상의 정당한 발현임을 알 수 있다.

한용운은 조선 독립 선언의 동기를 세 개 항목으로 나누어 제시하고 있다. 첫째로 조선은 민족의 자존성이 강하고 당당한 독립 국가로서의 찬란한 역사와 전통이 있을 뿐 아니라, 능히 현대 문명을 이끌고 나아갈 실력을 지니고 있다. 둘째로 제1차 세계 대전 이후 세계 평화를 촉진하기 위한 여러 가지 방안들이 모색되고 있는 상황에 비춰 본다면 인류 사회의 미래는 침략적 제국주의가 멸망하고 자존적 평화주의가 승리한다는 것이 하나의 대세가 되고 있다. 셋째로 미국의 윌슨의 민족자결의 원칙으로 보아도 이제 강대국이 약소국을 지배하고 약탈할 것이 아니라 민족적 독립과 자존을 위하여 힘을 써야 한다.

이러한 세 가지 내용을 들어 조선 독립 선언의 동기를 분명히 하고 있는 한용운은 보다 구체적인 네 개 항목을 조선 독립 선언의 이유로 제시하고 있다. 첫째, 어떤 민족도 다른 민족의 간섭을 받지 아니하려는 것은 인류 공통의 요구이다. 민족의 독립과 자존은 누구도 침해할 수 없는 것인즉 우리 조선의 독립을 감히 침해하지 못할 것이다. 둘째, 조선은 반만년의 역사를 가진 나라이지만 군함과 대포의 수가 적음으로써 다른 민족의 유린을 당하여 그 역사가 끊어지게 되었으니 누가 이것을 참으며 누가 이것을 잊겠는가. 조선의 독립을 침해하지 못할 것이다. 셋째, 인간의 생활의 목적은 참된 자유에 있는 것이니, 자유를 획득하기 위해서는 무슨 대가도 아끼지 않는다. 한 사람이 자유를 잃어도 천지의 평화로운 기운이 손상되는 것인데 어찌 2천만 인의 자유를 말살함이 이렇게도 극심한가. 조선의 독립을 침해치 못할 것이다. 넷째, 민족자결은 세계 평화의 근본적인 해결책이다. 그러므로 조선 민족의 독립 자결은 세계 평화를 위한 것이요, 또 동양에 대해서는 실로 중요한 열쇠가 되는 것인즉 조선의 독립을 침해치 못할 것이다.

한용운은 조선총독부를 내세운 일본의 식민지 통치의 부당성을 비판하면서 합병 이후 조선에 대한 시정 방침을 '무력 압박' 네 글자로 요약할 수 있음을 지적하고 있다. 그는 일제의 총독정치가 조선 사회의 개혁과 발전을 위해 기여한다고 하더라도 그것은 조선 민중의 요구와는 무관한 일일 뿐이며 일본의 침략 행위를 근본적으로 타파하여 조선의 독립을 이루는 것만이 정당한 길임을 역설하고 있다. 이 글의 결론에서 한용운은 조선의 독립이 새로 국가를 창설하는 것이 아니라, 일제의 강점으로 인하여 겪고 있는 식민 지배라는 치욕의 상태를 벗어나 원래의 독립국의 위상을 회복하는 것임을 강조하였으며, 일본이 이를 부인한다면 이것은 동양 또는 세계적 평화를 교란하는 것임을 경고하였다. 그리고 일본 스스로 조선 독립을 승인하고, 동양 평화에 앞장설 것을 촉구하면서 일본인들도 세계 역사를 거역하는 침략주의의 망상에서 벗어날 것을 요구하였다. 특히 그는 일본이 조선 독립을 부인하고 무력으로써 식민 지배를 지속한다 하더라도 조선의 독립 투쟁은 지속될 것이며 조선 독립 자체도 시간문제일 뿐임을 선언하면서 일본이 세계 평화 공존을 위해 각성할 것을 촉구하였다.

한용운의 「조선 독립의 서」는 한용운이 지니고 있던 조선의 자주독립에 대한 요구와 그 열망의 산물이다. 이 글은 조선 민족의 역사와 문화적 전통에 대한 자부심과 사랑을 바탕으로 하고 있으며, 인간의 자유와 평화에 대한 한용운의 일념을 잘 반영하고 있다. 한용운은 일본의 조선 강점과 식민지 지배의 부당성을 강조하기 위해 인류의 평화와 공존이 시대적 요구임을 내세웠고, 조선 독립의 당위성을 주장하기 위해 침략주의와 군국주의를 강하게 부정하였다. 이러한 한용운의 정신은 조선 민족의 독립이라는 당면 과제를 위해서만이 아니라 인간의 자유와 평등, 일류의 평화와 공존을 염원하는 위대한 평화사상으로 발전하는 것임을 알 수 있다. 자유가 만유의 생명이며, 인간 생활의 참다운 목적이라는 한용운의 자유·평화에 대한 인식은 그대로 조선 민족의 독립 투쟁의 정신적 지침이 되었으며, 조선의 독립에서 동양의 평화로 그리고 다시 동양의 평화에서 세계의 평화로 확대되는 위대한 자유 평화 사상으로 승화되고 있다. 특히 이 글은 자유와 평화에 대한 신념을 기반으로 역사와 현실을 꿰뚫어 보는 깊은 통찰력에 의해 시대의 흐름과 변화의 특징을 명확하게 지적해 냄으로써 조선 독립의 당위성을 누구도 부인할 수 없도록 설득력 있게 제시하고 있다.

님의 침묵과 시대의 노래

한용운은 당대 문단과는 일정한 거리를 둔 채 한국 불교의 근대화를 위해 앞장섰던 승려였고, 민족의 독립을 위해 투쟁하고 저항했던 지식인이었다. 그럼에도 불구하고 그의 생애 가운데에서 가장 빛나는 업적으로 남아 있는 부분의 하나가 시작 활동이라는 것은 특이한 일이다. 그는 1926년 시집 『님의 침묵』을 내놓고 많은 한시와 시조를 발표하였다. 그의 시가 지니고 있는 시정신은 그의 투철한 역사의식과 함께 높이 평가되고 있으며, 만해 한용운의 위대성을 말해 주는 중요한 일면이 되고 있다.

시집 『님의 침묵』 이전에 시인으로서 만해 한용운의 이름은 문단에 존재하지 않는다. 한용운 자신이 스스로를 시인이라고 내세워 작품을 발표한 적도 별로 없다. 그는 초기 문단 형성기에 서구 문학에 심취해 있던 문인들과 문학적 교류를 가졌던 일도 없다. 그렇기 때문에 『님의 침묵』의 시인 한용운의 등장은 당대 문단에서는 의외의 경우에 속하

1934년 한성도서주식회사에서 재출간한
『님의 침묵』(독립기념관 소장).

는 일이다. 당시《동아일보》에 『님의 침묵』을 읽은 소감을 발표했던 주
요한도 적막하던 시단에 홀연히 출현한 한용운을 한 사람의 불도(佛
徒)라고 소개하고 있을 정도였다. 한용운은 이 시집을 내면서 이렇게
자신의 소감을 피력하였다.

"독자여, 나는 시인으로 여러분의 앞에 보이는 것을 부끄러워합니다.
여러분이 나의 시를 읽을 때에 나를 슬퍼하고 스스로 슬퍼할 줄을 압
니다. 나는 나의 시를 독자의 자손에게까지 읽히고 싶은 마음은 없습니
다. 그때에는 나의 시를 읽는 것이, 늦은 봄의 꽃수풀에 앉아서 마른 국
화를 비벼서 코에 대는 것과 같을는지 모르겠습니다."

한용운이 시집 『님의 침묵』의 후기에서 밝힌 망설임과 부끄러움의

진정한 뜻을 당대의 독자들이 어떻게 받아들였는지는 알 수 없다. 시집 『님의 침묵』이 당시 문단에 파문을 던진 것은 사실이지만, 문학적 논의의 대상이 되지는 못했던 것 같다. 그의 시에 대한 논의는 해방 이후 1960년대에 들어서면서 본격화되었다. "나의 시를 독자의 자손에게까지 읽히고 싶은 마음은 없습니다"라고 말했던 만해의 뜻과는 달리, 『님의 침묵』이 간행된 후 한 세대가 지난 다음에야 새롭게 읽혀지기 시작했던 것이다. 그 시대의 독자들에게는 당연히 매서운 서릿발 아래 피어 있는 '국화꽃'으로 보였어야 할 만해의 시는 오히려 지금에 이르러서야 그 고결한 정신이 조금씩이나마 이해되고 있다.

한용운은 그의 시를 통해 님을 노래하고 있다. 그의 시적 관심은 모두 님이라는 존재에 집중되고 있으며, 시를 통해 님의 존재에 대한 인식을 구체적으로 형상화시켜 놓고 있다. 그는 '기룬 것은 모두 님'이며 '내가 사랑할 뿐만 아니라 나를 사랑하는' 존재가 바로 님이라고 말하고 있다. 그러나 님은 시적 자아와 함께 현실에 존재하는 대상이 아니다. 님은 이미 현실을 떠나가 버렸기 때문에, 시인은 떠나 버린 님, 지금은 현실에 존재하지 않는 님을 노래하고 있다. 한용운은 님이 가 버린 상태를 '사랑의 이별'이라고 말한다. 그리고 '당신과 나의 거리가 멀면 사랑의 양이 많고'라는 역설의 표현을 통해 님에 대한 사랑의 의미를 강조하기도 한다. 특히 '이별은 미(美)의 창조'라고 말함으로써, 사랑의 아름다움이 서로 멀리 떨어져 있는 가운데에서 더욱 진실하게 드러날 수 있음을 나타내고 있다. 한용운이 노래하고 있는 이와 같은 님의 존재 방식은 당대의 상황과 연관되어 식민지 시대의 비극적인 역사와 빗대어지기도 하며, 형이상학적이고 종교적 의미로 이해되기도 하였다.

님은 갔습니다. 아아 사랑하는 나의 님은 갔습니다.

푸른 산빛을 깨치고 단풍나무 숲을 향하여 난 적은 길을 걸어서 차마 떨치고 갔습니다.

황금의 꽃같이 굳고 빛나던 옛 맹서는 차디찬 티끌이 되어서 한숨의 미풍에 날아갔습니다.

날카로운 첫 '키스'의 추억은 나의 운명의 지침을 돌려놓고 뒷걸음쳐서 사라졌습니다.

나는 향기로운 님의 말소리에 귀먹고, 꽃다운 님의 얼굴에 눈멀었습니다.

사랑도 사람의 일이라, 만날 때에 미리 떠날 것을 염려하고 경계하지 아니한 것은 아니지만, 이별은 뜻밖의 일이 되고 놀란 가슴은 새로운 슬픔에 터집니다.

그러나 이별을 쓸데없는 눈물의 원천을 만들고 마는 것은, 스스로 사랑을 깨치는 것인 줄 아는 까닭에, 걷잡을 수 없는 슬픔의 힘을 옮겨서 새 희망의 정수박이에 들어부었습니다.

우리는 만날 때에 떠날 것을 염려하는 것과 같이 떠날 때에 다시 만날 것을 믿습니다.

아아, 님은 갔지마는 나는 님을 보내지 아니하였습니다.

제 곡조를 못이기는 사랑의 노래는 님의 침묵을 휩싸고 돕니다.

—「님의 침묵」 전문

한용운의 시에서 님의 존재는 침묵이라는 말을 통해 역설적으로 제시되고 있다. 그는 님이 떠난 현실을 그대로 사실로 받아들이고 있다.

객관적인 현실을 인정하고 있다는 뜻이다. 님은 떠나갔고, 그렇기 때문에 님이 부재하는 현실은 비극적인 공간이 될 수밖에 없다. 그러나, 한용운은 대상으로서의 님의 존재를 부재의 비극적 공간에서 끌어내고, 오히려 그 존재의 당위성을 부여하고 있다. "님은 갔지마는 나는 님을 보내지 아니하였습니다"라는 시적 진술에서처럼, 시적 자아는 대상으로서의 님을 떠나지 않고 있다. 님과 시적 자아가 둘이 아니라 하나이기 때문이다. 바로 여기서 시적 주체로서의 나와 시적 대상으로서의 님의 분리와 통합이 역설적으로 드러나는 것이다.

한용운의 시는 비탄과 정한의 노래는 아니다. 한용운은 님이 떠나버린 슬픔은 말하면서도, 그 슬픔을 극복하기 위해 님에 대한 새로운 기대와 신념을 강조하고 있다. 비극의 현실 속에 빠져 있는 개인의 정서적 파탄을 그리지 않고, 오히려 존재의 본질과 새로운 삶의 전망을 노래하고 있다. 그러므로 한용운의 시는 의지적이며 강렬한 어조가 돋보인다. 이러한 특징은 한용운 자신의 혁명적 기질과도 깊은 관계가 있을 것이지만, 역사의식의 투철성을 말해 주는 것이라는 점도 간과할 수 없을 것이다.

당신이 가신 뒤로 나는 당신을 잊을 수가 없습니다.
까닭은 당신을 위하느니보다 나를 위함이 많습니다.

나는 갈고 심을 땅이 없으므로 추수(秋收)가 없습니다.
저녁거리가 없어서 조나 감자를 꾸러 이웃집에 갔더니 주인은 '거지는 인격이 없다. 인격이 없는 사람은 생명이 없다. 너를 도와주는 것은 죄악이다'고 말하였습니다.

그 말을 듣고 돌아나올 때에 쏟아지는 눈물 속에서 당신을 보았습니다.

나는 집도 없고 다른 까닭을 겸하여 민적(民籍)이 없습니다.

'민적 없는 자는 인권이 없다. 인권이 없는 너에게 무슨 정조(貞操)냐' 하고 능욕하려는 장군이 있었습니다.

그를 항거한 뒤에 남에게 대한 격분이 스스로의 슬픔으로 화하는 찰나에 당신을 보았습니다.

아아, 온갖 윤리, 도덕, 법률은 칼과 황금을 제사 지내는 연기(烟氣)인 줄을 알았습니다.

영원의 사랑을 받을까, 인간역사의 첫 페이지에 잉크칠을 할까, 술을 마실까 망설일 때에 당신을 보았습니다.

—「당신을 보았습니다」 전문

님에 대한 갈망은 시인 한용운의 사상과 행동과 예술을 사랑이라는 결정체로 만들어 놓고 있다. 고통과 시련의 시대에 대항하여 떳떳하게 자기를 세우고 자기 의지를 말하고 있는 한용운의 시에는 언제나 사랑의 참뜻이 담겨 있는 것이다. 증오해야 할 대상에 대하여 비판하면서도, 한용운은 사랑의 의미를 강조하고 있다. 강압적인 침략에 의해 모든 것을 약탈당했음에도 불구하고, 한용운은 평등을 내세우고 분노를 감정적으로 표출하지 않고 있다.

한용운의 시는 가 버린 님을 노래하고 있으나, 이별의 슬픔을 노래하는 것이 아니라 기다림의 초조함을 노래한다. 시적 대상에 대한 간절한 기원이 그 속에 깃들어 있다.

오셔요, 당신은 오실 때가 되었어요. 어서 오셔요.
당신은 당신의 오실 때가 언제인지 아십니까. 당신의 오실 때는 나의 기다리는 때입니다.

당신은 나의 꽃밭에로 오셔요. 나의 꽃밭에는 꽃들이 피어 있습니다.
만일 당신을 쫓아오는 사람이 있으면 당신은 꽃 속으로 들어가서 숨으십시오.
나는 나비가 되어서 당신 숨은 꽃 위에 가서 앉겠습니다.
그러면 쫓아오는 사람이 당신을 찾을 수는 없습니다.
오셔요, 당신은 오실 때가 되었습니다. 어서 오셔요.

당신은 나의 품에로 오셔요. 나의 품에는 보드라운 가슴이 있습니다.
만일 당신을 쫓아오는 사람이 있으면 당신은 머리를 숙여서 나의 가슴에 대십시오.
나의 가슴은 당신이 만질 때에는 물같이 보드랍지만 당신의 위험을 위하여는 황금의 칼도 되고 강철(鋼鐵)의 방패도 됩니다.
나의 가슴은 말굽에 밟힌 낙화(落花)가 될지언정 당신의 머리가 나의 가슴에서 떨어질 수는 없습니다.
그러면 쫓아오는 사람이 당신에게 손을 대일 수는 없습니다.
오셔요, 당신은 오실 때가 되었습니다. 어서 오셔요.

당신은 나의 죽음 속으로 오서요. 죽음은 당신을 위하여의 준비가 언제든지 되어 있습니다.

만일 당신을 쫓아오는 사람이 있으면 당신은 나의 죽음의 뒤에 서십시오.

죽음은 허무와 만능이 하나입니다.

죽음의 사랑은 무한인 동시에 무궁(無窮)입니다.

죽음의 앞에는 군함(軍艦)과 포대(砲臺)가 티끌이 됩니다.

죽음의 앞에는 강자와 약자가 벗이 됩니다.

그러면 쫓아오는 사람이 당신을 잡을 수는 없습니다.

오서요, 당신은 오실 때가 되었습니다. 어서 오서요.

—「오서요」 전문

한용운의 시의 정신은 역사에 대한 믿음을 기초로 하고 있다. 그가 삶에 대한 정직성을 지키고, 악에 항거하고, 민족과 국가를 위해 투쟁했던 행동적 실천가였음을 생각한다면, 그러한 의지를 시적으로 구현하면서 가장 서정적인 어조를 활용하고 있다는 점도 높이 평가해야 할 일이다. 한용운의 시적 언어가 획득하고 있는 일상적 경험의 진실성은 저항적 시정신의 형상을 위해서도 반드시 전제되어야 할 것임은 물론이다. 그런데 여기서 우리가 주목하지 않으면 안 될 것은 한용운 문학의 위대성이 그의 인간적인 삶과 그 행적에서 기인하는 것이 아니라, 문학 그 자체에서 비롯되는 것이라는 점이다. 한용운의 생애를 조심스럽게 검토해 본 사람이라 하더라도, 그의 문학 수업이 어느 때쯤에 이루어진 것인지를 확인할 수 없다. 오랫동안 한학 수업을 받았을 뿐 정상적인 학교 교육을 통한 신학문에의 접근이 전혀 불가능했었다는 사실을 생각한다면, 『님의 침묵』과 같은 한용운의 업적은 특이한 경우에 속한다. 특히 『님의 침묵』 이전에 발표한 한용운의 논설들이 국한문을 혼용한 문체에서 벗어나지 못하고 있었던 점을 견주어 볼 때, 『님의 침묵』이 거두고 있는 시적 성과는 한국어의 시적 성취라는 점에서 더욱 돋보일 수밖에 없다.

한용운의 시는 일상적인 생활에 뿌리박고 있는 고유한 우리말의 자연스러움을 그대로 살려 내고 있다. 그만큼 읽기 쉽고 이해하기 쉽다. 하지만 이것은 의미의 단조로움이나 시정신의 소박함을 뜻하는 것이 아니라, 일상적인 생활 감정에 충실함을 의미한다. 생활 감정에 충실하기 때문에, 시적 정서의 공감대를 더욱 확대시킬 수 있게 되는 것이다. 자기 모국어를 순화하는 것이 시인이 맡은 궁극적인 사명 중의 하나라면, 한용운은 초창기의 시단에서 바로 그러한 일을 수행했던 시인임에 틀림없다. 시인으로서 한용운의 업적은 바로 이러한 언어와 문체에서부터 더욱 새롭게 평가되어야 할 것이다.

이광수의 고백 혹은 변명

 이광수에 대한 질문

이광수(1892~1950)는 한국 근대문학의 빛이다. 그런데 그는 언제나 어두운 그림자를 짙게 드리우고 있다. 한국의 문학 연구자들은 누구나 이광수가 근대문학의 선구자적 위치를 점하고 있다는 사실을 기억한다. 그리고 그가 일제 식민지 시대에 가장 치욕적인 정신적 굴종을 보여 주었던 친일 문학자였다는 사실에 부끄러워한다. 이광수가 서 있는 자리의 이중적 의미는 한국문학 자체의 영광이면서 동시에 굴욕이었음을 부인할 수 없다.

나는 가끔 이광수가 1945년의 광복을 어떤 방식으로 맞이하였는지 궁금했다. 이광수는 해방의 소식을 어디서 들었을까? 한국 근대문

《동아일보》편집국장을 지낼 무렵의 이광수.

학의 맨 앞자리를 차지하고 있던 그가 한국문학의 치욕적 상처를 안고 어떻게 해방의 날을 맞고 있었을까? 이런 의문은 나뿐만 아니라 이광수의 맨얼굴을 확인하려는 사람들이라면 누구나 가질 만한 것이다. 그가 서 있었던 자리를 우리가 지금 서 있는 이곳에서 다시 가늠해 보는 것은 역사와 결코 무관하지 않기 때문이다.

이광수는 1945년 여름 경기도 양주군 사릉의 농막에서 혼자 지내고 있었다. 그는 매일같이 집 앞으로 흐르는 사릉천 변을 산보하면서 촌락의 한가한 풍경을 즐겼다. 마침 사릉천 변에는 근로보국대 대원들이 일본 군인의 감독 아래 자갈을 파는 노역에 동원되고 있었다. 이광수는 냇둑을 거닐며 개천가에서 일하는 사람들을 구경하였다. 서울 근방에서 B-29의 공습을 막는 방비 공사를 한다고 사릉천에서 여름내 자갈을 추려서는 기차로 나르고 있었던 것이다. 이광수의 농막에 있던 작은 우물은 동원된 인부들이 마실 물을 퍼 나르는 샘이 되어 사람들이 집안을 무시로 들고 났다.

이광수는 8월 16일 아침에야 해방의 소식을 들었다. 그는 여느 때와 마찬가지로 천변을 거닐고 있었다. 이날은 웬일인지 사람들이 일을 하지 않고 서성대고 있었다. 작업장에 나온 보국대원들도 다른 날보다 훨씬 숫자가 적어 보였다. 전날까지도 일터를 감독했던 일본 군인이 보이지 않았다. 그는 무슨 일이 생겼나 하고 궁금했다. 그때 봉선사 주지 운허 스님이 두루마기 고름을 풀어 헤친 채 바쁜 걸음으로 냇둑을 걸어오며 이광수를 향하여 소리쳤다.

"형님, 일본이 항복하였소. 어저께 오정에 일본 천황이 항복하는 방송을 했다오. 나는 지금 서울로 가는 길이오."

그는 황급한 기별을 이광수에게 전하고는 손을 저으며 사릉역으로 내달았다. 이광수는 깜짝 놀랐다. 그리고 드디어 올 날이 왔구나 하고 생각했다. 그는 광복의 소식을 전해 듣고는 잠깐 혼돈 상태에 빠져들었지만, 자신의 삶과 그 족적을 다시 쓸어 덮을 수가 없게 되었음을 깨달았다. 그는 대일본 제국의 신민이 되기 위해 자진하여 창씨개명을 하고 일본의 전쟁 승리를 기원했다. 그리고 일본 제국을 위해 기꺼이 싸우라고 젊은이들을 선동했다.

일본의 패망은 곧 이광수 자신의 패망을 말해 주는 것이었다. 그는 민족 앞에 씻을 수 없는 죄를 짓고 민족 반역자가 되어 역사의 지탄을 받게 되리라는 점을 뒤늦게 깨달았다. 그러기에 그는 해방의 소식을 듣던 날 그 자리에서 차라리 죽었어야 했다고 썼다. 이것은 어찌 보면 이광수의 가장 진실된 고백에 해당한다고 할 수 있다. 그러나 차라리 죽어 버렸어야 했다고 생각했지만 이광수는 죽을 수가 없었다. 그에게 는 죽음을 택할 용기도 없었다.

이광수는 사릉 농막을 버리고 사람들의 눈을 피해 병을 핑계 삼아 봉선사 절간으로 숨어들었다. 운허 스님이 경내에 작은 방 하나를 내 주었다. '다경향실(茶經香室)'이라는 편액이 걸린 방이었다. 이광수는 여기서 스스로 몸을 숨기고 세상과 담을 쌓고 살아가리라 생각했다. 그리고 이 방에 틀어박혀 스스로를 질책하며 수필집 『돌베개』를 썼 고, 회한의 삶을 돌아보면서 『나의 고백』을 썼다. 당시 문단에서는 일 제 식민지 잔재 청산이 가장 중요한 슬로건이 되었고, 이광수의 이름 앞에는 '광적인 친일분자'라는 수식어가 붙었다. 이광수는 당시의 심경 을 이렇게 적었다.

과거 칠팔년 걸어 온 내 길이, 그 동기는 어찌 갔든지 민족 정기로 보 아서 나는 정경 대도를 걸은 사람이 아니었다. 내가 조선 신궁에 가서 절을 하고, 향산 광랑(香山光郎)으로 이름을 고친 날 나는 벌써 훼절한 사람이었다. 전쟁 중에 내가 천황을 부르고 내선 일체를 부른 것은 일 시 조선 민족에 내릴 듯한 화단을 조금이라도 돌리고자 한 것이지마는, 그러한 목적으로 살아 있어 움직인 것이지마는, 이제 민족이 일본의 기 반을 벗은 이상 나는 더 말할 필요도 또 말할 자격도 없는 것이다. 가 장 깨끗하자면 해방의 기별을 듣는 순간에 내가 죽어 버리는 것이지마 는, 그것을 못한 나의 갈 길은 입을 다물고 가만히 있는 것이라고 나는 생각하였다.

—이광수, 『나의 고백』의 「해방(解放)과 나」 중에서

양주 봉선사 다경실의 현재 모습.

　이광수의 자기비판은 단순한 개인적 윤리 의식으로 치부하기 어려운 문제가 많다. 그가 살아왔던 삶과 그가 지향했던 문학은 모방과 굴종에서 비판과 저항에 이르기까지 식민지 문화가 드러내는 모든 문제성을 고스란히 배태하고 있었다. 그러므로 그의 때늦은 반성은 친일적 행위에 대한 혹독한 자기비판으로 받아들여지기 어려웠다. 글을 통해 독자들의 신뢰를 받을 수 있는 길이란 글을 쓰지 않는 것보다 훨씬 어렵다는 것조차 그는 생각하지 못했다. 그러므로 이광수의 『나의 고백』은 그의 개인적인 반성과 글쓰기의 윤리를 그대로 드러내고는 있지만 비겁한 자기변명처럼 들릴 수밖에 없었다.

이광수와 친일파 처단 문제

대한민국 정부 수립을 전후하여 친일파, 민족 반역자에 대한 처벌 문제가 제기되자, 여기저기에서 사회적 여론이 더욱 민감하게 반응하였다. 1947년 6월 미군정 하에서 구성된 과도정부 입법의원이 '민족 반역자, 부일 협력자, 모리간상배에 관한 특별법'을 제정하고 이들에 대한 숙청 문제를 거론하게 되었다. 그러나 미군정 당국은 이 법안을 공포하지 않음으로써 이 문제를 더욱 커다란 사회적 관심사로 확대시켰다. 1948년 대한민국 정부가 수립된 후 국회에서 '반민족행위처벌법'을 제정하고 이를 공포하였다. 반민족 행위에 관한 처벌 문제를 특별법으로 제정하게 되자, 식민지 잔재 청산과 친일파 처단 문제의 귀추에 관심이 기울어질 수밖에 없었다. 당시 민족정경문화연구소가 펴낸 『예상 등장인물 친일파 군상』(1948. 11)에는 '반민족행위처벌법'이 규정하고 있는 범위 가운데에서 고등관 3등급 이상과 훈 5등급 이상만도 1천 명에 가까울 정도라고 숫자를 적시할 정도였다.

이광수는 이 책에서 '광적인 친일분자'로 지목되었다. 그 밖에도 문학인 중에 김동환, 최남선, 이헌구, 유진오, 김기진, 박영희, 정인택, 주요한, 김동인, 모윤숙, 현영섭, 백철, 장혁주, 이찬, 김용제, 최재서, 이석훈, 정인섭, 오정민, 홍해성, 유치진, 박영호, 노천명, 홍양명, 안함광, 김억, 이서구 등의 친일적 행적이 폭로되었다. 이들 가운데 자진으로 열성 협력한 자와 위협에 의한 피동적 협력자의 구별이 필요하다는 지적도 있었지만 식민지 시대 초기부터 문단에서 중요한 역할을 담당했던 상당수의 문인이 망라되어 있음을 알 수 있다. 1948년 정부 수립 당시까지 남한에 있었던 인물에 국한하여 이루어진 조사 목록이라는 점을 감안한다면, 그 무렵 월북해 버린 문인들 중에서도 이태준을 비롯한 상당수의 문인들이 이에 포함될 수 있을 것이다.

그런데 '반민족행위처벌법'의 시행은 법의 규정대로 이루어지지 못했다. 1948년 10월 반민족행위 특별조사위원회가 구성되긴 하였지만 이승만 정권 자체가 자기들의 정치 세력의 기반을 확보하기 위해 반민법의 시행에 소극적이었다. 이광수는 최남선과 반민특위에 체포되어 조사를 받았다. 그러나 두 사람 모두 한 달 정도 구류당했다가 모두 석방되었다. 당시 친일파에 대한 처단은 반민법의 시행과 반민특위의 활동 자체가 지지부진하게 됨으로써 그 법적 처리가 거의 실효를 거두지 못하였다. 더구나 반민법의 공소시효를 8월 31일로 앞당기면서 곧 반민특위도 해체하였다. 그렇기 때문에 세상을 떠들썩하게 만들었던 친일파 청산은 별다른 구체적 성과 없이 오히려 모든 사실이 세월 속에 은폐되기에 이르렀다.

문학의 경우에도 친일 문학에 대한 청산 작업은 반민법의 시행만으로 해결될 수 있는 것은 아니었다. 더구나 몇몇 문학인에 대한 제재 조치만으로 우리 문학의 상처를 회복시킬 수는 없는 일이었다. 그러나 이러한 절차는 민족 문학의 정신을 바르게 세우고, 훼손된 민족 문학의 가치를 다시 회복시키는 과정으로서 당연히 중요시되어야만 하였다. 그럼에도 불구하고 이 절차 자체가 당시에 제대로 시행되지 못함으로써 이 역사적 과제는 민족 문학의 정통성의 확립에 언제나 큰 걸림돌이 되어 새로운 논란거리가 되었다.

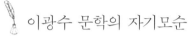 이광수 문학의 자기모순

　이광수는 와세다[早稻田] 대학 재학 중이었던 1917년에 장편소설 「무정」을 발표하면서 근대소설의 새로운 장을 열었다. 1919년 동경에서 2·8독립선언을 주도한 후 중국으로 망명하여 상해 임시정부에서 《조선독립신문》을 만들었고, 1921년 귀국 후 한동안 일본 경찰에 체포되어 수감되기도 했다. 그는 1922년에 「민족개조론」이라는 논설을 발표한 후 《동아일보》를 기반으로 본격적인 문필 활동을 재개하였으며 수많은 소설을 발표하면서 대중적인 인기를 모았다. 하지만 1937년 '수양동우회' 사건으로 체포되어 투옥 생활을 겪은 후 일본 군국주의의 억압과 회유를 감당하지 못하였다.

　이광수는 자아에 대한 각성과 자기 발견을 내세우면서 문학의 독자적인 가치를 강조한 바 있다. 그는 문학이 개인적인 정서에 기초하여 성립되는 것임을 분명히 하였고, 문학을 구시대의 윤리적 속박과 모든 관념으로부터 해방시키고자 하였다. 그런데 이광수는 문학에서 개인적 정서의 문제를 중시하면서도, 그것이 근거해야 하는 주체로서의 개인의 존재 문제와 그 개인이 근거하는 현실 사회를 제대로 인식하지 못하고 있었다. 3·1운동 이후 한국문학은 식민지 상황에 대응하기 위해 사회 현실에 대한 비판적인 관심을 적극적으로 드러내는 새로운 경향을 나타내기 시작했다. 이광수는 예술을 통해 생활의 활기를 불어넣어 정신생활을 부활시키는 길만이 민족을 행복의 생활로 이끄는 방법이라고 주장하였다. 그의 이러한 주장은 그 뒤에 한국인의 민족성 자체에 대한 개조를 요구하는 「민족개조론」으로 구체화되어 나타나고 있다. 그는 한국 민족의 비극적인 현실과 식민지 상황이 모두 민족성의 쇠퇴에서 오는 것이라고 생각하였기 때문에, 민족성의 개조야말로 가장 시급한 과제라고 믿었다. 하지만 그는 한국인들의 민족성을 개인적인 심정적 기질과 혼동하여 그 역사성의 의미를 몰각하고 있었다.

이광수의 주장은 상당한 비판에 부딪혔다. 이광수의 당대 현실에 대한 인식이 지극히 심정적이며 패배주의적이라는 지적도 나왔다. 그는 한국 민족의 삶의 고통을 말하면서도, 그것이 일제의 식민지 정책에 의한 자본주의적 착취로 인한 것임을 제대로 지적하지 못하고, 오히려 그 원인을 민족의 도덕적 심성의 타락에서 찾고 있었다. 그는 식민지 상황의 역사적 현실을 무시한 채 민족의식을 윤리적인 차원에서 논의하는 태도 자체가 그릇된 출발임을 인식하지 못하였다.

이광수가 민족의 역사적 모순을 해결할 만한 실천적인 지표를 제대로 제시하지 못하고 있는 동안, 그 자신의 문학과 행동 사이에도 이중적인 자기모순이 드러나기 시작했다. 특히 1930년대 후반부터 이른바 암흑의 시대로 불리는 식민지 말기의 상황에서 일제의 내선일체론에 순응했던 그의 굴종적 자세는 용납하기 어려운 것이었다. 일본은 내선일체론의 통치 이념을 실천하고 확대하기 위해 이른바 '황민화 정책(皇民化政策)'을 한국 사회에 강요하였다. 일본은 한국인들에게 일본 천황의 신민이 될 것을 강요하면서 신사 참배는 물론 '황국(皇國) 신민(臣民)의 서사'를 일상적으로 제창하도록 요구하였다. 한국인을 강제로 전쟁에 동원하기 위해 1938년에 지원병 제도를 확대·강행하였으며, 1939년에는 한국인들에게 일본식 성명을 쓰도록 창씨개명제를 발

「향산광랑(香山光郎) 된 이광수 씨」라는 제목으로 총독부 기관지
《매일신보》에 실린 기사(1940. 1. 5).

동시켜 한국인의 정신과 민족적 뿌리를 말살하고자 하였다. 그리고 교
육령을 개정하여 학교에서 한국어의 교육을 폐지하고 일본어를 상용
하도록 강요하였다. 1941년 이후에는 한국어의 사용을 전면적으로 금
지하여, 한국어 신문과 잡지를 모두 폐간시킴으로써, 한국 사회는 암
흑의 시대에 접어들게 되었다.

　이광수는 일제의 식민지 지배 논리에 적극 동조함으로써 스스로 자
기 문학 세계의 정신적 파멸을 자초하였다. 그는 내선일체론이 표방하
고 있는 대동아 공영의 논리에 빠져들면서 일본과 한국의 동조론(同
祖論)을 내세우고 황민화를 부르짖었다. 그리고 일본이 주장하는 내
선일체를 당위의 현실로 받아들이면서 자신의 친일적인 활동을 합리
화하고 사회 현실과 문화의 주류를 대동아 공영론에 입각하여 일본

중심으로 해석하기 위해 '신체제론'이라는 비평적 담론을 조작하기도 했다. 그의 친일적 문필 행위는 황도(皇道) 문학의 실현으로 이어졌다는 점에서 그 파탄의 형국을 지울 수 없다. 그는 황민화 운동에 적극 가담하여 가야마 미쓰로[香山光郎]로 창씨개명까지 하면서 스스로 일본인이 되고자 하였다. 그의 친일적 글쓰기는 그가 발표한 「창씨와 나」(1940. 2), 「내선일체와 조선문학」(1940. 4), 「지원병 훈련소의 하루」(1940. 11), 「대동아 일주년을 맞는 나의 결의」(1942. 12), 「모든 것을 바치리」(1945. 1) 등 숱한 글과 강연 활동을 통해 스스로 그 의미와 한계를 분명히 드러내고 있다. 그러나 이광수는 결코 그 자신이 꿈꾸었던 제국 일본의 신민이 되지는 못하였다. 그는 허망하게도 일본인 흉내 내기에 빠져들었던 피지배 민족의 유약한 지식인 이광수일 뿐이었다.

 고백적 글쓰기와 자기변명

이광수는 해방되기 전해인 1944년 3월에 양주군 진건면 사릉리에 땅을 사서 조그만 초가를 짓고 농사를 시작했다. 친일 문인 단체인 조선문인보국회 결성에 적극 참여했던 그는 1943년 연말에 동경으로 건너가 최남선 등과 함께 일본 유학생들을 상대로 학병 지원을 격려하는 연설을 했었다. 그는 순회강연을 마치고 귀국한 뒤 시국이 점차 험악해지자 서울 생활을 접기로 마음먹었다. 그리고 아내와 자녀들을 서울에 둔 채 경기도 양주군 사릉의 농막에서 숨어 살겠다고 했다.

이광수와 조선 최초의 여성 개업의였던
신여성 허영숙의 가족사진.

　이광수의 사릉 생활은 평안도 정주 태생으로 불교 운동에 정진했
던 삼종 이학수(운허 스님)가 근처 봉선사의 주지로 일하고 있던 것이
큰 도움이 되었다. 하지만 사릉에 내려간 후에도 그는 서울의 부름에
언제나 마다하지 않았다. 1944년 6월 18일에는 조선문인보국회의 평
의원으로 문학자 총궐기대회 의장을 맡아 결전 태세를 강조하는 강
연을 하였고, 두 달 뒤 8월 17일에는 적국 항복 문인대강연회에서
'전쟁과 문학'이라는 제목 아래 문학도 결전이라고 역설했다. 게다가
1944년 11월에는 중국 난징에서 열린 제3회 대동아문학자대회에 조
선 대표로 참석했다. 1945년에 접어들어서도 이광수는 이런저런 정치
행사에 얼굴을 내밀었고 친일 강연을 계속했다. 조선총독부에서는 그
에게 중추원 참의 자리를 권했지만 그것만은 받아들이지 않았다. 이

런 행적 때문에 그가 은둔을 자처하면서 혼자 살림을 살았던 사릉의 농막은 사실 핑곗거리에 지나지 않았음을 알 수 있다. 이광수는 직접 소를 사서 기르며 논밭을 갈아 보기도 했지만 이것은 한낱 호사가의 일에 불과했다.

이광수는 해방 이듬해인 1946년 9월 사릉을 떠나 양주 봉선사로 거처를 옮겼다. 그곳에서 숨어 살면서 그는 수필집 『돌베개』를 냈고, 홍사단의 청을 받아들여 『도산 안창호』를 집필하게 되었다. 이광수의 본격적인 글쓰기는 『나·소년 편』, 『나·스무 살 고개』를 위시하여 『나의 고백』으로 이어졌다. 이 글들은 모두 자신의 반생을 반성적으로 회고하는 것이었기 때문에 극심한 이념적 혼란을 겪고 있던 문단의 새로운 관심사가 되기에 충분했다. 그는 자기 삶의 '더러움'을 없애기 위해, '더러운 자신을 살라 버리기 위해' 스스로의 이야기를 쓰는 것이라고 밝히기도 하였다.

이광수의 『나의 고백』은 그 자신의 행적을 비교적 사실적으로 요약하여 서술하고 있다. 이 글은 그 분량에 있어서는 『나』의 경우를 따르지 못하는 것이지만, 이광수의 반생을 망라하고 있는 본격적인 회고록이라고 할 수 있다. 해방을 맞이한 당시의 상황으로 보아서는 이 글은 당연히 이광수 자신의 진정한 자기 고백이어야만 하였다. 그의 친일 행위와 반민족적인 언동에 대해 분노를 표명하고 있던 모든 사람들 앞에 『나의 고백』은 참회록의 형태로 나타났어야만 하였다. 그러나 이 글은 이광수 자신도 밝히고 있듯이, "이 글을 쓰던 중에도 여러 번 내가 무엇하러 이것을 쓰나 하고 붓을 내던졌다"라는 말 그대로 소략한 자기변명으로 일관하고 있다. 이광수가 자신의 친일 행각을 어떻게 참

1948년 12월, 이광수가 자신의 친일 행위를
정당화하고자 쓴 『나의 고백』.

회하고 있는가에 관심을 기울였던 사람들은 『나의 고백』을 통해 드러
나고 있는 이광수의 자기기만과 변명의 논리에 아연할 수밖에 없었다.
그는 일제 말기 조선문인보국회에 가담하고, 친일적인 문필 활동을 전
개하는 과정을 술회하면서 자신의 행동이 '민족 보존'을 위한 자기희
생에 해당한다고 다음과 같이 변명하고 있다.

　　나는 원래 정치적으로 무슨 명성 있는 인물도 아니지마는 일본 관헌
의 명부에 민족주의자의 한 사람으로 적혀 있는 것이었다. 만일 이 몸
을 던져서 한 사람이라도 동포의 희생을 덜고, 터럭 끝만치라도 닥쳐 오
는 민족의 고난을 늦출 수가 있다고 하면 내 무엇을 아끼랴. 게다가 나
는 언제 죽을는지 모르는 병약한 몸이었다. 이렇게 생각할 때에 내 눈
앞에는 삼만 몇 명이라는 우리 민족의 크림이라 할 지식 계급과 현재

이상의 무서운 압제와 핍박을 당할 우리 민족의 모양이 보였다. '내 몸이 죽어서 정말 저들의 머리 위에 달린 당장의 고난을 면할 수만 있다면.' 하고 나는 생각하고 괴로와하였다.

— 이광수, 『나의 고백』의 「민족보존(民族保存)」 중에서

이광수가 내세우고 있는 이와 같은 자기희생의 논리는 그가 보였던 민족적 배신행위를 결코 정당화할 수는 없었다. 그의 입장은 이성적인 사고에 근거한 역사적 통찰을 바탕으로 한 것도 아니었다. 그는 모든 일을 자신의 입장에 따라 바라보고 자신의 느낌에 따라 판단하고 있었다. 그러므로 그의 고백은 어떤 확고한 세계관이나 새로운 역사에 대한 전망을 제시할 수 없었다. 이광수는 자기변명을 늘어놓으면서 참회의 빛을 보이기도 하고 관용을 구걸하기도 하였지만, 그에게 요구되는 것은 사실 눈물의 참회만으로 만족될 수 있는 성질의 것이 아니었다. 그의 참회는 철저한 자기비판이 전제되어야 하는 것이었고, 그것은 식민지 시대에 보여 주었던 소극성과 자기중심적 태도와 유약성을 극복하는 노력을 동반해야만 하였다.

1948년 11월 이광수는 건강이 매우 악화되자, 사릉에서 서울로 거처를 옮겼다. 그는 병석에 누워 이미 모든 것을 각오하고 있었다. 이광수가 반민특위에 검거된 것은 1949년 2월 7일이었다. 그가 서대문 형무소에 수감되자 이광수를 석방해 달라는 사릉 일대의 농민들의 진정이 제출되었고 그의 아들 이영근의 혈서 탄원도 제출되었다. 병객인 이광수에게 해방된 조국을 위해 일할 수 있는 마지막의 기회를 달라는 내용이었다. 이광수가 병보석으로 풀려나온 것은 수감된 지 한 달

이 채 되지 않는 1949년 3월 4일이었다. 그리고 이해 3월에 불기소처분으로 자유로운 몸이 되었다.

이광수는 수감되어 있던 상태에서 자술서 형식으로 「친일파의 변」이라는 글을 내놓았다. 이 글에서 그는 자기비판 없이 친일이라는 개념을 일반화시켰다. 그는 일제에 세금을 바치고 법률에 복종하고, 일장기를 달고, 신사에 참배하고, 국방헌금을 내고, 관공립 학교에 자녀를 보낸 것도 모두 일본에 대한 협력이라고 하였다. 그리고 죽지 않고 살았다는 것조차 문제시될 수 있는 게 아니냐고까지 반문하고 있다. 일제시대에 국내에 살았던 모든 사람은 치욕의 삶을 누리며 살아왔지만, 민족 전체가 다 같이 애국지사가 되어 피를 흘리고 싸울 수 없기에, 교육에 나서기도 하였고 관공리로 일하기도 하고 동포의 복리를 위해 일한 사람도 있었다고 하였다. 그는 '민족 전체를 병자호란 당시의 삼학사의 절개를 표준으로 단죄한다는 것은 불가능한 일'이라고 하였다. 그는 민족의 화합과, 공산주의자들에 대한 대항을 위해 친일파에 대한 민족적 관용이 필요하다고 역설하기도 하였다.

민족 대의로 말하면, 지난 3년간의 친일파에 대한 설주·필주의 고통도 이미 3년 징역의 고통만은 할 것이오, 또 반민법의 제정으로 민족 대의의 지향을 명시하였으니 이제 더 추궁함이 없이 '망각법'을 결의하여 민족 대화를 회복하고 민족 일심일체의 신기력을 진작함이 현명한 조처가 아닐까.

　　　　　　　　　　　　　　　　　—이광수,『나의 고백』의 「친일파의 변」 중에서

이광수의 이러한 견해는 당시 정치적 세력 균형에 미묘하게 얽혀 있는 친일분자들의 주장과 그대로 일치하는 것이었다. 그는 해방 민족의 대화합이라는 명분으로 친일 행적 자체를 희석시켜 버렸다. 그러나 이 문제는 이광수가 펴는 논리대로 해결될 수 있는 것이 아니었다. 민족이라는 이름으로 내세워진 정의가 그의 위선을 용납하지 않았던 것이다.

이광수가 서 있는 자리

춘원 이광수는 신문학사의 첫머리에 자리 잡고 있지만, 그 문학과 인간이 함께 식민지 시대 역사에 대한 비판적 대상으로 다시 해방 공간에 흉물스럽게 서 있다. 이광수에 관한 이야기가 이미 지나간 얘깃거리일 수 없는 이유도 바로 여기 있다. 이광수가 거닐었던 사릉천은 요즘 볼품없는 시골 개천이 되어 갈대와 잡초가 천변에 가득하다. 그가 살았던 사릉의 농막은 그 자취조차 찾을 길이 없다. 집터 근처에는 허름한 창고들이 들어선 주변에 미루나무 몇 그루가 바람을 막고 서 있을 뿐이다.

광릉 숲 입구에 자리 잡은 봉선사 일주문에 들어서면 오른편에 나란히 늘어선 부도와 비석들 끝자락에 '춘원 이광수 기념비'가 서 있다. 다른 비석들은 하얀 화강석에 용의 무늬를 새겨 넣은 '이수(螭首)'가 비석의 머리를 장식하고 있는데, 춘원 기념비는 갓이 씌워져 있지 않은 채로 눈비를 그냥 맞고 서 있다. 당초부터 갓을 만들어 씌우지

1975년 봉선사의 부도탑 사이에 세워진 이광수 기념비.

않았는지, 아니면 누군가 비석 위에 얹은 이수를 일부러 깨트려 부숴 버린 것인지 알 수 없다. 가혹한 형벌을 비석에까지 내리고자 한 것인 가? 민족 반역자로 낙인찍힌 이광수의 이름에 갓 벗긴 알몸의 비석이 더 어울린다고 생각한 것일까?

『백범일지』와
김구 선생의 글쓰기

한국의 명문장

한국의 문장 가운데 명문(名文)을 한 편 고르라면 이것이야말로 난감한 숙제다. 그 많은 문장 가운데 한 편을 고른다는 것이 결코 쉽지 않다. 글마다 성격이 다르니 어떤 하나의 기준을 내세우기도 곤란하다. 하지만 그래도 꼭 하나의 문장을 택해야 한다면 나는 단연코 김구(1876~1949) 선생의 『백범일지(白凡逸志)』에 포함되어 있는 「나의 소원」이라는 글을 꼽고 싶다.

내가 김구 선생의 「나의 소원」을 명문으로 손꼽는 이유는 아주 간단하다. 첫째, 이 글은 아주 쉽게 읽힌다. 여기서 '쉽다'는 말의 뜻은 글의 표현과 형식, 내용과 의미가 모두 평순함을 말한다. 글 속에 담긴 뜻과 그 정신을 글로 풀어내는 형식에 맺힘이 없고 그 표현도 부드럽다. 그러니 누구나 읽고 그 뜻을 금방 알아차릴 수 있다. 둘째, 이 글은 아주 조리 있게 자신의 생각과 주장을 펼쳐 내고 있다. 이 글을 차분하게 읽어 본 사람이라면 누구나 글의 시작에서부터 그 끝매듭에 이르기까지 전체적인 짜임새가 적절하게 균형을 이루고 있다는 사실에 공감할 것이다. 글의 서두가 늘어지지 않고 그 결말도 간단명료하다. 서두나 결말이 너무 길면 글의 핵심에서 벗어나기 쉽고 내용을 제대로 강조하기도 어려운데 이 글은 그러한 흠집을 찾아볼 수 없다. 글의 본문 가운데에도 불필요한 반복이 없다. 강조하고자 하는 내용은 반복하여 강조하지만 그 중요도에 따라 내용을 배열하고 있으니 글의 전체적인 흐름이 자연스럽다.

김구 선생은 유명한 문장가가 아니다. 그런데도 불구하고 선생이 「나의 소원」과 같은 명문을 쓸 수 있었던 것은 글 자체가 아니라 글을 쓰는 마음가짐이 중요함을 보여 준다. 글은 곧 사람이라는 말이 있듯이 김구 선생의 글에는 나라 사랑의 진정한 뜻이 오롯하게 담겨 있다. 조금도 사심이 없는 마음과 그 진정성이 이 글을 명문으로 만들었던 것이다. 마음에 없는 말을 억지로 꾸미게 되면 말은 성하지만 감동을 주지 못한다. 글이란 결국 마음의 표현이다.

 다시 읽는 『백범일지』

김구 선생의 『백범일지』는 매우 특이한 글쓰기 형식을 보여 준다.

『백범일지』서명본(삼성출판박물관 소장).

이 책은 그 내용이 상편과 하편으로 구분되어 있다. 상편은 1929년 김구 선생이 53세 되던 해에 중국 상해의 임시정부에서 자신의 성장 과정과 독립운동을 회고하며 쓴 글이다. 선생의 두 아들 김인과 김신에게 보내는 서간의 형식으로 이루어져 있으며, 「우리 집과 내 어릴 적」, 「기구한 젊은 때」, 「방랑의 길」, 「민족에 내놓은 몸」 등의 순서로 이어진다. 하편은 이봉창 의사와 윤봉길 의사의 항일 거사로 인해 일본 경찰의 감시가 엄중해지자 임시정부를 상해에서 중경으로 옮긴 후 1943년에 쓴 것이다. 「3·1운동의 상해」, 「기적 장강 만리풍」 등의 제목 아래 민족 해방을 맞게 되기까지의 투쟁 역정이 기록된다. 이 책의 말미에 붙은 「나의 소원」에는 민족의 완전한 독립과 통일된 국가 건설을 꿈꾸었던 김구 선생의 민족 이념을 잘 드러나 있다.

　『백범일지』는 자전의 형태를 갖추고 있다. 한 사람의 위대한 민족 운동가가 자신의 생애를 돌아보며 적은 글이다. 일반적으로 자서전 글쓰기는 자기 자신의 삶을 대상으로 하여 기록한다. 그러므로 주체를 대상화하고 자기를 객관화하는 방법이 필요하다. 『백범일지』는 김구 선생 자신의 성장 과정과 독립 투쟁의 행로를 보여 주고 있지만 그것이 연대기적인 기술에 의존하지 않는다. 자신의 기억 속에 담겨 있던 여러 가지 일화들을 현재의 상태에서 다시 불러내어 늘어놓는다.

선생의 청년 시절은 개인적 실패로 이어진다. 17세 때 조선왕조가 시행한 마지막 과거에 응시하였으나 낙방한다. 그리고 동학에 입문한다. 이 새로운 선택은 철저한 자기 변혁을 통해 가능해진다. 농민 중심의 하층민들이 중심이 되었던 동학혁명운동에 가담한 것은 이미 해체되기 시작한 반상 제도를 스스로 부정한 결과라고 할 수 있다. 선생은 19세에 동학의 팔봉접주가 되어 동학군의 선봉장으로 해주성을 공격한다. 그러나 동학혁명운동은 조선왕조가 청국과 일본을 끌어들임으로써 결국 실패한다. 선생은 명성황후 민씨가 일본의 역도들에게 시해되자 그 원한을 갚고자 하는 거사에 참여하였다가 체포된다. 하지만 선생은 감옥을 탈출한 후 공주 마곡사에 입산하여 신분을 숨긴다. 1905년 을사조약이 체결되자, 선생은 국가와 민족을 위해 자신의 몸을 던질 것을 각오한다. 선생은 이토 히로부미를 저격한 안중근 의사의 의거에 관여한 죄로 한때 수감되기도 하였으며, 일본 식민지 시대에 접어든 후에는 일본 총독을 암살하려 했던 안명근 의사의 의거에 연관되어 다시 오랜 기간 투옥된다. 선생의 고난의 삶은 1919년 3·1운동 직후 상해로 망명하면서 더욱 적극적으로 전개된 독립 투쟁으로 이어진다. 선생은 대한민국 임시정부의 초대 경무국장과 내무총장을

상해 대한민국 임시정부 청사에 재연된 백범 김구의 집무실.

거쳐 1926년 임시정부의 수반인 국무령에 취임하게 된다.

임시정부를 중심으로 하는 독립 투쟁의 수난사는 『백범일지』 하권의 숱한 일화로 이어진다. 1931년에 선생은 한인애국단을 조직하고 그 단장이 되어 독립투사를 양성하는 데에 각별한 힘을 쓰게 된다. 그 이듬해 일본 동경에서 일어난 이봉창 의사의 일왕 저격 사건과 윤봉길 의사의 상해 홍구공원 폭탄 투척은 모두 한인애국단을 통해 계획된 것으로, 김구 선생의 자기희생의 정신과 투철한 애국심을 그대로 따라 실천한 거사에 해당한다. 이 두 분의 의거 이후 선생은 일본 경찰의 집요한 추적으로 신변이 위험해지자 피신하게 된다. 그리고 상해의 임시정부도 우여곡절 끝에 결국 중경으로 이전하기에 이른다. 선생은 이 수난의 과정 속에서 부인을 잃었고, 모친을 여의었으며, 해방되기 직전 큰아들을 잃는다. 그러나 선생의 뜻은 오직 독립 투쟁에 있었다. 「3·1운동의 상해」, 「기적 장강 만리풍」 등은 민족 해방을 맞게 되기까지의 투쟁 역정을 기록하고 있다. 임시정부 환국이나 삼남 순회 대목의 서술은 1945년 말 정도에 첨부하여 기록한 것으로 보인다.

『백범일지』를 통해 드러나 있는 김구 선생의 고난의 투쟁 과정은 하나의 사적인 경험의 영역에 국한되는 것이 아니다. 그것은 개인의 삶에서 민족 전체의 삶으로 확대되는 의미를 지닌다. 이 책에 소개하고 있는 사소한 일화라고 하더라도 그것은 언제나 민족과 국가의 현재와 미래로 이어진다. 이것은 선생이 거듭된 개인적 실패에도 불구하고 다시 더 큰 뜻을 품고 일어서게 되는 과정과 연결된다. 선생은 실패에 좌절하지 않고 오히려 철저하게 자기를 버린다. 이 자기희생의 터전 위에서 선생은 민족에 대한 개인적 신념을 키우고 그것을 구국적인 독립 투쟁으로 바꾼다. 그러므로 상해 임시정부 이후 선생의 삶은 우리 민족의 독립 투쟁의 역사로 확대된다. 그리고 선생의 개인적 신념 또한 더욱 조직화되고 더욱 실천적 성격이 강화된 민족 투쟁의 이념으로 자리 잡는다. 『백범일지』가 개인적 자전의 형식으로 쓰인 글이면서도 절절한 감동을 불러일으킬 수 있는 것은 조국과 민족을 위한 그 투철하고도 진실한 자세에서 비롯된다.

 글쓰기의 진실 혹은 내면 풍경

『백범일지』는 자기 고백적 글쓰기의 전형을 보여 준다. 고백이라는 것은 자기 내면에서부터 비롯된다. 그러나 고백은 자기 내면만을 드러내어 보여 주기 위한 것은 아니다. 어떤 경우에도 고백은 내면의 풍경을 외부의 현실과 연결시킨다.『백범일지』는 민족의 지도자로서 김구 선생이 지니고 있던 위대한 이념을 개인적인 내면 풍경의 여러 장면들로 구체화시켜 놓는다. 이러한 글쓰기 방식은 이 책에서 대부분의 이야기가 일화 중심으로 이어진다는 점에서도 쉽게 확인된다. 여기에 담겨진 크고 작은 이야기들은 한 개인의 체험에서 비롯된 생각들이다. 그러나 이 생각의 조각들이 고백적 글쓰기라는 형식에 의해 하나의 전체로 통합된다. 고백적 글쓰기는 하나의 목소리로 모든 이야기를 담아낸다.『백범일지』는 일방적이라고 느껴질 정도로 어조가 고정되어 있음에도 불구하고 불필요한 수식을 일절 용납하지 않는다.

　『백범일지』의 고백적 글쓰기에서 가장 빛나는 대목은 큰 뜻을 위해 자신을 기꺼이 버리고자 하는 희생정신이다. 이 길은 숱한 고난으로 이어지는 것이었지만 선생은 이를 후회한 적이 없다. 그러므로『백범일지』는 희생의 기록이지만 그 뜻이 더욱 빛난다. 선생에게도 부모가 있고, 아내가 있고, 자식들이 있다. 그러나 선생은 개인적인 행복을 꿈꾸지 않는다. 민족과 국가를 위한 불타는 일념으로 그 개인적 행복을 바꾼다. 이러한 숭고한 의지는『백범일지』를 고백적 글쓰기의 형태로 남기고자 한 의도에서도 찾아볼 수 있다. 선생은 대한민국 임시정부의 주석으로서 언젠가는 자신에게 닥칠 것으로 예상되는 죽음을 생각하면서 이 고백적 기록을 남긴다. 이것은 조국의 독립을 위해 자신의 목숨을 바칠 각오를 하고 있음을 말해 준다.

　『백범일지』의 서두에는 "자식들에게 대하여 아비 된 의무를 조금도 못 하였으니 너희들이 나를 아비라 하여 자식 된 의무를 하여 주기를 원치 아니한다. 너희들은 사회의 윤택을 입어서 먹고 입고 배우는 터이니 사회의 아들이 되어 사회를 아비로 여겨 효도로 섬기면 내 소망은 이에서 더 만족할 수는 없을 것이다"라는 구절이 나온다. 이것은 사적인 관계로 얽힌 자기 존재를 스스로 버리고자 하는 뜻을 분명하게 밝힌 대목이다. 이러한 자세는 철저한 자기 분석과 판단으로 가능한 것이다. 『백범일지』의 고백적 글쓰기는 그 고백의 진실성에 의해 무게를 더한다. 선생은 "나의 칠십 평생을 회고하면 살려고 하여 산 것이 아니오, 살아져서 산 것이고 죽으려고 하여도 죽지 못한 이 몸이 필경은 죽어져서 죽게 되었다"라고 말한다. 이러한 진술은 자기 초월의 경지에서 이루어진 것이다. 그리고 이러한 태도의 표명이 공감의 영역을 넓힌다.

고백적 글쓰기는 자칫 그 회고조의 어투로 인하여 개인적 페이소스에 독자들을 가두어 버릴 우려가 있다. 그러나 『백범일지』는 이러한 퇴영적 정서의 유혹을 벗어난다. 이 책의 결말에 붙여 놓은 「나의 소원」에서 새로운 역사의 비전을 선언적으로 제시하기 때문이다. 「나의 소원」은 한국 정치사에서 가장 위대한 선언으로 기록된다. 흔히 정치 연설이라면 미국의 링컨 대통령의 연설을 떠올린다. 그러나 선생의 「나의 소원」은 그 내용이 무엇보다도 구체적이며 절실하고 그 뜻이 무엇보다도 높고 고상하다. 이 글은 어떤 논설보다도 쉬운 국문으로 쓰임으로써 대중성을 획득한다. 그리고 그 신념에 찬 강한 어조로 인하여 폭넓은 호소력을 갖게 된다.

"네 소원이 무엇이냐?" 하고 하느님이 물으시면, 나는 서슴지 않고

"내 소원은 대한 독립이오" 하고 대답할 것이다.

"그 다음 소원은 무엇이냐?" 하면 나는 또

"우리나라 독립이오" 할 것이요, 또

"그 다음 소원이 무엇이냐?" 하는 셋째번 물음에도, 나는 더욱 소리 높여서

"나의 소원은 우리나라 대한의 완전한 자주 독립이오" 하고 대답할 것이다.

동포 여러분! 나 김구의 소원은 이것 하나밖에는 없다. 내 과거의 칠십 평생을 이 소원을 위해 살아왔고, 현재에도 이 소원 때문에 살고 있고, 미래에도 나는 이 소원을 달하려고 살 것이다.

—김구, 『백범일지』의 「나의 소원」 중에서

이러한 표현은 아주 소박하다. 그러면서도 거침이 없다. 반복의 효과를 점차 극대화하고 있는 이와 같은 문투는 조국과 민족의 독립을 염원하고 있는 선생의 진정성을 그대로 표출시킨다. 선생은 또 이렇게 주장한다. "나의 정치 이념은 한마디로 표시하면 자유다. 우리가 세우는 나라는 자유의 나라라야 한다." 이 한마디의 문장에는 그대로 새로운 국가 건설의 이념적 지표를 담아 놓는다. 『백범일지』의 「나의 소원」은 "나는 우리나라가 세계에서 가장 아름다운 나라가 되기를 원한다. 가장 부강한 나라가 되기를 원하는 것은 아니다. 내가 남의 침략에 가슴이 아팠으니 내 나라가 남을 침략하는 것을 원치 아니한다. 우리의 부력은 우리의 생활을 풍족히 할 만하고 우리의 강력은 남의 침략을

동대문 공설운동장에서 열린 백범 김구의
국민장(1949. 7. 5).

막을 만하면 족하다. 오직 한없이 가지고 싶은 것은 높은 문화의 힘이
다. 문화의 힘은 우리 자신을 행복하게 하고 나아가서 남에게 행복을
주겠기 때문이다"라는 진술로 하나의 대미를 장식한다.

 내 기억 속의 책

　내가 초등학교 4학년 때, 아버지가 책을 한 권 사 오셨다. 그 책은
『백범일지』였다. 책의 제목도 무슨 뜻인지 알 수 없었고, 거기 쓰인 글
의 내용도 내가 이해하기 힘든 것이었다. 나는 몇 장을 넘기다가 그만
그 책을 덮어 버렸다. 아버지는 내게 김구 선생님에 대한 이야기를 들

려주셨다. "너도 이렇게 굳은 의지를 지니셨던 훌륭한 애국지사를 본받아야 한다"고 내 머리를 쓰다듬어 주셨다. 그러나 나는 별로 흥미를 느끼지 못하였다.

나는 초등학교에 들어가기 전에 혼자서 한글을 깨쳤다. 학교에 다니는 언니(형)가 공부하는 것을 어깨너머로 훔쳐보며 글을 익힌 것이다. 글씨를 깨우치고 나서는 언니 책을 몰래 꺼내다가 여기저기 글씨를 써 놓곤 하여 어머니로부터 야단을 맞기도 했다. 언니가 책을 읽으면, 나는 그 곁에서 오히려 더 큰 소리로 그 책을 내리 외웠다. 내가 언제나 언니 공부의 훼방꾼이었다. 드디어 나도 초등학교에 들어가게 되었다. 내가 제대로 글을 배우게 되자, 할머니는 가끔 내게 당신의 무릎 앞에서 책을 읽도록 하셨다. 그럴 때면, 나는 국어책을 꺼내 들고 큰 소리로 신나게 읽어 내려갔다. '나무꾼과 선녀' 이야기도 읽었고, '쾅쾅 우르르 쾅'으로 시작되는 6·25전쟁 이야기도 읽었다. 책을 다 읽고 나면, "우리 손주가 글도 잘 읽는다" 하시면서 할머니는 다락 속의 엿단지를 꺼내어 강엿 한 숟가락을 내 입에 떠 넣어 주시곤 했다.

지방공무원이셨던 아버지는 책을 좋아하셨다. 소학교를 마치고, 손기정 선수를 배출한 양정고보에 입학 허가를 받았지만, 삼대독자 아들이 학도병으로 끌려갈지 모른다는 할머니의 걱정 때문에, 학교 대신에 장가를 먼저 들게 되었다는 아버지의 이야기를 나는 여러 차례 듣곤 하였다. 아버지는 공부를 제대로 하지 못한 것을 후회하시면서 혼자서 독학으로 영어와 독일어 공부를 하셨다. 아버지의 책장에서 나는 그 뜻도 모르는 일본어로 된 영어 문법책을 펼쳐 들고는 쏼라쏼라를 떠들기도 하였다. 아버지는 『국사대관』을 거의 처음부터 끝까지 모두 외고 계셨다. 『문장강화』, 『사상의 월야』, 『승방비곡』 등의 책들은 어릴 때 아버지의 책장에서 빼내어 보았던 것들이다. 나는 아버지가 신문의 연재소설을 모조리 오려 내어 사진첩을 사다가 붙여 두고 읽으시는 것도 보았지만, 무엇 때문에 그 귀찮은 일을 매일 하시는지 이해하지 못했다.

하루는 집에 일찍 들어오신 아버지가 나를 부르셨다. 그러고는 『백범일지』를 가져오라고 하셨다. 내가 『백범일지』에 흥미를 느끼지 못하고 있는 것을 아버지는 금방 알아차리셨다. 나는 이 책에 쓰인 얘기가 무슨 말인지 잘 모르겠다고 얼버무렸다. 아버지가 내게 그 책을 읽어 주시기 시작한 것은 그날 밤부터였다. 그 당시 나는 언제나 할아버지가 계신 사랑방에서 형과 함께 잤다. 어머니 곁에서 동생과 함께 자려고 하면, 할머니가 "학교에 다니는 사내대장부가 아직도 젖을 먹으려구 에미 곁에서 자느냐? 어서 사랑방으로 나오지 않으면, 졸장부가 된다" 하고 나무라셨다. 그러는 바람에 나는 졸장부 신세를 면하기 위해 어머니 곁을 떠나야만 했다. 그 대신에 쭈글쭈글한 할머니의 젖가슴이 내 차지가 되었고, 나는 어머니와 아버지가 내 어린 여동생을 데리고 주무시는 방에 얼씬도 하지 않았다.

"네가 이 책을 읽지 않으니, 오늘 밤부터는 매일 잠자기 전에 내가 직접 읽어 주마. 내가 이 책을 다 읽을 때까지 너는 네 동생과 함께 이 방에서 자야 한다. 너는 사내대장부 소리를 당분간 듣지 못할 거다."

나는 몹시 속이 상했다. 재미도 없는 책을 사다가 읽으라고 하시는 아버지가 원망스러웠다. 내가 책 읽기를 싫어하는 것이 아니라, 읽기 어려운 책을 읽으라고 하니까 읽지 않았는데, 대장부 체면에 어린 계집애 동생 곁에서 자야 하는 벌을 받았으니, 체면이 서지 않는 일이었다. 여동생은 분명 나를 졸장부라고 또 놀려 댈 것이 분명했다.

아버지는 나를 사랑방으로 내보내지 않고, 여동생과 함께 아버지 곁에 눕게 하셨다. 여동생은 혀를 한 번 내밀어 보이면서 나를 약 올리고는 돌아누워 버렸다. 나는 정말로 부화가 났지만, 아무도 내 편을 들어 주지 않으니 할 수 없는 일이었다. 어머니는 오히려 "네가 한번 직접 큰 소리로 읽어 봐라. 엄마 좀 들어 보자"고 하셨다.

아버지는 등잔불을 머리맡에 놓고, 엎드린 채로 『백범일지』를 읽어 주셨다. 나는 눈망울을 돌리면서 아버지가 책을 읽어 주시는 소리를 듣고 누워 있어야 했다. 그것은 일종의 벌이었다. 나는 숙제를 마치고 사랑방에서 형과 함께 장난을 칠 수가 없게 되었다. 게다가 할아버지께서 내주시는 강엿이나 곶감 같은 것을 얻어먹을 수도 없었다. 할머니의 품속에 안겨 잘 수도 없었다. 아버지의 책 읽으시는 소리보다 사랑방이 더 궁금했다.

아버지가 읽어 주시는 『백범일지』를 어린 여동생의 곁에 누워 들어야 하는 곤욕은 며칠을 계속되었다. 아버지께서는 언니에게는 늘 너그러우셨다. 내가 언니에게 대들거나 떼를 부리면, 아버지는 언제나 나를 나무라셨다. "장형(長兄) 부모(父母)라고 한다. 네 언니가 비록 잘못을 한다고 해도 언니를 거역해서는 안 된다" 하시면서 내게는 엄격하셨다. 언제나 내 편이신 할머니도 이번에는 "애비가 사다 준 책을 안 읽고 벌을 서는구나. 다 큰 사내가 에미 곁에서 잠을 잤으니, 꼬추 떨어질라" 하시면서 나를 구원해 주실 생각은 전혀 하시지 않았다.

아버지가 읽어 주시는 『백범일지』를 들으면서 나는 "아버지, 이순신 장군이 왜적을 무찌르셨는데, 왜 또 일본이 우리나라를 쳐들어와요?" 하는 식의 엉터리 질문을 하곤 했다. 아버지는 임진왜란은 삼백오십 년 전의 일이고, 이 책의 이야기는 오십 년 전의 일이라고 내게 설명을 해 주셨지만, 나는 별로 재미가 없었다. 나는 그저 김창수(김구 선생의 아명)라는 사람이 일본 사람들을 만나 단칼에 해치우는 장면에 잠깐 관심을 표했고, 그가 감옥을 빠져나와 사방으로 도망을 다니는 장면에 조금 흥미를 느꼈다. 그러나 그것도 잠깐뿐이었고, 아버지의 책 읽으시는 소리를 들으면서 곧장 잠에 빠져 버리곤 하였다.

그러던 어느 날 저녁이었다. 그날 밤에도 나는 사랑방에 나가지 못하고 아버지 곁에서 『백범일지』를 들어야만 하였다. 내가 화들짝 놀라 이불을 박차고 사랑방으로 건너간 것은, 김창수가 공주 마곡사라는 절에 숨어든 대목에서였다. 나는 사랑방에 계신 할머니께로 달려 나가 큰 소리로 외쳤다.

"할머니, 맞다 맞어. 우리 보았지요? 그 사람 김구 선생님 커다란 사진, 마곡사 큰부처님 계시던 법당에 걸린 그 사진, 할머니, 이 책이 바로 그 어른 책이네요."

나는 바로 전해 사월 초파일에, 선림사 주지 스님을 따라 할머니와 함께 트럭을 타고 공주 마곡사 구경을 간 적이 있었다. 집을 그렇게 멀리까지 떠나 본 것은 그때가 처음이었다. 나의 수명장수를 빌기 위해, 할머니는 선림사 주지 스님을 나의 수양아버지로 삼아 주셨다. 나는 스님을 수양아버지라고 해야 하는 것이 마음에 걸렸지만, 나를 만날 때마다 '나무아미타불'을 연방 외는 그분의 염불 덕분에, 내가 오래 살 수 있게 된다는 것이 적이 안심이 되어 곧잘 주지 스님을 따랐다.

김구 선생이 광복 후 마곡사를 방문했을 때의 모습(위)과 명성황후 시해 사건에 가담한
일본 장교 살해 혐의로 옥살이하던 중 탈옥해 은신하던 마곡사 백범당(아래).

마곡사 구경은 선림사 주지 스님의 안내로 이루어졌다. 큰부처님 앞에 나가 합장 삼배를 하고 나서, 나는 법당의 왼쪽에 커다랗게 걸어 놓은 사진 한 장을 보았다. 울긋불긋한 탱화가 아니라 흑백의 사람 사진이 법당 안에 놓인 것이 이상했다. 스님은 나의 얼굴을 보고는 웃으면서, "저 어른이 돌아가신 지가 벌써 십 년이 되는구나. 아가, 저 어른은 우리 백성들을 위해 일본 놈들과 싸우셨던 훌륭하신 어른이다. 일본이 우리나라를 강제로 빼앗았을 때, 저 어른은 일본 놈들과 싸우시다가 이 절로 몸을 피신하셨지. 부처님의 은덕으로 임정 환국 후에 저 어른이 이곳을 다시 찾으셨는데, 나도 그때 저 어른을 멀리에서 뵌 적이 있다. 아깝게도 비명에 돌아가셨지만……. 나무아미타불" 하고 합장하였다. 나는 누가 시킨 일도 아니데, 그 사진을 향해 부처님께 한 것처럼 크게 세 번을 절했다.

아버지께서 읽어 주시는 『백범일지』에서 내가 직접 가 본 마곡사 이야기를 듣고, 바로 그 법당에 걸렸던 사진의 주인공 이야기가 『백범일지』의 내용과 그대로 일치된다는 놀라운 사실을 기억해 낸 날, 아버지의 『백범일지』 읽기는 끝났다. 나는 아버지께서 읽어 주시는 것을 기다릴 필요 없이 그다음으로 이어지는 이야기를 단숨에 읽어 내려갔다. 그 후 나는 수없이 『백범일지』를 읽었다. 아버지께서는 상해 홍구 공원에서 일본인 백천(白川) 대장 등을 죽인 윤봉길 의사가 바로 우리 고장에서 태어나신 분이라는 이야기도 자세히 해 주셨고, 당시에는 잘 이해하지 못했지만, 민족 통일을 위해 애를 쓰다가 흉탄에 맞아 돌아가신 김구 선생의 이야기도 해 주셨다. 나는 『백범일지』의 내용을 거의 한 구절도 빠짐없이 이야기할 수 있을 정도가 되었다. 학교 오락

시간에 내 동무들은 내가 김구 선생 이야기를 신나게 들려주면, 모두 박수를 치면서 환호하곤 하였다.

『백범일지』는 내가 제일 먼저 아버지로부터 받은 책 선물이었다. 그 책은 내가 처음부터 끝까지 한 권을 다 읽어 낸 최초의 책이었고, 내가 가장 많이 되풀이하여 읽은 책이 되었다. 그러나 나는 지금도 우리 아버지가 왜 초등학교 4학년짜리였던 내게 『백범일지』를 읽히려고 했는지를 이해할 수가 없다. 『백범일지』를 통해 내가 나라 사랑의 정신을 배웠다고 말할 수도 없다. 나는 그때 철부지였다. 동무들과 함께하는 전쟁놀이에서 기껏 내가 김구 주석이 되고 내 단짝 친구였던 근배를 윤봉길 의사로 삼아 신나게 일본 대장을 해치우는 흉내를 내는 일이 고작이었다.

그러나 나는 겉장과 뒷장이 모두 헤어져 버린 채, 돌아가신 아버지의 유품 속에 남아 있던 그 책이 자랑스럽다. 내가 제대로 그 뜻도 모르면서 목청을 뽑아 읽어 내려가던 『백범일지』를 수없이 들어 주셨던 할아버지는 그 뒤 두 해를 더 사시지 못했다. 할머니는 내가 박사 학위를 받던 해에 "내가 이제 더 볼 일이 없구나" 하시며 기뻐하시더니 그해 봄에 세상을 떠나셨다. 내게 『백범일지』를 읽어 주셨던 아버지는 당신이 손수 골라 심어 놓으신 장미가 정원에 가득 붉게 꽃피던 여름날, 잔디밭에 앉아 그 꽃을 보시다가 돌아가셨다.

나는 아직껏 내가 아버지로부터 『백범일지』를 선물로 받았던 때보다 훨씬 더 큰 내 아이들에게 감히 『백범일지』 같은 책을 사다 줄 생각을 하지 못했다. 녹음기를 틀어 놓고 '나무꾼과 선녀' 이야기를 듣고 자란 우리 아이들에게, 나의 아버지가 하셨던 것처럼 『백범일지』 같은 책을 읽어 주지도 못했다. 그러면서도 내가 『백범일지』에 얽힌 이야기를 잊지 못하고 있는 까닭을 나는 꼬집어 말할 수가 없다. 그것은 김구 선생의 위대한 생애 때문일까? 내 여린 심정을 걱정하여 사내답게 아들을 키워 보려고 하신 우리 아버지의 사랑 때문일까?

이상 소설 「실화」 속의 'NOVA'

 신주쿠의 'NOVA'

　나는 일본 신주쿠 뒷골목을 돌아다니면서 열심히 간판을 두리번거렸다. 'NOVA(노바)'라는 이름의 카페나 술집이 지금도 혹시 남아 있을까 궁금했다. 'NOVA'는 에스페란토어로 '우리들'이라는 뜻을 지닌다. 이런 식의 이름을 달고 영업을 하는 업소가 요즘도 있을 거라고 생각하는 나 자신이 오히려 우습게 생각되기도 했지만, 나는 NOVA라는 간판의 카페를 꼭 찾아내고 싶었다. 하지만 일본 우정국에서 낸 동경전화번호부에서도 NOVA라는 카페의 상호를 찾을 수 없었다. 나는 NOVA에서의 차디찬 맥주 한 잔을 꿈꾸면서, 여인네들의 화장품 냄새가 짙게 찌들어 있는 신주쿠의 가부키초 골목을 어슬렁거렸다.

내가 NOVA를 찾고자 했던 것은 순전히 소설가 이상 때문이었다. 이상이 그의 소설 「실화(失花)」에서 아주 실감이 나게 그려 놓았던 늦은 밤 카페 NOVA의 풍경이 늘 궁금했다. 소설 「실화」의 후반부를 장식하고 있는 NOVA란 어떤 곳인가? 법정대학 Y군에 이끌려 이상이 들렀던 NOVA를 내가 발견한 것은 신주쿠의 뒷골목이 아니었다. 1930년대 중반 동경 유학생들이 중심이 되어 발간한 문학잡지 《탐구(探求)》(1936. 5)의 창간호에서였다. '동경학생예술좌(東京學生藝術座)'를 주도했던 법정대학 유학생 주영섭(1912~?)의 시 「바·노바」가 바로 이 잡지에 수록되어 있었다.

불 꺼진 람프와 싸모왈-르
競馬場本柵 같은 교자.

실경우에몽켜섯는 술병 - 世界選手들
마음에맞는 술병을골라
「찬봉」을마시고
베레- 氏
루바-슈카 君
마르세에유를부르고
아리랑을노래하자.

재주꾼인 마스터가
와인그라-스에비라미트를쌋는다

갓들어온「체리꼬」가

헛드리는아브상에 파-란불이붓는다

삼팡병과나무걸상

배-커스와 애-너스의背像,

獨逸말하는 大學生이여

윈카마시는 詩人이여

잠자쿠잇는「고루뎅」바지여

제각기色다른술을붓고

다가치 祝杯를들자!

낡은성냥갑을버려라,

한 대남은담배를피여물고

세시넘은 노-야를나서자.

—「바·노바」원문

주영섭은 시「바·노바」에서 술집 NOVA의 풍경을 퇴폐와 열정으로 가득하게 묘사한다. 거기에는 시인의 자의식 대신에 젊음의 이름으로 가려진 암울한 퇴폐가 자리 잡고 있다. NOVA에는 불이 꺼진 램프와 러시아식의 물 끓이는 주전자인 '싸모왈(samovar)'이 놓여 있다. 이 두 개의 시적 대상은 NOVA의 공간이 가지는 이국적 정취를 그대로 살려 낸다. 경마장의 목책처럼 홀 안에 나무 테이블이 늘어놓아져 있다. 시 렁 위에는 세계 각국에서 들여온 온갖 종류의 술병들이 모여져 있다. 시적 화자는 이 술병들을 두고 세계의 선수들이라고 부른다. 흥청대는 제국의 밤거리에서 NOVA를 찾는 술꾼들은 자기가 좋아하는 술병을 골라내어 술을 뒤섞어 '짬뽕'으로 마신다. 베레모를 쓴 사람, 루바시카를 입은 술꾼이 함께 흥에 겨워 마르세유를 노래하고 아리랑을 부른다.

시 「바·노바」의 후반부는 취흥을 돋우며 흥청대는 NOVA의 술꾼들이 묘사된다. 주방장이 와인글라스를 가지고 피라미드 모양을 쌓아 올리는 재주를 부리고, 갓 들어온 '체리꼬'가 그 글라스에 술을 붓는다. 글라스에 흩어 내리는 술 '아브상(absinthe)'에 파란 불이 붙는다. 샴페인 술병이 여기저기 놓여 있고 나무 의자에는 바커스와 비너스처럼 남녀가 걸터앉아 있다. 독일어를 지껄이는 대학생, '윈카(보드카)'를 마시는 시인, 잠자코 앉아 있는 '고루뎅' 바지의 사나이. 제각기 색다른 술잔에 축배를 든다. 모두가 흥에 취하고 술에 취하는 사이에 어느덧 밤이 깊어 새벽 세 시가 넘어간다. 시적 화자는 이 열정의 공간에서 한 대 남은 담배에 불을 붙이면서 낡은 성냥갑을 구겨 내던지고는 NOVA를 나선다.

이런 식으로 읽어 보면, 「바·노바」의 시적 공간에서 시인의 내면 의식이 차지하는 구석은 그리 크지 않아 보인다. 시적 주체는 어느 사이에 NOVA의 공간 속에 그대로 묻혀 버린 채 모습조차 드러내지 못하고 있다. 그러나 들떠 있는 분위기가 고조되어 엄청난 격정의 도가니처럼 느껴진다. 이 뜨거운 공간에서 시적 주체는 술꾼들 사이에 섞여 한데 어울린다. NOVA의 공간이 만들어 내는 이 특이한 집단의식 속에서 '우리들'이라는 의미를 찾고자 하는 것은 어리석은 일이다. NOVA에는 세계 각처에서 들여온 술이 있고, 각 나라의 특이한 문화가 거기 함께 묶어 있다. 여기 모여든 술꾼들은 모두가 자기 멋대로 자유롭다. 마음에 드는 술병을 골라 이것저것 섞어 '짬뽕'으로 술을 들이켠다. 이들이 마시는 술처럼 세계의 풍물과 사조가 함께 뒤섞여 NOVA의 공간은 독특한 퇴폐의 분위기로 가득 차게 된다. 그리고 여기에 까닭 모를 암울이 덧씌워지는 것이다.

여기서 NOVA의 술꾼들이 무엇을 위해 축배를 들고 있는가를 물어야 하는 것은 독자로서의 임무이다. 세기말의 불안이라고 명명하기도 했던 이 암울을 떨쳐 내기 위해 낡은 시대를 버려야 했던 것인가? 이것이 시대적 숙명이라면 '낡은 성냥갑'처럼 버려야만 하는 것은 과연 무엇인가? 주영섭의 시 「바·노바」는 바로 이러한 질문을 떠올리게 하는 장면에서 끝이 난다.

소설 「실화」 속의 'NOVA'

신주쿠 뒷골목의 'NOVA'를 소개했던 이상의 소설 「실화」는 그가 세상을 떠난 후에 잡지 《문장》(1939. 3)에 유고의 형태로 소개된 바 있다. 이상의 소설 가운데 동경 생활을 배경으로 하여 엮어진 것은 이 작품이 유일하다. 이상은 1936년 늦은 가을에 서울 생활을 접고는 혼자서 동경으로 떠났다. 그는 일본 제국의 수도인 동경에서 자신의 예술이 인정받을 수 있을지 궁금했다. 하지만 일본인들이 동양 문명의 꽃이라고 추켜세웠던 동경은 그가 꿈꾸던 새로운 문명의 도시가 아니었다. 그는 동경에 도착한 후 곧바로 동경의 그 허망한 비속(卑俗)을 눈치채

고는 그 서구적 표피의 악취를 견디기 힘들어했다. 그는 자신의 동경
행을 후회하였다. 그가 써 놓은 수필 「동경(東京)」(《문장》, 1939. 5)에
는 동경이라는 거대한 도회가 현대 자본주의의 흉물처럼 그려져 있다.
'마루비루'의 높은 빌딩 숲을 거닐면서 그는 미국 뉴욕의 브로드웨이
를 떠올리면서 환멸에 빠져들었고, 신주쿠의 사치스런 풍경을 놓고 프
랑스의 파리를 따라가는 가벼움에 치를 떨었다. 그는 긴자 거리의 허
영에 오줌을 깔겨 주면서 아무래도 흥분하지 않는 자신을 '19세기'라
고 치부하기도 했다.

　소설 「실화」는 이상 자신의 동경행에 대한 반성을 주축으로 하여 이
야기가 전개되지만, 소설 속의 이야기 시간은 동경 생활의 하루로 그
배경을 한정하고 있다. 실제로 이야기의 전반부는 '나'라는 주인공이 동
경 유학생 C의 방에 가 있는 장면을 그리고 있으며 후반부는 C의 방을
나선 주인공이 신주쿠의 NOVA라는 바에서 술을 마시는 장면으로 이
어진다. 그러나 이 소설의 이야기는 주인공인 '나'의 의식 속에서 재구
성되는 과거와 현재라는 시간을 통해 경성과 동경이라는 두 개의 공
간을 병치시켜 놓는다. 그리고 '나'의 내면에 자리 잡고 있는 자의식의
그림자를 끊임없이 드러내어 보여 준다. 이 과정에서 타자의 텍스트를
수없이 끌어들이면서 하나의 커다란 패러디를 구축해 놓고 있는 점을
놓쳐서는 안 된다.

　이 소설에서 동경이라는 도시는 C의 방에서부터 이야기 속의 내면
풍경으로 자리 잡는다. 그리고 주인공인 '나'의 내면 의식을 통해 자신
이 떠나온 경성의 공간과 대비된다. 이것은 작가 이상에게는 매우 특
이한 서사 방식이다. 이상의 동경행이 어떤 동기와 연결되어 있든지 간

에 그가 자신의 소설 속에 허구라는 이름을 달고 동경을 이야기할 수 있었다는 것은 중요한 의미를 가진다. C와 함께 동거 생활을 하고 있는 여자 유학생 C양의 모습은 소설의 주인공이 경성에 두고 온 '연'의 모습과 자꾸만 겹친다. 그 결과 동경과 경성의 거리는 '나'의 의식 속에서 소멸한다. 동경이 곧 경성이고 경성이 곧 동경인 것이다.

소설 「실화」의 서두에 등장하는 C는 이상이 쓴 수필 「동경」에도 나온다. 이상은 C군을 따라서 축지소극장(築地小劇場)에 구경 간 적이 있음을 밝혀 두고 있다. 가지가지 포스터를 붙여 놓고 있는 일본 신극 운동의 본거지를 돌아보면서 이상은 서투른 설계의 끽다점(喫茶店) 같았다고 적었다. '인생보다는 연극이 재미있다'고 말하는 것으로 보아 C군이 연극을 공부하는 학생임을 짐작할 수 있다. C는 과연 누구일까? 실재하는 인물을 모델로 하여 소설의 이야기를 꾸몄던 이상의 글재주로 본다면, C는 분명 이상의 동경 생활과 어떤 연관을 갖는 인물이었음에 틀림없다. 이상의 동경 생활 주변에 서성댔던 유학생들은 주로 동인지 《삼사문학(三四文學)》에 관여했던 인물들이다. 이들 가운데 연극 활동에 주력했던 주영섭이 C라는 이니셜로 표시되었을 가능성이 크다. 연극 단체 '동경학생예술좌'를 주도했던 주영섭을 빼놓고는 다른 유학생을 떠올릴 수가 없다.

주영섭은 평양 태생으로 평양 광성고보를 졸업한 후 서울 보성전문학교 문학부에서 수학했다. 보성전문 재학 중 학생회 연극부를 만들어 고리키의 〈밤주막〉을 공연하였고, 카프 산하 극단 '신건설'의 제1회 공연인 〈서부전선 이상 없다〉(1933)에 찬조 출연하기도 하였다. 일본으로 유학하여 호세이[法政] 대학에서 영문학을 전공하면서 동경

동경의 조선 유학생들이 조직한 연극 단체 '동경학생예술좌'의 제1회 공연 모습.

의 조선인 유학생을 중심으로 하는 연극 운동을 주도하면서 1934년 이진순, 박동근, 김영화 등과 더불어 '동경학생예술좌'를 창단한 후 기관지 《막(幕)》을 발간했다. 1935년 일본에서 창간된 문예 동인지 《창작(創作)》 창간호에 시 「포도밭」을 발표하였고, 2호에 「세레나데」, 「해가오리」 등을 발표하였다. 그는 조선에서의 신극의 확립을 창작극에서부터 시작해야 한다는 목표를 세우고 1935년 6월 4일 동경의 '축지소극장'에서 유치진의 〈소〉와 함께 자신의 창작 희곡 〈나루〉(단막극)를 공연하여 좋은 평을 받기도 하였다. 그리고 이상의 『오감도』가 발표된 직후 한국 문단의 초현실주의를 표방하며 등장했던 《삼사문학》에 신백수, 이시우 등과 동인으로 참여하여 제5호(1936. 10)에 「거리의 풍경」, 「달밤」 등의 시를 발표하기도 하였다.

소설 「실화」에 작가 이상이 자신의 동경에서의 하룻밤 이야기를 담아 놓고 있다고 본다면, 이상이 찾았던 'NOVA'의 실체가 더욱 궁금해진다.

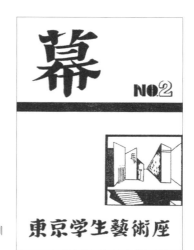

단원들이 좌익 사범으로 구속되면서 3호에
그친 동경학생예술좌 기관지 《막》.

이상은 저녁 늦게 주영섭의 집을 나와 자기 하숙집으로 돌아온다. 그런
데 집으로 돌아오는 밤길에 '법정대학 Y군'을 만나 함께 신주쿠의 술집
NOVA를 찾아간다. 이 대목은 소설 속에 다음과 같이 설명되어 있다.

　　남자의 목소리가 내 어깨를 쳤다. 법정대학 Y군, 인생보다는 연극이
　재미있다는 이다. 왜? 인생은 귀찮고 연극은 실없으니까.
　　「집에 갔드니 안 게시길래!」
　　「죄송합니다.」
　　(……)
　　「신주쿠[新宿] 가십시다.」
　　「신주쿠라?」
　　「NOVA에 가십시다.」

「가십시다 가십시다.」

마담은 루파시카. 노─봐는 에스페란토. 헌팅을 얹인 놈의 심장을 아까부터 벌레가 연해 파먹어 들어간다. 그러면 시인 지용(芝鎔)이어! 이상(李箱)은 물론 자작의 아들도 아무것도 아니겠읍니다그려!

십이월의 맥주는 선뜩선뜩하다. 밤이나 낮이나 감방은 어둡다는 이것은 꾜─리키의 「나드네」 구슬픈 노래, 이 노래를 나는 모른다.

'나'는 Y군과 함께 'NOVA'에서 함께 차디찬 맥주를 마신다. 그런데 이 NOVA라는 술집의 풍경이 주목을 요한다. 1930년대 제국의 수도 동경에서도 가장 번잡한 거리 신주쿠에 자리 잡은 NOVA에는 프랑스 말을 흉내 내는 마담 나미코가 있다. 주인공인 '나'는 옆자리에 앉아 있는 일고(一高) 휘장의 '핸섬 보이'에게 주눅이 든다. '나'는 술기운에 횡설수설 늘어놓는다. 이 장면에 그려져 있는 NOVA의 풍경은 소설 속의 공간으로 구체화된 하나의 장소에 불과하지만, 단순한 술집 풍경만은 아니다. 이상이 독자들을 안내한 신주쿠의 술집 NOVA는 실제의 장소이면서도 1930년대 동경에 미만해 있던 이국 취향의 경향을 보여 주었던 상징적인 표상 공간이었기 때문이다.

 ## 주영섭의 시 「바·노바」와 정지용의 시 「카페 프란스」

이상의 소설 「실화」를 보면, 주인공은 신주쿠의 'NOVA'에서 술을 마신다. 앞에 소개한 주영섭의 시 「바·노바」에서 그려 내고 있는 허망한 열정 대신에 주인공은 NOVA의 모든 장면들을 정지용의 시 「카페 프란스」와 대비시켜 보면서 우울 속으로 빠져든다. 소설 속에서 NOVA의 풍경은 바로 이렇게 그려진다. "마담은 루파시카. 노─봐는 에스페란토. 헌팅을 얹인 놈의 심장을 아까부터 벌레가 연해 파먹어 들어간다. 그러면 시인 지용(芝鎔)이어! 이상(李箱)은 물론 자작의 아들도 아무것도 아니겠읍니다그려!" 이 대목이 정지용의 시 「카페 프란스」의 패러디에 해당한다는 것은 이 시를 읽어 본 적이 있는 사람들은 쉽게 짐작할 수 있다. 이상은 왜 NOVA의 풍경을 놓고 정지용의 시 「카페 프란스」를 떠올리고 있는 것인가? 그 이유는 이 시가 그려 내는 특이한 시적 공간과 그 정서를 통해 설명할 수밖에 없을 것이다.

정지용이 그의 시 「카페 프란스」에서 그려 냈던 '카페 프란스'는 1920년대 후반 교토의 대학가에 자리 잡고 있던 작은 카페였다. 그러므로 NOVA의 풍경과는 전혀 다를 수밖에 없다. 동경 신주쿠의 NOVA는 1930년대 후반 제국의 수도 한복판에 자리하고 있던, 젊은 이들에게는 최고의 낭만 혹은 퇴폐에 해당한다.

옮겨다 심은 종려(棕櫚)나무 밑에
빗두루 슨 장명등,
카페·프란스에 가쟈.

이놈은 루바쉬카
또 한놈은 보헤미안 넥타이
뺏적 마른 놈이 압장을 섰다.

밤비는 뱀눈처럼 가는데
페이브먼트에 흐늙이는 불빛
카페·프란스에 가쟈.

이놈의 머리는 빗두른 능금
또 한놈의 심장은 벌레 먹은 장미
제비처럼 젖은 놈이 뛰여 간다.

*

「오오 패롵(鸚鵡) 서방! 꾿 이브닝!」

「꾿 이브닝!」(이 친구 어떠하시오?)

울금향(鬱金香) 아가씨는 이 밤에도
경사(更紗) 커—틴 밑에서 조시는구료!

나는 자작(子爵)의 아들도 아모것도 아니란다.
남달리 손이 히여서 슬프구나!

나는 나라도 집도 없단다
대리석 테이블에 닷는 내 뺌이 슬프구나!

오오, 이국종(異國種) 강아지야

내 발을 빨어다오.

내 발을 빨어다오.

—「카페 프란스」 전문

정지용의 시 「카페 프란스」를 보면 시의 텍스트가 크게 전반부와 후반부로 구분되어 있다. 이러한 구분은 물론 시적 공간의 변화로 이어진다. 전반부는 비가 내리는 저녁에 '카페 프란스'를 찾아가는 길이다. 이러한 공간의 설정 자체가 전반부의 시적 무드를 형성하는 기반이 된다. 이 시의 후반부는 전반부와 그 내용이 사뭇 다르다. 열려 있는 공간으로서의 밤거리를 그리는 것이 아니라, 닫혀 있는 카페의 내부로 들어선 모습을 그린다. 시적 묘사의 관점과 어조가 바뀐다. 후반부는 카페에 들어서는 장면부터 시작된다. 카페의 문을 열고 홀 안으로 들어섰는데, 울금향(鬱金香, 튤립)이라는 별명을 가진 여급은 늘어진 커튼 아래에서 졸고 있다. 이들에게 눈길도 주지 않는 셈이다. 시적화자는 졸고 있는 이 아가씨의 무심한 표정에 이내 주눅이 든다. 그리고 초라한 자신의 모습을 돌아보게 된다. 자신이 가난한 농가의 태생으로 아무것도 가진 것이 없고, 어떤 사회적 지위도 누리지 못하고 있으며, 돈 많은 난봉꾼도 아님을 밝히고 있는 것이다. "남달리 손이 히여서 슬프구나"라는 구절은 가난한 유학생의 처지를 그대로 그려 낸다. 하지만 이 시의 마지막 구절에서 시적 화자는 이 같은 서러움을 달래기 위해 일시적이나마 육체적인 위무(慰撫)를 갈구한다. 마지막 구절인 "오오, 이국종(異國種) 강아지야 / 내 발을 빨어다오. / 내 발을 빨어다오"는 이 같은 육체적 갈망을 직접적으로 표출한 것이라고 할 수 있다. 여기서 말하는 '이국종 강아지'는 졸고 있던 카페의 여급 '울금향' 아가씨를 지칭하는 것임은 물론이다. 이 작품이 나라 잃은 가난한 유학생들이 겪어야 하는 고통과 슬픔 그리고 객기를 그들의 생활의 한 단면을 통해 확인할 수 있게 한다는 것은 부인할 수 없는 일이다.

소설 「실화」 속의 '나'는 신주쿠의 술집 'NOVA'에서 설익은 불란서 말로 파리의 낭만을 흉내 내는 암울한 퇴폐를 구경한다. 그리고 바로 이러한 모조된 공간으로 조립되어 있는 동경에 크게 실망한다. 서구 제국을 따라 흉내 내기에 목을 매고 있는 일본이라는 거대한 제국의 실체가 거기에 얼비치고 있었기 때문이다. 그러므로 주인공인 나는 NOVA의 분위기에 젖어 들기 전에 시인 정지용을 떠올린다. 「카페 프란스」에서 "나는 자작의 아들도 아모것도 아니란다. / 남달리 손이 히여서 슬프구나! // 나는 나라도 집도 없단다 / 대리석 테이블에 닷는 내 뺌이 슬프구나!" 하고 노래했던 식민지 지식인 청년의 비애를 그대로 느낄 수밖에 없었던 것이다. 그리고 이 같은 비애의 정서를 바탕으로 나는 스스로 자신의 잘못된 동경행을 반성한다. 현해탄을 건너면서 '망또' 깃을 날리던 청년 시인 정지용은 '망또'에 붙어 있는 '금단추'를 모두 떼어 내어 바다에 던짐으로써 자의식의 굴레를 벗어나지 않았던가?

 동경 그리고 퇴폐의 끝

이상의 동경행은 '인심 좋고 살기 좋은 한적한 농촌'으로 비유했던 경성으로부터의 탈출을 뜻한다. 그러나 이 탈출은 문명의 길이 아니다. 이상이 찾았던 동경은 그에게는 하나의 막다른 골목 같은 곳이었다. 그는 더 이상 나아갈 길을 찾지 못했다. 동양 문명의 꽃처럼 일본인들이 내세웠던 동경은 이상의 눈에는 뉴욕과 파리를 흉내 내는 하나의 모조품에 불과했다. 그는 이 모조의 도시를 헤매다가 결국 일본 경찰에 거동 수상자로 체포된 후 그곳을 빠져나오지 못했다. 그의 앞에는 죽음이 기다리고 있을 뿐이었다.

1937년 4월 21일《조선일보》학예면에 「작가 이상(李箱) 씨 동경서 서거」라는 아주 짤막한 기사가 실렸다. "작가 이상 씨는 문학적 수업을 하기 위해서 동경으로 건너갔던 바 숙아(宿痾)인 폐환이 더쳐서 매우 신음하던 중 지난 17일 오후 본향구 3정목 제대 부속병원에서 영면하였다. 유해는 방금 그 부인이 수습 중에 있는데 근일 다비(茶毘)에 부친다고 한다." 이 짧은 두 개의 문장이 이상의 죽음을 알리는 공식적인 기록이다. 이상의 죽음을 알리는 이 짤막한 기사에는 그동안 한국 문단에서 풀어내지 못한 여러 개의 수수께끼들이 포함되어 있다. 이 신문이 전하는 내용대로라면 이상은 문학 수업을 위해 동경을 택했던 것임을 알 수 있다. 그러나 이상이 동경에서 머물렀던 반년 동안 무엇을 했는지에 대해서는 모든 것들이 여전히 베일에 가려져 있다. 이상은 새로운 학문과 예술에 뜻을 두고 동경에 간다고 하였지만 여행객 신분으로 동경에 묵고 있었다. 그가 문학의 수업을 위해 동경으로 갔다면, 어디서 어떤 일을 했는지 궁금하지 않을 수 없다. 하지만 이 같은 의문을 해결해 줄 만한 어떤 단서도 발견되지 않는다. 물론 젊은 시인이자 소설가인 이상의 동경 여행 정도로 간단히 설명할 수도 있다. 당시 동경은 동아시아에서 현대 문명과 예술의 중심지였고 이상은 동경을 꿈꾸어 왔던 것이 사실이다.

이상이 동경에 머물렀던 것은 불과 여섯 달 정도밖에 되지 않는다. 이 기간 중에 그가 혼자서 한 일은 간다의 하숙집에서 글을 쓰거나 동경의 거리를 배회하는 일이었다. 이상은 자신의 예술을 위해 더 나아갈 수 있는 길을 찾았지만 그것은 가능하지 않았다. 그가 동경에 남긴 흔적은 이제 찾아볼 수 없다. 그가 만난 사람들이 누구였는지도 제대로 알 수 없고 그가 어디를 찾아다녔는지도 확인할 수가 없다. 이상에게 동경이란 도시는 도대체 어떤 의미를 지니는 것인가?

이런 질문은 다시 이상이 그린 신주쿠의 술집 'NOVA'로 우리를 이끈다. 이상의 소설 「실화」의 한 장면 속에 자리 잡고 있는 술집의 풍경은 주영섭의 시 「바·노바」를 패러디하여 서사적으로 변용한 것으로 볼 수도 있다. 그 이유는 소설 속의 NOVA에서 이상은 정지용의 시 「카페 프란스」를 인유하는 것으로 자기 심경을 표현하고 있었기 때문이다. 여기서 이상이 신주쿠의 NOVA에서 무엇을 생각했을까를 다시 묻는 것은 아무 의미가 없다. 왜냐하면, 이상은 실제의 공간인 NOVA를 보면서 정지용의 「카페 프란스」를 떠올렸기 때문이다. 이것은 이상 자신이 '구인회'의 정지용과 같은 자의식에 공감하고 있었음을 말해 준다. 주영섭의 「바·노바」가 그려 내는 퇴폐의 감각에 이상은 더 깊이 빠져들지 못한다. 이러한 태도가 바로 이상 자신의 '19세기적인 도덕'을 말해 주는 것일지도 모르지만, 구인회의 세대인 이상과 《삼사문학》 세대인 주영섭이 가지는 감각의 차이일 수도 있는 일이다.

책의 향기

시 읽기의 즐거움

나는 시집을 늘 곁에 두고 읽는다. 그리고 우리 집 애들에게도 자주 시를 읽도록 권한다. 어떤 때는 아내에게도 내가 가려 뽑은 시를 낭송해 보라고 권하기도 한다. 외국에 출장을 갈 때도 새로 나온 한두 권의 시집을 꼭 여행 가방에 넣고 간다. 미국 대학에 나가 가르치는 동안에 나는 평소에 아끼며 읽던 시집을 백여 권이나 짐 속에 챙겨 가지고 갔었다.

학교에서 강의를 할 때도 학생들에게 시집을 사서 읽어 보라고 권한다. 종강 때는 아예 내 강의를 수강한 학생들에게 한 달에 한 권의 시집 읽기를 생활의 숙제로 내주기도 한다. 학생들은 처음에는 달갑게 생각하지 않다가도 내 뜻을 이해하고는 오히려 더욱 적극적으로 시와 함께하는 생활에 동참하겠다고 다짐하기도 한다.

시는 인간의 심성 그 자체를 내용과 형식으로 하여 만들어지는 유일한 예술이다. 시는 삶의 다양한 경험과 충동에 균형을 부여할 수 있는 힘을 가지고 있다. 시는 그것을 애써 찾아 읽는 사람에게만 충만한 기쁨을 주며, 자기 자신의 삶을 보다 높은 존재의 차원으로 끌어올리고자 하는 사람에게만 초월의 힘을 발휘한다. 시적 생활이라는 것은 시를 통해 정서의 풍요를 누리며 살아가는 것이다. 마음의 흐름을 따르는 것이 시의 기본적인 원리이다. 시는 마음을 말한 것[詩言志]이라는 평범한 진리가 거기서 비롯된다. 우리네 삶에도 또한 마찬가지의 원리를 적용해 볼 수 있다. 깊은 마음에서 우러나오는 대로, 말하자면 마음의 행보를 따라가는 것이 참다운 삶의 방법이 될 수 있다. 공자의 말씀에 "시 삼백 편에 생각의 간특함이 없다"고 했거니와, 그것은 시정신의 본질을 꿰뚫어 보는 말임과 동시에 인간의 마음의 심원을 시와 함께 드러내는 것임을 쉽게 알 수 있다.

시는 인간의 정서와 상상을 통하여 빚어진다. 시의 근본적인 특질이 인간의 정서와 상상에 있으며, 인간 정서의 표현이라는 것이 시정신의 본질에 해당된다. 모든 사물을 감성을 통해 받아들이고, 감성으로 표현하며, 감성을 자극하는 것이 시이다. 시는 삶의 다양한 경험과 충동에 정서적 균형을 부여하고, 인간의 삶을 보다 높은 존재의 차원으로 끌어올리고자 하는 초월의 힘을 발휘한다. 인간은 시를 통해 정서의 풍요를 누리며 살아갈 수 있다. 그러므로 시는 인간의 감성 그 자체를 내용과 형식으로 하여 만들어지는 예술이다. 시는 인생의 표현이며, 삶에 대한 새로운 해석이라고 한다. 시를 통해 인간의 삶을 노래하고, 인간의 꿈을 그릴 수 있기 때문이다. 인생을 표현하고 여기에 새로운 의미를 부여하는 일이야말로 시의 영원한 과제이다. 시가 자연을 소재로 하든지 현실을 노래하든지 간에 그것은 어디까지나 궁극적인 인간의 표현이라고 할 수 있다. 생명의 내면과 영혼을 울려 주는 것이라는 점에서 시는 인생을 떠날 수 없는 것이다. 그런데 여기서 한 가지 주의할 것은 시의 정신이 예술적으로 형상화되어야 한다는 점이다. 시는 어떤 관념이나 사상을 단순히 전달하는 것이 아니라, 정서와 상상에 의해 새로운 의미를 창조하는 것이다. 시는 어떤 무엇을 위해 존재하는 것이 아니다. 오직 인간의 삶의 본질적인 표현이며, 그 새로운 창조라고 할 수 있다.

시의 존재를 가능하게 하는 것은 언어이다. 시에서 사용하고 있는 언어는 '시어(詩語)'라는 개념을 부여받고 있다. 물론 시의 언어가 일상의 언어와 다른 별개의 언어로 존재하는 것은 아니다. 시의 언어와 일상의 언어를 확연하게 구별할 수도 없다. 일상생활에서 쓰이는 말이 시에서 쓰일 뿐만 아니라, 시에서 쓰일 법한 말이 일상생활에서도 흔히 쓰이고 있다. 일상의 언어를 시의 본질에 알맞도록 시에서 활용할 경우 그것이 시의 언어가 되는 것이다. 시의 언어는 사실을 전달하는 기능보다는 느낌을 표현하는 기능을 중시한다. 그리고 그 의미가 함축적이며 간접적이요, 개인적이다. 시의 언어가 함축적이라는 것은 언어의 지시적 의미 이외에도 암시와 연상과 상징과 여운을 중시하고 있기 때문이다. 시의 언어는 그 의미와 기능만이 아니라, 언어의 조직에 있어서도 보통의 언어와는 구별된다. 시의 언어는 말의 뜻이나 논리에 의존하는 경우에도 일상의 언어보다는 비약적이거나 날카로운 것이 보통이다. 시의 언어는 일상의 언어에 바탕을 두는 것이지만, 일상의 언어가 지니고 있는 지시적인 기능을 넘어서 정서적으로 그 의미를 확대한다. 시의 언어는 일상의 언어를 보다 높은 차원의 정서적인 영역으로 끌어올려 그 의미를 심화시키고 확장시킨 것이라고 할 수 있다. 시는 가장 잘 정제된 언어로 이루어진다. 언어를 가다듬는 일은 심성을 가다듬는 일과 서로 통한다. 어느 시대이건 문화의 창조력은 언어로부터 나온다. 그리고 그 언어의 꽃이라고 할 수 있는 것이 바로 시이다.

시를 짓고 그것을 즐기는 일은 우리 조상들의 생활 속에서 오랜 전통으로 자리 잡아 왔다. 위로는 왕으로부터 아래로는 촌부에 이르기까지 모두가 시를 통해 삶의 도리를 배우고 자신들의 꿈을 드러내었다. 옛날 과거제도와 같은 관리의 등용 시험에도 시를 짓는 문제가 항상 중요한 과제로 제시되었던 것은 물론이고, 문벌이 있는 가문에서는 조상이 남긴 시문을 모아 문집을 만드는 것을 자랑으로 여겼던 것이다. 시와 더불어 삶을 살아가면서 보다 높은 차원으로 자신의 삶을 끌어올리고자 했던 옛 선인들의 삶의 자세를 엿볼 수 있는 대목이다. 시를 읽는 일은 그리 어려운 일은 아니다. 그러나 그렇게 만만히 볼 수 있는 일도 아니다. 시 읽기는 조금은 인내력을 지닌 사람에게 적합하다. 시라는 것이 자신과는 상관없는 것이라고 담을 쌓는 사람도 많지만, 시는 자꾸 읽어야만 가까워진다. 무엇을 알아내려고 고심할 필요 없이 그저 시의 언어적 행간을 따라 읽어 가면 된다. 자꾸 읽어 나가다 보면 시의 구절을 저절로 욀 수 있게 되고, 욀 수 있을 정도가 되면

저절로 그 뜻이 마음속에서 살아난다. 처음부터 욕심을 낼 일도 아니다. 한 달에 한 권 정도의 시집을 사서 읽는다면 충분하다. 시집 한 권의 값은 책값 중에서 가장 저렴하다. 커피 한 잔 값이면 누구나 한 시대의 가장 빛나는 언어로 이루어진 시집을 한 권 손에 넣을 수 있다. 한 달에 한 번 서점에 들러 시집을 한 권씩 사서 읽는 것은 정말로 가장 값싸고도 고상한 취미를 실천하는 방법이다. 시를 읽는 데에는 시간도 많이 걸리지 않는다. 소설처럼 읽는 데에 오랜 시간을 투자하지 않아도 된다. 직장의 책상 한구석에 자기가 사 온 시집을 밀쳐 두고 잠깐 틈을 내어 한두 편씩 읽어도 되고, 호주머니에 시집을 넣고 다니면서 전철에서 꺼내 보아도 된다. 소설처럼 앞에서 읽은 대목의 줄거리를 다시 기억하려고 애쓰지 않아도 된다. 시를 읽는 일은 언제나 어디서나 자유롭다.

그런데 오늘의 현실은 너무나 각박하고 삶은 거칠 뿐이다. 거기다가 우리의 정서는 메말라 버렸다. 하루하루의 생활을 꾸려 가기에도 바쁜 사람들이 시를 운위한다는 것 자체가 한가로운 일처럼 보일 정도가 되었다. 시는 오로지 시인들만의 몫이고, 일상의 인간들과는 아무런 관계가 없는 일처럼 되어 버린 것이다. 생활에 가장 가까이 두고 있는 텔레비전의 화면은 시각적 자극에 열을 올린다. 라디오의 노랫소리도 귀를 자극하는 데에만 관심을 두고 있는 듯하다. 비디오와 오디오의 문화가 더욱 발전할수록, 읽고 생각할 수 있는 여유가 줄어들고 있는 것이 사실이다. 시를 음미하고 그 깊은 정서의 세계에 빠져들어 갈 수 있는 낭만이 생활의 어느 구석에도 자리하기 어렵게 되어 있다. 이러한 현상을 놓고 사람들은 흔히 시의 위기를 말하기도 한다. 그러나 이것은 시의 위기를 뜻하는 것만이 아니라, 우리들의 삶 자체가 정서적 파탄의 위기에 처해 있음을 말해 주는 것이라고 할 수 있다.

잃어버린 시정신을 회복하는 일이야말로 사람들이 자신의 삶의 한가운데에 온전히 자리 잡을 수 있는 길이다. 시적 심성의 회복은 우리의 삶에서 가장 시급하게 이루어야 할 중요한 요건 중의 하나이다. 사람들의 생활 속에 자연스럽게 시가 스며들 수 있다면, 그것은 참으로 바람직한 삶의 모습이 될 것이다. 시는 그것을 찾는 사람의 곁에만 자리한다. 시는 객관적인 현실의 인식을 위해서가 아니라 내면적인 세계 인식을 요구하는 경우에 그 존재 의미가 살아난다. 사람이 자기 내부에서 인간의 영혼을 관찰하고자 할 때에만 시의 의미가 중요시된다는 말이다. 거칠어진 언어를 가다듬고 잃어버린 감성을 되찾을 수 있는 방법, 그것이 바로 시 읽기가 아닐까.

 헌책방 거리에 대한 추억

책이라면 당연히 막 인쇄가 되어 나온 신간의 책장을 넘기는 순간에 맛보는 기쁨이 최고다. 아무도 손대지 않은 새 책의 책장을 넘길 때 느껴지는 서늘한 느낌은 어느 것과도 견줄 수 없을 정도이다. 책장에서 풍기는 인쇄 잉크 냄새도 잠깐 동안 스스로 눈을 감게 만드는 특이한 향취가 있다. 하지만 헌책방에서 구한 낡은 책 한 권의 감흥도 결코 가벼이 여길 수 없다. 내가 꼭 가지고 싶었던 귀한 책을 헌책방 구석의 낡은 서가에서 처음 발견했을 때의 기쁨을 어떻게 표현할 수 있을까? 헌책은 누군가에 의해 버려진 것이다. 처음에는 돈을 주고 사서 소중하게 읽은 후 소용이 없어지면 내다 버린다. 헌책에서 묻어나는 것은 흘러간 시간의 내음만이 아니다. 그것이 돌고 돌아오면서 묻혀 온 사람과 장소의 향취도 짙게 풍긴다. 나는 이 독특한 책의 냄새가 그리 싫지 않다.

헌책은 언제나 그 책을 샀던 사람의 이야기를 함께 안고 온다. 책의 속표지에는 처음 책을 산 사람이 써 놓은 자기 이름이 적혀 있다. 어떤 책은 책을 산 날짜와 책방 이름까지 쓰어 있다. 그리고 그 책을 샀을 때의 자기 결심이나 심정 등을 짤막한 문구로 '새로운 각오로!'라든지, '나의 청춘을 위해!'라고 적어 넣은 것도 있다. 누군가에게 누군가가 사서 선물한 책도 많다. '사랑하는 ○○○에게'라는 서툰 펜글씨가 아련한 연애의 한 장면을 떠올리게 한다. 책장의 행간에 수없이 그어진 밑줄로 보아 이 책의 소유자가 얼마나 열독(熱讀)을 했었는지를 헤아릴 수도 있다.

내가 청계천의 고서점가를 둘러보면서 책을 사기 시작한 것은 가난한 대학 시절부터다. 벌써 반백년 가까운 세월이 흘렀다. 동숭동 문리대 정문을 나서서 대학천이라고 불리던 개천 변을 따라 내려가면 천변에 잇달아 붙은 작은 가게들이 모두 책방이었다. 크고 작은 간판을 내걸고 있는 책방들은 바로 막 출간된 신간 서적 광고와 함께 헌책을 무더기로 쌓아 두고 있었다. 나는 학교 강의가 일찍 끝난 날이면 이 헌책방 거리를 돌아다녔다. 대개 헌책을 사고팔았다. 우리 같은 가난한 학생들이 학기가 끝난 후 강의 교재를 내다 팔기도 했고, 새 학기 강의를 위해 남이 내다 판 책을 구하러 다니기도 했던 곳이다. 나는 곧

잘 청계천 헌책방 순례를 하곤 했다. 몇 군데 서점은 주인도 나를 알아볼 정도로 친했다.

청계천 헌책방 거리에는 교복을 입고 가방을 든 학생들이 늘 넘쳤다. 지금은 대학가에서도 둘러볼 만한 헌책방이 별로 남아 있지 않지만, 그 시절에는 대학천에서부터 청계천으로 이어지는 거리가 모두 책방이었다고 할 정도로 청계천 헌책방 거리가 늘 흥성거렸다. 신촌 로터리에서 마포 쪽으로 빠지는 길가에도 헌책방이 많았고, 돈암동 일대에도 헌책방이 여럿 있었지만 중고등학교 교과서나 참고서를 사고파는 곳들이 대부분이었다. 그러나 대학천 변과 청계천 헌책방은 고서들을 수집하고 판매하는 곳들이 많았다. 물론 인사동 골목에도 헌책방이 있었다. 안국동 쪽에서 인사동길로 접어들면 전통의 고서점 '통문관'에서부터 '경문서점'이니 하는 꽤 규모가 큰 고서점들이 있었다. 주로 고서 한적을 취급하는 곳들이었는데, 해방 전에 출간된 서적들도 많았다. 인사동의 고서점은 청계천과는 달라서 판매하는 책의 상태가 좋은 선본(善本)들이 많았지만 가격이 그만큼 비쌌다.

나는 아르바이트 월급을 받으면 으레 청계천 헌책방을 찾았다. 그때 나는 책 한 권에 백 원이 넘는 것은 신중하게 생각하여 사야 한다는 나름대로의 계산법을 지켰다. 당시에 내가 아르바이트를 하여 한 달에 벌어들이는 수입이 사천 원 정도였다. 그 돈으로 한 달 생활비를 모두 감당해야 했다. 자취방의 월세, 식비, 교통비 등을 미리 계산해 두고 나면 기껏 남는 돈은 몇백 원이 넘지 않았다. 그것도 내게는 상당한 액수의 돈이어서 나는 아르바이트 월급을 받는 날은 부자가 된 듯한 느낌이었다. 헌책방 순례는 언제나 인내심이 필요했다. 시간도 여유가 있어야 하지만, 반드시 내가 찾아야 하는 책을 처음부터 정해 놓을 필요는 없었다. 어쩌다 보면 전혀 예상치 못한 책이 엉뚱한 책방의 책무더기 속에 끼어 있을 수도 있었기 때문이다. 그러므로 나에게는 헌책방 순례가 언제나 하릴없이 이루어지는 도심의 산책이었다.

청계천의 헌책방들은 도대체 어디서 생기는 수입으로 가게를 유지하고 있는지 알 수가 없었다. 하루에 드나드는 손님도 뻔했고 사고파는 헌책의 가격도 너무 헐값이어서 거기서 무슨 이익이 남을 것 같지 않았다. 헌책방 가운데 중고등학교 교과서나 참고서를 취급하는 책방은 아예 내가 들를 필요가 없는 곳이었다. 너무 깔끔하게 정리된 책방도 나는 별로 좋아하지 않았다. 헌책방은 헌책방다워야 한다는 것이 내 생각이었다. 출입문도 좀 엉성하고 책도 여기저기 무더기로 쌓아두고 무슨 책이 어디 있는지 한참 두리번대야 하는 그런 책방이 좋았다. 물론 주인도 가게에 들어서는 손님에게 별 관심을 두지 않고 자기가 읽던 신문이나 잡지책에서 눈을 떼지 않아야 했다. 그래야만 내가 마음 편하게 서가를 훑어볼 수 있었던 것이다.

나의 헌책방 순례는 대학이 관악캠퍼스로 이전하면서 사실상 끝이 났다. 우선 학교와 멀어지면서 나다니기가 어려웠고, 청계천에 고가도로가 생길 무렵부터 이미 헌책방에는 해방 이전에 출판된 책들이 자취를 감췄다. 전문적인 수집가들이 등장하면서 가격이 엄청나게 뛰었다. 나는 비싼 돈으로 책을 사는 대신에 필요한 책을 복사하기로 마음먹었다. 점차 편리한 복사 시설이 들어서면서 나는 필요한 자료들을 복사해서 활용했다. 내가 원하는 책은 내 공부에 필요한 자료일 뿐이었다.

내가 청계천 헌책방에서 샀던 책들 가운데에는 지금도 내 서가에 꽂혀 있는 것들이 있다. 김억의 첫 시집『해파리의 노래』도 있고, 김기림의『태양의 풍속』, 박세영의『산제비』, 박종화의『흑방비곡』, 이용악의『오랑캐꽃』, 임화의『현해탄』, 정지용의『백록담』, 최남선의『백팔번뇌』, 황석우의『자연송』등이 있다. 소설집으로는 이광수의『무정』을 비롯하여 김동인의『감자』, 박태원의『소설가 구보씨의 일일』,『천변풍경』, 염상섭의『만세전』, 이기영의『고향』, 이태준의『복덕방』, 이효석의『황제』, 한설야의『탑』, 현진건의『타락자』등을 꼽을 수 있다. 임화의『문학의 논리』, 김문집의『비평문학』등도 그 시절에 구한 책들이다. 이 책들 가운데 몇 권은 무주에 있는 김환태문학관에 영구 대여의 형식으로 내주었고, 시집들은 내가 대학교를 퇴직한 직후 강원도 인제 만해마을에 설립된 한국시집박물관에 무상으로 기증했다. 내가 개인적으로 보관하는 것보다는 박물관에서 여러 사람들이 함께 볼 수 있도록 잘 보관하는 것이 우리 문학을 위해 더 필요한 일이라고 생각했기 때문이다. 대신에 나는 이 책들을 모두 복사하여 PDF 파일로 내 컴퓨터 안에 넣고 다닐 수 있게 되었다.

 초가을 빗속에서 얻은 시집『백록담』

내가 지금도 자랑하고 싶은 책은 헌책방에서 구한 정지용(1902~1950)의 시집『백록담(白鹿潭)』초판본이다. 이 책을 구한 것이 40년 전 일인데 그것이 바로 엊그제 같다. 비가 축축이 내리던 초가을 토요일 오후. 날이 궂어서 책방을 찾는 사람이 별로 없었다. '경문서점'이었

정지용 시인과 1941년 문장사에서 발행한 그의 두 번째 시집 『백록담』 초판본.

는지 그 이름이 지금은 제대로 기억나지 않는다. 그 집에는 가끔 괜찮은 책들이 주인이 앉아 있는 책상 뒤편의 캐비닛 속에 숨겨져 있었다. 내가 서점 문을 열고 들어서니 마침 이웃 서점의 주인들까지 한데 모여 내기 화투판이 벌어졌다. 주인은 손님이 오는 것도 별로 반가워하지 않고 화투판에 열중했다. 나는 문학 서적들이 꽂혀 있는 서가를 훑어보고 있었다. 주인이 소변이 급한지 자리에서 일어나 밖으로 나갔다. 나는 다시 가게로 들어서는 주인에게 눈인사를 하면서, 따로 보관하고 있는 볼만한 책이 없느냐고 물었다. 옆자리에서 화투장을 펴던 다른 서점 주인이 말참견을 했다. "지난번 내게서 가져간 그 시집 있잖아. 그거 넘겼나? 책장사가 책 욕심을 내어서 뭘해." 주인은 마지못한 듯이 캐비닛을 열고 신문지로 잘 싸 놓은 작은 책 한 권을 내게 보였다. 정지용 시집 『백록담』이다. 노란 바탕 위에 나무 사이로 사슴 한 마리가 고개를 쳐들고 있다. 그 옆에 환상처럼 날고 있는 나비 한 마리. '시집(詩集) 백록담(白鹿潭)'이라는 제자(題字)는 출판사에서 갓 나온 책처럼 선명하다. 내 가슴이 뛰었다. 수십 년 동안을 이렇게 곱게 간직한 책이 있었구나 하고 나는 놀랐다.

내가 책값을 묻자, 주인은 벌써 다른 사람이 주문해 둔 것이라서 팔 수 없다고 했다. 나는 그 시집이 욕심나서 내게 팔라고 매달렸다. 그러나 주인은 아무 대꾸도 없이 책을 캐비닛에 집어넣고 화투판으로 끼어 앉았다. 내가 "아저씨" 하며 주인을 부르자, 이번에도 다른 서점 주인이 말을 거들었다. "이렇게 비가 오시는 날에도 헌책방 찾아다니는 손님인데, 어지간하면 넘겨 드려." 나는 주인의 눈치만 살피며 화투 한 판이 끝날 때까지 거기 서 있었다. 화투판이 끝나자 주인이 일어나더니 캐비닛 속의 시집을 다시 꺼내 들며 말했다. "오늘 비 내리시는 덕인 줄 알아요." 나는 그 시집을 받아 들고 몇 번이고 고맙다는 인사를 했다. 비가 내리는 초가을 날 헌책방에 들렀던 것이 그만 내게는 큰 횡재가 되었다. 정지용의 『백록담』 초판본을, 그것도 그렇게 멀쩡하게 깨끗한 책으로 구했으니. 나는 너무도 기뻐서 가방 속에 책을 챙겨 넣은 후 빗속을 달렸다.

나는 지금도 시집 『백록담』을 펼쳐 들면 그때가 눈에 선하다. 이 시집을 얻었던 때와 같은 그런 기쁨을 이제는 다시 책을 통해 맛보기는 어렵겠다. 그러나 나는 이 시집 속의 시들에서 느낄 수 있는 시인 정지용 특유의 언어적 조형성에 늘 탄복한다. 그리고 천편일률적으로 찍어내는 똑같은 표지의 요즘 시집들에 대해 불만이다. 똑같은 표지의 시집들처럼 시의 목소리까지 서로 닮아 버리면 어쩌나 하고 쓸데없는 걱정도 하게 된다.

정지용이 시집 『백록담』을 펴낸 것은 1941년이다. 첫 시집 『정지용 시집』(1935) 이후 두 번째 시집이다. 문장사(文章社)에서 나온 이 시집은 136면으로 전체 25수의 시를 4부로 나누어 실었으며, 제5부에는 8편의 산문을 수록했다. 이 시집은 광복 직후 백양당에서 그대로 다시 나왔다. 1부는 「장수산(長壽山) 1」, 「백록담」, 「비로봉(毘盧峰)」 등 18편, 2부는 「선취(船醉)」, 「유선애상(流線哀傷)」의 2편, 3부는 「춘설(春雪)」, 「소곡(小曲)」의 2편, 4부는 「파라솔」, 「슬픈 우상」, 「별」의 3편, 그리고 5부는 「노인과 꽃」, 「꾀꼬리와 국화」 등 산문 8편으로 구성되어 있다.

정지용은 한국 현대시의 발전 과정에서 시적 언어에 대한 자각을 각별하게 드러낸 시인으로 평가되고 있다. 그의 시는 자기 감정의 분출에 의하여 이루어지는 1920년대의 서정시와는 달리, 시적 대상에 대한 다양한 감각적 경험을 선명한 심상과 절제된 언어로 포착해 내고 있다. 이 같은 시 창작의 방법은 시적 언어에 대한 그의 남다른 관심과 자각에 의해 가능했다. 정지용은 1930년대 중반에 그가 빠져들어 있던 종교적인 구도의 세계를 노래한 일련의 시들을 제외한다면 거의 일관되게 시적 대상으로서의 자연을 노래하고 있다. 어떤 연구자들은 종교적인 시들을 제외한 초기의 시와 후기의 시를 각각 감각적인 시와 동양적인 시라는 서로 다른 차원의 세계로 구분하기도 하지만, 그가 초기의 시에서부터 시집 『백록담』의 경우에 이르기까지 시를 통해 발견한 것은 자연 그 자체였다는 것을 부인할 수는 없다. 물론 정지용 이전에도 시를 통해 자연을 노래한 경우는 허다하게 많은 것이 사실이다. 여기서 시를 통한 자연의 발견이라는 명제를 유달리 정지용의 시에서만 문제 삼는 것은 시적 대상으로서의 자연을 노래하는 방법이 그 이전의 서정시와는 본질적으로 차이를 드러내고 있기 때문이다. 그의 시는 자연을 통해 자신의 주관적인 정서와 감정의 세계를 토로하고 있는 것이 아니라 오히려 자신의 감정을 억제하면서 자연에 대한 자신의 인식 그 자체를 감각적 언어를 통해 새롭게 질서화하고 있다. 이 새로운 시법은 모더니즘이라는 커다란 문학적 조류 안에서 설명되기도 하고 이미지즘이라는 이름으로 규정되기도 한다.

정지용이 보여 주고 있는 새로운 시법으로서 가장 중요시되어야 하는 것은 예리하고도 섬세한 언어적 감각이라고 할 수 있다. 시의 언어에 대한 자각은 물론 그 이전의 김소월이나 동시대의 김영랑의 경우에도 그 중요성이 인정된다. 이들은 모두 시를 통해 전통적인 정서에 알맞은 율조의 언어를 재창조하였기 때문이다. 정지용의 경우 이들과는 달리 율조의 언어에 매달린 것이 아니라, 언어의 조형성(造型性)에 대한 탐구에 관심을 집중한다. 그는 시의 언어를 통해 음악적인 가락의 미를 창조한 것이 아니라 공간적인 조형의 미를 창조한다. 이 같은 특징은 언어의 감각성을 최대한 살려 내고자 하는 시인의 노력에 의해 가능해지는 것이다. 정지용은 생활 속에서 감각의 즉물성과 체험의 진실성에 가장 잘 부합될 수 있는 일상어를 그대로 시의 언어로 채용한다. 그러므로 정지용의 시에는 상태와 동작을 동시에 드러내는 형용동사들이 많이 쓰이며 이를 한정하는 고유어로 된 부사들을 자주 활용하여 사물의 상태와 움직임을 예리하게 포착하고 있는 것이다.

정지용 시의 절제된 감정과 언어의 균제미(均齊美)는 시집 『백록담』

의 작품들을 통해 확인된다. 이 시집에 수록되어 있는「장수산」이나 「백록담」과 같은 작품에서는 시적 심상 자체가 일체의 동적인 요소를 배제한다. 그리고 명징한 언어적 심상으로 하나의 고요하고도 새로운 시공의 세계를 창조해 낸다. 이러한 시적 방법에서 우리는 정지용이 체득하고 있는 은일(隱逸)의 정신을 보게 된다. 자연의 역동성을 거부하고 있는 정지용의 태도가 지나치게 소극적인 세계 인식이라고 폄하할 사람도 없지 않을 것이지만, 우리 시가 도달하고 있는 정신적인 성숙의 경지를 정지용이 보여 주고 있다는 사실을 부인하기는 어려울 것이다.

　　伐木丁丁 이랬거니 아람도리 큰솔이 베혀짐즉도 하이 골이 울어 멩아리 소리 쩌르렁 돌아옴즉도 하이 다람쥐도 좃지 않고 뫼스새도 울지 않어 깊은산 고요가 차라리 뼈를 저리우는데 눈과 밤이 조히보담 희고녀! 달도 보름을 기달려 흰 뜻은 한밤 이골을 걸음이랸다? 웃절 중이 여섯판에 여섯번 지고 웃고 올라 간뒤 조찰히 늙은 사나허의 남긴 내음새를 줏는다? 시름은 바람도 일지 않는 고요에 심히 흔들리우노니 오오 견듸랸다 차고 兀然히 슬픔도 꿈도 없이 長壽山속 겨울 한밤내

　　　　　　　　　　　　　　　　　　　　　　　—「장수산 1」 전문

시「장수산 1」은 산중의 고요를 시각적 심상을 통해 정밀하게 형상화하고 있다. 이 작품의 시적 대상이 되고 있는 것은 겨울 달밤의 산중이다. '조히보담 희고녀'와 같은 감각적 심상을 빌려 구체화하고 있는 밤의 정밀과 고요는 눈 덮인 산중의 달밤을 하나의 깊은 정신적 공

간으로 새롭게 형상화하고 있다. 그러므로 이 작품은 고요한 자연의 정경과 깊은 내면 의식을 교묘하게 조화시켜 놓음으로써 시적 표현이 도달할 수 있는 하나의 성취를 보여 준다. /

이 시에서 가장 중요한 의미를 담고 있는 시어는 '고요'라는 말이다. 장수산이라는 시적 대상을 하나의 정밀의 세계로 형상화하는 데에 '고요'라는 시어의 기능이 매우 중요하다. 이 말은 시적 대상과 대응하는 서정 자아의 내면 의식을 함께 제시하고 있다. 장수산의 고요 속에서 오히려 서정 자아의 내면 의식은 깊은 시름으로 빠져든다. 그러나 그 시름을 견인의 정신으로 극복하고자 한다. 이 같은 의식은 인간과 자연이 일체화되는 과정이라고 할 수 있다. 이 시의 구성에서 의도적으로 시행의 종결을 거부하며 호흡을 지속시키고자 한 점이라든지, 내면 의식의 추이를 보여 주는 일종의 독백적인 어투 등을 시적 진술의 방법으로 활용하고 있는 것은 모두 이 같은 과정을 형상화하기 위한 기법적인 배려라고 할 수 있다. 물론 이것이 견고하게 이루어진 하나의 형식적인 고안으로 이어진 것은 아니다. 「백록담」과 같은 작품의 경우에도 더욱 파격적인 형태적 고안을 통해 그 시적 성과를 보여 준다. 백록담이라는 산의 정상에서 서정 자아는 땅 위의 꽃과 하늘의 별이 하나로 어우러지는 황홀한 정경을 시적 심상을 통해 포착한다. 그리고 이 과정에서 시정신의 고양을 스스로 드러낼 수 있게 되는 것이다.

정지용의 시가 보여 주는 절제된 감정의 세계는 섬세한 언어 감각을 통해 가능해진다. 이 언어 감각은 물론 시적 대상에 대한 깊은 통찰을 바탕으로 성립되는 것이다. 정지용은 대상에 대한 언어적 소묘를 통해 하나의 독특한 시적 공간을 형상화한다. 정지용이 일체의 주관적 감정을 억제한 채 시적 대상을 관조하면서 만들어 낸 이 새로운 시의 세계는 자연의 세계와 동화하거나 합일화하기를 소망하였던 전통적인 자연관을 벗어나고 있다. 정지용은 오히려 자연과 거리를 둠으로써 거기에 그렇게 존재하는 자연을 새롭게 발견한다. 자연이라는 것을 철저하게 대상화하면서 그것을 언어를 통해 소묘적으로 재구성한다.

돌에
그늘이 차고,

따로 몰리는
소소리 바람.

앞 섰거니 하야
꼬리 치날리여 세우고,

종종 다리 깟칠한
山새 걸음거리.

여울 지여
수척한 흰 물살,

갈갈히
손가락 펴고.

멎은듯

새삼 돋는 비ㅅ낯

붉은 닢 닢

소란히 밟고 간다.

―「비」 전문

앞에 인용한 시 「비」는 비교적 단순한 구성을 보이고 있지만 그 시
적 심상은 예사롭지 않다. 정지용의 언어 감각과 시적 상상력이 얼마
나 뛰어난 형상성을 드러내고 있는가를 잘 보여 준다. 이 작품은 가을
비가 떨어지기 시작하는 순간을 공간적으로 형상화한다. 이 과정에서
동적(動的)인 심상을 특이하게 공간적으로 배치함으로써 늦가을 산골
짜기에 떨어지기 시작하는 빗방울과 그 수선스런 분위기를 섬세하게
포착해 내고 있다. 구름, 소소리바람, 산새, 물살, 빗낯으로 이어지는
시적 심상의 결합은 시각적인 것과 청각적인 것의 조화를 충분히 느
낄 수 있게 한다. 특히 "붉은 닢 닢 / 소란히 밟고 간다"라는 마지막 구
절은 붉게 물든 나뭇잎 위로 소란스럽게 떨어지는 빗방울을 감각적이
면서도 사실적으로 묘사하고 있다.

정지용은 자신의 주관적 정서를 철저히 배제하고 감각적인 언어로 시
적 대상을 소묘적으로 그려 냄으로써, 자연 그 자체를 공간적으로 재구
한다. 여기서 말하는 자연은 인간이 그 속에 의존하거나 동화하는 세계
가 아니다. 인간이 범접하지 못하는 자연 그대로의 모습이다. 정지용의
시가 구축하고 있는 세계가 바로 그것이다. 정지용은 자연 그대로의 질

서와 자연 그대로의 미를 추구한다. 정지용이 그의 시를 통해 발견한 이러한 자연은 어떤 의미에서 존재 그 자체를 의미한다고 할 수 있다.

동경 간다의 고서점에서 찾은 백철

서울의 청계천 고서점가는 초라하게 퇴락했다. 그러나 일본 동경의 간다 서점 거리는 언제나 흥성거린다. 신간 서점과 고서점이 뒤섞여 있는 데다가 그 규모가 엄청나다. 일본의 저력을 여기서도 느낄 수 있다.

내가 동경의 간다 서점가를 처음 찾았던 것은 1986년 초여름이다. 나는 미국 하버드대학에서 일 년을 보내고 귀국하는 길에 동경에 들렀다. 물론 일본 동경도 초행길이었다. 내가 동경에 들르기로 결심하게 된 것은 비평가 백철(1908~1985) 선생 때문이었다. 나는 대학원 시절부터 백철 선생 댁을 자주 찾았다. 백 선생의 서재에 쌓여 있는 1930년대 잡지들을 보기 위해서였다. 백 선생은 나를 늘 반겨 주셨다. 내가 댁에 찾아가면 선생은 아예 2층 서재를 내게 비워 주셨다. 책을 자유롭게 볼 수 있도록 배려해 주셨던 것이다. 내가 1985년에 미국 하버드대학의 초청을 받아 출국하게 되었을 때 백철 선생은 병환 중이셨다. 선생은 이른 봄에 집 마당에서 낙상한 후 그 후유증으로 바깥출입을 못하고 계셨다. 나는 선생을 찾아뵙고 일 년 후에 돌아오겠다는 인사를 했다. (그때 선생의 곁에 큰 눈망울을 돌리면서 앉아 있었던 어린 손녀가 지금은 어엿한 소장 문학평론가가 되었다.) 그런데 그 인사가 마지막 인사가 되었다. 내가 미국 생활을 막 시작하게 된 그 여름, 하버드대학에서

1975년 박영사에서 출간한 『진리와 현실』 초판본.

선생의 부음을 들었다. 나는 불과 몇 달 전에 서울에서 인사를 올렸던 어른이 고인이 되셨다는 소식에 놀랐다.

나는 하버드대학 동아시아 도서관에서 백철 선생의 자서전 『진리와 현실』(1975)을 빌렸다. 그리고 그 책을 자세하게 읽어 내려갔다. 나 혼자 이역에서 고인을 추모하기 위한 일이었다. 나는 책을 읽어 내려가면서 백철 선생이 아주 간략하게 써 놓은 백 선생의 동경 유학 시절 이야기에 빠져들었다. 백철 선생의 동경 시대는 1927년부터 시작된다. 그가 동경고등사범학교 영문과에 입학한 것이 바로 그해이며, 그때부터 그의 문학 수업이 이루어진다. 그는 동경고등사범 2학년 때부터 시인을 꿈꾸며 시 전문지 《시신(詩神)》을 구독하고 학교에서 간행하는 교우지에 시를 발표하기도 한다. 그의 시가 일본인 문학도들의 눈에 띄게 되면서 처음 대면하게 된 일본 동경의 문단 풍경을 이 책은 이렇게 설명하고 있다.

　　민중시인이라고 이름한 시라토리 쇼고[白鳥省吾]의 문을 두드린 것도
이 무렵(1929년)이다. 시라토리 쇼고는 《지상낙원(地上樂園)》이라는 시
지(詩誌)를 동인제로 간행하고 있었다. 시라토리는 그때 후쿠다 마사오
[福田正夫] 등과 함께 휘트먼의 시풍을 따라 일본의 민중시파를 이끄는
권위같이 알려져 있었고, 저널리즘에선 한물 가버린 인상을 주는 기성
파의 한 사람이었다. (……) 나는 찾아간 날로부터 《지상낙원》의 동인이
되고, 그 동인의 자격으로 시편을 동시에 발표하기 시작하였다.

— 백철, 『진리와 현실』 중에서

　　백철이 처음으로 만났던 일본 동경의 문단 풍경은 앞의 인용을 통
해 어느 정도 이해할 수 있다. 일본 동경고등사범학교 학생 신분으로
백철이 처음 발을 내딛게 된 동경 문단의 《지상낙원》은 무엇인가? 나
는 하버드대학 도서관에서 『일본근대문학대사전』을 넘겨 보았다. 이
사전에는 《지상낙원》에 대해 다음과 같이 해설되어 있었다. "잡지 《지
상낙원》은 시 전문지로서, 동경 대지사(大地舍)에서 1926년(대정 15년)
6월에 창간되었다. 1938년(소화 13년) 4월에 통권 87호로 종간되었다.
시라토리 쇼고가 편집을 담당하였으며, 구니이 준이치[國井淳一], 쓰
기하라 도이치로[月原橙一郎] 등이 동인으로 참가하였다. 민요의 창작
과 보급에 힘썼으며, 지방 문화의 향상에도 관심을 기울였다. 이 시 잡
지를 주간한 시라토리 쇼고는 와세다대학 영문과 출신으로 1914년경
부터 시 창작 활동을 하였으며, 시에 민주주의적인 요소를 강조하고,

국가 권력에 대결하여 이를 비판하는 작품을 많이 발표하였다. 그는 민중시 운동의 적극적인 실천가로서 소박한 정서를 바탕으로 하는 평이하고도 주조가 분명한 시들을 발표하며 주목의 대상이 되었고, 시집『대지의 사랑』,『공생의 깃발』,『낙원의 도상』 등을 내었다." 이런 내용을 확인한 후 나는 《지상낙원》이라는 시 잡지에 발표했다는 백철 선생의 시가 궁금해졌다. 백철 선생이 시 전문지 《지상낙원》에서 활동한 것은 1929년부터 1930년까지 일 년 정도에 지나지 않는다. 그러나 이 잡지에서의 창작 활동을 기반으로 백철 선생은 학생 신분에도 불구하고 곧바로 동경에서 《전위시인(前衛詩人)》과 '일본프롤레타리아시인회' 등의 일본 좌익 문단으로 진출하게 된다. 그러므로 《지상낙원》 시절의 백철의 활동이 매우 중요하다고 할 수 있다. 그러나 당시 미국에서 잡지 《지상낙원》을 찾는다는 것은 불가능했다. 나는 미국에서 귀국하는 길에 동경에서 일주일을 묵을 계획을 세웠다.

일본 동경에 도착한 후에 나는 아내와 애들을 아내의 대학 동창생 집에 맡기고 혼자서 동경 간다의 고서점가를 찾았다. 서툰 일본어로 1920년대 말기의 잡지 《지상낙원》을 찾아다니다가 나는 큰길에서 골목 안쪽으로 들어가 자리 잡고 있는 작은 고서점 하나를 소개받았다. 다카하시[高橋] 서점이라는 곳이었다. 머리가 하얀 주인의 성씨가 '다카하시'였다. 그는 일본에 처음 찾아온 한국인 문학 교수를 아주 친절하게 대해 주었다. 그리고 자기네 서점에 보관 중인 시 잡지 《지상낙원》의 창간호를 보여 주었다. 그러고는 백철의 시를 찾으려면 일본 국회도서관이나 동경 소재 '일본근대문학관'을 찾아가야 한다면서 일본근대문학관의 주소와 지하철 타는 법을 설명해 주었다.

다음 날은 일본근대문학관을 찾았다. 그리고 그곳에 보관되어 있던 시 잡지 《지상낙원》을 열람할 수 있었다. 백철이 1929년 11월부터 그 이듬해까지 발표한 시 아홉 편과 비평 두 편을 모두 복사했다. 그때의 기쁨이라니……. 나는 백철 선생이 내게 베풀어 주셨던 호의를 이 자료를 찾은 것으로 고맙게 갚아 드리게 되었다고 생각했다. 백철 선생이 일본에서 《지상낙원》에 발표한 시 작품들은 모두 격렬한 투쟁적인 구호로 일관되어 있었다. 일본으로 흘러 들어오는 조선인 노동자들의 고초를 그려 놓은 시 「그들 또한」에서 "몇 번이고 베어도 묵묵히 자라나는 잡초처럼 / 어떠한 방법을 써서라도 현해탄을 넘고 있다. / 그것이 지금에는 / 가는 곳곳의 길가에 보이는 잡초처럼 / 일본의 어느 시골에서도 여기저기 / 때 묻은 흰옷이 눈에 띈다"라고 적고 있다. 이 같은 백철의 현실 인식은 당시의 조선인 유학생의 입장으로서는 유별난 것이었으며, 일본의 식민지 지배에 대한 강한 반발을 담고 있음을 말하는 것이다. 「스미다가와, 석양」이라는 시에서는 노동자들의 고통이 어린 스미다가와 강물을 바라보면서, "모두다 여기 와 보라. / 어느 곳에 과연 평화가 있는가. / 어디에 아름다움이 있는가! / 이처럼 수면이 두꺼운 원한의 빛으로 물들어 있는 것도, / 모두, 가난한 이들의 죄라 할 것인가"라고 절규하였다. 이러한 백철의 시들은 우리 시문학사상에서 보기 드문 사례에 해당한다. 백철은 일본 문단에서 일본인들을 상대로 극렬한 투쟁적 저항시를 일본어로 발표하였다. 그리고 이러한 시작 활동을 통하여 그는 1930년 좌파 시동인지인 《전위시인》에 가담하였고, 다시 '일본프롤레타리아시인회'의 중앙집행위원이 되었다. 백철의 일본어 시 작품들은 일본어를 바탕으로 성립된 식민지 문화에 대한 색다른 문화적인 도전에 해당하였다.

그 후 나는 일본에 갈 때마다 간다의 고서점가를 찾는다. 다카하시 서점의 주인은 해마다 연초가 되면 자기네 서점의 광고 전단지를 연하장과 함께 내게 보내 주었다. '책의 거리'라고 할 수 있는 간다 서점가는 지금도 성업 중이다.

 ## 근대 문화재가 된 김소월 시집 『진달래꽃』

시인 김소월(1902~1934)이 첫 시집 『진달래꽃』을 출간한 것은 1925년이다. 김소월은 본명이 김정식이다. 평안북도 정주의 산골 마을 구성에서 태어났다. 오산학교 중학부를 졸업한 후 서울 배재고보에서 수학했다. 1923년 일본 도쿄 상과대학 예과에 입학했지만 관동대지진으로 귀국한 후 학업을 포기했다. 김소월은 1920년 《동아일보》와 《개벽(開闢)》에 시를 발표하면서 시단에 이름을 알렸다. 그는 귀국 후 고향에서 가업을 돌보면서 시를 발표했고 1924년에는 김동인, 김찬영, 임장화 등과 《영대(靈臺)》 동인으로 참가하기도 했다.

시집 『진달래꽃』은 김소월이 생전에 간행한 유일한 시집이다. 김소월의 사후에 김억이 그의 작품들을 모아 시집 『소월시초』(1939)을 발간하기도 했다. 한국 최초의 창작 시집으로는 1923년 조선도서주식회사에서 출간한 김억의 『해파리의 노래』를 손꼽을 수 있다. 1924년에는 주요한의 『아름다운 새벽』, 조명희의 『봄 잔디밧 위에』, 박종화의 『흑방비곡』, 변영로의 『조선의 마음』, 노자영의 『처녀의 화환』 등이 나왔다. 김소월의 『진달래꽃』도 그 연대로 따진다면 초창기에 출간된 창작 시집에 해당한다.

『진달래꽃』을 출간한 매문사는 김소월의 스승이기도 했던 시인 김억이 운영한 작은 출판사다. 김억은 1925년 9월 자신의 제2시집 『봄의 노래』를 이 출판사에서 출간했다. 시집 『진달래꽃』은 한성도서주식회사 총판본이 세상에 널리 알려져 있다. 겉표지에 표제가 '진달내꽃'이라는 도안 글씨로 표시되어 있으며 진달래꽃과 바위산이 채색화로 그려져 있는 양장본이다. 본문은 모두 234면이며 판형은 국판 크기의 절반에 해당하는 국반판(菊半版)이다. 시집의 서문이나 발문이 없으며, 본문에 총 127편의 시를 16부로 구분하여 실었다.

시집의 내용을 살펴보면, 1부 '님에게'는 「먼 후일」, 「풀따기」 등 10편, 2부 '봄밤'은 「봄밤」, 「꿈꾼 그 옛날」 등 4편, 3부 '두 사람'은 「두 사람」, 「못잊어」, 「예전엔 미처 몰랐어요」 등 8편, 4부 '무주공산(無主空山)'은 「꿈」, 「맘 켱기는 날」 등 8편, 5부 '한때 한해'는 「어버이」, 「잊었던 맘」 등 16편, 6부 '반달'은 「가을 아침」, 「가을 저녁에」 등 3편, 7부 '귀뚜라미'는 「꿈」, 「님과 벗」 등 19편, 8부 '바다가 변하여 뽕나무밭 된다고'는 「바다가 변하여 뽕나무밭 된다고」, 「황촉불」 등 9편, 9부 '여름의 달밤'은 「여름의 달밤」, 「오는 봄」 등 3편, 10부 '바리운 몸'은 「우리집」, 「바리운 몸」 등 9편, 11부 '고독에'는 「비난수하는 마음」, 「초혼」 등 5편, 12부 '여수(旅愁)'는 「여수」 1·2 등 2편, 13부 '진달래꽃'은 「진달래꽃」, 「접동새」, 「산유화(山有花)」 등 15편, 14부 '꽃 촉불 켜는 밤'은 「꽃 촉불 켜는 밤」, 「나는 세상 모르고 살았노라」 등 10편, 15부 '금잔디'는 「금잔디」, 「엄마야 누나야」 등 5편, 16부에는 「닭은 꼬꾸요」 1편 등이 수록되어 있다.

시집『진달래꽃』에 수록된 김소월의 시는 한국 근대시의 형성 과정에서 가장 중요한 문학사적 위치를 차지하고 있는 것으로 평가되고 있다. 한국 근대시의 성립과 함께 문제시되었던 새로운 시 형식의 추구를 염두에 둘 경우, 김소월의 시는 분명 시적 형식의 독창성을 확립하고 있다. 그는 서구시의 형식을 번안하는 수준에 머물러 있던 한국 근대시의 형식에 새로운 독자적인 가능성을 부여하고 있다. 그가 발견한 새로운 시적 형식은 전통적인 민요의 율조와 토속적인 언어 감각의 결합을 통해 이루어진 것이다. 토착어를 민요적 리듬으로 재구성하고 있는 김소월의 시는, 바로 그러한 언어의 특성에 기초하여 민족의 정서를 시적으로 형상화하는 데에 성공하고 있다.

시집『진달래꽃』은 중앙서림 총판본이 또 하나 있다. 이 책은 표제가 '진달내꽃'으로 표시되어 있다. 본문의 면수와 판형, 그리고 본문 조판 방식이나 인쇄 활자 크기가 한성도서주식회사 총판본과 똑같다. 판권지의 출판 사항을 살펴보아도 표제와 총판매소만 서로 다를 뿐 모든 사항이 서로 일치한다. 그러나 당시 매문사에서 왜 이렇게 겉표지의 장정을 완전히 다르게 하여 한 권의 시집을 똑같은 시기에 출판하게 되었는지 알 수 없다. 문화재청에서는 2011년 2월 25일에 시집『진달래꽃』의 한성도서 총판본과 중앙서림 총판본 가운데 보존 상태가 양호한 4책을 최초의 근대 문화재로 지정 등록하였다.

김소월의 시집 이야기가 나왔으니 그의 시적 정서와 시 형식에 대해 좀 더 생각해 보기로 한다. 나는 한국 근대시의 형성 과정에서 김소월을 시정신과 시적 형식의 조화를 통해 한국적인 서정시의 정형을 확립한 대표적인 시인으로 손꼽는다. 김소월은 한국 근대시의 시적 형태

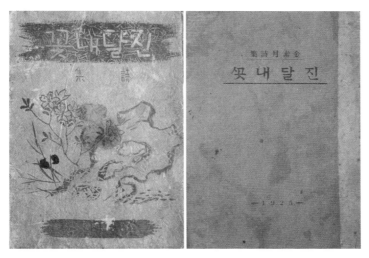

1925년 매문사에서 발행한 시집 『진달래꽃』의 한성도서 총판본(왼쪽)과 중앙서림 총판본(오른쪽).

를 분명하게 정립시켜 놓았다. 그는 초기 근대시의 리듬을 민요의 율격을 통해 새롭게 정착시켰으며 한국의 토착어를 시적 언어로 변용하는 데에 성공했다. 250여 편을 넘는 그의 작품들은 각각의 작품들이 모두 균제된 시적 형식을 이루고 있으며, 모든 작품들이 그 자체의 형식을 통해 완결의 미학을 추구하고 있다. 간결하면서 절제된 형식을 이루고 있으면서도, 그의 시들은 율조의 흐름에 무리가 없으며, 내적인 호흡의 자유로움을 구현하고 있다.

김소월의 시가 포괄하고 있는 정서의 폭과 깊이는 서정시가 도달할 수 있는 궁극적인 경지에 맞닿아 있다. 흔히 정한(情恨)의 노래라는 이름으로 소월 시의 정서적 특질을 규정하기도 하지만, 거기에는 민족적 현실에 대한 비극적 인식이 가로놓여 있다. 김소월이 그의 시에서 즐겨 노래하고 있는 대상은 '가신 님'이거나, '떠나온 고향'이다. 모두가 현실 속에서는 존재하지 않는 것들이다. 임과 고향을 그리워하는 그의 심정은 어떤 면에서 자못 퇴영적인 느낌을 주기도 한다. 그러나 그의 시는 다시 만나기 어렵고, 다시 찾기 힘든 그리움의 대상을 끈질기게 추구하면서 노래하고 있다는 점에서 오히려 낭만적이기도 하다. 물론, 김소월의 시에서 볼 수 있는 슬픔의 미학은 슬픔의 근원에 대한 객관적인 이해의 결여라는 무의지적 측면이 비판되기도 한다. 그의 시적 지향 자체가 지나치게 회고적이고 퇴영적이라는 지적도 타당성을 갖는다. 그렇지만, 그의 시가 보여 주고 있는 정한의 세계가 좌절과 절망에 빠진 3·1운동 이후의 식민지 현실에서 비롯된 것임을 생각한다면, 그 비극적인 상황 인식 자체가 현실에 대한 거부의 의미를 담고 있음을 부인할 수 없는 일이다.

김소월은 그의 대부분의 시에서 서정시의 본령이라고 할 수 있는 개인적인 정감의 세계를 중요시하고 있다. 그는 자연을 노래하면서도 대상으로서의 자연을 그려 내기보다는, 개인적인 정감의 세계 속으로 자연을 끌어들여 그 정조에 바탕을 두고 그것을 노래하고 있다. 그렇기 때문에 그의 시에서 즐겨 다루어지고 있는 자연은 서정적 자아의 내면 공간으로 바뀌고 있으며, 개별적인 정서의 실체로 기능하고 있다. 그의 대표적인 작품으로 널리 알려져 있는 「진달래꽃」, 「산유화」, 「예전엔 미처 몰랐어요」, 「접동새」 등이 모두 이 같은 예에 속한다.

나 보기가 역겨워
가실 때에는

294

말업시 고히 보내드리우리다

寧邊에藥山
진달내꼿
아름싸다 가실길에 뿌리우리다

가시는거름거름
노힌그꼿츨
삽분히즈려밟고 가시옵소서

나보기가 역겨워
가실새에는
죽어도아니 눈물흘니우리다

—「진달내꼿」 원문

　이 작품 속에 설정되어 있는 시적 정황은 '나보기가 역겨워 떠나는 임'과 '말없이 고이 보내드리는 나' 사이의 내면 공간을 중심으로 하고 있다. 그런데, 이 시에서 서정적 자아는 떠나가는 임에 대한 원망 대신에, 오히려 자신의 변함이 없는 사랑을 드러내고자 한다. 여기서 자기 사랑의 표상으로 선택하고 있는 것은 '진달래꽃'이다. 봄이 되면 산과 들에 지천으로 피어나는 것이 진달래꽃이기 때문에, 진달래꽃은 한국인들 누구에게나 친숙하고 그 느낌도 자연스럽다. 이 시의 표현대로 '영변의 약산'에 피어 있는 진달래꽃은 바로 우리네의 곁에 있으며, 일상의 체험 속에 자리 잡고 있는 것이다. 시인은 이 같은 체험의 진실성에 근거하여 자기 정서를 표현하고, 그 표현에서 새로운 감응력을 끌어내고자 한다.

　봄이면 어디서나 볼 수 있는 진달래꽃은 이 시에서 더 이상 평범한 자연물이 아니다. 영변의 약산에 피는 진달래꽃은 그 자체로 거기 있지 않다. 시인의 상상력에 의해 아름다운 사랑의 의미로 채색되어, 화사하게 피어나는 분홍빛의 사랑으로 시 속에 자리하고 있다. '아름 따다 가실 길에' 뿌리는 한 아름의 진달래꽃은 사랑의 크기를 나타내기도 하고, 사랑의 깊이를 보여 주기도 한다. 사랑하는 사람과의 이별의 장면에서 슬픔의 눈물을 보이지 않고, 오히려 이 시의 서정적 자아는 떠나는 임 앞에서 진달래꽃을 통해 자기 자신의 변함없는 사랑을 보여 주고 있는 것이다. 이것은 일종의 상황적 아이러니에 해당된다. 이 시에서 이별의 슬픔이 내면화하고 그 대신에 사랑의 진실이 자리 잡게 되는 것은 이러한 시적 형상화의 과정을 통해서라고 할 수 있다.

　김소월이 노래하고 있는 「진달래꽃」에서의 사랑의 의미는 「산유화」에서의 자연에 대한 인식이라든지, 「접동새」에서 볼 수 있는 허무의 삶 등과 정서의 기반을 같이한다. 이것은 한국인들의 삶과 한국인들이 그들의 삶 속에서 느끼고 있는 정감의 세계를 표현해 주는 것이다. 민족적 정서의 시적 구현 자체가 김소월 시의 존재를 드러내어 주는 것이라면, 김소월의 시에서 바로 그러한 정서적 특질을 발견할 수 있는 것은 당연한 일이다.

　　山에는 숏픠네

숏치피네
갈 봄 녀름업시
숏치피네

山에
山에
피는숏촌
저만치 혼자서 피어잇네

山에서우는 적은새요
숏치죠와
山에서
사노라네

山에는 숏지네
숏치지네
갈 봄 녀름업시
숏치지네

—「산유화」 원문

위의 시 「산유화」의 세계는 자연의 세계이다. 산에 피는 꽃은 혼자서 저절로 피고 저절로 지는 것이다. 아무도 돌보는 이가 없어도, 산에는 항상 꽃이 피고 진다. 이것은 자연의 섭리이다. 이러한 엄연한 이치에 따라 자연은 그렇게 늘 순환한다. 이 시의 단조로운 형식과 간명한 표현 속에서 시인은 바로 그러한 자연의 순환과 질서를 보여 주고 있다. 제3연의 '새'는 자연의 섭리를 따라 살아가고 있는 존재이며, 시적 자아가 추구하고 있는 자연의 세계를 형상화한다. 그리고 이것은 오랜 역사 속에서 형성된 민족의 정서와 자연에의 친화력에 호소함으로써, 더욱 절실한 공감을 불러일으키고 있다. 말하자면 자연 속에서 자연과 더불어 살고자 하는 시적 자아의 욕망이 간접적으로 표현되고 있다고 할 것이다. 김소월의 시를 통해서 확인할 수 있는 개인적인 정감의 세계는 삶의 희망과 환희보다는 고통과 슬픔이 중심을 이룬다. 이것은 시인의 개인적인 정서적 취향과도 관계되는 것이지만, 식민지 상황에서 한국 민족이 겪어야 했던 고통과 슬픔과도 무관하지 않다. 김소월은 한국 민족의 슬픔을 노래하고 있으며, 그 노래 자체가 고통스런 삶에 하나의 위안이 되었음을 주목해야 할 것이다.

나는 꿈꾸엇노라, 동무들과내가 가즈란히
벌사의하로일을 다맛추고
夕陽에 마을로 도라오는꿈을,
즐거히, 쑴가운데.

그러나 집일흔 내몸이어,
바라건대는 우리에게 우리의보섭대일쌍이 잇엇드면!
이처럼 써도르랴, 아츰에점을손에
새라새롭은歎息을 어드면서.

298

東이랴, 南北이랴,

내몸은 써가나니, 볼지어다,

希望의반싹임은, 별빗치아득임은.

물결샌 써올나라, 가슴에 팔다리에.

그러나 엇지면 황송한이心情을! 날로 나날이 내압페는

자츳가느른길이 니어가라. 나는 나아가리라

한거름, 쏘한거름. 보이는山비탈엔

온새벽 동무들 저저혼자……山耕을김매이는.

—「바라건대는 우리에게우리의보섭대일쌍이 잇섯더면」 원문

꿈과 현실의 엄청난 이율배반을 술회하고 있는 이 작품에서 현실
은 상실의 고통으로 가득하다. 시적 주체로서의 서정적 자아는 서로
다른 두 가지 상황을 제시한다. 하나는 꿈이며 다른 하나는 현실이
다. 꿈속의 상황은 벌판에서 하루 일을 마치고 즐겁게 집으로 돌아오
는 장면이 제시되고 있다. 물론 현실 속에서는 이와 다르다. 서정적 자
아는 집도 잃고 땅도 잃어버린 상태라서 농사를 지을 수도 없다. 오직
아침저녁으로 탄식 속에 떠돌 뿐이다. 조국 상실의 아픔과 그 속에서
의 삶의 고통은 거의 절망적인 상태임을 알 수 있다. 그러나 이처럼 극
명하게 제시되고 있는 현실의 문제 속에서도, 서정적 자아는 좌절하지
않는다. 산비탈의 가파른 밭을 매는 사람처럼 한 걸음씩 앞으로 나아
갈 것을 결심하고 있다. 황폐한 현실 속에서 자기 의지를 다져 보고 있
는 셈이다.

공중에 써다니는

저기 저 새요

네몸 에는 털 잇고 깃치 잇지

밧테는 밧곡석

논에 물베

눌하게 닉어서 숙으럿네!

楚山 지난 狄踰嶺

넘어선다

짐 실은 저 나귀는 너 왜 넘늬?

      —「서도여운(西道餘韻)—옷과 밥과 자유(自由)」전문

 이 시에서 시적 주제는 두 가지의 상반된 상황 속에 제시되고 있는
시적 대상을 통해 대비적으로 드러난다. '새'는 자유와 행복을 누리
고 있는 존재이다. 자기가 가고자 하는 곳으로 마음대로 날 수 있고,
먹고자 하는 곡식을 얼마든지 먹을 수 있다. 몸에는 털도 있고 깃이
있으니, 옷가지를 걱정할 필요가 없다. 그러나 공중을 날며 자유롭게
생활하는 새와는 달리, 적유령 넘어가는 짐 실은 나귀의 행색은 처량
하다. '짐 실은 나귀'는 자유로운 새와 극단적으로 대조를 이루고 있는
시적 표상이다. 이것은 궁핍과 부자유와 고통의 삶을 의미한다. 이 같
은 삶의 모습은 식민지 시대를 살았던 민족의 모습과 다르지 않다. 시
인은 "짐 실은 저 나귀는 너 왜 넘늬?"라는 절약된 진술을 통하여 자신

이 말하고자 하는 현실의 고통을 함축적으로 표현하고 있는 것이다.

김소월의 시가 지니고 있는 또 다른 미덕은 토착적인 한국어의 시적 가능성을 최대한 살려 내고 있다는 점이다. 그는 평범하고도 일상적인 언어를 그대로 시 속에 끌어들이고 있다. 심지어는 관서 지방의 방언까지도 그의 시에서 훌륭한 시어로 활용되고 있는 것이다. 일상의 언어를 전통적인 율조의 형식으로 재구성하고 있는 김소월의 시는 바로 그러한 언어의 특성에 기초하여 민족의 정서를 시적으로 표현하고 있다. 경험의 현실에 깊이 뿌리내리고 있는 일상의 언어는 정감의 깊이를 드러내어 보여 줄 수 있으며, 짙은 호소력도 지닌다. 그의 시적 언어의 토착성이라는 것은 그 언어를 바탕으로 생활하고 있는 민중의 정서가 언어와 밀착되어 있음을 의미한다. 실제로 김소월의 시에는 추상적인 개념어가 거의 없으며, 구체적인 정황이나 동태를 드러내는 토착어가 자연스럽게 활용되고 있다. 그의 시가 실감의 정서를 깊이 있게 표현하고 있는 것은 이 같은 언어적 특성과 깊은 관계가 있다. 특히 그의 시의 율조는 민중의 호흡과 같이하면서 유장한 가락에 빠져들지 않고 오히려 간결하면서도 가벼운 음악성을 잘 살려 내고 있다.

 서정주의 첫 시집 『화사집』

시인 서정주(1915~2000)의 첫 시집은 1941년 남만서고(南蠻書庫)에서 간행한 『화사집(花蛇集)』이다. 이 시집을 간행한 남만서고는 시인 오장환이 운영하던 작은 출판사였다. 오장환은 시 동인지《시인부락(詩人部落)》(1936)에서 서정주와 함께 창작 활동을 시작했다. 그는 자기 출판사에서 서정주의 첫 시집을 간행하면서 이른바 특제본(特製本)과 병제본(並製本)이라는 이름으로 장정을 달리한 두 가지 형태의 시집을 내놓았다. 이 시집의 내제지(內題紙)를 펼쳐 보면, '100부 한정 발행, 1~15번은 저자 기증본, 16~50번은 특제본, 51~90번은 병제본, 91~100번은 인행자(발행인) 기증본'이라고 구분하여 두고 해당 책이 그 중 몇 번이라는 표시도 했다. 시집의 판형은 특제본의 경우 변형 A5판, 전체 76면이다.

『화사집』의 특제본은 전통적인 황갈색 능화문(菱花紋)의 표지로 장정한 양장본인데, 비매품인 저자 기증본의 경우 책의 표지에 시인 정지용이 추사의 필체를 본떠 '궁발거사(窮髮居士) 화사집(花蛇集)'이라고 직접 써넣었다. 판매용 특제본은 조선시대 전통 서적의 형태를 본떠 흰색 한지에 세로쓰기의 붉은 한자 붓글씨로 '시집(詩集) 화사(花蛇) 서정주(徐廷柱)'라고 써서 표지 위에 붙였다. 당시 판매 가격은 6원이었다. 병제본은 일종의 보급판인 셈인데 반양장의 회색 표지에 '시집(詩集) 화사집(花蛇集) 서정주(徐廷柱) 저(著)'라고 가로쓰기 한자로 인쇄하여 제자(題字)를 표시했다. 본문의 편집 체제나 인쇄 방식은 특제본이나 병제본이나 그대로 일치하지만, 병제본은 인쇄용지와 장정을 달리했기 때문에 판매 가격을 1원 80전으로 매겼다. 최근 비단으로 표지를 싸고 책등에 붉은색 실로 '花蛇集'이라는 한자를 수놓은 호화 장정본이 나와 화제가 되었는데, 이런 식으로 치장한 책은 아마도 특제본에 누군가 손을 대어 호사스럽게 표지를 바꾸고 특별히 보관했

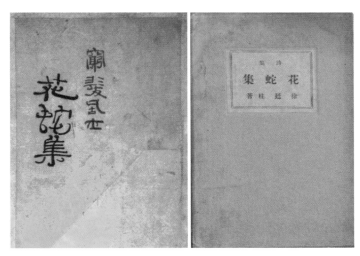

1941년 남만서고에서 간행한 『화사집』의 특제본과 병제본.

던 것이 아닌가 생각된다.

『화사집』에는 시인 서정주의 초기 시 24편이 모두 5부로 나뉘어 수록되었으며, 김상원의 발문이 붙어 있다. 제1부 '자화상'에는 「자화상(自畵像)」 1편, 제2부 '화사'에는 「화사(花蛇)」, 「문둥이」, 「대낮」, 「입마춤」, 「가시내」 등 8편, 제3부 '노래'에는 「수대동시(水帶洞詩)」, 「봄」, 「서름의 강물」, 「벽(壁)」, 「부흥이」 등 7편, 제4부 '지귀도시(地歸島詩)'에는 「정오(正午)의 언덕에서」, 「고을나(高乙那)의 딸」, 「웅계(雄鷄) 상(上)」, 「웅계 하(下)」 등 4편, 제5부 '문(門)'에는 「바다」, 「문(門)」, 「서풍부(西風賦)」, 「부활」 등 4편이 각각 실려 있다. 서정주가 1935년부터 1940년 사이에 동인지 《시인부락》을 비롯하여 여러 잡지와 신문에 발표했던 작품들이 망라되어 있다.

『화사집』의 시들은 관능미와 생명력에 대한 강렬한 찬사가 돋보인다. 초기 시의 경향을 잘 드러내어 주는 표제작 「화사」는 '뱀'이라는 자연물과 '순네'라는 처녀를 대비적으로 등장시킨다. 기독교의 성서에 등장하는 뱀은 인간을 유혹하여 욕망의 구렁으로 빠지게 만든 벌로 땅을 기어 다니면서 살게 되었다는 점에서 관능적인 유혹인 동시에 원죄의 상징이다. 그러므로 돌팔매를 하면서 뱀을 따라가는 것은 뱀에 대한 혐오와 함께 관능적인 아름다움에 대한 유혹을 동시에 말해 준다. 에덴동산의 뱀과 이브를 연상하게 하는 이 시의 장면을 보면 작품 자체가 신화적 상상력을 바탕으로 하고 있음을 알 수 있다.

그런데 서정주의 초기 시는 본연의 생명과 욕망, 관능의 미를 추구하고 있지만 그 정서의 근저에 서러움을 동반하고 있다. 「자화상」에서 시적 화자가 "애비는 종이었다"라고 언명하고 있는 것은 시인 자신을 두고 하는 말은 아니다. 모든 인간에게 숨겨진 본래적인 모습을 말한 것이다. 그러므로 여기서 비롯되는 서러움은 현실적인 삶이나 역사적 경험에서 비롯되는 개인의 슬픔이나 분노와는 다르다. 이것은 시인 서정주가 발견한 인간이 본래적으로 갖고 있는 정서의 원형에 해당한다.

서정주가 초기 시작 활동을 통해 형상화하고 있는 것은 현대 문명의 구성물과 그 가치에 자극을 받으면서도 그 혼란과 덧없음을 벗어나고자 하는 욕망이다. 그는 자신의 시 속에서 대안적인 신화의 세계로 물러서 있다. 그의 시에서 엿볼 수 있는, 사회 현실로부터 벗어나고자 하는 욕망의 그림자는 허무주의와 퇴영의 늪으로 빠지는 법이 없다. 그는 도시적인 삶과 문명의 발전에 능동적으로 참여하기를 거

부한다. 그리고 그가 그려 내는 운명적인 신화적 세계의 심연은 일상의
권태와 오욕으로부터 벗어나 새롭게 되살아나기 위한 고뇌와 의지로 표
상된다. 그러므로 서정주의 시에서 드러나는 운명론적인 퇴영 그 자체
를 비난할 필요는 없다. 그것은 때로 이미 관습화되어 버린 문명의 언어
와 그 담론을 전복할 수 있는 힘을 지니기도 하며 타락한 문명에 대한
도전이 되기도 한다. 서정주의 시에서 자주 발견되는 죽음의 미학은 문
명에 대한 무력감을 드러내는 일종의 시적 방법이기도 하다.

麝香 薄荷의 뒤안길이다.
아름다운 배암……
을마나 크다란 슬픔으로 태여났기에, 저리도 징그라운 몸둥아리냐

꽃다님 같다.

너의 할아버지가 이브를 꼬여내든 達辯의 혓바닥이
소리잃은채 낼룽그리는 붉은 아가리로
푸른 하눌이다. …… 물어뜯어라. 원통히무러뜯어,

다라나거라. 저놈의 대가리!

돌 팔매를 쏘면서, 쏘면서, 麝香 芳草ㅅ길
저놈의 뒤를 따르는것은
우리 할아버지의안해가 이브라서 그러는게 아니라

石油 먹은듯…… 石油 먹은듯…… 가쁜 숨결이야

바눌에 꼬여 두를까부다. 꽃다님보단도 아름다운 빛……

코레오파투라의 피먹은양 붉게 타오르는
고흔 입설이다…… 슴여라! 배암.

우리순네는 스믈난 색시, 고양이같이 고흔 입설…… 슴여라! 배암.

—「화사」 전문

　서정주의 초기작을 대표하는 시 「화사」는 관능적 표현을 통해 악마
적인 아름다움을 추구하고 있다. 이 작품에서는 뱀과 여자를 등장시
켜 도덕적인 계율과 관습에 억눌려 있는 인간의 본능적인 욕구를 표
현한다. 인간으로 하여금 죄를 짓게 하고 그 형벌로 땅을 기어 다니면
서 살아야 하는 뱀은 원죄와 관능의 상징이다. '꽃다님보다 아름다운
빛'을 지닌 뱀 자체가 아름다움과 혐오감을 동시에 드러내는 이중적
의미의 시적 심상으로 작용하고 있다. 그러므로 그 뱀을 돌팔매를 쏘
면서 따라가는 것은 뱀에 대한 혐오와 관능적인 아름다움에 대한 경
사를 동시에 상징한다고 할 수 있다. '석유 먹은 듯 가쁜 숨결'이 인간
의 이면에 숨어 있는 육체적인 욕망을 상징하는 것이라면, 이러한 욕
망을 억제하는 사회적 기제가 작용하고 있는 셈이다. 이 작품에서 뱀
의 관능미는 '스물난 색시' 순네로 환치되면서 더욱 고양된다. '고양이
같이 고운 입술'로 묘사되고 있는 순네의 아름다움이 요염의 뜻으로

306

읽히는 이유가 바로 여기에 있다.

　이 작품은 뱀과 이브를 등장시키면서 인간의 원초적인 욕망을 표현하고자 한다는 점에서 서구적인 신화와 상상력을 바탕으로 하고 있다. 시인 자신이 보들레르의 악마적 탐미주의의 영향을 스스로 밝힌 적도 있지만, 이는 과거의 신화와 현대적인 삶의 거리를 메우기 위해 상상적 초월을 감행한 것으로 생각된다. 일상의 자아를 벌거벗기고 그 위에 미학적 고안에 의한 관능적인 심상의 옷을 입힌 결과가 바로 이 같은 작품을 낳게 된 것이다. 그러므로 서정주의 초기 시에서 볼 수 있는 세계는 더 이상 그 자체로서 존재하는 독자적 실재로서의 경험이 되지 못한다. 그것은 하나의 정신적 고안물에 해당하는 것이다.

　　애비는 종이었다. 밤이기퍼도 오지않었다.
　　파뿌리같이 늙은할머니와 대추꽃이 한주 서있을뿐이었다.
　　어매는 달을두고 풋살구가 꼭하나만 먹고싶다하였으나…… 흙으로
　　바람벽한 호롱불밑에
　　손톱이 깜한 에미의아들.
　　甲午年이라든가 바다에 나가서는 도라오지않는다하는 外할아버지의
　　숯많은 머리털과
　　그 크다란눈이 나는 닮었다한다.

　　스물세햇동안 나를 키운건 八割이 바람이다.
　　세상은 가도가도 부끄럽기만하드라

어떤이는 내눈에서 罪人을 읽고가고
어떤이는 내입에서 天痴를 읽고가나
나는 아무것도 뉘우치진 않을란다.

찬란히 티워오는 어느아침에도
이마우에 언친 詩의 이슬에는
몇방울의 피가 언제나 서껴있어
볓이거나 그늘이거나 혓바닥 느러트린
병든 숫개만양 헐덕어리며 나는 왔다.

―「자화상」 전문

앞의 「자화상」에서는 시적 화자가 자신의 성장 내력을 피력하는 고백적인 진술이 중심이 되고 있다. 가난한 살림살이의 내력이나 아버지의 부재라는 비극적 조건 등이 시적 의미의 서두를 장식한다. 그러나 이러한 내력은 시적 세계에 국한되어 있는 것이며 경험적인 자아와는 일정한 거리를 두고 있는 것으로 볼 수 있다. 그러므로 시인으로서 서정주 자신의 초상이라기보다는 보편적 인간이 가지고 있는 본연의 삶의 비극성을 의미하는 것으로 보아야 할 것이다. '꽃처럼 붉은 울음'을 토하는 문둥이의 처지가 천형인 것처럼, 인간에게 삶의 서러움은 본래적으로 타고난 것이다. 따라서 이 서러움은 어떤 원인에서 비롯된 슬픔이나 분노와는 다른 성질의 것이다. 그것은 시인에게 시를 쓰게 하고 인간이 인간되게 하는 생명력과 같다. 이 생명력은 이후의 시에서도 여러 가지로 변모를 거치면서 나타나게 된다.

서정주의 시는 낭만적인 자기표현이라는 전통적인 시적 태도를 거부한다. 앞에 인용한 「자화상」의 경우에서도 확인할 수 있는 것처럼, 그는 오히려 자기 자신 또는 서정적 자아의 모습을 하나의 타자(他者)로 형상화하여 제시한다. 이것은 그 스스로 인간의 존재와 그 삶의 의미에 대한 깊이 있는 천착을 꾀하면서 스스로 관찰자의 입장에서 일정한 간격을 두고자 하는 시도라고 할 수 있다. 서정주의 시가 식민지 시대의 문명의 타락과 무관하다든지 역사적인 현실로부터 벗어나고 있다든지 하는 것은 일면적인 해석에 불과하다. 그는 압도하는 전체주의의 횡포에 개인적인 불안과 절망감을 느끼기도 하였고, 거대한 지배 세력에 의해 비판적인 자아와 개인적 주체가 여지없이 붕괴되는 것을 보고 분노하기도 한다. 그는 시인으로서 그가 다루는 언어의 상징적인 힘에 의해 창조되는 실재의 세계를 경험함으로써 그 같은 현실적인 고뇌를 승화시킬 수 있었던 것이다. 서정주의 시에서 볼 수 있는 신화적 상상력이 토속적인 세계와 만나 조화롭게 안착하게 되는 것은 해방 직후 두 번째 시집 『귀촉도(歸蜀途)』(1948)를 펴내면서부터이다. 그의 시는 이 시기부터 인간의 본능과 생명에 대한 강렬한 시적 지향보다는 토속적인 서정의 세계를 깊이 있게 천착하게 되는 것이다.

자가본으로 나온 백석 시집 『사슴』

시인 백석(1912~1996)의 시집 『사슴』(1936) 초판본이 고서 경매에서 고가로 낙찰되었다는 소식이 화제가 되었던 적이 있다. 우리 근대문학

서적에 대한 수집가들의 관심이 높아지고 있다는 것은 반가운 일이다. 해외에서는 가끔 유명 문인의 자필 원고나 희귀본 서적이 엄청난 가격에 팔렸다는 소식이 전해지기도 하지만 아직 우리나라에서는 기대하기 어려운 일이다.

나는 대학원 시절에야 시인 백석의 존재를 알았다. 그러나 당시에는 이른바 '월북 시인'이라는 딱지가 붙은 그의 시를 공개적으로 거론할 수 없었다. 형편이 그러하니 일반 독자들은 그의 이름조차 제대로 알아보는 이가 드물었다. 백석의 본명은 백기행이다. 1912년 평북 정주(갈산면)에서 태어났다. 1929년 정주 오산고보를 졸업한 후에 일본 동경의 청산학원대학에 입학하여 영문학을 전공하였다. 1930년《조선일보》'신년현상문예'에 단편소설「그 모와 아들」이 당선되었으며, 1934년 대학 졸업 후 귀국하여 조선일보사에 입사하여 출판부에서 잡지《여성(女性)》의 편집을 담당하기도 하였다. 시집『사슴』을 자가본(自家本)으로 발간한 것은 바로 이 무렵의 일이다. 한때 원산에서 교편을 잡았으며, 해방 이후 북한에서 활동한 것으로 알려져 있다.

백석이 시집『사슴』을 한 권 남겼다는 사실은 확인했지만 나는 그의 시집을 가지고 있다는 사람을 보지 못했다. 여기저기 수소문을 해봐도 소용이 없었다. 그러던 중에 시집『사슴』의 초판본을 직접 살펴볼 수 있었던 것은 국어학자 이기문 교수님 댁에서였다. 이 교수님의 선친이신 이찬갑 선생께 백석이 직접 자필 서명하고 헌사를 적어 올린 책이다. 이찬갑 선생은 평북 정주에서 태어났고, 함석헌 선생과 오산학교 동기생이며, 풀무학교를 설립한 농민운동가로 유명하다. 시인 백석이 동향의 선배에게 올린 이 책은 지금도 마치 인쇄소에서 갓 나온 것

일본 아오야마[靑山] 학원에서 영문학을 전공하던
무렵의 백석.

처럼 흰색 표지가 정갈하게 잘 보존되어 있다.

　백석의 『사슴』은 그의 초기 시 33편을 4부로 구분하여 수록한 자가
본 시집이다. 일반적인 상업 출판사에서 책을 발간하지 않고 자기 자신
이 비용을 들여 만든 것이다. 100부 한정본으로 만든 이 시집의 판형은
A5판, 총 70면으로 구성되어 있는데, 당시 정가 2원으로 표시되어 있다.
1936년 1월 20일 발간한 이 책은 출판 발행소가 '경성부 통의동 7-6 백
석'으로 분명하게 인쇄되어 있다. 시집의 내용을 펼쳐 보면, 1부 '얼럭소
새끼의 영각'에 「고야(古夜)」, 「가즈랑집」, 「여우난곬족(族)」, 「모닥불」 등
6편, 2부 '돌덜구의 물'에 「성외(城外)」, 「초동일(初冬日)」, 「주막」, 「적경(寂
境)」 등 9편, 3부 '노루'에 「산비」, 「쓸쓸한 길」, 「머루밤」, 「노루」 등 9편,
4부 '국수당 너머'에 「절간의 소이야기」, 「오금덩이라는 곳」, 「정주성(定
州城)」, 「통영(統營)」 등 9편이 각각 실려 있다.

백석의 시는 일본 식민지 지배 아래 고통스럽게 살고 있던 민중들의 삶의 모습과 그 애환을 소박한 토속적인 사투리를 통해 사실적으로 묘사해 낸 것들이 많다. 일상어의 시적 활용을 통해 실감의 정서를 놓치지 않고 표현하고 있는 이 같은 시적 방법은 백석의 시가 형상화하고 있는 토속적인 세계와 잘 어울리고 있다. 백석의 시에서 발견하게 되는 실감의 정서는 모두 시적 대상에 대한 간명한 묘사와 소박한 진술을 통해 형성된다. 그의 시선에 닿는 모든 사물들은 서정적 주체와 결코 거리를 둔 채 묘사되는 법이 없다. 모든 시적 대상은 곧바로 서정적 주체의 체험 속에서 새롭게 재구성되는데, 이것은 어떤 사실적인 원리에 의해서도 아니며, 시간적인 질서에 의해서도 아니다. 백석의 시에서 그려 내는 시적 대상들은 모두가 특이한 시적 심상을 만들어 내면서, 그것들이 서로 중첩되어 하나의 공간을 형성한다. 이 시적 공간이 바로 백석 시의 깊은 내면세계에 해당된다. 백석은 이 시적 공간에 자신의 내면에 깊숙이 자리하고 있는 고향의 풍물과 인정을 담아 놓고 있는 것이다.

(가)

짝새가 발뿌리에서 닐은 논두렁에서 아이들은 개구리의 뒷다리를 구워먹었다

게구멍을 쑤시다 물쿤하고 배암을 잡은 늪의 피 같은 물이끼에 햇볕이 따그웠다

돌다리에 앉아 날버들치를 먹고 몸을 말리는 아이들은 물총새가 되었다

—「하답(夏畓)」 전문

(나)

산(山)턱 원두막은 뷔였나 불빛이 외롭다

헝겊심지에 아즈까리 기름의 쪼는 소리가 들리는 듯하다

잠자리 조을든 무너진 성(城)터

반딧불이 난다 파란 혼(魂)들 같다

어데서 말 있는 듯이 크다란 산(山)새 한 마리 어두운 골짜기로 난다

헐리다 남은 성문(城門)이

한울빛같이 훤하다

날이 밝으면 또 메기수염의 늙은이가 청배를 팔러 올 것이다

—「정주성(定州城)」 전문

(다)

처마 끝에 명태(明太)를 말린다

명태(明太)는 꽁꽁 얼었다

명태(明太)는 길다랗고 파리한 물고긴데

꼬리에 길다란 고드름이 달렸다

해는 저물고 날은 다 가고 볕은 서러웁게 차갑다

나도 길다랗고 파리한 명태(明太)다

문(門)턱에 꽁꽁 얼어서

가슴에 길다란 고드름이 달렸다

—「멧새 소리」 전문

백석의 시에서 볼 수 있는 시적 감각은 소박하면서도 섬세하다. 그의 시는 평안도의 사투리를 그대로 시어로 활용하여 시인 자신이 고향에서 체험했던 토속적인 풍물의 세계를 시적으로 형상화하고 있는 점이 특징이다. 여기서 까다롭게 읽히는 평안도 사투리는 체험의 구체성과 깊이와 그 진실미를 구현하기 위해 동원한 도구에 해당한다. 이 토속어를 제외할 경우 각각의 시에서 형상화하고 있는 시적 공간은 실감의 정서와 멀어진다. 백석의 시의 언어 표현은 가장 단순한 수사적 장치인 열거와 나열, 반복과 중첩의 방식을 시적 공간의 구성을 위해 활용하고 있다. 그러므로 토속적 풍물을 그려 내는 경우 압축된 언어와 표현의 간결성 대신에 구체적인 대상의 열거와 그 다채로운 나열의 방법을 택한다. 이러한 표현 방식을 통해 감각적으로 구성되고 있는 시의 공간은 시인 자신의 체험의 영역과 깊이 연결되고 있다. 이것은 백석의 시가 이미 모더니즘적 경향의 넓은 범위에서 벗어나지 않음을 의미한다. 그러나 백석의 시들은 모더니즘 시들이 흔히 보여 주고 있던 도시적 감각과 정서를 거부한다. 그는 오히려 문명적인 것들에서 벗어나 토속적인 자연에 집착하면서 인간 내면의 정서를 깊이 있게 천착하고 있다.

　앞의 인용에서 확인할 수 있듯이 (가)의 「하답」과 같은 작품에서 그려 내고 있는 것은 하나의 아름다운 작은 풍경이다. 이 풍경 속에 동화 같은 소년 시절이 자리 잡고 있다. "몸을 말리는 아이들은 물총새가 되었다"와 같은 구절에서 선명하게 각인되고 있는 시적 심상은 백석만이 그려 낼 수 있는 하나의 세계이다. (나)의 「정주성」에서도 허물어져 가는 성터의 밤 풍경이 오롯하게 자리한다. 특히 "산(山)턱 원두막은 뷔었나 불빛이 외롭다 / 헝겊심지에 아즈까리 기름의 쪼는 소리가 들리는 듯하다 // 잠자리 조을든 무너진 성(城)터 / 반딧불이 난다 파란 혼(魂)들 같다"와 같은 묘사는 시적 공간을 더욱 감각적이면서도 환상적인 장면으로 조밀하게 풍경화하고 있다. (다)의 「멧새소리」에서는 시적 주체와 대상이 완벽하게 합일화되는 과정을 보여 준다. "해는 저물고 날은 다 가고 별은 서러웁게 차갑다"라는 구절은 감각과 정서를 일치시키면서 주체와 대상의 합일을 매개한다. '명태'라는 시적 대상을 통해 구체적으로 형상화되고 있는 외적인 세계가 시적 주체의 내면의 풍경으로 자리하면서 그 합일의 경지에 이르게 되는 것이다.

　백석의 시에서 볼 수 있는 시적 공간은 대체로 고향의 토속적인 풍물로 채워져 있다. 이것은 고향에서의 갖가지 풍물에 대한 체험이 그만큼 시인의 의식 속에 강렬하게 작용하고 있음을 뜻하는 것이다. 동시에 도시라든지 문명이라든지 하는 근대화의 과정에 대해 가지는 시인의 반근대적인 정서가 크게 작용하고 있음을 의미한다. 백석이 그려 내고 있는 고향이라는 시적 공간은 어린 시절의 체험을 바탕으로 재구성되어 있다는 점에서 과거 지향적이다. 이것이 단순한 회고 취향에 머물러 있지 않다는 것은 그 자체가 현실 속에서 절실하게 추구되고 있는 삶의 의미를 담고 있기 때문이다. 물론 시 속에서 그려지고 있는 고향의 풍물은 이미 근대화의 과정에 밀려 훼손되어 가고 있다. 백석은 이러한 고향의 풍물에 깊은 애정을 표함으로써, 그것들과 함께 훼손된 인간적인 것의 가치와 그 회복에 대한 의지를 드러낸다. 이것은 민중의 삶에 깃든 인정에 대한 폭넓은 이해를 바탕으로 한다. 그러므로 이것은 낡은 고향과 지나간 날에 대한 그리움이라는 차원을 넘어서 그 속에 담긴 인간적인 것의 회복을 간절히 소망하는 시인의 자세를 말해 주는 것이다.

오대(五代)나 나린다는 크나큰 집 다 찌그러진 들지고방 어득시근한 구석에서 쌀독과 말쿠지와 숫돌과 신뚝과 그리고 옛적과 또 열두 데석님과 친하니 살으면서

한 해에 몇번 매연 지난 먼 조상들의 최방등 제사에는 컴컴한 고방 구석을 나와서 대멀머리에 외얏맹건을 지르터맨 늙은 제관의 손에 정갈히 몸을 씻고 교우 위에 모신 신주 앞에 환한 촛불 밑에 피나무 소담한 제상 위에 떡 보탕 식혜 산적 나물지짐 반봉 과일들을 공손하니 받들고 먼 후손들의 공경스러운 절과 잔을 굽어보고 또 애끊는 통곡과 축을 귀에 하고 그리고 합문 뒤에는 흠향 오는 구신들과 호호히 접하는 것

구신과 사람과 넋과 목숨과 있는 것과 없는 것과 한 줌 흙과 한 점 살과 먼 옛조상과 먼 훗자손의 거룩한 아득한 슬픔을 담는 것

내 손자의 손자와 손자와 나와 할아버지와 할아버지의 할아버지와 할아버지의 할아버지의 할아버지와……
수원백씨(水原白氏) 정주백촌(定州白村)의 힘세고 꿋꿋하나 어질고 정 많은 호랑이 같은 곰 같은 소 같은 피의 비 같은 밤 같은 달 같은 슬픔을 담는 것 아 슬픔을 담는 것

—「목구(木具)」 전문

앞의 시 「목구」에서도 시인이 그려 내고 있는 것은 고향의 제사 풍

속이다. 이 작품은 시적 대상이 되는 사물들을 열거해 놓는 단순한 서술 방식을 통해 오히려 가난 속에서 차리는 제수가 풍성하게 느껴지도록 유도한다. 정성으로 제수를 장만하여 담아 놓는 목구(제기)를 놓고, 시인이 주목한 것은 제사라는 의식이 아니라 그 의식 속에 담겨진 인정과 풍습이다. 시인은 그것을 세월을 뛰어넘으며 이어지는 '슬픔을 담는 것'이라고 말한다. 옛 조상의 뜻과 먼 후손의 슬픔을 함께 모으는 것, 오롯하게 슬픔을 담아 놓는 것—이것이 바로 제사에 쓰이는 목구들에 붙여 준 시적 의미이다. 이와 유사한 시법은 「고방」, 「가즈랑집」, 「여우난곬족」 등에서도 그대로 나타난다. 전통적인 예절이나 세시 풍속, 그리고 일상생활에 등장하는 여러 가지 음식이나 생활 도구 등을 시적 공간에 배치하여 민족의 생활상과 그 속에 서려 있는 깊은 정서를 노래하고 있는 것이다.

마을에서는 세 벌 김을 다 매고 들에서

개장취념을 서너 번 하고 나면

백중 좋은 날이 슬그머니 오는데

백중날에는 새악시들이

생모시 치마 천진퇴 치마의 물팩치기 껑추렁한 치마에

쇠주푀 적삼 항나 적삼의 자지 고름이 기드렁한 적삼에

한끝나게 상 나들이 옷을 있는 대로 다 내 입고

머리는 다리를 서너 커레씩 들여서

시뻘건 꼬둘채 댕기를 삐뚜룩하니 해 꽂고

네 날백이 따백이 신을 맨발에 바꿔 신고

고개를 몇이라도 넘어서 약물터로 가는데

무썩무썩 더운 날에도 벌길에는

건들건들 씨언한 바람이 불어오고

허리에 찬 남갑사 주머니에는 오랜만에 돈푼이 들어 즈벅이고

광지보에서 나온 은장도에 바늘집에 원앙에 바둑에

번들번들하는 노리개는 스르럭스르럭 소리가 나고

고개를 몇이라도 넘어서 약물터로 오면

약물터엔 사람들이 백재일 치듯 하였는데

붕가집에서 온 사람들도 만나 반가워하고

깨죽이며 문주며 섦가락 앞에 송구떡을 사서 권하거니 먹거니 하고

그러다는 백중 물을 내는 소내기를 함뿍 맞고

호주를하니 젖여서 달아나는데

이번에는 꿈에도 못 잊는 붕갓집에 가는 것이다

붕가집을 가면서도 칠월 그믐 초가을을 할 때까지

평안하니 집사리를 할 것을 생각하고

애끼는 옷을 다 적시어도 비는 씨원만 하다고 생각한다

―「칠월 백중」 전문

　백석의 시 가운데 「칠월 백중」은 민중들의 소박하면서도 생명력이
넘쳐흐르는 삶의 모습을 감각적 묘사를 통해 사실적으로 형상화하고
있는 작품이다. 이 작품의 가장 두드러진 특징은 시적 대상에 대한 묘
사의 감각성과 사실성이다. 이 같은 기법은 다양하게 선택된 제재 속
에서 민중의 진솔한 생활 모습을 보여 주는 데에 기능적이라고 할 수

있다. 특히 이 작품은 각각의 시행들이 하나의 이야기를 말하는 듯한 서술적 효과를 드러내도록 잇달아 있다. 백중날 약물터에 놀이를 나가는 새악시들의 모습을 그 옷치레부터 수선스럽게 묘사한다. 그리고 고개를 넘고 넘어 약물터에 모여든 사람들의 흥거운 모습이 함께 어울어진다. 작품 속에 묘사되는 대상들이 백중날 약물터라는 하나의 구체적인 시적 공간 속으로 집약되면서 시적 감흥도 고조된다. 이 정서적 고양 상태에서 "백중 물을 내는 소내기를 함뿍 맞고" 모두가 후줄근하게 젖지만, 오히려 마음은 차분하게 다가올 살림살이를 생각하면서 '봉가집'으로 향한다. 이러한 시적 진술을 통해 시인은 감각적인 시적 심상들을 공간적으로 병치시키면서 동시에 그 공간 자체를 한 폭의 이야기로 꾸며 낸다. 백석의 시가 이야기조의 서술적 특징을 지니고 있는 것처럼 느껴지는 까닭이 바로 여기에 있다.

백석의 시는 그가 자라났던 고향이라는 공간을 떠나서는 설명하기 어렵다. 그는 어린 시절의 기억 속에서 고향의 풍물을 되살려 내고 그것을 토속적인 평안도 사투리를 통해 그대로 재현하고 있다. 이 토속어를 제외할 경우 각각의 시에서 형상화하고 있는 시적 공간의 언어 표현을 엄격하게 구분하자면 비유적이라기보다는 수사적이라고 말할 수 있다. 시적 공간을 구성하기 위해 기억 속의 사물들을 열거하고 그 열거된 사물들이 빚어내는 체험의 구체성을 감각적으로 살려 내고 있다. 실제로 백석의 시에서 토속적 풍물을 그려 내는 경우 압축된 언어와 표현의 간결성 대신에 구체적인 대상의 열거와 그 다채로운 나열의 방법을 택하고 있음을 확인할 수 있다. 시적 진술 자체가 서술적인 경우가 많은 이유가 여기 있다. 그는 다채로운 시적 심상을 활용하여 시적 공간을 감각적으로 확장하였으며, 그 속에 고향이라는 원초적인 체험의 공간을 담아 놓고 있다. 이러한 시의 방법은 한국의 근대시가 감각적으로 섬세해지고 정서적으로 깊이를 가지게 하는 데에 크게 기여한 것으로 볼 수 있다. 그의 시는 시적 형식과 시의 정신을 합일화함으로써 자신이 추구하고자 했던 토속적 서정의 세계를 시적 공간 속에 사실적으로 창조해 내고 있는 것이다.

백석의 시는 시집 『사슴』을 발간하기 전까지는 문단에서 크게 주목된 적이 없다. 그러나 이 시집이 간행되자 김기림은 다음과 같은 화려한 서평을 내놓는다. 「『사슴』을 안고―백석 시집 독후감」이라는 이 서평은 《조선일보》 1936년 1월 29일자에 실려 있다.

녹두(綠豆)빛 '더블 브레스트'를 젖히고 한대(寒帶)의 바다의 물결을 연상시키는 검은 머리의 '웨이브'를 휘날리면서 광화문통 네거리를 건너가는 한 청년의 풍채는 나로 하여금 때때로 그 주위를 '몽·파르나스'로 환각시킨다. 그렇건마는 며칠 전 어느 날 오후에 그의 시집 『사슴』을 받아 들고는 외모와는 너무나 딴판인 그의 육체의 또 다른 비밀에 부딪쳤을 때 나의 놀라움은 오히려 당황에 가까운 것이었다. 표장(表裝)으로부터 종이, 활자, 여백의 배정에 이르기까지 그 시인의 주관의 호흡과 맥박과 취미를 이처럼 강하고 솔직하게 나타낸 시집을 나는 조선서는 처음 보았다.

백석의 시에 대하여는 벌써 《조광》 지상을 통해서 오래전부터 친분을 느껴 오던 터이지만 이번에 한 권의 시집으로 성과된 것과 대면하고는 나의 머리의 한구석에 아직까지는 다소 몽롱했던 시인 백석의 너무나 뚜렷한 존재의 굳센 자기주장에 거의 압도되었다.

'유니크'하다고 하는 것은 한 시인, 한 작품의 생명적인 부분에 해당한다. 어떠한 시인이나 작품에 우리가 매혹하는 것은 그의 또는 그것의 '유니크'한 풍모에 틀림없다.

시집 『사슴』의 세계는 그 시인의 기억 속에 쭈그리고 있는 동화와 전설의 나라다. 그리고 그 속에서 실로 속임 없는 향토의 얼굴이 표정한다. 그렇건마는 우리는 거기서 아무러한 회상적인 감상주의에도 붙어오는 복고주의에도 만나지 않아서 더없이 유쾌하다. 백석은 우리를 충분히 애상적이게 만들 수 있는 세계를 주무르면서도 그것 속에 빠져서 어쩔 줄 모르는 것이 얼마나 추태라는 것을 가장 절실하게 깨달은 시인이다. 차라리 거의 철석(鐵石)의 냉담에 필적하는 불발한 정신을 가지고 대상과 마주 선다. 그 점에 『사슴』은 그 외관의 철저한 향토 취미에도 불구하고 주책없는 일련의 향토주의와는 명료하게 구별되는 '모더니티'를 품고 있는 것이다.

'유니크'하다는 것은 그의 작품의 성격에 대한 형용이지만 또한 그 태도에 있어서 우리를 경복(敬服)시키는 것은 한걸음의 양보의 여지조차를 보이지 않는 그 치열한 비타협성이다. 어디까지든지 그 일류의 풍모를 잃지 아니한 한 권의 시집을 그는 실로 한 개의 포탄을 던지는 것처럼 새해 첫머리에 시단에 내던졌다. 그러나 그는 그가 내던진 포탄의 영향에 대하여는 도무지 고려하는 것 같지도 않다. 그는 결코 일부러 사람들에게 향하여 그 자신을 인정해 주기를 바라지 않는다. 아유(阿諛)라고 하는 것은 그하고는 무릇 거리가 먼 예외다. 그러면서도 사람으로 하여금 끝내 그를 인정시키고야 만다. 누가 그 순결한 자세에 감하지 않을 수가 있을까.

온실 속의 고사리가 아니다. 표본실의 인조 사슴은 더군다나 아니다. 심산유곡의 영기를 그대로 감춘 한 마리의 『사슴』은 이미 시인의 품을 떠나서 시단을 달려가고 있다. 그가 가지고 온 산나물은 우리들의 미각에 한 경이임을 잊지 아니할 것이다. 나는 이 아담하고 초연한 『사슴』을 안고 느낀 감격의 일단이나마 동호의 여러 벗에게 전하지 않고는 견딜 수 없었다. 상기 같은 기쁨을 가지기를 독자에게 권하려 한다. 망언다사(妄言多謝).

이 짤막한 서평에서 강조하고 싶은 것은 김기림이 백석의 '향토 취미'를 지적하면서도 '향토주의와 명료하게 구별되는 모더니티'를 그 속에서 발견하고 있는 부분이다. 감상성이나 회고조에 빠져들지 않으며 복고주의로 돌아가지 않는 백석 시의 건강성을 김기림은 벌써 주목하고 있었던 것이다.

심훈 시집 『그날이 오면』의 친필 원고

심훈(1910~1936)의 시집 『그날이 오면』의 친필 원고와 여러 편의 소설 원고들이 집필 당시 그대로의 상태로 보존된 것을 확인하고는 나는 몹시 흥분했다. 우리나라에도 이렇게 온전하게 보존된 작가의 친필 원고가 남아 있다는 사실에 놀랐다. 그러고는 바로 머리에 떠올린 것이 일본 작가 나쓰메 소세키[夏目漱石]의 특별 전시장에서 보았던 백 년 전의 연재소설 원고였다.

동경 에도[江戶] 박물관에서 열렸던 〈문호(文豪) 나쓰메 소세키〉라는 특별전을 돌아본 적이 있었다. 일본 사람들은 소설가 나쓰메 소세

1920년, 농민문학이 태동하던 무렵의 청년 심훈.

키를 일본의 문호라고 말한다. 영국에 셰익스피어가 있다면 일본에 나쓰메 소세키가 있다고 말하는 사람들이 많다. 일본의 화폐에 도안 그림으로 그의 초상이 실릴 정도이니, 나쓰메 소세키에 대한 일본인들의 사랑을 짐작할 수 있다. 나쓰메 소세키는 1867년에 동경에서 태어났고, 동경대학에서 영문학을 전공한다. 대학 졸업 후에는 한때 중학교 교사로 일하기도 하였지만, 1900년 영국 유학을 거친 후에는 동경대학을 비롯한 몇몇 대학에서 강의하기도 한다. 그러나 나쓰메 소세키의 삶은 불혹의 나이에 접어들면서 시작한 소설 창작 활동으로 장식된다. 그는 출세작인 「나는 고양이로소이다」를 발표한 후 본격적인 소설 창작을 시작하여 「런던 탑」, 「도련님」 등을 내놓는다. 그리고 1907년 《아사히신문》의 전속 집필가로서 자리를 옮기고 「우미인초(虞美人草)」, 「산시로」 등의 화제작을 계속 쓰면서 인간의 내면을 집요하게 추구하

일본의 국민 작가 중 한 명인 나쓰메 소세키.

는 특이한 산문적 경향을 보인다. 그는 현실에 존재하는 다양한 사물에 자기를 투영하여 인간 심리의 독특한 측면을 표현한다. 이러한 경향은 그의 소설 「피안(彼岸)이 지나기까지」, 「행인(行人)」, 「마음」, 「유리문의 안쪽」 등에서 나쓰메 소세키의 문학 세계로 고정된다. 그는 소설 「명암(明暗)」을 집필하던 중 1916년 쉰 살의 나이로 세상을 떠난다.

〈문호 나쓰메 소세키〉 특별전은 나쓰메 소세키가 아사히신문사에 입사한 지 100년이 되는 것을 기념하기 위해 아사히신문사가 특별 주관한 것이었다. 아사히신문사에서는 도호쿠[東北] 대학에 보관 중인 '나쓰메 소세키 문고' 가운데 일반인들에게 공개되지 않은 개인적인 자료를 중심으로 이 전시를 구성했다. 나쓰메 소세키의 개인적인 삶이 고스란히 담긴 이 전시는 나쓰메 소세키가 발표한 작품이나 그 작품에 대한 평단의 반응과 같은 문단적인 사실보다는 개인적인 삶의 자취가 강조된다. 대학 시절에 쓰던 노트와 책, 영국 유학 시절에 사용했던 세면도구까지 전시되어 있다. 소세키가 평소에 즐겨 보았던 400여 권의 영문 고전들이 커다란 책장에 그대로 전시되어 있다. 대학 강사를 하면서 출제했던 영어 시험 문제지와 작품을 구상하면서 남긴 메모와 노트까지 그대로 전시되어 있다. 내가 이 전시를 돌아보면서 깊은 감동을 느꼈던 것은 《아사히신문》에 연재했던 소설 「우미인초」의 원고가 첫 장부터 끝 장까지 그대로 보존되어 있었던 점이다. 백 년 전에 쓴 원고지가 너무나 깨끗하게 보존되어 있는데 그 위에 써 내려간 소설 문장의 유려한 필체가 살아 움직이는 듯했다.

시집 『그날이 오면』의 친필 원고는 1932년 조선총독부 경무국의 검열로 인하여 단행본 시집 출간이 불허되자 한동안 빛을 보지 못한 채 숨겨져 있었다. 그리고 1936년에 심훈 선생이 작고한 후 광복을 맞으면서 드디어 책으로 간행되었다. 하지만 이 친필 원고들은 지난 2000년 『심훈문학전집 1—그날이 오면』이 출간된 후 그 후속 작업으로 계획했던 작품 원고의 영인본 출판이 더 이상 이루어지지 못함으로써 여전히 제대로 정리되지 못한 채 심훈 선생의 아들인 심재호 선생이 미국의 자택에 보관하고 있다.

시집 『그날이 오면』의 친필 원고본은 누렇게 변색된 얇은 표지에 '심훈시가집(沈熏詩歌集)' 제1집이라는 제목이 선명하다. 아마도 이 시집이 식민지 시대에 계획했던 대로 발간되었다면, 그 제목은 '심훈시가집'이 되었을 것이다. '1919~1932'라는 글자는 수록 작품들이 쓰인 시기를 말해 준다. '경성 세광사 인행'이라는 표식으로 보아 이 원고를 세광사에서 발행할 계획이었던 모양이다. 하지만 이 시집은 계획대로 발

간되지 못했다. 단아하게 써 내려간 펜글씨의 제목 바로 옆에 '治安妨害(치안방해)', '一部分削除アリ(일부분 삭제함)'이라는 붉은 글씨의 도장이 무섭게 찍혔다. 그리고 그 밑으로 삭제된 곳에 복자(伏字)나 'O'자 등을 사용해서는 안 되며, 삭제된 곳을 빈칸으로 남겨 두어서도 안 되며, 삭제된 곳에 삭제 내용을 표시해서도 안 된다는 주의 사항이 일본어로 붉게 표시되어 있다. 일본 경찰은 이 시집의 원고에 숱한 붉은 줄을 그어 놓음으로써 아예 그 발간을 불가능하게 만들었다.

『그날이 오면』의 친필 원고는 전체 198면으로 이루어져 있다. 목차의 순서를 따라가면 서시(序詩)로 수록된 「밤」에 이어 모든 수록 작품이 '봄의 서곡'에 14편, '통곡 속에서'에 7편, '짝 잃은 기러기'에 13편, '태양의 임종(臨終)'에 8편, '거국편(去國篇)'에 7편, '항주유기(杭州遊記)'에 14편 등 전체 6부로 나뉜다. 그리고 총 64편의 끝에 「감옥에서 어머님께 올린 글월」이 붙어 있다. 이 마지막 글은 1919년 3·1운동 당시 심훈 선생이 일본 경찰에 체포되어 수감되었을 때 적었던 것이다. 단순한 서간문이라기보다는 하나의 서간체 산문시로 읽을 수 있다. 이 원고의 첫머리에 "나는 쓰기를 위해 시를 써 본 적이 없습니다"라는 문장으로 시작되는 '머리 말씀'이 가슴을 친다. 뒤로 이어지는 글귀를 옮겨 보면 이렇다.

삼십이면 선[立]다는데 나는 아직 배밀이도 하지 못합니다. 부질없는 번뇌로 마음의 방황으로 머리 둘 곳을 모르다가 고개를 쳐드니 어느덧 내 몸이 삼십의 마루터기 위에 섰습니다. 걸어온 길바닥에 발자국 하나도 남기지 못한 채 나이만 들었으니 하염없게 생명이 좀 썰린 생각을

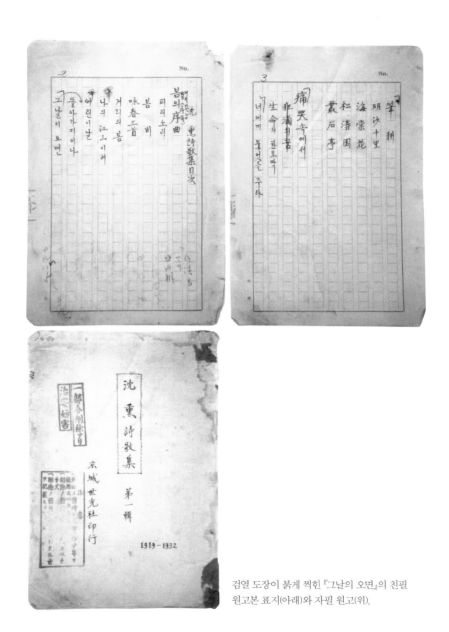

검열 도장이 붉게 찍힌 『그날의 오면』의 친필
원고본 표지(아래)와 자필 원고(위).

할 때마다 몸서리를 치는 자아를 발견합니다.

— 심훈, 『그날이 오면』의 「머리 말씀」 중에서

나는 이 시집의 원고 자료 가운데에서 가장 먼저 그 유명한 시 「그
날이 오면」을 찾아보았다. 영국 옥스퍼드대학의 시학 교수였던 바우라
(C. M. Bowra)는 『시와 정치』(1966)에서 시인의 개인적 열정과 그 단
순성이 얼마나 커다란 효과를 불러일으키는지를 설명하기 위해 시 「그
날이 오면」을 상세하게 분석한 바 있다. 바우라 교수는 이렇게 말한다.
"한국의 시인은 독일 시인처럼 포악한 현실에 구속되지 않는다. 그에
게 중요한 것은 먼 훗날의 일일지라도 감격적인 미래가 일깨우는 격렬
하고도 숭고한 그 느낌일 것이다." 그리고 이어서 바우라 교수는 이 시
에서 그려 낸 감격의 장면을 놓고 사람과 자연이 한 덩어리가 되어 환
희를 함께하는 것이라고 적었다.

　일본의 한국 통치는 잔인 가혹하리만큼 효과적이었는데 그럼에도 민
족의 시를 압살할 수 없었고, 이러한 사정에도 불구하고, 혹은 그 때문
에 오히려 한국 시는 전성시대에 필적할 만한 부활을 볼 수가 있었다.
1919년에 문학가와 지식인이 선포한 '독립선언'이 실현되기까지에는 25
년 이상의 세월이 흘러야 했지만 시인들은 결코 희망을 단념 않고 투옥
과 고문과 죽음의 중압을 견뎌 내며 민족의 얼을 지키는 데 힘썼다. 그
들이 어느 만큼의 위난에 직면했었는가는 심훈(1904~1937)의 한 시에
서 엿볼 수 있다. 그는 살아서 희망의 실현을 볼 수 없었으나, 그 실현이
무엇을 뜻하는가를 뚜렷하게 인식하였다. (……)

장래에 다가올 대규모의, 그러나 아직 명확하지 않은 해방에의 기대는 현재의 혼돈된 상황을 표현하는 것과 달라 정밀해야 할 필요는 없다. 한국의 시인은 독일 시인처럼은 잔혹한 상황에 구속되지 않는다. 그에게 있어 중요한 것은 설사 멀다 해도 감격적인 미래가 환기하는 자극적이며 숭고한 기분이다. 한국의 산·강·서울의 중심인 종로의 종과 같은 눈익은 환경 속에서 그의 비전은 설정된다. 자연이 그와 기쁨을 같이하여 일어나 함께 춤을 추리라고 주장하는 그는, 다비드의 시편에 그 유형을 보는 고대적 공상을 사용, '감성적 오류'의 기분 좋은 변형으로서, 고양된 경우에는 인간의 물리적 환경은 그 기쁨을 꼭 나누어 갖는다는 사상을 구체화하고 있다. 그러나 이것은 그의 본래의 목적에 있어서의 일이다.

그가 예견하는 것은 한국의 해방이며 국토와 주민 모두가 쇠사슬에서 풀려나는 일이다. 그는 이것을 계급과 배경의 여하에 불구하고 모든 동포가 이해할 수 있는 이미지로 형성한다. 미래를 예상하는 일은 격렬한 기쁨에 그를 젖게 하고 그는 이것을 육체의 구속을 깨뜨리고 나올 만큼 강렬한 환희로서 표현한다. 그가 말하려는 것은 우리들에게 주지의 사실—견딜 수 없을 만큼 숨이 넘어갈 듯한 환희와 황홀의 순간이 있을 것이라는 그 사실이다. 그것을 그는 여러 形態로 쓰고 있지만 그 영감의 연원은 오랫동안 기다려 온, 무자비한 압제로부터의 해방이 멀지 않았다는 인식에 있다.

— C. M. 바우라, 『시와 정치』 중에서

앞의 인용 그대로 바우라 교수는 심훈의 시가 서구의 저항시인들에게서는 느낄 수 없는 경이로운 감동을 선사한다는 점도 높이 평가했다. 한국의 문학작품이 서구인들에게 이렇게 수준 높은 안목을 통해 소개된 적은 없다.

　시 「그날이 오면」은 전체 원고에서 제1부 '봄의 서곡' 가운데 여덟 번째 작품(원고 32면)으로 수록되어 있다. 그런데 이 원문이 매우 흥미롭다. 이 작품은 대부분의 다른 시들이 모두 원고지에 펜글씨로 적혀 있는 데에 반하여 이미 인쇄된 책의 한 페이지가 그대로 오려 붙여져 있다. 이 시가 어떤 잡지에 이미 발표되었던 적이 있음을 말해 주는 증거다. 시 「그날이 오면」이 일제 식민지 시대 잡지에 발표 수록된 적이 있었다는 사실은 제대로 알려진 적이 없다. 심훈 선생이 시집 발간을 시도하다가 일본 경찰의 검열로 발간이 불가능해지자 원고를 보관했고, 선생의 사후에 해방이 되면서 비로소 빛을 보게 된 것이라고 설명해 왔기 때문이다. 인쇄된 원문을 그대로 옮기면 다음과 같다.

　　그날이 오면 그날이 오면은
　　삼각산(三角山)이 이러나 더덩실 춤이라도 추고
　　한강(漢江)물이 뒤집혀 롱소슴칠 그날이,
　　이목숨이 끊지기전(前)에 와주기만하량이면,
　　나는 밤한울에 날르는 까마귀와같이
　　종로(鍾路)의 인경(人磬)을 머리로 드리바더 울리오리다
　　두개골(頭蓋骨)은 깨어저 산산(散散) 조각이 나도
　　깃버서 죽사오매 오히려 무슨한(恨)이 남으오리까

　　그날이 와서 오오 그날이 와서
　　육조(六曹)앞 넓은길을 울며 뛰며 뒹구러도

그래도 넘치는 깃븜에 가슴이 미여질듯하거든

드는칼로 이몸의 가죽이라도 벗겨서

커다란 북[鼓]을 만들어 들쳐메고는

여러분의 행렬(行列)에 앞장을 스오리다

우렁찬 그소리를 한번이라도 듯기만하면

그자리에 꺽구러저도 원(願)이 없겟소이다

이 작품은 발표 당시 원제가 「단장 2수(斷腸二首)」였다. 심훈 선생은 시집의 출간을 계획하면서 이 제목을 '그날이 오면'이라고 바꾸었다. 작품의 본문 가운데에는 제2연의 마지막 행 종결구인 "원이 없겟소이다"를 "눈을 감겟소이다"로 바꾸었다. 이런 식의 부분 개작을 통해 시 「그날이 오면」이 만들어진 것이다. 시의 제목의 교체와 마지막 한 구절의 변화를 통해 이 시는 '그날'을 맞이하는 순간의 기쁨이라면 죽음과도 바꿀 수 있음을 처절하게 노래한다. 하지만 이 시는 그 전문이 검열에 의해 모두 붉은 줄로 지워지고 '삭제(削除)'당한다. 이미 잡지에 발표된 적이 있는 작품임에도 불구하고 일본 경찰은 이 작품이 「그날이 오면」이라는 제목으로 다시 독자들에게 읽혀지는 것을 금지한 것이다. 식민지 시대의 검열이 얼마나 가혹한 것이었는지를 이렇게 생생하게 보여 주는 예는 달리 찾아볼 수가 없다.

시 「그날이 오면」의 원문이었던 「단장 2수」는 언제 어디에 발표한 것일까? 이 작품의 집필 시기(또는 발표 시기)를 말해 주는 작은 단서는 희미하게 연필로 표시되어 있는 '1930. 3. 1'이라는 글씨를 통해 확인할 수 있다. 하지만 이 시를 발표 수록한 것이 어떤 신문 잡지였는지는 알 수가 없다. 아마도 1930년 3월 1일 이후부터 이 시집 발간을 계획했던 1932년 9월('머리 말씀'의 말미에 표기된 날짜) 사이에 발행된 어떤 신문 잡지였을 것이다. 지난 일 년 가까이 나는 틈나는 대로 이 시기의 신문 잡지를 뒤졌는데 아직 확인하지 못했다. 당시 신문 잡지 가운데 제대로 보관되지 못한 채 이리저리 흩어진 것이 너무나 많기 때문이다.

심훈 선생의 친필 원고들을 소중히 보관해 오신 미국의 심재호 선생은 이 자료들을 모두 국내로 들여와 온전하게 보존할 수 있는 방법을 찾고 있다. 심훈 선생의 '필경사'가 있는 충남 당진에 자료관 또는 기념관을 제대로 짓고 거기에 보존하는 방법이 가장 바람직하다는 생각이 들지만 아직 구체적인 계획을 제대로 세우지 못하고 있다. 심재호 선생의 소장 자료 가운데에는 장편소설 「상록수」, 「직녀성」, 「영원의 미소」 등의 친필 원고, 단편 「황공의 최후」의 친필 원고, 소설 「상록수」의 영화 각본, 심훈 선생이 직접 각색, 감독, 촬영하고 단성사에서 개봉한 영화 〈먼동이 틀 때〉의 촬영 원본 등이 있다.

나는 이 자료들이야말로 한국 현대문학 최대의 보물이라고 말하고 싶다. 일본 식민지 시대를 살았던 어떤 작가나 시인의 경우에도 이렇게 많은 친필 원고를 고스란히 보존해 온 경우가 없다. 이 자료들을 잘 지켜 오신 심재호 선생께 머리를 숙여 존경을 표하고 싶다. 그러나 한편으로는 부끄럽고 죄송스럽다. 한국문학을 연구해 온 사람으로서 이런 소중한 자료들을 떳떳하게 보존하여 후손들에게 널리 보여 주고 아픈 상처의 역사를 되새길 수 있도록 만들지 못한 책임이 막중하다. 이 친필 원고들을 국내로 모셔 와 제대로 보존해야 한다. '그날'이 언제쯤 가능할 것인가?

한국문학,
세계문학으로의 길

 한국문학과 노벨 문학상 타령

　해마다 노벨 문학상 수상 소식이 외신을 타고 들어올 때마다, 나는 매우 대답하기 어려운 질문을 받곤 한다. 우리나라 작가는 왜 노벨 문학상을 못 받느냐고 핀잔스럽게 묻는 사람도 있고, 언제쯤 우리 문학이 노벨 문학상을 받게 되느냐고 소망 어린 질문을 던지는 사람도 있다. 이웃 나라 일본과 중국의 작가들이 두 번씩이나 노벨 문학상을 받았는데, 우리 문학인들은 그동안 무얼 했느냐고 질타하는 사람도 없지 않다. 내가 한국문학을 전공하는 사람이니까 무슨 할 말이 있을 것이라고 생각하고 묻는 것이지만, 나는 속 시원하게 들려줄 대답을 가지고 있지 않다.

일본의 경우만 보더라도, 작가가 노벨 문학상을 두 번씩이나 받을 정도로 일본문학은 이미 세계문학의 한복판에 들어서 있다. 미국의 웬만한 서점 문학 코너에 가 보면, 일본 문학에 대한 책들이 여기저기 눈에 띈다. 작품을 번역·출간한 것은 말할 것도 없고, 전문적인 연구 서적도 적지 않다. 외국의 유명 대학에는 일본문학 전문가들이 많이 있고, 일본문학을 공부하는 외국인들도 수없이 많다. 한국문학은 이러한 일본문학의 수준을 따를 수가 없다. 어느 큰 서점을 가 보아도 한국문학에 대한 책은 찾아볼 수가 없다. 한국문학에 대한 해외의 전문가가 별로 없고, 그들이 한국문학을 연구한 업적이 제대로 책으로 출간된 경우도 없다. 한국문학 작품이 외국어로 번역되어 외국 독자들의 관심을 불러일으킨 경우는 거의 없다. 물론 외국의 대학 도서관에는 한국문학 책들을 비치한 곳도 있지만, 아무도 거들떠보지 않아서 구석에 처박혀 있다. 한국문학을 제대로 가르치는 곳이 적으니, 이 책들에 관심을 가지는 사람이 많지 않은 것은 당연한 일이다.

한국문학의 해외 번역 소개 작업이 이처럼 한심한 지경에 놓여 있는데, 한국에 앉아서 노벨 문학상 타령을 하는 것은 말도 안 되는 욕심이다. 우리는 해방 이후 지금까지 외국인들에게 제대로 한국문학을 가르친 적도 없고, 외국인 번역 전문가를 양성한 적도 없다. 도대체 그런 일에 관심을 기울인 일이 별로 없다. 우리 문학 작품을 제대로 번역·출판하여 해외에 소개하기 시작한 것도 최근의 일이다. 물론 노벨 문학상이 세계문학의 수준을 따지는 척도는 아니다. 한국문학의 목표가 반드시 노벨 문학상을 타는 것일 수도 없는 일이다. 그러나 노벨 문학상은 한 나라의 문학이 세계문학 속에 얼마나 널리 알려져 있는가를 확인할 수 있는 근거가 된다. 한국문학이 세계의 모든 문학 독자들을 상대로 하여 그 기반을 확대할 수 있을 때, 노벨 문학상의 영예도 얻을 수 있는 것이다.

1952년에 노벨 평화상을 받은 슈바이처 박사의 이야기가 재미있다. 슈바이처 박사는 일생을 아프리카 밀림 속에서 원주민들과 함께 생활하면서 그들에게 인술을 베풀었다. 그가 노벨 평화상 수상자가 된 것은 인류를 위한 희생과 봉사의 삶 때문이었다. 슈바이처 박사에게 노벨 평화상을 수여하기로 했다는 소식을 듣고 불평하는 사람은 아무도 없었다. 너무나 당연한 선택이었던 것이다. 그러나 정작 영예의 주인공이 된 슈바이처 박사는 노벨상 수상 소식에 전혀 놀라지도 흥분하지도 않았다. 스웨덴 한림원에서 수상식에 참가해 달라는 통지가 왔을 때, 슈바이처 박사는 병원에서 그의 일을 돕고 있는 사람들에게 이렇게 말했다. "병원 일이 이렇게 밀려 있는데, 상패 하나를 받으러 스웨덴까지 오라니. 그럴 시간이 어디 있는가?" 이 대목에서 슈바이처 박사가 노벨상 수상식장에 갔는지 가지 않았는지를 따질 필요는 없다. 자신이 하고 있는 일에 최선을 다했던 슈바이처 박사의 인품을 여기서 확인할 수 있다는 것이 중요하다.

우리가 가장 관심을 두고 있는 노벨 문학상은 첫 수상자가 나온 것이 1901년이다. 20세기에 들어서면서 노벨 문학상의 역사가 시작되었고, 노벨 문학상이라는 것이 20세기 세계문학에서 하나의 독특한 문화적 제도로 자리 잡게 된 것이다. 노벨 문학상을 수상하는 것은 화려한 명성과 함께 최고의 영예를 인정받는 것이지만, 시행되던 첫해부터 그렇게 세계인의 관심을 모으지는 못하였다. 노벨 문학상의 이름에 영예가 덧붙여지고 노벨 문학상 수상자가 세계의 문학 독자들에게 사랑을 받게 된 것은 1920년대에 들어서면서부터이다. 아나톨 프랑스, 예이츠, 버나드 쇼, 베르그송, 토마스 만, 유진 오닐 등이 잇달아 수상자가 되면서 노벨 문학상은 세계인들의 관심을 끌었고, 자연스럽게 그 권위와 영예를 인정받게 된 것이다.

노벨 문학상은 이 세상에서 상금이 가장 많다. 전 세계의 문학인을 대상으로 노벨 문학상의 수상 후보자를 추천받는다. 그러나 수상자 선정 방법이나 과정은 전혀 알려진 바가 없다. 다만 가장 보편적인 가치 기준을 중시하고 있다는 것은 인정할 만하다. 물론 지난 한 세기 동안 서구 제국주의의 가치와 이념과 질서를 노벨 문학상을 통해 세계적으로 확산시킨 것이 아니냐고 꼬집는 사람도 있다. 역대 수상자들의 면면을 살펴보면, 동양인이나 아프리카인은 별로 없다. 동양권에서는 인도의 타고르가 1913년에 수상자가 되었고, 일본의 경우 가와바타 야스나리와 오에 겐자부로가 각각 노벨 문학상의 수상자가 되었다. 중국의 망명 극작가 가오싱젠이 그 영예의 반열에 오른 뒤에 소설가 모옌도 이 상을 받았으니 동양의 문학인은 모두 다섯 사람이 수상한 셈이다. 이러한 서구 편중주의를 놓고도, 서구인들이 내세우고 있는 가치의 보편주의에 부합되는 세계적인 활동을 보여 준 인물이 적기 때문이라고 한다면 할 말이 없다.

그렇지만, 진정으로 노벨상의 영예를 원한다면, 다시 한번 우리는 자신에게 이렇게 물어야 할 것 같다. 우리에게 과연 인류의 평화와 공존을 위해 헌신적으로 봉사해 온 지도자가 있는가? 우리에게 과연 인류의 보편적인 가치를 진지하게 숙고하고 그것을 예술적으로 승화시켜 세계 문단에 이름이 알려진 문학가가 있는가? 우리에게 인류 문화의 발전을 위해 획기적인 발명을 이룬 과학자가 있는가? 인류의 안식과 번영에 기여할 수 있는 위대한 발견을 이룬 의학자가 있는가? 인류 사회를 위해 새로운 삶의 가치와 원리를 창조한 학자가 있는가? 우리가 과연 노벨상을 받을 수 있는 어떤 일을 이룬 것이 있는가?

나는 이런 식의 자조 섞인 질문을 하면서도 한국문학의 저력을 믿는다. 한국적인 특수성을 인류적인 보편성으로 바꾸는 것도 생각하고, 한국적인 지방성에서 지구적인 세계성으로 나아가는 길을 찾아보기도 한다. 그리고 이렇게 다시 묻는다. 우리 문학을 세계의 독자들이 널리 읽을 수 있도록 제대로 번역하여 펼쳐 보인 적은 얼마나 되는가? 우리 문학인들의 피나는 노력의 성과에 힘껏 박수를 보낸 일은 얼마나 되는가? 노벨 문학상이 우리 문학의 목표가 될 수 있는가?

 한국문학의 해외 번역 출판

한국문학이 세계 무대에서 당당히 외국의 독자들과 만날 수 있는가? 이 질문은 한국문학의 세계화가 가능한 일인가를 먼저 따져야 한다. 여기서 문제가 되는 것이 '세계화' 그 자체이다. 세계화라는 개념은 한국문학의 경우 매우 낯선 과제이다. 한국문학은 지난 한 세기 동안 근대적인 문학의 형태로 변모해 왔으며, 형식과 기법, 주제와 정신의 '근대성'에 매달려 온 것이 사실이다. 한국문학이 추구해 온 근대성의 개념에는 한국 사회의 근대적 변혁이라는 시대적인 특수성이 항상 전제된다. 봉건적인 조선 사회의 해체와 근대적인 시민 사회의 성립 과정에서 한국은 일제 식민지 시대를 거쳤고, 근대적인 민족 국가의 건설에 즈음하여 국토와 민족의 분단을 체험하고 있다. 이러한 시대적 특수성은 한국문학의 근대성 자체를 제약하는 요건이 되기도 하였고, 서구적인 개념으로서의 근대성을 한국문학 속에서 논의하기 어렵게 만들기도 하였다. 문학에서의 근대성이라는 말은 그 자체가 어떤 가치 지향성을 의미하는 것처럼 보이기도 한다. 그리고 이것은 근대라는 말 자체가 지니고 있는 시대적 순서 개념을 벗어나기 어렵다. 그러므로 문학의 근대성이라는 것이 주체의 인식과 관련되는 철학적인 또는 사변적인 것의 결정이라면, 한국문학의 근대성은 여전히 그 인식의 수준 미달에 놓여 있다고 할 수 있다. 반대로 근대성이라는 것이 제도로서의 근대를 상정하는 것이라면, 한국문학은 식민지 시대와 분단 시대를 거치면서 왜곡된 근대를 체험해 온 셈이 된다.

한국 사회에서 새로운 슬로건처럼 내세워진 '세계화'라는 말은 그동안 줄기차게 논의해 온 '근대화'라는 말과 대조를 이룬다. 이 말은 한국 사회의 발전을 시대적 순서 개념에 의해서가 아니라, 공간적인 본질 개념으로 바꾸어 놓고 보는 새로운 개념이다. 이 경우에 가장 중요한 것은 한국 사회에 대한 인식의 관점과 방법의 일대 전환이다. 한국적인 시대적 특수성에 대한 논의에서 벗어나 어떻게 공간적으로 확장된 세계적 보편성에 대한 논의로 관심을 전환할 수 있는가 하는 것이 당연한 과제가 된다고 할 것이다. 한국문학의 경우도 마찬가지다. 한국문학의 세계화는 문학의 인류적 보편성에 대한 인식에서 출발한다. 한국적인 것에서 세계적인 것으로의 확대, 특수성에서 보편성으로의 전환, 이것이 바로 세계화의 과제이다. 그러나 이러한 인식의 전환은 그리 쉽지 않다. 그 이유는 아직도 한국 근대문학의 문학사적인 실체에 대한 규명이 제대로 이루어지지 못하고 있기 때문이다. 특히 한국문학의 근대성 문제는 이제 비로소 그 논의의 출발점에 서 있을 뿐이다.

그런데 한국문학의 세계화라는 과제가 제기되면서 가장 많은 관심의 대상이 된 것은 한국문학의 해외 소개 문제이다. 이것은 세계화라는 개념을 문학 수용의 공간적인 확대, 또는 한국문학에 대한 세계적인 수용 공간의 확대라는 차원으로만 국한시키고 있다. 그리고 이것은 한국적 특수성의 개념으로부터 한국문학을 문학의 인류적인 보편성의 개념으로 해방시키는 본질적인 노력과는 일정한 거리를 두고 있다.

한국문학 작품의 해외 소개는 흔히 문화의 세계화라는 이름 아래 설명되곤 한다. 말하자면 '한류'라는 말로 지칭되고 있듯이 한국 문화 상품의 소비 시장이 해외로 확대되고 있는 현상과 같은 논리로 이해되기 쉽다. 그러나 이것은 문화 상품의 생산과 그 지구적 확산을 통한 소비와는 사실 전혀 다른 문제이다. 문학 작품의 해외 소개는 K-POP이나 드라마와 영화처럼 이미 세계화된 문화 시장의 구조와 그 역동성과는 별로 상관이 없다. 문화 상품의 지구적 확산과 그 소비와는 달리 번역을 통한 특수한 문화적 가치의 전파와 수용이라는 새로운 문제를 야기하는 것이다. 이것은 매체에 의해 직접적으로 전달되거나 유행이나 패션에 의해 선택되는 것이 아닐 뿐만 아니라 가격이나 품질에 의해 좌우되는 상품 소비 시장의 원리와는 전혀 다른 요건들에 의해 지배된다.

한국문학의 세계화 또는 해외 소개는 한국문학이 이질적인 외국 문학 속에 들어가 서로 충돌하기도 하고 화해의 만남을 이루기도 하는 과정 속에서 이루어진다. 문화의 세계화는 어떤 한두 가지의 원리나 규칙에 따라 설명하기 어려운 속성이 많이 있다. 예를 들면 우리나라의 김치가 세계 각국으로 수출되어 세계인의 식탁에 오르게 되는 과정과 〈겨울연가〉라는 드라마가 일본을 비롯한 여러 나라의 TV에서 방영되는 과정은 똑같은 층위에 올려 두고 이야기하기 어려운 일이다. 김치는 1980년대까지만 하더라도 그 특유의 냄새 때문에 외국인이 혐오하는 식품처럼 취급되곤 했다. 그러나 외국인들의 한국 왕래가 많아지면서 상호 접촉이 반복적으로 가능해지자 그들은 자연스럽게 김치를 받아들이게 되었다. 반면에 TV 드라마라든지 영화 같은 것은 고도의 영상기술을 접합하여 만들어 낸 문화적 생산물로서의 문화 상품에 해당한다. 이것은 일시적인 현상일 수도 있고 끝없이 반복 재생될 수도 있는 대중 소비의 대상물인 셈이다. 그러므로 문화의 세계화는 여러 가지 층위에서 다양한 각도로 그 현상과 속성을 이해하지 않으면 안 된다.

한국문학의 세계화는 한국문학이 추구해 온 문학적 기법과 주제에 대하여 세계 독자들이 어떤 개방적 자세로 이를 받아들이게 되는지에 대한 선택의 취향과 관심에 의해 그 성패가 좌우된다. 이 경우에 가장 중요한 것이 언어이다. 언어는 문학의 본질을 결정한다. 한국문학은 한국어의 정서라는 고유성을 기반으로 그 정체성이 확립된다. 그런데 이렇듯 특수하게 지역화된 한국문학을 세계에 확산시키고자 한다면 다른 지역의 독자들이 사용하는 언어로 번역되어야만 한다. 이 경우 가능해지는 문학의 교류는 결국 언어의 충돌과 경쟁, 번역과 수용과 동화라는 역동적인 과정을 통과해야만 한다.

한국문학은 한국어라는 문화적 기반을 벗어나 그 정체성을 유지하기가 어렵다. 하지만 세계의 독자와 만나기 위해서는 반드시 번역의 과정을 거치지 않을 수 없다. 물론 번역·출판이 된다고 하더라도 그 내용이 대중 독자들의 관심을 끌 수 있는 것이어야 한다. 우리나라에서는 매년 10여 종 안팎의 문학 작품이 복잡한 절차를 거쳐 영어로 번역·출판된다. 이 책들이 전 세계에서 영어로 출판되어 나오는 책들과 경쟁하게 된다. 미국에서는 2000년에 접어들면서 매년 1만 2천여 종의 문학 작품이 출판된다고 한다. 그중의 약 3퍼센트에 해당하는 350여 종이 영어로 번역된 작품이라는 것이다. 이들 번역서들은 비영어권의 작품을 영어로 번역한 것들인데 아시아 각국의 작품이 대략 50여 종에 이른다고 한다. 이 속에 한국문학 작품의 영어 번역본도 끼어 있는 셈이다. 영어권에서 가장 많은 독자층을 이루고 있는 미국인들은 해마다 쏟아져 나오는 만여 종의 문학 작품 가운데 작은 열쇠 구멍을 통해서 비영어권 지역에서 번역되어 나온 작품들을 겨우 찾아볼 수 있는 것이다. 이 같은 상황을 놓고 본다면 한국문학의 세계화라는 것이 얼마나 힘든 일인가를 알 수 있다.

한국문학은 광복 이후부터 본격적으로 해외에 번역·소개되기 시작했다. 1954년에 국제 펜클럽 한국본부가 창설되고 1955년에 한국이 정회원 국가로 국제 펜클럽에 가담하였다. 한국 문학인들은 국제 펜클럽을 중심으로 해외 문학과의 활발한 교류를 시작하였다. 펜클럽 한국본부는 번역상 제도를 마련하였고, 한국문학 작품들을 번역하여 세계에 소개하는 데에 앞장섰다. 한국문화예술진흥원이 설립된 1973년 부터는 문예진흥원을 통해 한국문학의 해외 번역 소개 사업을 매년 특별 사업으로 추진하였다. 그 결과 1980년대 중반 이후 한국문예진 흥원이 지원하고 있는 문학 작품의 해외 번역 사업의 성과가 서서히 드러나기 시작하였다. 지난 1990년대 말부터는 한국문학번역이 발족 되면서 한국문학의 해외 번역 출판이 본격적으로 이루어졌다. 작품의 선정도 다양화되었고, 번역자도 번역어를 모국어로 하는 외국인을 중 심으로 선정하여 번역의 질적인 수준이 더욱 높아졌다. 한국문학 작 품의 번역 출판에 외국의 유수한 출판사들이 관심을 갖기 시작했다.

그런데 해외에서 번역·출판된 한국문학 작품 가운데 외국의 일반 독자들의 호응을 불러일으킬 정도로 널리 보급되어 화제가 된 작품 은 많지 않다. 한국에서 번역 비용을 지원받고 출판 지원금까지 보조 받아 출간하지만, 발간 부수도 한정되어 있는 데다가 대개 초판 인쇄 에 그치고 있을 뿐이다. 외국의 출판사들은 지원금을 받고 책을 출간 하기 때문에, 판매와 보급에도 크게 신경을 쓰지 않고 있다. 이 책들은 대개 규모가 큰 대학 도서관에는 비치되고 있지만, 일반 독자들을 상 대로 하는 서점에까지 나와 꽂히는 경우는 극히 드물다.

한국문학의 해외 번역 출판이 활성화되지 못하고 있는 까닭은 한국 문학 자체가 외국 독자들의 관심 영역에 들지 못하고 있기 때문이다. 한국문학에 대한 관심이 없으니 능력 있는 연구자도 별로 없고 제대 로 된 정보와 지식도 부족한 것이 사실이다. 그렇지만 이보다도 더 큰 문제는 한국문학의 해외 번역 출판 사업이 외국의 출판계나 독자층의 요구와는 상관없이 언제나 한국 중심으로 추진되고 있다는 데에서 찾아볼 수 있다. 해외 번역 출판의 대상 작품도 대부분 한국 내에서 결정하고, 번역 작업을 지원하면서 출판 과정에도 깊이 관여한다. 그러므로 번역자는 자신에게 주어진 번역 작업만 마치면 그만이다. 출판사의 경우에도 지원금에 따라 정해진 부수만큼 책을 발간할 뿐 그 판매와 보급에 크게 신경을 쓰지 않는다. 한국문학 번역 작품들이 일반 독자들을 상대로 하는 서점에까지 나와 꽂히는 경우가 극히 드문 것은 이 같은 출판 관행과 깊은 관계가 있다.

한국문학 작품의 해외 번역 출판에서 언제나 문제가 되고 있는 것은 어떤 작품을 선정하고, 누가 번역하고, 어디서 출판할 것인가 하는 원칙적인 요건들이다. 작품의 선정 문제가 일차적으로 해외 번역 소개의 성패를 가름한다. 한국문학을 전문적으로 번역하는 외국인 번역가는 그리 많지 않다. 그런데 이들 가운데 자신의 취향이나 관심에 의해 번역 작품을 선정하는 경우는 별로 없다. 한국에서 번역 대상 작품을 먼저 결정한 후에 번역을 의뢰하는 경우가 더 많기 때문이다. 번역자는 자신의 주관적인 판단이나 관심과는 상관없이 단순한 번역 작업에만 참여하게 된다. 그들은 대중적인 독자층을 상대로 하여 작품을 번역하는 것인지, 대학의 교재나 연구용 자료를 목적으로 번역하는 것인지 분명하지 않은 상태에서 번역 작업 자체에만 매달리게 되는 것이다. 그 번역 작품을 읽을 독자층이 누구인가를 미리 예측할 수 없기 때문에 보급과 판매가 제대로 이루어질 수 없는 것은 당연한 일이다.

한국문학 작품의 번역에서 가장 중요한 것은 번역의 질적 수준이다. 80년대 이전의 한국문학 번역 작업은 대개 한국인의 손에서 이루어졌다. 그러나 이러한 번역 방식은 바람직하지 못하다. 한국문학 작품의 번역 작업은 반드시 번역어를 모국어로 하면서 한국어에 능숙한 외국인이 중심이 되어 하는 것이 좋다. 특히 번역자의 문학적 소양도 중요하다. 아무리 한국어를 잘 이해하는 외국인이라 하더라도 문학에 대한 깊은 이해와 풍부한 정서가 없다면 문학 작품의 번역가로서 부적절하다. 외국어를 잘하는 한국인의 경우에도 그 외국어를 모국어로 하는 사람의 언어적 직관을 따라가는 것은 거의 불가능한 일이다. 그러므로 전문적인 외국인 번역가와 그 외국어에 능숙한 한국인의 공동 작업으로 한국문학 작품을 번역하는 것이 가장 바람직하다고 할 수 있을 것이다.

한국문학 작품의 번역 소개 작업에서는 출판사의 역할이 가장 중요하다. 그동안 번역·출판된 책 가운데에는 한국에서 출판된 경우도 적지 않다. 그러나 한국 내에서 외국어로 한국문학을 번역하여 책을 만들 경우, 외국에 제대로 보급하기 어렵다. 과거에 홍보 차원에서 외국어로 번역한 한국문학 소개서가 상당수 한국에서 출간되었지만, 대개가 외국인 독자들로부터 외면당했던 점을 반성할 필요가 있다. 그러므로 해외의 출판사들을 한국문학 작품의 출판에 동원하는 일이 긴요하다. 외국의 유명 출판사가 직접 한국문학의 번역·출판을 맡게 된다면, 그들 자신이 자기네 유통망을 이용하여 한국문학 작품의 대중적인 보급에도 힘을 쓸 것이기 때문이다. 그러므로 한국문학의 해외 번역 출판은 한국의 필요에 의해서가 아니라, 해외 학계의 한국문학에 대한 관심과 출판 시장의 요구에 따라 장기적인 사업으로 추진해야 한다. 이를 위해서는 해외 출판계와의 활발한 교류도 필요하고, 한국문학의 번역과 연구에 대한 지속적인 지원도 확대해야 한다.

외국 대학들의 한국문학 교육

한국문학의 세계화는 한국문학 연구가 학문적인 보편성의 차원에서 외국의 대학을 중심으로 확대되는 일과도 직결된다. 한국문학의 해외 소개 작업 가운데 가장 중요한 업적들은 모두 한국문학에 대한 학문적인 관심으로부터 촉발된 것이다. 외국에서의 한국문학 연구는 1970년대 후반부터 어느 정도 조직적인 기반을 갖출 수 있게 되었다. 1977년에는 파리를 중심으로 유럽의 한국학 연구자들이 '유럽한국학회(Association for Korean Studies in Europe)'를 창설하였다. 이 학회는 매년 유럽 지역 한국학대회를 개최하여, 유럽 전 지역은 물론 한국과 북미 지역을 포함한 전 세계의 한국학 연구가들 사이에 학술 교류와 새로운 정보의 교환을 가능하게 하였다. 그리고 1992년 미국 하와이대학에서 영어권의 한국문학 교수, 번역가들과 한국의 국문학자까지 포함된 '국제한국문학회(International Korean Literature Association)'가 조직되었다. '유럽한국학회'가 한국학 전반에 걸친 학자들의 모임이라면, '국제한국문학회'는 한국문학 전문가들만의 모임이라는 데서 그 전문성과 특수성을 인정할 수 있다. 이 학회에서는 매년 한국문학의 번역 작업과 교육 문제에 대한 정기적인 세미나를 개최하고 있으며, 대학용 한국문학 교재의 개발을 공동으로 추진하고 있다.

한국문학이 세계에 어떻게 소개되고 있는가는 외국의 대학에서 이루어지고 있는 한국문학 교육의 실태를 보면 쉽게 확인할 수 있다. 영어권 국가의 경우, 영국의 런던대학과 캐나다의 토론토대학, 브리티시

컬럼비아대학 등이 한국문학을 정규 과목으로 개설하고 있다. 미국의 대학 가운데는 하버드대학, 코넬대학, 컬럼비아대학, 시카고대학, 미시간대학, 워싱턴대학, 캘리포니아주립대학, 하와이대학, 남가주대학 등이 정규 과목으로 한국문학을 개설하고 있다. 유럽권에는 프랑스, 독일, 이탈리아, 스페인, 폴란드, 러시아, 체코슬로바키아 등의 여러 대학이 한국문학 강좌를 열고 있다. 아시아에서는 중국이 베이징대학을 비롯하여 여러 중심 대학에서 한국문학 강좌를 개설하고 있고, 일본에서도 도쿄대학, 와세다대학, 규슈대학 등이 동아시아 문화 강좌의 일부로서 한국문학 과목을 개설하고 있다. 베트남, 인도, 태국 등의 주요 대학들도 역시 한국문학을 정규 강좌로 가르친다.

한국문학을 대학의 정규 과목으로 인정하고 강좌를 개설하고자 하는 외국의 대학들이 공통적으로 직면하고 있는 문제는 전문적인 교수 인력의 부족이다. 미국의 대학 가운데 부교수 이상의 종신제 교수가 한국문학을 담당하고 있는 대학은 10여 곳뿐이다.

외국 대학에서의 한국문학 연구 수준을 높이기 위해 가장 중요한 과제는 새로운 연구자들을 육성하는 일이다. 이것은 문학의 영역에만 국한되는 현상이 아니다. 미국 대학에서 한국학 연구의 제1세대는 2차 세계 대전 또는 한국전쟁과 관련하여 한국 체험을 지닌 미국인이다. 이들은 한국학 연구의 개척자적인 위치를 차지하고 있지만, 대부분 연구 생활에서 은퇴해야 하는 노령에 접어들고 있다. 제2세대의 학자들은 1960년대 이후 미국 평화봉사단으로 한국에 파견되어 한국 생활을 체험한 사람들이 중심을 이루고 있다. 이들이 지금 대부분의 대학에서 한국학을 가르치고 있다. 그러나 평화봉사단 제도가 폐지된 후 한국에 관심을 가지는 젊은이가 줄어들었고, 특히 지난 1970년대 중반부터 1980년대까지 한국의 정치 상황 자체가 한국을 외면하게 만들었다.

현재 대부분의 미국 대학에서 대학원 과정의 한국학 전공 학생들에게는 특별한 장학금이나 연구 기금이 아주 부족하다. 한국학 분야의 연구에 대한 외부의 출연 기금이 없기 때문에, 별도의 장학금이 없는 것은 당연한 일이다. 게다가 학위를 받은 뒤의 진로가 불투명하다는 현실적인 이유도 작용하여, 전반적으로 한국학 연구 분야의 대학원 과정엔 학생도 적고, 그들의 연구 의욕도 저조하다.

한국학 전문가를 제대로 키우지 않고서는 한국의 세계화를 말할 수 없다. 한국문학을 널리 알리고 한국문학 연구의 수준을 높이는 방법은 한국학 전문가를 키우는 일이다. 이를 위해서는 해외 한국학에 대한 연구 지원을 대폭적으로 확대할 필요가 있다. 일본의 경우는 지난 60년대부터 해외 일본학의 발전을 위해 엄청난 연구비를 투자해 왔으며, 그 결과로 세계 각국의 대학에서 수많은 일본학 전문가를 양성하여 일본 문화의 세계화를 상당 수준 이루어 내고 있다. 우리나라의 경우에도 최근 한국국제교류재단을 중심으로 여러 가지 지원 대책을 만들고 있으나, 보다 장기적이고도 체계적인 지원 방안이 마련되어야 할 것이다. 우선 해외 한국학 연구 지원 기금을 만들어서 세계 각 지역의 한국학 연구자들을 적극적으로 지원해야 한다. 그리고 한국학을 전공하는 외국 대학의 대학원생에 대한 장학금 지원도 정부 차원에서 제도화할 필요가 있다.

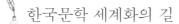# 한국문학 세계화의 길

한국문학의 세계화는 여러 가지 힘든 과제들을 안고 있다 하더라도 그 자체가 비관적인 것만은 아니다. 한국문학은 지금 외국의 대학에서 거의 주목받지 못하고 있는 학문 분야이지만, 한국 경제의 발전과 해외 시장 진출에 따라 한국 역사와 문화 전반에 대한 관심이 커지고 있다. 미국의 경우만 보더라도 대학에서의 한국문학 강좌는 한국어 교육의 확대와 함께 점차 늘어날 전망이다. 한국계 미국인 학생들의 대학 진학률이 높아지면서 한국어 강좌가 꾸준히 늘어 가고 있으며, 많은 대학에서 한국어를 외국어 강좌로 개설하고 있다. 더구나 최근 캘리포니아주에서는 대학 진학을 원하는 고등학교 졸업생들이 모두 치르게 되어 있는 학력고사에서 외국어 선택과목의 하나로 한국어를 인정하기로 결정하였다. 이 같은 조치가 시행되면, 대학에서의 한국어 강좌도 더욱 확대될 것이며, 그 연장선상에서 한국문학을 비롯한 한국학 관련 강좌도 다양하게 개설될 것으로 생각된다.

한국문학은 앞으로 민족적인 고유성과 함께 인류적 보편 가치를 문학 속에서 찾아내어 그것을 계승·발전시킬 수 있도록 해야 한다. 그리고 세계의 독자들이 한국문학에 손쉽게 접근할 수 있는 가능성을 열어 두고 그 기반의 확충에 힘을 기울여야 한다. 한국문학이 민족의 정체성을 유지하기 위해 지나치게 자신의 고유성과 특수성만을 강조한다면 세계문학의 교류 속에서 고립을 자초하고 문화적 국수주의라는 또 다른 위험에 빠질 수도 있다. 문학은 사회의 변화와 함께 발전·변모하면서 더욱 새로운 삶의 가치를 만들게 된다. 그러므로 한국문학은 민족의 고유성과 특수성을 바탕으로 하는 문화적 정체성을 유지하면서도 범세계적인 인류적 보편성을 추구하면서 널리 확대되어야 한다. 그렇게 될 때, 한국문학은 독창성을 지닌 고유한 민족 문학으로서 차원 높은 세계문학의 대열에 동참할 수 있을 것이다.

도서

고은,『이상 평전』, 민음사, 1973.

구상,『개똥밭』, 홍성사, 2004.

____,『모과 옹두리에도 사연이』, 홍성사, 2002.

____,『조화 속에서: 구상 시선』, 미래사, 1991.

____,『초토의 시』, 청구출판사, 1956.

권영민 편,『이상 전집 1~4』, 태학사, 2013.

김구,『백범일지』, 돌베개, 2002.

김소월,『진달래꽃』, 매문사, 1925.

박두진·박목월·조지훈,『청록집』, 을유문화사, 1946.

박목월,『박목월 시전집』, 민음사, 2003.

____,『밤에 쓴 인생론』, 삼중당, 1973.

백석,『사슴』(자가본), 1936.

백철,『진리와 현실』, 박영사, 1975.

서정주,『화사집』, 남만서고, 1941.

심훈,『그날이 오면』, 한성도서주식회사, 1949.

윤동주,『하늘과 바람과 별과 시』, 정음사, 1948.

이광수,『이광수 전집 13』, 삼중당, 1962.

이해인,『이해인 시전집 1』, 문학사상사, 2013.

정지용, 『백록담』, 문장사, 1941.

_____, 『정지용시집』, 시문학사, 1935.

조지훈, 『조지훈 전집 3』, 일지사, 1973.

한용운, 『님의 침묵』, 회동서관, 1926.

C. M. 바우라, 김남일 역, 『시와 정치』, 전예원, 1983.

신문·잡지

구광모, 「'우인상'과 '여인상'—구본웅 이상 나혜석의 우정과 예술」, 《신동아》, 2002. 11.

구상, 「화가 이중섭과의 상봉」, 《동아일보》, 1976. 10. 5.

김기림, 「『사슴』을 안고—백석 시집 독후감」, 《조선일보》, 1936. 1. 29.

김옥희, 「오빠 이상」, 《신동아》, 1964. 12.

박태원, 「이상의 편모」, 《조광》, 1937. 6.

조용만, 「이상 시대, 젊은 예술가들의 초상」, 《문학사상》, 1987. 4.

권영민 교수의 문학 콘서트

초판 1쇄 2017년 3월 25일
초판 3쇄 2022년 7월 25일

지은이 | 권영민
펴낸이 | 송영석

주간 | 이혜진
기획편집 | 박신애 · 최미혜 · 최예은 · 조아혜
외서기획편집 | 정혜경 · 송하린
디자인 | 박윤정 · 유보람
마케팅 | 이종우 · 김유종 · 한승민
관리 | 송우석 · 전지연 · 채경민

펴낸곳 | (株)해냄출판사
등록번호 | 제10-229호
등록일자 | 1988년 5월 11일(설립일자 | 1983년 6월 24일)

04042 서울시 마포구 잔다리로 30 해냄빌딩 5 · 6층
대표전화 | 326-1600 **팩스** | 326-1624
홈페이지 | www.hainaim.com

ISBN 978-89-6574-586-0

파본은 본사나 구입하신 서점에서 교환하여 드립니다.